Reliure

# ユダヤ人の女たち

マックス・ブロート
中村寿＝訳

幻戯書房

ロゴ・イラスト――丸山有美
装丁――小沼宏之[Gibbon]

愛する弟と妹
オットーとゾフィーに捧げる

目次

『ユダヤ人の女たち』要図
ポーランド
ベルリン
ドイツ
ドレスデン
テプリッツ
（テプリツェ）
プラハ
チェコ
スロヴァキア
ミュンヘン
ウィーン
オーストリア

# 一　イレーネ

ぶすっとしてフーゴーは森の小径《こみち》の角を曲がった。そこで彼は予期せぬ光景に出くわし、動けなくなった。

白い衣服の淑女が顔を両腕にうずめ、地面を向いて、路上にうつぶせになっていた。もう一人の淑女は黒の装いで、一人の紳士が二人の女になにかを申し出ようとしているように見えた。黒い衣服の女は興奮しながら、しかし、不安そうに両手を扇ぎ、うつぶせになっている女の顔に風を送りながら、早口でよくわからないことを言っていた。いっぽうで、紳士は帽子こそかぶっていないものの、燕尾服姿、見たところどうやら給仕で、さらに観察をつづけてみると、助けを申し出ようとしているのではなく、なにかを待っているように見えてきた。そして、その紳士が一呼吸を置いて、うつぶせになっている女に向かってしゃべり始めたとき、脅迫をしているような印象さえつたわってきた。

フーゴーはその場面に介入するべきかどうか、さっぱり見当がつかず、無言のままそこに立ち尽くしていた……そのとき、黒い衣服の女が無意識に、どこか遠くへ行こうとでもするかのように身を翻《ひるがえ》し、かすれて自暴自棄になった声で、助けを求めて叫んだ。「お助けを……」急いでフーゴーは彼女らの傍《かたわ》らに駆け寄った。

「どうされました？　ぼくにお力添えができますか？」

すると、すぐに白い衣服の女の顔が上を向いた。彼女はまだ若く、掻《か》きむしったためにほつれてしまった金髪の編み髪の房が頬に落ちていた。「お助けください。わたしたちをお守りください」彼女は結った髪に当てた手を震わせ、しゃくり上げて泣いた。

　フーゴーは彼女をじっと見つめ、それから黒い衣服の女のほうへとふり返った。黒い衣服の女は、若い女が生きている徴《あかし》を認めるやいなやほっとして、それ以上フーゴーに構おうともせず、若い女の顔をじぶんのほうへと引き寄せ、口づけの雨を降らせた。

　ひどく興奮して互いのことに夢中になっている二人から放っておかれたフーゴーは、給仕に向かっていった。事情を説明できるのは給仕しかいなかった。「どうしました？」

「いやはや、なんでもございません……わたしはただ代金を回収しようと……もともと請求額は一クローネ[001]多かったんです……つまり、わたしは先ほど誤った金額で請求書を発行してしまったというわけです……」

　黒い衣服の女との抱擁から解放されると、娘は給仕に懇願するようなまなざしを送った……状況を理解したフーゴーは、再び途方に暮れて立ち尽くしていた。母親は、娘が再び足もとにうずくまっているのを認めると、この瞬間を待っていたとばかりに、突然に嗚咽《おえつ》し始めた。再び母親には助けが必要になり、娘に確《しか》と支えられた。「急いで、急いで」と、二人は叫んだ……すっかりうろたえたフーゴーはポケットに手を伸ばし、財布から一クローネを抜き出し、給仕に手わたした。小さくではあったが、心のこもったお辞儀をして、給仕は一クローネを受け取り、すぐに木立の陰に消えていった。

　帽子を脱いで、青年はうやうやしく二人の女に近づいていった。

「給仕はもういません、ママ。給仕は立ち去りました……感謝します、見ず知らずのおかた」

「しかし、事情がさっぱりわからないもので……」

「あなたはわたしを助けてくださった……」

「とんだ跳《は》ね上がり者で」と、母親は立ち上がり、すぐに泣きやんだ……「あなたといたらどんなことになるか、見当もつきやしない……見ず知らずのおかた、あなたはわたくしどもが困っているのを見定めてくださった……全部あなたが悪いんですよ、イレーネ……どうかお許しくださいまし……」

「いや、先ほどのことはぼくの義務だったのではないかと……」

フーゴーは驚いた。彼は舌先まで出かかっていたのと同じ率直かつ謙虚な言葉で、自身の行為について説明をしようとした。そのとき、イレーネの奇妙なまなざしが彼の出鼻をくじいたからだ。悪賢《わるがしこ》そうに、人を愚弄しようとするかのように、突然に冷淡に、優越感を露《あら》わにして、彼女は彼を見つめた。「さあ、わたしたちの騎士さま、少しわたしといっしょに歩きませんか？」フーゴーは突然、上から下までじろじろと見つめ、品定めされ、評価されているような気がした。彼はなにかしゃちこばったことを言わなければならないような気がした。

イレーネは彼の隣を歩きながら、さっと帽子を整え、笑った。「しかるべき作法で、まずは自己紹介をし合いましょうよ……わたしはイレーネ・ポッパーと申します、こちらはわたしのママ……そしてあなたは、騎士さま……」

「フーゴー・ローゼンタール」

「ギムナジウム[002]の生徒さんでいらっしゃる？」

「ええ」驚いて彼は彼女を見つめた。おそらく彼女は彼が手にもっていた学校の教科書から彼の身分を認めたにちがいなかった。しかし、なぜか彼女の声には、彼を身分のことで咎《とが》め立てをしているかのような険《けん》があった。彼女は彼を嘲笑していた？　彼女は、彼の犯したまちがいを修正するかのような口調で話した、そうすることに特別な意味のないことなど承知している、と言わんばかりに。彼の自己満足はすっかり消えてしまった。彼は事態をどうやらまずい方向から始めてしまったのではないか、じぶんから先に自己紹介をするべきだったか、と思った。ついさっきまで彼はなにかよい仕事をした気でいた。しかしいま、これほどまでに洗練された淑女と向かい合っていると、彼女がさっきまで草むらで背を屈《かが》めていた女と同一人物だと気がつくのは、だれもいないのではないか、とさえ思われてくるのだった。

「こんなにおかしなご縁がきっかけでお知り合いになれたんですから」と、彼女は穏やかな微笑みを浮かべながらつづけた。「わたしたちは知遇を得るのに必要な形式を省略してしまってもかまわないのではないかしら。それにあなたもわたしからの説明を待っているのではないかとお見受けします……」

フーゴーはすっかり怯《おび》えて、沈黙してしまった。

「どうぞお気楽になさって……あなたに落ち度はこれっぽっちもございませんもの……」彼女はバッグをつかんだ。「わたしはあなたがわたしたちのためにいくらかの金額を立て替えてくださったことに気がついていたと思います……なんせあまりに興奮していたものですから……」

「大したことではなかったんです」と、彼らの背後を歩いていた母親が会話に混じってきた。「お信じください。支払いの追加を求め、給仕がわたくしどものあとを追いかけてきた、ただそれだけのことです。イレーネは給仕の姿を認めるやいなや、午後のあいだずっとあんなに神経質になってしまって……それから気絶してしまって……」

「ならば、お嬢さまは……」

「ママはいつでも楽観主義者なもので」と、娘は彼をじぶんのほうへと引き寄せた。「そんなことおっしゃらないで、ママ」と、彼女は再び母親に向き直った。「なぜわたしが午後、ずっとあんなに神経質になっていたか、ですって。ママは一度もお気づきになられなかった、わたしたちが射撃会館[003]でテーブルについていたとき、あの給仕はずっとわたしを凝視していました、わたしたちが支払いをしたとき、あの男はわたしに掌《てのひら》を押しつけてきたんです……」

「思い過ごしよ」

「あの男はわたしたちのあとを追いかけてきて、ひとけのない場所に着くと、叫び声を上げて、わたしに襲いかかった……」

「叫んだのはあなたで、給仕ではなかったでしょうが……」

「世間の母親なんてものはこの程度なんでしょうね……」と、イレーネはフーゴーにだけ話しかけ、母親のほうはどうやら、娘から構われないことに慣れたのか、彼ら二人から一定の距離を保ちつつ、後ろからついてきた。「母親にはなに一つ見えやしない、聞こえやしない、せいぜい、娘の結婚がもち上がるとき、そこに控えていて、そのときになってようやく眼を開ける……なんと口惜しい！」彼女はなにかをあきらめたような表情をした。

「それではこの件はいつまでも白黒つかないことになりましょうか……」と、フーゴーは母娘のあいだを取りもとうとした。

彼女は侮辱されたと感じたにちがいなかった。「あなたがわたしの言うことを信じてくださらないにしても……」と、彼女はすぐに態度を取りつくろうと、再び微笑んだ。「給仕がわたしに夢中になったからといって、わたしにそれを誇る謂《い》われはありませんもの……」彼女の微笑みは唇を斜めにした、口角《こうかく》の半分が頬に向かって立ち上がった、もう半分は下方へと降りていくようになった。唇が下を向いているほうの頬から軽蔑の表情は読み取れなかった、しかし、用心深さ、硬さ、なにかが、もういっぽうの頬に浮かんだ微笑みをあざ笑っているかのようだった。あるいは、イレーネは予想される会話の成り行きとはまったくほかのことを思って微笑んでいるかのようであり、同時に、なにかを誇りながら、こう、ほのめかそうとしているかのようでもあった。そう、もしあなたがたが、わたしが微笑んでいるわけを知っているのだとしても、そのわけはそんなに単純じゃない、少なくともあなたがたが思い描いているようなものじゃない……不思議だったのは、微笑むとき、彼女は口を開かなかったことで、歯を一本も見せなかったことだった、その代わりに両唇をきつく嚙《か》んだため、唇はそれまでよりも薄く、蒼白《あおじろ》く見えてきた……フーゴーはすっかり惹きつけられてしまった、彼女を観察していると。彼女はつづけた。「わたしのママをお信じになるのでしたら、わたしは少しばかりこっけいに見えていることでしょう……」

フーゴーはイレーネの長い発言を反復し、それを引き継ごうと身構えた。「あなたはぼくを困惑させる……」「いいえ、いいえ」と、彼女は彼をさえぎった、「あなたのおっしゃることはしごくもっともです。わたしはどんな人にも変わり者に見えているにちがいありません。ごく単純なことです。なぜだかおわかりになります？　わたしがそういう者だからです。いや、そうではなくて、わたしがそういう者ではないからです。わたしはしごくありふれた人間です。ともかく、わたしはそういう人間でありたいと願っています。でも、わたしの運命がともかくも変わっているんです。わたしは秘密に、経験に生きています、わたしは毎日なにかを経験しなければなりません。そんなこと望んでもいないのに。わたしにはじゅうぶん過ぎるくらいの経験があります。それなのに、そう思ったところでどうにもならない、経験がわたしに向かってくる、経験が直接にわたしを押してくるんです……」

いまだかつてフーゴーは、女がこんなふうに語るのを聞いたことがなかった。新しいイメージが多量に、明確な形を取ることもなく、浮かび上がってきた……女、この無垢《むく》で愚かな被造物、男は女たちのためにダンスホールに花をもっていき、テニスコートで冗談を言い、その要求に応じようとして、すっかり愚かになる。それがいま……この女は分別ある男のように語った、この女とならば、どんなことについても思うままに、理性的な話ができる……彼は生まれついてからというもの、感激しやすいたちだった、彼をとらえたのは、彼の隣にいる淑女への激しい敬慕の感情だった。この出会いが彼の人生にとってどれほどの影響をおよぼすことになるのか、このときの彼には知る由《よし》もなかった。いずれにしても彼は感じた。ついさっきまで彼には、彼女の話しぶりが傲慢すれすれに見えていた、それがいまやなるほど、と思われたのだった。こんなにすぐれた人物だったのか……彼はその場でそう言ってしまいたかったが、「傲慢」の言葉を発することは憚《はばか》られ、その場では、それより穏和な言葉を見つけることはできなかった。彼の心は興奮にとらえられ、ときめいた。「ああ、わかります……人々が秘密について話すとき……ぼくにはその意味がわかります……一つの秘密のことを言っている、と」

「わたしの場合、わたしの人生には、ふつうのことがなに一つ起こらないんです」と、彼女は口角をせつなそうに痙《けい》攣《れん》させながらつづけた、ところで、この痙攣はさっきの微笑みと関係しているように思われた、さっきの微笑みもまた、この痙攣と関係していたのと同じように。「最も忌まわしいこと。すべてが一つの秘密に操られている、すべてそのせい……この関係がすぐに理解できないにしても、以前からずっとわたしは、すべてが同じ秘密のせいだということを、確信していました……これまでのわたしの全人生にはこういった特徴があります、この秘密に見事なまでの塗装を施したという……ですから、たとえばきょうの、わたしに懸想した給仕というばかばかしいお話、信じてくださいますか、この話もまたわたしの秘密のせいだとしても、わたしの驚きはほんの一瞬のことでしかありません……驚く？　そもそもわたしはこの秘密ゆえに起きたことだと確信しているのに」

「あなたのおっしゃることがどれだけもっともなことか」と、フーゴーはすっかり感服して言った。「あなたに共感できます……これまでぼくの感情を言葉で言いあらわそうとしたことはありませんが……ぼくにも秘密があります」

彼は彼女が詳しくそれについて訊《き》いてくることを期待した。

しかし、彼女は薄い灰色の眼を見開き、独特なまなざしで彼を見つめた。「あなたにも？」彼女は頭一つ分彼よりも大きかった。彼は独り言《ご》ちた、彼女のまなざしから感じられる不愉快で不遜な態度は、ただこの体格のちがいに由来していたのか。「あなたはまだ大変にお若くしていらっしゃるんでしょう？」

「ギムナジウムの七年生です」

「図星ですわね」

「それで、それがなにか問題でも」彼は彼女の取りつくしまのない声音《こわね》を真似しようとした……「ぼくはあなたがさっき言い当てたようなギムナジウムの生徒ではありません、実科ギムナジウム〔古典語に代わり、より実用的な科目、現代外国語、数学、自然科学が教授された〕の生徒です」

「それで、だからそれがなんだというんです？」彼が事情を説明しているあいだ、彼女は静かに耳を傾けていた。すると、すぐに彼のよろこびは再び爆発した、これほどまでに関心を惹かれる淑女はどこを探しても見つかるまい！彼は一度も、少女がこれほどまでに雄弁に語るのを耳にしたことがなかった……彼は彼女から置き去りにされないようにと焦り、すべてを三つの文に要約した、彼の教育、彼の嗜好、彼の理想を……

「それはおかしな」と、彼女はその理由を発見したかのように言った。

「なぜおかしいんです？　ほんとうにそう思われている……」

「はて、実科ギムナジウムというのがおかしいんです。実科ギムナジウムは実科学校やギムナジウムのようにふつうではありませんもの……」こうした思考は彼にとって、どんなときも自身の学業に満足していた者にとって、思いもおよばないものだった。彼女の指摘には、おもしろいところがあるのだとしても、彼にとっては形式上のことにすぎず、あまり重要ではなかった。彼は小さな叱責の意志を表明しようと思った。そうしたかったからではなく、彼女の話しぶりに順応するために。そうする必要がなければ、彼は彼女をそのあいだずっと褒めていたかった。驚いたことに、彼女は彼の言葉が聞こえていないふりをした。「それなら、わたしたちはウマが合いますね。わたしたちのどちらにもどうやらおかしなところがあるようです……ということは、あなたも秘密を抱えていらっしゃる？」

　彼は微笑んだ。「この質問に〈はい〉と答えることは、だれにとっても難しい――そうでしょう――？　この〈はい〉は、話している途中で思いがけなく漏《も》らしてしまった〈はい〉とは、ちょっとちがっているんですから」批判し、些細《ささい》な点まで揚げ足取りをしてやろうという不慣れな欲望が、突然に目覚めた。

「あなたの場合にはともかく、すべてがややこしくて、事情を簡単には説明できなくなっているんです……あなた、実科ギムナジウムの生徒さん……」

不意に彼は彼女の顔を見た。彼女は彼を嘲笑していた？　いや、ちがう。彼女は顔に好意を浮かべて彼を見た。その顔からは、よろこびすら感じられた。「これからはこう呼んであげましょう……実科ギムナジウムの生徒さん……素敵じゃありませんか、この名前があなたのおかしさを言いあらわしています……」

「でも、ぼくには、さっきも言った通り、実科ギムナジウムの生徒であることが特別におかしなことだとは思えないんです」彼は噴き出した、なぜなら、彼にはこんな言葉が思いついたからだった。「ぼくには数えきれないくらいたくさんのクラスメートがいるし……」

「そんなことはどうでもよろしいんです。おわかりになりません？　わたしにはおかしく聞こえる。あくまでもわたしの受けた印象のことをお話ししているんです……わたしにはこんなふうにしてじぶんで言葉を作る習慣がありまして」彼女は引用するような調子でつけ加えた。「新しい硬貨を鋳造するように……」しかし、彼女は不意に手を伸ばしてきた。「あなたとお会いすることができて、うれしいです」

彼の顔は火照《ほて》った。どぎまぎして彼は彼女に手をさし出し、こう言った。「それにこんなおかしな経緯で……」しかし、彼女はその手を突き放した。「おお、いやだ、なんて不愉快な言葉——おかしな、だなんて……わたしがどんなにこの言葉を嫌っていることか」彼女は、下へと伸びている彼の手を取り、突然暴君のように忠誠を要求してきた。

「この、おかしな、という言葉が人々の口癖になって……いつでもこの言葉が聞けるようになれば……どんなに愉快なことでしょう……ねえ」彼女が微笑みながら口を開くと、その瞳はやさしく光った。うれしさで、彼ははからずも、彼女の指を握る自身の手に力をこめてしまった。すると、すぐに彼女の手は彼から滑り落ちた。彼女の手は冷たく痩せていて、まるで魚のようだった。

「わたしたちはどこに向かっているのかしら？」と、母親が会話に割りこんできた。母親は歩みを早め、二人に追いついていた。二人は立ち止まり、着いたばかりのケーニヒスヘーエ[004]の稜線から、下の盆地を見わたした。「お二人の目的地がどこなのか、まったく知らなかったものですから」と、フーゴーは詫《わ》びた。

「テプリッツ[005]へ戻ります、むろん。わたしたちは荘館〔貴族のカントリーハウスに相当。本作では、裕福な保養客向けのホテルになっている〕に滞在しています。荘館をご存知ですか……」

「ぼくはテプリッツ市民です」

「どんな？　あなたは保養客ではないのでしょ？　お客さまではいらっしゃらないと思っていましたよ」彼女はげらげらと笑い、咳《せき》をするかのように、小さな胸を大きく前方に屈めた。「つまり実科ギムナジウムの生徒で、テプリッツ市民でいらっしゃる……」

「それになにか特別な意味があると？」いぶかしげにフーゴーは問うた。

「よろしければ」と、母親が真顔で頼んできた。「最短の近道をご案内くださいませんこと？　わたしたちの到着を待っている人々がおりますの。ねえ、イレーネ」

フーゴーは母親に向き直った。身構える必要のない話を再びできることは、彼にとって、つかの間の休息のように思われた。彼は自制することができず、不意にこう口走ってしまっていた。「ならば、ぼくたちはもう、ちがう道を行ってしまっています。ぼくたちは迂回路を取ってしまいました。ここから下へ降りていっても、もう遅い。この道は正反対の方角に向かっています――プラセディッツ〔テプリッツ市内の地区〕へと」

「プラセディッツですって」と、イレーネがほぼ歓声に近い声を上げた。「上上《じょうじょう》、上上……あなたがテプリッツ市民だということが証明されました……さあ、参りましょう」

「なにか問題でも？」フーゴーは不機嫌になって彼女を見た。

「なんて口の利きかたなの、イレーネ」と、母親がたしなめた。母親はしぶしぶ、娘への監督義務にしたがっているのだとばかりに、娘を諫《いさ》めた。なぜなら、母親は偶然そこにいて、会話に割りこんできたからだった。

イレーネは母親にまったく耳を傾けようとはしなかった。はしゃぎながら彼女はあざけりをつづけた。「だから結局はあなたもヴァイル家とカッパー家をご存知だというわけです、あの人たちはわたしの親戚です、テプリッツ市民さん……」

「通りいっぺんのことは存じてますが」

「わたしたちも結局は縁つづきなのかもしれません。ご存知のように、こんなお話があります。わたくしどもの雌牛があなたがたの牧場で草を食《は》んでいた……二人のユダヤ人が出会うと、その十分後には、ご存知の通り、縁つづきになっている」そして彼女はこうした談議の真似をし始めた。「わたしの母の旧姓はボンディといいますの……」

この言葉に心臓を射抜かれたかのように、母親はやにわに興奮した。「もしや……あなたはローゼンタールさんとおっしゃるのでは――ラウン郡[006]のローゼンタールさん、大きなホップ会社を経営していらっしゃる、あなたの兄上さまは……」

「兄はずっと前に死にました」

「ご無礼を……」

「いや、ほんとうに」と、さっとイレーネは向きを変えた。「テプリッツの人たちは耐えがたい。特に女、たとえば、わたしの従姉妹……男については、いまのところわたしはなんにも言いたくありません……ご存知の通り、女たちはドレスをウィーンやパリから取り寄せます。ここではすべてが大都会風です、テプリッツじゅうが大都会風です。大都会風という言葉が気になって仕方なかったんです。いいです、そうでしょう？　たとえば、劇場の喫茶室、あの豪華さ。もしくは、電話線、自動車、劇場……大都会風そのもの。女たちは昼食になにをこしらえるか、電話で相談し合っています。人々は一冊の書物のために貸本屋に自動車を乗りつけます。大都会にふさわしいふるまいではありませんわ……」彼女は皮肉をこめて、かぶりをふった。

「ぼくは休暇のあいだしかここにはいないんです」と、フーゴーはびくびくしながら抗弁した。彼自身にも不安になる理由はわからなかった。「ぼくはプラハで勉強しています。テプリッツには実科ギムナジウムがないもので……」

「あなたもおわかりのように、あなたの長所は実科ギムナジウムに関係しています。わたしにはそれがすぐにわかりました……」この自信に溢れる態度は彼女にとてもよく似合う、とフーゴーは思った。彼女は身を起こした、その痩せた体は、関節から崩れ落ちるかのようで、たわんでしまいそうだった。その瞬間、母親が謙虚にも、再び一歩引き下がり、話題がさっきのことから逸《そ》れたため、彼はイレーネを、気づかれないようにわきから観察することができた。彼女はもはや若くは見えなかった、年齢は二十五歳程度ではないか、と推測された。顔は小さかった、顔の色艶《いろつや》に欠点を認めることはできなかったが、特別に美しいという印象は受けなかった。血色は繊細でしわはなく、ほんのりと赤みがさしていたが、かすかな土気色のトーンに覆われていて、肌の赤みから、いかなる濃淡、陰影も認められなかった。顔の血色は単調そのものだった……森の樹木のあいだに沈みゆく太陽が彼女の髪を赤く輝かせた。太陽の光に照らされると、彼女の髪はいつもよりずっと豊かに見えた……「素晴らしい髪です」と、彼はかすかに言った。

物憂《う》げに彼女はうなだれた。「そういうのは男が女について噂するときの最後の手段でしょう、可愛《かわい》い……あるいは、美しい髪だとか……そんなふうに言われる女はきっと醜い女にちがいありません……こんなことをおっしゃるべきじゃないわ、フーゴーさん」

「そんなつもりでは……」彼は彼女のあけすけな態度に驚いた。

「同じことです。こんな夕べにはどんな言葉も危ないんです。言葉が記憶を呼び醒《さ》ますようで。こんな風には苦しい想《おも》いが溜まっています。こんな風に吹きかけられると、心の底に蓋をしなくてはいけなくなります。そうでもしなければ、想いが風に応《こた》えてしまいますもの……」

彼は再度びっくりした。彼女は小さな歩幅で歩み、さっと動くと、木の根を飛び越えたために、彼は苦心してようやく彼女に追いつかなければならなかった。その縁《へり》がやさしく蒼ざめていた彼女の頬がそれまでよりも丸みがかって見えたせいで、彼女は少女のように幼く見えた。彼女の長い、まっすぐに伸びた細い鼻は、眼に浮かんだやさしいしずくの下で額《ひたい》に接していて、髪が震えていた。近づいて観察すると、彼女の全身は、まるで眼に見えない数々の口づけの圧力にさらされているかのように、震えていた。こめかみには動脈が青く浮かび上がり、何度か脈を打った。彼女はどこかのだれかに向かって駆けていき、影を抱きしめた。われを忘れた彼女はぶつぶつとなにかをつぶやきながら、ぼんやりと、かすかなため息をついた。心の底をさらしたかのように、幸せそうな表情を浮かべて彼女は微笑んだ、ほっとして、虚栄心のかけらも見せずに……フーゴーはじぶんが独りにされようとしていることを感じた。「あなたはきっと恋をしているんですね」と、彼は彼女を引き止めようとした。

彼女はうなずいた。彼女はフーゴーの言葉に気分を害したようには見えなかった。彼女はいっそう深く、もの思いに身をゆだねた。彼女は早足で、妖精のように彼の傍らに飛んできた。

愚かにも、彼に思い浮かんだのはこんな言葉だった、彼はこの言葉を自制することができなかった。「ぼくも同じです。ぼくも恋をしているんです……」

慈愛のまなざしをこめて彼女は彼を見た。さっきのような、にべもない返答をする様子はもはやこれっぽっちも感じられなかった。彼らは松の木陰に立っていた。彼女は肩で息をしながらベンチに寄りかかった。「悪いことではありません」と、彼女は彼に目配せした。

「悪いことと美しいことが同時に」

「それもいいじゃありませんか……」彼女の眼には涙が浮かんでいた。「あなたがわたしを見つけてくださって、ほんとうによかった。わたしたち、友人になれます……」

「もう友人じゃありませんか」と、彼は上品な声調で言った。「言ってくれませんか、あなたもおかしなことだとは思っていない、と。ぼくたちがもうこんなに親密に語り合っていることを。ぼくたちはほんの半時《はんとき》前まで、互いのことをなに一つ知らなかった、それどころか、互いの存在を意識したこともなかった」

「ええ、わたしもおかしなことだとは思っていませんよ……」と、彼女はやさしく言った。

「ぼくも」と、彼は急いで言った、確信をこめて。

「そんなことが言いたいんじゃなくて……世界に人はそもそもわずかしか存在していない……」

「このわずかな数の人々が互いに補完し合って……」彼は、片膝をベンチに向かって伸ばし、彼女の前に立ち、彼女の声に耳を傾けた、彼女が快い声でつづきを語るのに。「いっしょに話をすることが叶う人、そんな人は世界にほんとうにわずかしか存在していません……あなたのおっしゃる通り」そんなふうにして彼女が彼の言うことに賛成することは、彼にはまるでおもねりのように思われた。彼に同意するのもはじめてのことだった。

「人生は不思議なものです」と、彼は言った。すると実際、彼にはこのうえなく不可解なことに思われてきた、片膝をベンチの台座に置きながら、得体が知れなくはあるが、ともかくとても気の合う淑女の前に立っていることが。夕べの風が樹々の梢を揺らした。森の小径にかかる空のせまいすじが、風向きにしたがって、ぱっと開けたり、急にせまくなったりした。この夕べの風は彼の紅潮した頬をとらえた。向かいでは、イレーネの黄金の髪の束が頬をやさしくかすめ、再びもとの位置に戻った。薄暗い視線の先には、樹木の幹をかすめると、さらに別の樹々の幹、うろこ状の樹皮、枝、松の葉、地上に落ちた松ぼっくり、そして地面がつづいていた、これらのすべてがその背景もろとも不透明な壁に向かって消えていってしまうまで……「おかしなものです……」と、彼は繰り返した。「ぼくはこの道を通らなければならないし……それにあなたはあのいざこざに巻きこまれなければならないし……ぼくがほんの五分でも早く、あるいは、遅く出発していたら……」

「おわかりとは思いますが……そんなことに大した意味はありません……ママをお待ちいたしましょう」

彼女はベンチに腰かけた。

「風邪を召されませんように……」彼女の体調など気にもかけていないようなそぶりをしながらこう言い、片膝を引いたとき、彼は畏怖にかられ、震え上がってしまった。なんてことを彼女は言うんだ！「そんなことに大した意味はない」この平易な言葉の背後には、彼がひそかに自問《じもん》しながら、彼女の態度のふしぶしからあいまいにではあるが、確かに感じてきたなにかが隠れている……彼は彼女を理解した、それもこんなにも深く！　彼はこれまでに経験したことのない恍惚《こうこつ》を感じ、静かに訊いた。「そんなことに意味はない、とあなたはおっしゃる。それであなたはなにをおっしゃりたいんです、それはどういうことなんです……」ほかのだれなら、彼女と同じように考えられるのか。彼女のように考えられるだれかがいる、彼にはそんなだれかの存在が信じられなかった。彼女のような思考は、彼の思考能力のおよぶ限界として、彼には抱き得ないものだった。怯《おび》えながらも、彼は彼女の真意をたださずにはいられなかった。

彼女は笑った。しかし、今度はその声の響きから険は感じられなかった。「よろしくて、わたしにはそれを言うのに、こんな言葉があります。それは……つきまとう……と言います。人たる者、互いにつきまとい合うべきじゃありません。たとえば、人々が議論をすると、どんな善意からであっても、凡庸だとしか思えないことがらが出てきます。死だとか運命、人類だとか生だとか神だとか、そういったことがらです……ここの荘館にはある人物が滞在しています。あなたもその人物とお知り合いになることでしょう。その人物はヌスバウムといいます。あの男は絶えずわたしにつきまとってくる――わたしはこう言おうとしているんです、あの男には吐き気がする、と。おまけに、その男は喜劇作家ときたものなんですから……」

彼の脳裡《のうり》に浮かんだのは、まさにそのことだった。つきまとうことが悪いことだという認識は、少なくとも一瞬は持続した。彼が話そうとしたその瞬間、彼女と彼との合意は、調子が外れてしまっていた。彼はじぶんの思考がもはや限界にきているのを感じつつも、あいまいなまま思考をつづけなければならない、と思った。「友人なら、互いにつきまとい合ってもいいじゃありませんか」

彼女は賢そうなまなざしを彼に向けた。「新説……かもしれません」

「ものごとをなすとき、感情でなせば、理性ではなく……ものごとから厄介ごとがなくなるやもしれません」

「そうかもしれません。友人なら互いにつきまとい合ってもよろしい……これがわたしたちの散歩の、最初の成果かもしれません……これからもたくさん哲学をいたしましょう」

彼女ははつらつとなった。彼女は生きる可能性を新たに見出したようだった。これまで彼女はずっと打ちひしがれたままに話していたのだということが、ようやくいまになって明らかになった。やっと彼女は朗らかになり、ほんらいの明るさを取り戻したらしかった。「そうです、友人は喜劇作家ではないんですから……」「そうですとも」と、彼は躍《おど》り上がった。「友人と喜劇作家は正反対の存在です……」「あるいは、喜劇作家と実科ギムナジウムの生徒は正反対の存在であるとも」と、彼女は愉快そうに応じた。「あるいは、哲学者と理性だけでつきまとってくる人とは」

「ぼくたちはいっしょに秘密の言葉を作りました……素晴らしいことです」彼はにやにやと笑った。彼の青年気質があらわれた。彼はすぐそばにある枝を折ると、鞭《むち》のようにして空中をしゅっと打った。

「秘密のための隠語――それには承知しかねます」

「ぼくに話してくれませんか」彼は枝の鞭打ちをやめた、際限のない歓喜と好奇心が彼を満たした――彼女との相互理解をもっと深めたい、彼女の秘密にわけ入り、それを味わいたい。「あなたはご自身の秘密についてお話なさるとき、いつも一つの秘密についてというようにしか、お話しにならないんでしょうか……それともぼくに、秘密を明かそうと思っていらっしゃるんでしょうか……いつかは、と……」彼は片手を体から離しながら、じぶんがほぼ白髪になり、彼女がおばあさんになっている姿を思い浮かべた。二人はそのときも友人同士であって、そのときになってようやく、双方の秘密を打ち明けようとしているところだった。

「それよりほかのことをおうかがいしようかしら」と、彼女は利発そうに微笑んだ。いまの彼女のずる賢さには愛情深さがあった。眼を亀裂のように細めると、彼女はぎらぎらと照り輝く日光をのぞきこもうとでもするかのように、彼女自身の輝く心のなかを見ようとした。「当ててさしあげましょうか、よろしくて？　あなたがさっきおっしゃったのは、あなたの愛、恋についてなんでしょう。それがあなたの秘密なんでしょう……」

彼は怯えんばかりになった。「いやちがう……まったく別のことですよ……」

「わたしの場合には……」彼女はじぶんの失敗にきまりわるそうに恐縮し、ためらいながらつづけた。「つまり……秘密と愛はまったく別のことではありません。わたしの秘密は恋愛と関係があります。しかし、秘密と愛はそれぞれに異なる二つの案件です……」彼は、彼女の秘密は愛で隠されてしまった、と思った。彼女はきっと、彼がもっと多くのことをしゃべる前には、じぶんの秘密を明かしたくなかったのだ。

「そのうちにきっとお話しします」と、彼は焦って言った。

母親の姿が小径に見えた。

彼は、時間がせまっているから、きょうはこれ以上話すことはできないだろう、と思った。そこで彼は焦って、事態を打開しようとした。「そうそう、ぼくの場合も秘密と愛は関係しています」そう言ってみると、彼にも案外そうかもしれない、と思われてくるのだった。「結局のところ、すべてが関係しているのではありませんか」と、彼は話を引き取った。

母親が彼らに追いついた。「なんて早歩きなの、イレーネ……あそこにはまだ着かないのかしら、ローゼンタールさん……」

ようやく彼はふり返った。「仰せの通り、あそこから階段が始まっています……もうじきぼくたちはシュテファン広場〔テプリッツ市内の広場。路面電車の終着駅が設けられていた〕に着きますよ」

少し歩くと、彼らは森を出て、周囲に壁をめぐらした展望台に着いた。

「忘れられない散歩になったわね」と、母親は安堵の息をつき、少しばかりきょろきょろと、疲弊した眼でイレーネを、それから下方に広がる市街地をながめた。フーゴーは立ち止まっていた。彼はそのあいだずっと、感謝の言葉を期待していた。感謝の言葉はなかった。しかし、彼にはすでに感謝の意思がつたえられていたのではなかったか。彼は女たちから一歩遠ざかった。この一歩はまるで一つの終わりであるかのように、彼にとって、とてつもなく大きな意義のある一歩であるように思われた。ようやくこの一歩を踏み出してみると、彼の視線の先には、階段の手すりの向こうに、列状に並んで立っている暗い色調の建物群が見えてきた。そのさらに向こうの空間に、空に向かって、市街地がまるで丘陵のように上空へと弧を描いていた。塔が二つか三つ、空に向かって突き出ていた。塔は蒼穹《そうきゅう》の測りがたい広がりに比べたら、あまりにも小さく見えた。

ようやく母親が言った。「素晴らしい景色ですこと！」そして、もう一度ため息をついた。

一行は階段を降りようと向きを変えた。欄干のガス燈には、すでに火が入っていた。

階段を下っているあいだずっと、イレーネは母親と買い物について相談していた。一等の夕食はどこで買えるかしら……あるいは、市庁舎のレストランで食事をするのがいいかしら？　せつなさを抱えながらフーゴーは彼女たちの数歩先を歩いた。彼は、じぶんは必要とされていないのではないかと感じたが、しかし、同時に、じぶんは欠かせない存在として、すでにイレーネにきつく結びつけられているとも感じていた。にもかかわらず、彼はわざと彼女から離れていることを通じて、彼女のなかにある、彼にそばにいて欲しいという感覚、彼と彼女とは互いに補い合う関係にあるという感覚を、高めたいと思っていた、いまこの瞬間のために、あらゆる未来のために。彼はそわそわと彼女の前を歩いた。声をかければ、彼女は彼を引き寄せることもできた……彼は待った。しかし、なにも起こらなかった。彼がふり返ると、二人の女たちは相談に熱中していた。背後のイレーネは彼のはるかかなたにそびえ立っていた。彼の視線は彼女のドレスの腰紐《ひも》にかかる留め金しかとらえられなかった。

「もうこのあたりに見覚えがありますか？」気は進まなかったが、彼はこんな話題をじぶんに強制するよりほかになかった。そもそも黙っていられればよかったのに！「あそこが保養棟で、あそこに郵便局が……」

「まあ、郵便局ですって……わたしが郵便局を知っているかどうかとおっしゃる！」ため息をつきながら、イレーネは彼のほうへと降りてきた。

「それがあなたの秘密なんですか？」彼はささやいた、好奇心と関心で胸を火照らせながら。

彼女は中断した。「やめて、もうよしましょう。つまらないわ。話題を変えましょう……」

「そういうことは人に命令することができるものなんでしょうか？」彼は咎めるように彼女を見た。

「あなたには理解できないだけのことです。あなたは察することもおできにならない……お話はこれまで。さっきお話しした通り、わたしは神秘に覆われているんです……」彼は考えた。聞こえていないふりをするべきだった？　そうしたところで、彼女はそれを望んでいなかったかもしれない。「従姉妹が待っています。もう市街地に着いたんですね。あっという間でしたね……従姉妹と知り合うことは、あなたにとっても、とてもいいことです。わたしたちはこれからたびたび夜会で顔を合わせることになるんですから……それにヌスバウム氏とも。もう従姉妹があそこにいます!」

紳士淑女たちの集団が彼らに向かってきた。

「あきれた」と、甲高い声が聞こえた。この声からやさしい響きは感じられなかった。「ようやくご到着? わたしたちは七時からここにいたのよ」これは最年長のカッパー嬢の声だった。フーゴーはさっと簡単な挨拶をして、わきに退いた。

「つまり集会は来週開催される!」こう言いながら、あごひげを左右に整えた、大きな男が、ぺちゃくちゃとしゃべっている女の群れを掻き分けて前に出てきた……イレーネは突然、夢のようなゆっくりした口調からかしましいだみ声になり、仲間を引き連れて、その男のほうに歩み寄り、仲間の挨拶と握手に応じつつ、愛想よくお辞儀をした。女たちはしきりに彼女に話を聞かせていた、その様子はまるで、彼女がいない間に、世界を転覆させるような緊迫したできごとが起きたかのようだった。突然に全員がどっと笑った。別の紳士の声が笑いをかき消した。「きょうはボウリング場に参るんでしたな?」従姉妹の一人――遠くからフーゴーにはそれがアリス・ヴァイルであることがわかった――が、便箋を広げた。すると、すぐにイレーネはアリスを連れて仲間から離れた。さっきまで笑っていた彼女の顔はこわばっていた。

フーゴーは立ち去る決心をして、数歩足を踏み出した。彼のことを気にとめる人はもはやその場にだれもいなかった。

そのとき、背後からイレーネの声が聞こえた。「ローゼンタールさん……」

彼はふり向いた。

「わたしのせいです――すっかりあなたのことを忘れてしまって」

彼は不機嫌な顔で彼女を見ていたにちがいなかった。彼女は素早くこうつづけた。「侮辱された……どうしてそんなふうにお思いになるの？　きょうのできごとがあって、あなたはいまだにわたしたちのことを詐欺師だと思っていらっしゃるやもしれません、このただ飯食《めしぐ》らい、と……もしわたしをそんなふうに思っていらっしゃるんなら、わたしは特別に光栄なことだと思っています……」

「急いでなんかいませんよ」と、彼はどもりながら言った。

「そのようですね、それじゃ、あなたからの雪辱を期待しております」

そそくさと彼女は再び彼から離れていった。「これからもっとたくさんお眼にかかれます。あしたの朝、荘館にお寄りいただけないかしら？」

# 二　フーゴー

帰宅すると玄関では、彼の母親が小言を準備して彼を待っていた。「オルガはとっくに着いたのに。おまえは駅にいなかったって……」

「勘違いして……乗る予定の汽車をまちがえちゃって」母親はすぐに彼をやさしくいたわった。「もういい。わたしが独りであの子を迎えに行ったんだ……たくさん歩いたのかい？　結構なことだよ。きょうのおまえの顔色はいつもよりよさそうに見える」

「森にいたんだ」

「さあ、おいで、食事だよ。足が痛むのかい？　かわいそうに」彼女は彼の髪をさすった。彼はそもそも背が低いのに、屈まなければならなかった。そうしなければ、この小さな女は手を伸ばしても、その手は彼には届かなかった。彼は彼女の頬と、白く痩せて骨ばった手に口づけし、後ろを向き、上着から書物を椅子のシートの上に器用に滑りこませた。彼は教科書を上着にくるみ、玄関ドアの裏に隠しもっていたのだった……こうして彼の二つ目の手は自由になった。彼は夫人の腰にその手を絡《から》ませ、やさしく抱いて、食堂室へとエスコートしていった。

彼の父親——コリーン[007]で官吏をしていた——は数年前に逝去していた。母親がいくばくかの資産を所持していなかったなら、この少額の年金だけでは、未亡人と二人の子供たちはとてもやっていけなかっただろう。彼女は両親の死後、テプリッツの邸宅を相続していて、配偶者の死後、この土地へと移り住んできた。この家の道路に面した部分を夏のあいだ、保養客に貸し出そうというのは、フーゴーの発案だった。彼は生まれつき手先が器用だった（彼には、時計が止まれば修理し、子供たちのために小さな電気ランプを細工してやるという習慣があった）ので、自ら改装計画を練り、左官職人の力を借りて、実際にそれを実現させた。それは美しい日々だった。ルーツィエ夫人は自身の「小さなエンジニア」を人前で臆《おく》することなく、誇ってみせた。彼女は息子を助け、助言をし、夢中で作業をした。さまざまな機会を通じて、彼女のきゃしゃな体には、信じがたいほど多くの情熱と活力が蓄《たくわ》えられているのが、証明された。しかし、夏のあいだ、彼女は、家の前面部分に滞在している客の世話にほとほと手を焼いていた。この困難はやがて克服されることになった。オルガ・グロースリヒト——ローゼンタール一家がコリーンに住んでいたころの隣人の娘——が夏を過ごすため、テプリッツに招待された。気立てのいい若い娘は言いつけをよく聞いた。両家の交誼《こうぎ》は、オルガがローゼンタール家に滞在、共同生活をするのと引き換えに、一家の家計を甲斐甲斐しく援助することを当然のことにした。彼女は一家とともに温泉地で過ごせることを心から感謝した。彼女はだれからも好かれ、人々は秋になると、彼女が再び去らなければならないことを惜しんだ。それだけいっそう、夏の終わりの学期始まりは母親と息子を引き裂くことになった。このような一家の状況（夏のあいだの三人でのにぎやかな生活、秋の母親の孤独）は、それが当然のことのように過ぎていき、三年のあいだ、連続した。その結果、この生活への参加者は、それ以外の生活のプランを想像することができなくなってしまった……

二人が入ってくると、オルガは「お帰りなさい、フーゴー」と言い、食卓の準備を中断した。「元気だった？」

「大きくなったね」フーゴーは驚いて彼女の顔をじっと見つめた。

「それに立ち上がるとね」彼女は彼のほうを向き、立ち上がった。「どう、こんなに背が伸びたなんて、想像もしなかったでしょ」

「そうだね、オルガ」と、母親が言った。「いまのおまえは娘盛りそのものだね。去年のいまごろはまだやんちゃ娘だったのに……」

「そんなことないわ。去年のわたしはもう娘盛りだったし、今年のわたしはもうひとかどの令嬢よ」

フーゴーは笑った。「なに言ってるんだよ？　去年のきみはやんちゃ娘だった。そして今年のきみはひとかどの令嬢だときてる。それならきみは娘盛りを飛び越えてしまったんじゃないか……」

彼らは食卓についた。ルーツィエ夫人はオルガの到着祝いをしようと、銀製の食器類、古い絵皿を並べた。すると、皿の表面に描かれた絵、小さな薔薇と天使たちが、透き通ったスープに浮かんでいるように見えた。

オルガは自身の親族、そして、コリーンのかつての隣人からの挨拶をつたえた。特に大きな変化はなかった。町は大きくなって、美しい庭つきの分譲地が新たに整備された。しかし、まだどの家にも住民は入っていない……テプリッツの友人たちはお元気？　フーゴーは答えた。「ああ、クライン氏は元気だそうだ」すると、彼女は頰を紅潮させ、次々と訊いてきた。フーゴーは笑った。「きみが答えるはずだったのに。ぼくはまだぜんぜん質問できていないじゃないか……」すると、彼女は彼の腕を軽く叩《たた》いた。彼は仕返しをするつもりだった。しかし、彼には、食卓の隣に並んでいる彼女の肉づきのよく、美しい腕に触れることはためらわれた。

「喧嘩《けんか》ばかりして」と、母親が割って入ってきた。「オルガがここにいるんだから、これからはもっと楽しくなるよ」

実際フーゴーは、家に帰ってくるまでずっと感じてきた軽い頭痛から解放されたような気がした。この発見は彼を大胆にした……オルガが席を立って、肉料理を取りに行こうとしたとき、彼は彼女の腰をつかもうとした。しっかり者の少女はさっと身をかわした。というよりは、彼は彼女を自身の手からすり抜けさせた。そのときの彼は指に、柔らかく、ほのかに香るような感触が残っていることに仰天した。そう、この感触はもはや、彼の幼なじみのものではなかった……うっとりと彼は彼女を観察した。彼女はいそいそとドアに近づき、再び食堂室に入ってきた、顔にやさしい微笑みを浮かべ、深い臙脂《えんじ》色の頬に影を作りながら。頬の臙脂はいくつかの赤の斑《はん》からできていた。彼女の黒い眼は大きく開いていた、きらりと、健康に。黒の瞳はほのかなかすみに浮かぶただ一つの暗闇だった。信じがたいことに、強い色彩が目立っていたにもかかわらず、彼女の顔には、かすかなかすみもかかっていた。

「ああ、これからもっと別嬪《べっぴん》さんになるだろうよ」と、ルーツィエ夫人は言った。夫人は立ち上がり、それぞれの席に並べられている皿に一人前の料理を取り分けた。立ち上がるとようやく、彼女の高さは座っているオルガと同じになった。「あしたは午前中にわたしたち二人の仕事を終わらせて、午後からフーゴーと散歩に出かけるよ、フーゴーや、あしたの散歩は控えることだね……」彼女はオルガのほうだけ向いて言った、「これまでもわたしの言いつけなんて聞いたためしがないんだから。フーゴーのやりたいようにやらせるしかなかったのさ」

「じゃあ、ぼくはプラハでどうすればよかった？　あそこじゃぼくを監視するったって、できやしないだろう」

「独り暮らしがいいか悪いか、だれが知るもんかね」と、母親はため息をついた。

フーゴーはグレートルのことを考えた。彼の不運については、母親が正しかったのではなかったか……なるほど、ここで恋愛から隔離され、せばめられた道を行くほうが、きっといいにはちがいなかった。感動が彼を襲った。もとに戻ることができたなら？　彼はまだ最終的に見放されてしまったわけではなかった？　彼は周囲を見回し、のろのろと歩いた。彼は隙間なく配置された家具に撫《な》でられているような心地がした。部屋を構成する基調色の茶色、厳粛さを演出する白のテーブルクロス、テーブルの天板すれすれの位置にまで垂れ下がっているランプシェード。この環境でなら、安心していられる、と彼は思った。どこのだれなら、彼をここから引きはがせた？　彼は母親の肩をさすった。彼の手は肩から首すじに向かった。彼は彼女の首すじに口づけした。母親のブルーのガウン——腰を紐でとめていなかった——は、だらりと垂れ下がっていた。彼女の温かさ、彼の掌中《しょうちゅう》にある彼女の手……彼にとっては彼女のすべてが賛美すべきもの、芳香漂《ただよ》うもの、聖なるものであるように思われた。

「愛ね」と、オルガが近づいてきて、この光景を冗談めかして言った。「天の神さまもおよろこびでいらっしゃるわ」

オルガの明るさと生《き》まじめさが、さらに顔に彩《いろど》りを添えた。

「おまえだってわたしの二人目の子同然じゃないか」と、母親が彼女に誓いの言葉を投げかけた。

「そうだよ、ぼくだって嫉妬しちまう」と、フーゴーが叫んだ。オルガは彼の反対側から体を老夫人に預けた。老夫人の体が動いて、感慨深そうに顔を傾けた……いまのいままで老夫人はこんな経験をしたことがなかった！　彼女の灰色の頬は落ちくぼんでいて、白くなった髪は分け目のてっぺんで小さく結い上げられていた。「さあさ、子供たちや」と、彼女はおもむろに自身を鼓舞するかのように言った。「男爵夫人が夜になにか入り用でないか、確認しなきゃならない。このあたりの人々はロシアのしきたりを知らないからね」借主世帯がきょう新たに入居してきて、ルーツィエ夫人は甲斐甲斐しく、客の便宜のために心をくだいていた……

夫人が部屋から出ていくやいなや、フーゴーは突然の決意をまとめて、彼女の前に歩み出た。「きみの知恵を貸してくれないか、オルガ……そうしてくれるね？」彼は前々から心配ごとがあるたびに彼女に打ち明けてきた。彼にとって、彼女ほど信頼を寄せられる相手はほかにいなかった。彼女の黒髪から信頼が彼に近づいてくるようだった、彼の心、唇へと……

彼女は彼の顔を静かに見つめた、親身になって。事情を余すことなくいっさい打ち明けようと思っただけで、彼は心が軽くなる気がした。「単刀直入に言えば――ぼくは今年落第した……」これは彼最大の秘密だった。この秘密はこれまでずっと彼の胸に重くのしかかっていた。

「落第ですって！　学校で？」

「そうなんだ、そういうわけなんだ……でも、そうじゃない」

「落第！」彼女は手を叩いた。「留年！」

「まだ、そうと決まったわけじゃない、オルガ。これから再試験があって……」

彼女はつづきを訊きたさそうに彼を見つめた。

「つまり、夏休み明け、ぼくはもう一回試験を受けなくちゃならない……」

「それに合格しなかったら……」

「留年さ、それも一科目のために。合格すれば、万事問題なしというわけ」

「ほんとうかしら……」

彼女は彼の状況、告白の内容を想像するのに苦心しているようだったが、それは彼を苛立《いらだ》たせはしなかった。それとは真逆に、彼のなかにある彼女を信頼する気持ちが大きくなった。オルガには裏表がなく、ただ善意だけがある、と彼は、はっきりと感じた。彼女はただ注意深く耳を傾け、彼女の遠く隔たった境遇から、彼の問題を観察し、整理しようとしてくれた。「お母さまはご存知なの？」と、ただちに彼女が訊いてきた。

「一言《ひとこと》も言ってない」と、彼は涙をこらえながらつづけた。「こんな惨《みじ》めなこと、とても言えやしない……ぼくはじぶんが恥ずかしい。そんなことを言ったら、母さんが傷ついちまう」

彼女はすぐに話し出した。彼を傷つけまいと懸命に言葉を選んでいた。「それじゃどうするの？　どの科目のせいなの？　それに、言わずに済ますことなんてできるの？」

彼の判断はまちがいではなかった。彼女が事態を深刻に受け止めようとしてくれていたことは、彼の心を落ち着かせる効果があった。ほかのだれかだったら、たかが学校でのできごとではないか、と事態を笑い飛ばし、彼を慰めようとしていただろう。彼女にはこのようなことは思いつきもしないのだった。彼女は怯えたような顔をしながら、さっきのように深刻な様子で訊いてきた。「どの科目？」

「もう一度はじめから詳しく話すよ。ぼくのせいじゃない。つまりその、いや、わからない……場合によっては、部分的には、ぼくに責任があるのかもしれない。教授がぼくをだましたんだ。しかし、落第はそれとは別件だった。そう、それを話すには何時間もかかってしまうんだった……ぼくに約束してくれさえすればいい、ぼくを助けてくれるって。ぼくが夏休みのあいだずっと本を読んでいることに母さんは耐えられないだろう。母さんはいつでもぼくのため、と思ってくれる。だから、ぼくが引きこもって勉強をしようとしたら、外に誘い出そうとするだろう。そうなったらおしまいさ……いままでぼくはずっと物理の教科書を上着に隠して、森を歩いてきた。しかし、これから、きみも知っての通り、母さんときみがぼくについて散歩に出ようっていうんだぜ。どうしたらいい？　途方に暮れちゃって……」悲しそうに彼女は彼を見つめた。彼女のまなざしは彼の気分を明るくしたが、同時に窮屈にもした。彼はすべてを言わなければ、すなわち、彼女にはなにもかも打ち明けなければならない、と感じた。ところが、言えば言うほど、彼には言わなければならないことが思いつくのであり、言わなければならないことが、体に残っているように感じられるのだった。

「困ったわね」彼女はかぶりをふった。彼女の同情にほだされ、彼はしゃくり上げた。そう言いながらも、彼女は落ち着きを取り戻していた。「蠟燭《ろうそく》を探してくるわね……そうすれば、夜に勉強できるでしょ」

「しーっ」

階段を上がってくる足音が聞こえた。彼女は彼の「しーっ」を繰り返した。

「それに物理なら」と、彼は悲鳴を上げた、かすかに。しかし、その声には悲しみの感情が凝縮されていたため、重たい響きがした。「だれがどんなふうに言おうと、ぼくにはこの科目のための特別な才能があるんだから……」

母親が満足そうに微笑みながら入ってきた。

「やれやれ、終わった。あのロシアのお客さま、面倒なかたがたじゃなくてよかったよ……ここはどんな具合かね？まだ片づけが終わってないじゃないか、オルガ。おまえは冬のあいだに忘れてしまったと見えるね、よき主婦であれと言ったのに……」

オルガは赤面して飛び上がった。彼女が皿を片づけ、テーブルクロスを取り払っているのを見ていると、フーゴーは感激して思わず声を上げてしまった。「おお、オルガが非の打ちどころのない主婦になっている、オルガがよき主婦になっているなんて、想像したこともなかったよ」彼女の顔にはいまだに不安が浮かんでいた。彼女は仕事に励むことを通じて、なんとかその不安を打ち消そうとしていた。甲斐甲斐しく働く彼女の顔はいつも以上に彼女を美しく見せた。彼女の頬はいつもよりも赤く火照っていた。密な黒髪、きりっとした鼻すじ、大きくて柔和な唇――彼女の顔の造作はこのうえなく豊かで、生き生きとしていた。その造作は、眼に浮かんだ心痛を倍増させているように見えた。立派な体格、幅広い肩、丸顔はどんなきゃしゃな容姿にもまさる。彼女ほどフーゴーの窮状《きゅうじょう》について嘆いてくれる人はどこにもいなかった……

それから彼が自室へと階段をのぼって引き上げていったとき、彼を襲った混乱はどれほどのものだったか！　彼の部屋は街路に面した表面《おもてめん》の四階にあった。母親とオルガは下の階の裏庭に面した側で眠っていた、彼から遠く離れて。階段は横に広く、段差は低く、踏板は木製で、ちょっと進むと簡素な踊り場があって、それを通り過ぎるたびに向きを変え、彼の自室にいたるまでには、広い控えの間と石のタイルを敷き詰めたバルコニーをいくつか通り過ぎる必要があった。猫が一匹、羊毛のかたまりのように、どこかの塀の張り出しから飛び出してきて、洗濯物をつたって地面へ降りていった。月の光がいくつかの白いすじとなって部屋へとさしこんできた。光のすじはあちこちで、古いタンスの角にぶつかると折れ、タンスの膨《ふく》らみの上で進路を変え、さらに伸びていった。光のすじは細く、カーテンがかかっていたりいなかったり、そして、さまざまに異なる位置に取りつけられた窓からさしこんでいたにもかかわらず、光は壁の上方へと伸びながら、暗い部屋の隅々《すみずみ》を照らし出していた。桶と樽がいくつか転がっていて、壁づたいに長持が置かれていた。使われなくなった古い家財道具でいっぱいの部屋……フーゴーはこの古い屋敷にどれほどなじんでいたことか！　かつてこの部屋で暮らしていたころの子供の彼の幸せはどんなに大きかったことか……この部屋に独りで座っていると、夜の冷たい空気が二倍の冷たさに感じられた。冷気は不安な追憶を連れて、彼に忍び寄ってきた……彼は冬のダンスの時間、冬の同好会の会合を思い出した……彼は階段をのぼってきたときから携《たずさ》えてきた蠟燭の火を消し、この追憶に浸りきろうとした。そうしていると、月の光は冴え冴えとして蒼白くなった。ああ、いまとまったく同じように、あのときもアーク灯が雪のなかで光っていた。彼は舞踏場を出ると、その前で彼女のために車を呼んだ。彼はすっかり汗をかいていて、外套の襟を立てたままにしていた。真っ白な皮手袋に包まれた彼の手はじっとりと湿っていた。急いでいて、彼は手袋をつけたままだった……この少女、グレートル・マーラーが彼をすっかり狂わせた。そう、この前の冬、彼という存在は大きな衝撃を受け、もはやそれ以前の彼には戻れなくなった。かつての彼は自身を意義ある存在だと思い、偉大な存在になるようにと、召命《しょうめい》されているように感じていたのだが、いまの彼はさげすまれた結果、その役を演じ終えているように感じていた。こうした不幸な夜――彼女はほかの男たちと踊り明かした――彼女は彼を愛していなかった、いや、それどころか、まったく気にもとめていなかった――それから夏、ヘッツ島[008]でのテニスコートの午後。希望、彼の地味な求愛、そして、求愛はいつも不毛に拒絶された。静かな、ほとんど街灯のないカロリーネンタール[009]の通りへと、彼は彼女を家まで送っていく。冗談を言い合う、盛大な夜会、いつまでも愉快そうな彼女の姿、そして、彼の落胆……彼は彼女からなにを望んでいたのか……彼の落第はひとえに彼女ゆえのことだった。彼にはそれがわかっていた。彼女は、彼が感情をすっかり彼女に捧げることを要求した。彼女は知ろうともしないで、学校に向けるはずだった彼の気力が彼女のためにすっかり失われてしまうのを……ああ、なんという不幸が次から次へと彼を襲ったことだろう！　大災禍と絶望のない昼下がりは一日としてなかった……「ぼくはようやく十七歳になった……」彼は自室へのしきいをまたぎながら、静かに独り言《ご》ちた。「ほかの人たちは言っている、いまが最もうるわしいとき、人生の開花期だ、と。しかし、ぼくよりも憐れな人間はどこにもいないんじゃないか？　ピストル自殺をしようというんなら、いまだ……」彼はこれから過ごすことになる長い歳月に思いをはせた。このような悲観に、彼は耐えられなかった、苦悩ばかりがつづくにせよ、それにくじけてしまうなんて。彼は母親のことを思った、だめだ、母さんを悲しませちゃいけない……しかし、グレートルよりほかのことを想うことは、時間の浪費だった、すぐに彼女の顔が再び彼の脳裡に浮かんできた……彼は窓を開けた。すると、白いレース地のカーテンが風を受けて膨らんだ。遠くから音楽が風とともに部屋に入ってきた。音楽が樹木の幹の暗い空洞から響いてくるようだ、と彼は思った。窓の前にある樹木の枝と葉が、彼に影を投げかけていた。樹々の葉は黒く、そのうちのいくつかは街灯に照らし出され、金属質の緑に輝いていた……弓の形になった月が雲のあいだからその姿をのぞかせた、同時に音楽がやんだ。月の光に眼をくらまされ、顔を白く照らされ、彼は、揺れながら白くまたたく樹々の輝きをながめつつ、音楽と隙間風と光が交互にじぶんを楽しませようとしてくれているのかもしれない、と思った……すると彼は悲しくなった。もはやなにも、ほんとうに、この世界の彼には、まったくなにもなかった……そう、グレートルが彼を愛してくれていたならば、少なくとも、あの、太った、学生結社の制服を着た男[010]を愛していたのと同じくらいに、あるいは、それ以上に――ああ、神さま、彼女がここ、フーゴーのそばにいて、彼が自室を案内することができるのなら、並木道の向こうに広がる景色を、その奥には大きな公園があるはずだ――彼はその光景をありありと思い浮かべた。彼は考えられなかった、この美しい光のなかにいる今晩の彼女が、保養所つき楽隊の、いまにも消えようとしているホルンの響きを聞きながら、彼から触れられないでいたことを。彼はやさしく口づけをしただろう、彼女の頬に――ああ、彼はいまだに、彼の人生において一度も、少女に口づけをしたことはなかった。口づけをするときの彼の動作はどんなにしなやかなことだろう、彼はこのかすかな体の接触にどれだけの愛をこめたことだろう。彼は彼女の体にいっさい触れないかもしれない。唇だけを彼女の肌に近づけて、彼女の頬を撫でる微風を感じる……そして、心をこめて、彼女とたくさん話す。「ご覧よ、グレートル」、「ぼくをわかってくれる、グレートル」それに「つまり、この話はこういうことだ、グレートル、あのときもそうだと思った？ ぼくはすっかり誤解していたよ」彼はじぶんの姿を想像した、熱をこめてこの部屋の説明をしているじぶん自身の姿を。部屋は暗かったが、彼は、昼間の色を帯びて明るくなった部屋を想像した、家具調度の一つ一つにほんらい備わっている固有の色彩そのままに。背中を開け放った窓に押しつけ、髪を戸外の冷たい風になびかせ、彼は窓に寄りかかって立っていた。すると、彼はグレートルをエスコートし、壁の周囲を歩いているような気になった。彼は建てつけがいい加減なために斜めになっている壁を案内していた——しかし、壁は厚かった。彼女は壁の厚さを信じた。白く塗られた窓枠にはめられた窓が三つ、しかもこんなせまい部屋に。窓はどれも小さく、適当な造作だった。部屋そのものの造作も適当なものだろう……そもそも古い屋敷なのだから……皿と陶製のオーナメントがぎっしりと詰まったガラス棚、銀製の麦のごわごわした茎と穂を編んで作ったリース、このリースは彼の両親が銀婚式のお祝いにと、もらったものだ……ところで、最も大事なもの。ベッドにぴったりとくっつけて設置してある二つ目のガラス棚。このなかが彼の実験室だった。静電発電機、写真機、ライデン瓶〔放電実験用のガラス瓶〕、バッテリー、蒸気機関、これらはみんな彼の小さな改良品であり、発明であり、研究プロジェクトだった。それに小さな飛行船模型……彼は胸を躍らせながら彼女に、発明品が迎えることになる未来を、そして、彼が迎えることになる未来を語った。それも彼女と一つになって……しかし、そのとき突然彼は思い出した、彼が未来に、彼にとって最も大事なこの問題に触れようとしたとき、彼女がかつてヘッツ島でまったく別の話題を口にし出したことを……彼にとって彼女はすっかり他人同然になった。彼女は彼と最後に会って以来、彼のことなどなんとも思っていないにちがいなかった。いまや彼の想像力は萎縮した。彼の想像力は、どんな苦労もしないで勝利を収めたときのように、詐欺を働いたかのように、辱《はずかし》められた。そう、愛について想像することは容易だ、しかし、それは芸術ではない。愛について想像することではなく、愛を経験することが芸術なのだ！

　彼はゆっくりと窓辺から引き下がり、着替えを始めた。彼はもう蠟燭の火を灯さなかった。実際、彼は人生からどんなよろこびも見出せなくなっていた。母親の愛、オルガの友情はごく当たり前の必需品であって——いまの彼はそんなふうに受け取っている——それは彼の気分を高ぶらせることもなければ、ときめかせもしなかった……小さな希望が彼の心に浮かんだ。イレーネだ。奇妙なことに、彼は家に着いて以来、彼女のことをすっかり忘れていた。しかしいま、彼の胸には再びさっきの昼下がりのことが戻ってきていた。嘲笑と不安、温かさと賢さの目まぐるしく、謎めいた交替。彼はあしたの朝を心待ちにしていた。荘館で彼女と会う。きっとわくわくすることが起きるだろう……それから彼女が話していた、たくさんの仲間にも会う。うとうとしているとすぐ、こんな考えが思い浮かんだ。おもしろいことになる。荘館に行ったら、その都度、グレートルに絵ハガキを送ってやる。そうすれば、ぼくが楽しんでいるということがグレートルにもつたわるはずだ。それに毎回、忘れずにイレーネというサブタイトルをつけてやる。きっとグレートルはなにごとかと思うだろう……プラハにいたときの彼は、グレートルがそこにいないときにも、パーティーに出かけていた。目的は、その都度彼女にこじゃれた絵ハガキを送ってやるためだった……こんなふうにして、プラハで過ごした日々、恋人のことを思い出しながら、彼は夢へと落ちていった。

# 三　荘館

翌日の早朝、フーゴーは保養公園に敷かれた道の奥から、荘館の両翼のあいだに開いている野外の空間をのぞいた。彼は身を乗り出して、日光浴用の籠《かご》椅子、野外ベランダに設置された桟敷風の区画をのぞきこんだ。だれもいない……彼は引き返し、柱廊、劇場の周囲をめぐり、気象柱[011]を研究し、何度も荘館の方向へと、行ったり、来たりした……十時ごろになってようやく、彼はイレーネが傾斜に沿って設置してある野外階段を降りてくるのを見た。彼はまるでいま、ちょうどここに到着したばかりであるかのように、息せききって駆けつけた。

「もう入浴は済まされたようですね」

「わたしは病気じゃありません」と、彼女は語気を荒げてはねつけた。「ママに保養が必要で……」しかし、彼女の調子はとてもよさそうには見えなかったどころか、ひどく悪そうに見えた。眼の下には、くっきりと、くまが浮かんでいて、まるで彼女は一睡もできずに夜を過ごしたかのようだった。彼女は籠椅子に座り、彼のために椅子を引き寄せてくれた。そのあいだずっと、彼は彼女を観察していた。きょうの髪は、きのうよりも少し淡い色に見え、あまり見られないような高い位置でまとめられていた。彼女はまるで細い柱のようだった。髪は額の中心で左右に分けられていて、大きくうねりながら眉毛と耳に接して通り過ぎ、うなじへと向かっていた。細い腕にうすい胸、せまい背中から伸びる長い首すじ、背中は、淡い黄色のブラウスに縫いつけられたレースとコサージュにくるまれていた。手足の動きは優美そのものだったが、彼女を見ている人はときおり不安な印象を受けた。彼女の座りかたにはどこか不自然で、不安定なところがあった。彼女はいまにも壊れてしまいそうだった。彼女のあつかいにはやさしさが必要だ、とフーゴーは思った、体の調子はそのまま心へと転移するであろう、無意識のうちに。彼は、じぶんの感覚を慈悲の治療薬のようにして彼女に放射してみたい、という想いに駆られた……そのあいだに彼女は籠椅子の隅に移動し、便箋を何枚か次々と体のわきに広げていた。「わたしへのきょうの郵便です」と、彼女は余裕の笑みを浮かべながら、同時に自嘲気味に言った。彼女は自身の不遜な態度について彼が当てこすりを言おうとしているのを察知していて、その機会を前もって摘み取ろうとしたかのようだった。

フーゴーにしてみれば、彼女の態度について皮肉めいたことを言うつもりはこれっぽっちもなく、ただ思った。「それはなによりです」

彼女は明らかに気をよくして、態度を軟化させた、いままでのよそよそしさは必要なくなったと言わんばかりに。

「友人たちからです、ほとんどが英国から。わたしは一年間ロンドンにいたことがありまして」

フーゴーは眼をみはった。「ロンドンに……」「田舎に住んでいました、ロンドン近郊の。英国での田舎暮らしというのは、世界で最も素敵なことかもしれません。想像なさるのは難しいかもしれませんが、快適そのもので」彼女は英語風のアクセントを加えて、「カンファタブル」と、発音した。「知らないことばかりで恐縮です……」彼女は自身の物語を語り、フーゴーは注意深く耳を傾けた。彼女の観察は辛辣《しんらつ》で雄々しく、驚くべきもので、彼は心から拍手喝采を贈った。彼は若い女がこれほどまでに利発に、自立した判断をくだすのを聞いたことがなかった。それからの話題はほかの手紙へと移った。女友達の一人がウルム〔ドイツ南部バーデン＝ヴュルテンブルク州の市。バイエルン州との州境をなす〕から手紙を送ってきて、この冬あそこに来るように、と言っている。別の一人は彼女を数カ月、ハンガリーの領地に招待したい、と言っている。「この人はわたしのことが好きなんです」と、イレーネは言った。「とても信じられません。わたしのためならなんでもする、なんて。わたしの滞在中、この人はご主人と子供の世話も放り出してしまうんです……」

「ご友人は結婚なさっておいでですか」

「友人たちはみんな結婚しています……それなら、わたし、わたしのことは、じきにあなたのお耳にも入ってくることでしょう……もうじきテプリッツじゅうの人々が知ることになるんですから」彼女は額にしわを寄せ、話を中断した。「またこんな人騒がせな手紙が届いています」彼女は最後まで残った手紙を手に取って折り畳み、ポーチに入れた。そのほかの手紙はまとめて一番大きな封筒に放りこまれた。「これで、これから数日間の話の種ができました。あなたにはおわかりにならないでしょう、この件がすっかり片づくか、あるいは、わたしがあれこれの噂話から遮断されたら、わたしがどうするか。それでも、手紙はわたしをいい気分にしてくれます……友人たちはみんなわたしのことが気になって仕方ありませんの、どうしてかはさっぱりわかりません。わからないというのは、わかっているということでもあります。わたしはいつだって、友人たちになにかを与える者だということです……」

フーゴーの眼の前にいる彼女は、だれからも愛され、だれからも求められる被造物だった。彼は勇気をふりしぼって、彼女の話に口をさしはさんだ。「あなたにもその、最愛の、いわゆる親友がいらっしゃるんでしょう……」

「そうとも言えるし、そうでないとも言えます」しばらくの間、彼女は沈黙した。フーゴーには彼女の気持ちがよくわかった、このような厄介なことがらには単純な答えがあろうはずもない。「一人いました、しかし、その人とも最後は悪くなってしまって……これで、また同じことから始めなければなりません。すべてがこれと関係しているんです。わたしの人生はことごとく、こんな風変わりな結果になってしまうんです……プラハのフリーダ・シュヴァルツをご存知ではありませんか？　彼女が未婚のころ、お知り合いになってはいませんでしたか、あの美しいフリーダ・ヴァントホと？」

　フーゴーは知らない、と必死にかぶりをふった。

　イレーネは彼の不案内に刺激され、プラハの社交界について語り出した。なんと、彼女はプラハの社交界に出入りしていた、それもユダヤ人の女たちにとって到達し得るかぎり最高の……彼女はつまり、プラハのドイツ人社会の一部なのであって、その階層には貴族の最上層、最良のアーリア人の集団が集っている。つづいて大商人、裕福な法律家、財界人、よきキリスト教徒の中流階層と肩を並べる裕福なユダヤ人。彼女が語ってくれたところによると、これ以降のカテゴリーの等級は娘の持参金に応じて決定されるという。三万グルデン[012]ごとに等級の境界線が引かれるというルールは、参加者によって厳守されている。フーゴーは、あなたのやっていることは学問そのものだ、と言おうとした。すると、彼女はこう切り返してきた。「学問そのものです」彼はこの見解の一致を大いによろこび、彼女の理論を自身の経験から補強しようとした。「たとえば、ぼくたちのテニスコートでは……」彼女は少しも意に介することなく、つづけた。もちろん例外もある、とりわけ美しく、あるいは、活発で、さもなくば、覚えめでたき人々、ときには、ほんとうの謎もある、ほんらいのランクより、ずっとよい層に分類されているという謎も、と……「たとえば、わたしだって」と、彼女は淡々とつづけた。「わたしは友人に引き上げてもらったにすぎません。作家のハーネンカムがそれで。彼をご存知？　あなたはだれもご存知でいらっしゃらない……」

　フーゴーは弁解をした。彼はハーネンカムの詩を読んだことがあった。

「それにしたって、わたしは彼の詩なんて一行たりとも読んだことはありません。問題になりません。わたしは文学に興味をもったことすらありません……しかし、わたしたちはよく冗談を言って笑ったものです、舞踏会で……それから、その友人で男爵のハヴァチェク――神秘家にしてプラハ出身のキザ男、大きく、肩幅が広い――がわたしに懸想して、それはおかしなできごとでした。わたしは一度、ハーネンカムの家まで行ったこともありました、もちろん一人ではなくて、フリーダも一緒でしたよ。応接間には骸骨の模型とインドの神々の像が置いてありました。それから、わたしがラーマン[013]のサナトリウムに行かなければならなかったとき、去年のことです、ハーネンカムはわたしのあとを追いかけてきました……いつか、あのときに撮った写真をお見せしたいわ、夜会服を着たわたしを」

「ハーネンカムを愛していたんですか？」

「いえ、まったく……わたしからすれば友情にすぎません。そもそもわたしはこれまでの人生で男たちとしか友情を交わしたことはありません。女たちとはなにも始まりませんでした……」

　彼は心の底から彼女に賛同した。「女はあまりに愚か、あまりに平凡、あまりに感情がないでしょう？」

「それに嫉妬深過ぎて。友情なんて、最初の男、初恋が始まったら、それでおしまいです」

「あなたは男たちとの友情を感じたことはあっても、恋をしたことはないとおっしゃるんですか？」彼は分析した、すっかり彼女の身になって、彼女の利益に没入して。

彼女は険《けわ》しい表情を浮かべて彼を見た。彼女は侮辱されたと感じたのか、それから同情の微笑みを浮かべた、まるで彼が、彼女の経験した愛の深さについてなにもわかっていない、とでも言おうとするかのように。しばしの沈黙ののち、彼女は問いに答えることなく、つづけた。「いまのわたしは弟との友情を感じています。と言いますのも、弟をしつけたのはわたしです。わたしが子供だった弟からいまの彼を作ったんです。弟を紹介することができないのは残念です。弟はいまアルプスにおりますの……」

彼は胸が掻きむしられるような心地がした。なぜなら、彼女は彼を友人に挙げなかったからだ。彼女はきのうの言葉をもう忘れてしまった？　これまで以上に彼女に近づけたにちがいないという確信は、きのうに比べて定かではなくなってしまった。このようなすぐれた女にとって、じぶんなど知人の一人にすぎないのか……がっかりして彼は彼女を見つめた。彼女が生き生きと、賢そうに話し出すと、その姿はますます美しくなった。彼女の頬がぴくっと動くと、灰色の眼が開いた。彼には、この美しさがオルガやグレートルの美しさとは異なり、シラーの胸像のように、神経質であると同時に、冷静さを感じさせることが、明らかになった。ともかく、この女のいっぷう変わった様子に彼は魅了された。この感じはきのう、おりおりの瞬間に感じたのと同じだった。彼女は片手で別の籠椅子を引き寄せながら、こうささやいた。「これで外からは見えなくなりました」彼は赤面して、片手の指でこめかみの髪を梳《す》き上げた。

彼らの話題はプラハの社交界の状況からテプリッツの混在状況に移行した、相互に隔離し合って暮らしている地元の庶民、自発的に没交渉になった上流社会、保養客との接触を求め、実現させた多数の人々。「これで、ヌスバウム氏の退屈きわまりない演説を拝聴して幸せになる、わたしの従姉妹のことをおつたえすることができます……」

「いったいその人はだれなんです？　きのうもお話しなさっていました」

「わたしのことばかり話す人です。なんたってわたしに惚れているんですから……それでわたしの従姉妹のところに出入りしているんです。ほかにもわけがあるんです」

「それはどんなわけで？」

「おつたえしなければ、わたしを焦《じ》らし屋だとお思いになるやもしれませんね。ことあるごとに秘密ばっかり作っている、と。この秘密は大しておもしろいものじゃありません……ヌスバウム氏はテプリッツの人です、ロマンティックな青年時代を過ごしたのち、ケムニッツ〔ドイツ北東部の市。ドレスデンから北西に約六〇キロメートルの位置にある〕だと思いましたが、キリスト教徒の娘をめとり、無神論者になりました。するとただちに、この土地では正統派の家族として知られる彼の親族、父、兄弟は彼を勘当しました。彼らにとって彼は存在していません。当初の彼はそれを気にするそぶりは見せませんでした。いまの彼はもう年を取りました。お金にも不自由していない様子で、年金生活をしています。妻に先立たれると、彼は再び親族との結びつきを求めてきました。詳しいことはわたしも存じ上げておりませんが、恐ろしいことが起こってしまったんでしょう。だれかが彼を道路に放り出して、平手打ちを食らわせました……あなたもこうした高齢のイスラエル人をご存知でしょう。息子が洗礼を受けたと聞くと、葬式さながら、じぶんの衣服を引き裂く人々を[014]。つい先《せん》だっては、ひどく年を取ったラビが窓から身を投げました、ヌスバウムが来たという知らせを受けて……そういうわけで、ヌスバウム氏は家族とはおよそ敵対関係にあります。彼は家族にとって忌まわしい存在であるだけでなく、彼自身も家族を憎悪しています。思うに、彼はこんな考えに取り憑かれているんです。復讐《ふくしゅう》の計画です。その計画には、ある種の自由思想も関係しています。彼はその自由思想を、部分的には彼自身の資質から、部分的には、彼を取り巻く人々に対する反感から覚えたんです。彼に会うたびに、わたしの耳もとでは、その自由思想の決まり文句が延々と繰り返されるのだから、たまったもんじゃありません……」

「もっと詳しく」と、フーゴーはそう訊くことがまるで彼の義務であるかのように口をはさんだ。

「彼がここに来るのは、兄弟を怒らせるためでしかありません、それも毎年きっちり同じ時期にテプリッツへ。漏れ聞くところによると、彼は保養客のなかでも最常連のお客だそうです、まったく病気でもないのに。毎年決まった時期になると、息子を連れて姿をあらわします。この息子というのが正真正銘のクレチン症〔甲状腺疾患の一種〕患者で、そうやってここで人目を引こうとするんです。去年はさんざん苦労した挙句、ついに市立劇場で自作の喜劇《時代遅れになった律法》を上演させてしまいました。彼の意図は見え見えで、大きな醜聞になりました。それが彼の生きる目的なんです。今年は大規模な人民集会を企画しています。啓蒙主義かなにかについて演説したいとのことです。ただ親族を怒《おこ》らせるためだけに……わたしはなにもかも知らずにはいられませんから、喜劇を読まずにはいられなくなるんです……」

「それでまた文学が」

「ええ、文学がわたしのあとを追いかけてくるんです、あれから。文学なんぞわたしにとってはまったくどうでもいいものなのに……ところで、どうやってあの人がわたしの従姉妹のところに来たかというお話のつづきでしたね。単純なお話でしてよ。彼は土地の人たちからの支持を必要としていました。この支持者が彼の都合に合致していたんです。わたしのおじには市参事までおりまして、このおじは二言目には〈われわれの古き由緒ある温泉町〉なんて言うんです。土地の人たちは血眼《ちまなこ》になって年上の従姉、ロッティとアリスの相手を探しておりまして、テプリッツじゅうが探し尽くされてしまったんです。そのうちに彼らは周辺の町にも婿候補を探しに出かけるようになりました。ヌスバウムには保養客とのつき合いがあって、彼が婿候補になったという具合です……」

「しかし、あなたは、彼は年を取っているとおっしゃったではありませんか……」

「それは……」彼女は突然に真剣な顔つきになった。「良家の子女の婿候補になにが必要か、見当はおつきになりませんか？　あの人は裕福だし、妻と死別しているし、それに風采もそこそこじゃありませんか……」彼女は意地悪そうに、冷淡かつ彼をさげすむように言った。彼女の問題に立ち入ってしまった、とフーゴーは思った。旅行、外国の友人、神経質、ラーマン、きのうの給仕とのできごと、これらの理由が急に明らかになったような気がした。しかし、彼にはこの考えをまとめている時間の余裕はなかった。その隙に彼女はこう叫んだ。「あなただってきのう、あの男に会ったじゃありませんか」

「あの口ひげの紳士ですか……」

「いかにも……大きく、肩幅が広いとお思いになりません？」

彼は気になった、彼女は会話のなかで二度も、男を褒めたたえるのに、大きく、肩幅が広い、という二つの特徴を挙げたから。同時に、彼の考えは新たな方向に向いた。すんでのところで彼は漏らしてしまうところだった、なぜ彼という人物がこれまでの会話のやり取りからすっかり除《の》け者にされなければならないのか、と。彼には客観的な資質があったし、彼自身、そういう人間だと自覚していた。それなのに、イレーネはほかのいかなる話し相手よりも彼を圧倒した。彼女はじぶん自身と話し相手をもっぱらじぶんの状況にのみ関わらせるすべを身につけていた。彼女は相手の存在をすっかり無視し、彼女自身の問題にのみ注意を向けるよう、要求している。大きさと肩幅の広さ、この二つのことが明らかになったその瞬間、彼は考えをまとめることもなく、訊いてしまっていた。「ぼくは確かに、そんなに大きくはありませんが……」

彼女は驚いたように彼を見つめ、それから朗らかな笑みを浮かべた。フーゴーは恐ろしさのあまり震え上がってしまった。「そうです。あなたは大きくありません……あなたは小人であるうえ、一人前の男でもいらっしゃらない」

彼はあきれて口が利けなくなってしまった。侮辱されたわけではない、なぜなら、彼女が言ったのは、ほんとうのことだったから。母親が言うところによれば、彼は異常に小さかった……しかし突然、それとは別のことが明らかになった……彼女はヌスバウム氏を愛していた。彼女は従姉に嫉妬していた。それが彼女の秘密だった……同時に彼は認識した、イレーネから愛されたいと思っているじぶんの気持ちを、ほぼ無意識のうちに。深いところでは、彼はじぶんの期待が潰《つい》えようとしているのがわかっていたのに、なんとしてでも彼女にすがっていたかった。いまはじぶんの気持ちを明かしてはならない、という声が彼のなかでこだました、油断してはならない、なにも明かしてはならない、という声が。彼はどもりながら言った。「ぼくはまだ若いですし」

「そうです、これからもっと大きくおなりになるやもしれません」と、彼女は残酷な批評をつづけた。「ところであなた、おいくつでいらっしゃる？」

「十七歳を過ぎ、もうじき十八です……」

この数字は彼女を動揺させたようだった。「そんなにお若くしていらっしゃるの……わたしはもうじき二十七になります」彼女は穏やかに感傷的な気分に浸りながら、これまでの人生のしくじりを意識していた。そうしながらも、その口もとには同時に、誇り高い表情が浮かんでいた。この表情はたとえば、こんなことを言っているかのようだった。「わたしはほかの女とはちがいます。わたしは年齢を明かします。わたしはともかく特別ななにかなんです……」彼女の顔がいっさいを明かさなかったとしても、フーゴーはなにかを感じていただろう。彼にとって、彼女は尊敬する値打ちのある、精神的にも啓蒙された存在、傑出した種族だった。なんとかして彼女から障害を取り除いてあげたい、とそこで彼は誓った。「そんなつもりはありませんでした」

彼女は眉を顰《ひそ》めて彼を見つめた。「ありがとう。感謝しますわ」彼が本心からそう言ったことは確かだった。しかし、彼女のためを思い、彼は話題を逸らした。「年齢は外見のことでしかありません。精神面でのあなたはじゅうぶん過ぎるほど成熟なさっているんですから……」

「おやめください。慰めの言葉は不要です。わたしは〈解放された女〉なんかじゃなくて、そんな女を軽蔑しているんです……女には精神とは異なる使命があります。男が太陽でなくてはなりません」彼女は自作の言い回しを、自ら引用するかのような調子で言った。〈男が太陽でなくてはならない〉という言い回しからは、彼女は何年も前に、かつては美人だったが、すっかり容色を衰えさせた女たちを評するのに、自らこの言い回しを考え出し、いまは、彼女自身がじぶんを評するのにこの言い回しを用いるのがふさわしく、もはや自身が輝ける存在でないことは疑うべくもない事実となってしまった、いまこそ〈男が太陽でなくてはならない〉と言うべきときだ、と言っているような印象がつたわってきた……彼に対するさっきの侮辱よりも、彼のお世辞が受け入れられなかったことで、彼は悲しくなった。彼は敢えてもう一言つけ加えた。「きのうの給仕はちがったはずです。彼はあなたを太陽だと思っていたにちがいありません」

　彼女の顔が輝いた。彼もまた、じぶんの器用さを褒めたくなった。「それにヌスバウム氏だって……」と、彼はつづけた。

「ご覧になって、あの人がわたしを探しています」彼女は二つの籠椅子のあいだにある隙間の向こうにいるひげ面の男を指さした。男は桟敷の区画をくまなく巡回していた。フーゴーの同意を待つことなく、彼女はフーゴーのやさしい声を真似してつづけた。「いよいよ来ます！　わたしたちはいっしょにいますよ、だれが反対しても、仲間がみんな反対しても。あなたもそう望んでいらっしゃるでしょう？」きのうと同じだ、と彼は思った、ただの気まぐれ。彼はすぐに、じぶんには彼女を咎める権利があるのではないか、と思った。彼女には彼を仲間から排除する必要があった？　彼はなぜ排除されなければならなかった？　彼女はなにも言わなかったではないか、彼女はなにも考えずにそうしたのでは？　彼女は彼になんの関心も寄せていなかった？　それにもかかわらず、彼女が二人の籠椅子を密着させ、彼のライバルを嘲笑し出したとき、彼にはよろこびの感情が新たにわき上がってきた。「ボタンの穴に蘭の花が挿してあります……ワイルド風[015]で、大都会風だこと」

「ステッキがまた洒落男風です」と、彼は賛同した。「あの銀のグリップ、俳優気取りそのものです」

「一言で言うんなら、喜劇作家なんです」彼女は自身の発言が的確である、という態度を隠そうとしなかった。

「それであれがその息子というわけですか。鉄道雑誌を腕に抱えているのが」

「いかにも。赤っ面の愚か者です。世界じゅうにある鉄道の駅と汽車の名前を暗誦できるそうです。鉄道以外にあの子の気を引くものはいっさいないということです」

「あの子は旅行がしたいのかもしれません、駆け落ちしたいのかも」

「ありえます。父親も駆け落ちしたことですし」

「ところで、ヌスバウム氏の隣にいる紳士はどなたです？」

「あの紳士はヌスバウム氏のお仲間です。デームート氏。あの人はいつも丈の短い茶色の上着を着てらっしゃいますが、流行《はや》りに見えたこともなければ、これから流行りそうに見えたこともありません……」

フーゴーは愉快に微笑んだ。「そいつはおもしろい」

彼女は止まらなかった。「あんな上着を着るのは退役士官や没落貴族ぐらいなもんじゃありません？」

「そうです、あなたのおっしゃる通り。いま、彼らと話しているのはだれなんです？」

「あれは眼医者です。きのうようやくここに着きました。ドクターの学位もちで、タウベレスとかタウベリスとかなんとかというんです。わたしは単に彼を〈口ひげ整形帯〉[016]と呼んでいます。その理由をご存知？　あの口ひげは下唇のはるか下まで伸びていて、毛質が濃いだけでなく、色も濃い。ですから、あの男の下唇は見えません。そのせいで彼の顔の表情には、ずるさと気難しさがあるように見えます、本人の人となりは温厚そのもののようですけれど。きのうわたしたちは楽しく、あの人と冗談を言い合いました――あなたにもそう見えませんか、ずるさと人のよさが同時にある、と。〈口ひげ整形帯〉をつけている男の顔には、わたしが見立てたところ、ずるさと人のよさが同居しています。弟が言ってました、整形帯で押さえつけられた口は粗暴な言葉をすんでのところで飲みこもうとしているかのようだ、と。痛そうだし、それにあの子供っぽい満足そうな眼……」

「〈口ひげ整形帯〉ですね。ぼくたちの暗号として覚えておくことにします」

四人の紳士たちによる社交はそろそろ終わりそうな雰囲気がした。三人姉妹の真ん中、次女のフローラ・ヴァイルが彼らに近づいてきた。

「わたしが彼女をなんと呼んでいるかご存知……〈ベイビー〉です……白のリネンのドレスを着ているけれど、背が低くて肥満で、まるで赤ん坊そのもの。赤ちゃんが体にぴちぴちのドレスを巻きつけています。夜になったら、紐でかがった脂肪のかたまりが休んでいるかと思う人もあることでしょう。盛りを過ぎた女は例外なく体に脂肪を蓄え始める、グロテスクじゃありませんこと……」

太った女に対する当てこすりはますますエスカレートしていった。これが彼女の好む話題のうちの一つであることは明らかだった……フーゴーはうっとりして、彼女の話に耳を傾けた。彼は女を当てこすることなど、一度も考えたことはなかった、なぜなら、女たちはみんな彼にとって到達しがたいなにかだったし、彼をすっかり支配する存在だったから。彼が無知だったからかもしれないが、イレーネの動作に誘われるがままに身をまかせていると、彼にはすべてが美しく、澄んで見えてきた。彼女には、いつも口にする言葉、公式、いわば方程式があった。「学校じぶん、わたしは数学ではいつも最上位でした」彼女の発言は、彼を心底驚かせた。彼女の話しかたと話題はどんな数学とも相容れない、と彼は思った。彼はしばらく立ったまま、周囲を見回した。ちょうど四人の紳士たちが庭から出ていこうとしているところだった。そのとき、よろこばしい確信が彼をとらえた、イレーネはヌスバウムよりも彼を優先している。この確信は燃えたぎるような自負の感情をともない、実に奇妙なことに、数学の論証形式を取り、どういうわけか、彼はイレーネのさっきの、数学が得意だったという主張に納得させられてしまっていた……改めて彼は、魅力的であり、軽薄であり、許されないであろう享楽にふけった。彼は心の底で、なにもかも打ち明けてしまいたい、隣のイレーネに向かって飛んでいきたい、空を飛び、語りながら、イレーネの話を聞いていたい、と願った。興奮のあまり、彼の頭は熱くなった、彼の頭は想像で忙しかった。

「おしゃべりは終わり！」彼女が立ち上がったとき、その顔には優美なサロン向きの微笑みが浮かんでいた。フーゴーはスロープまで彼女についていった。「それじゃ、あした」と、彼女は言った。「午後は母の相手をしなければなりませんので」

「ピクニックはなさいますか？」彼は一歩足を踏み出して言った。できることなら午後も彼女と会いたかった、彼には叶わないことだったにもかかわらず。

「いいえ、ピクニックは嫌いです」と、彼女はさっきの調子でつづけた。「ピクニックをなさるのは、生まれついてのテプリッツ人、あるいは、この土地になじんだ人かのどちらかです。わたしはこの近くから出るつもりはありません……ミュッケン山の展望台[017]にのぼったり、シュヴァイスイェーガー〔「汗を狩る猟師」の意〕の丘陵に行ったところで、わくわくなどするもんですか」彼女はこれらの土地の名前をその意味の通りに、わざとらしく発音した。彼女の言葉には相手を論破しようとしているような、不穏な響きがあった。このやりかたはまさにさっき、フーゴーが不条理で、相手に冷淡で、あまりに高圧的だと思ったイレーネのやりかたそのものだった。

そのとき道にオルガの姿が見えた、彼女は少し離れたところを歩いていた。彼女はちょうどここを通りがかったところだった。オルガはフーゴーが暇乞《いとま》いを告げているのを見て取って、彼らの仲をこれっぽっちも邪推することなく、彼を待っていた。

「あなたをお待ちです」と、じぶんの同類に辛辣なまなざしを向けたイレーネがちくりと嫌味を言った。

「ぼくはだれも呼んじゃいません」フーゴーはほんの一瞬だけの抗議をした。彼は、ヌスバウム氏よりもじぶんを優遇してくれたイレーネに、じぶんから謝意の徴を見せることは、自然な義務だと思った。彼はわざとイレーネとの暇乞いを長引かせた。イレーネもすぐに状況を理解し、彼同様に立ったままで、一文一文を引き伸ばして、突然に急ぐのをやめた。しかし、彼女はフーゴーの求愛を受け入れたというよりはむしろ、この見知らぬ女に勝利しようとしているかのようだった。「このお嬢さんはどなた?」と、彼女は不快感を露わにして訊いた、まるでイレーネはオルガをとてもよく知っているだけでなく、オルガについての悪い噂をさんざん聞き知っている神さながらに。

「ぼくの家族のよき知人です。いまはぼくの家に滞在しています」

「ユダヤ人の田舎娘そのものですね」と、イレーネは論評した。「健康で、まるで肥った子牛のようなお尻が三人分の重たい食事をなさる。パンには指二本分のバターをたっぷりと塗り、四人分のお働き、自家製リキュールを蒸留なさり、朝晩のお祈りを欠かさず、家の周りでわめいてらっしゃる……」

「あなたには彼女がそんなふうに見えるんですか？」フーゴーは守勢に転じた。「それでも彼女の話しぶりはとても穏やかです……」

「しかし、しょせんはジャルゴン[018]」

フーゴーは話題を、ちょうどいまオルガに話しかけている紳士へと逸らした。紳士はクライン氏、この地の書籍販売業者だった。彼は去年オルガに結婚を申しこんだのだが、宥《なだ》められて先への希望を抱かされることになった、彼女はまだ若過ぎたから。彼は偶然オルガに会えてうれしそうだった。彼女は彼に、フーゴーを待っているところだと目配せした。クライン氏は彼女が許してくれるのなら、彼女といっしょにフーゴーを待つつもりのようだった……しばらくのあいだ、二人の男女は歩道を行ったり来たりしていた。そのあいだフーゴーとイレーネは会話をつづけ、なにも見ていないふりをした、オルガとクライン氏が見えていないだけでなく、彼らにもイレーネとフーゴーが見えていないかのように。とりわけフーゴーは精力的に、喧々諤々《けんけんがくがく》の議論をしているようにふるまった……ついに善良なオルガは根負けして、クライン氏から離れた。その一分後、フーゴーは引き上げていくイレーネの背中に向かって最後の「ご機嫌よう」の挨拶を送った。

# 四　接近

いまやフーゴーは毎朝十時に荘館に詣でるようになった。

彼はイレーネと玄関ホールで過ごした。彼女が彼をちょっとした散歩に誘うこともあった。しかし、散歩をするのは、彼女のママがいっしょにいるときだけだった。ママは彼らに関心を示すことはなく、退屈しているようなそぶりも見せずに、彼らの後ろをゆっくりと歩いていた……庇護《ひご》されているということのありよう、「監視される」ことは、彼にあの若い女たちを思い出させた、学期中の彼がつき合っていたあの女たちを……男と女はそもそも互いに楽しまない、女たちは共同で、男が女を楽しませるべきだということをつきとめたのだ。フーゴーは、じぶんに婦人をエスコートする機会がずっと与えられてこなかったことを、幸運なことだとも感じていた。ほかの男たちは女たちのように、男が女をエスコートすることを、当然の義務だと認識していたのにもかかわらず、彼自身はその経験がないことを深刻には受け止めていなかった……彼のテニス仲間の男たちは自我を剝《む》き出しにし、思ったことを語った。彼らは女たちに囲まれると、水を得た魚のように、はつらつとなった。たとえば、例の制服の、あの太った学生、彼が愉快な冗談を言ったり、宗教の教師の物真似をしたりすると、その場の全員がどっと沸いた。フーゴーは男たちに倣《なら》い、グレートルに会う前には必ず、ゴシップ、アネクドート、愉快な小噺《こばなし》の種を掻き集めた。ふだんの彼はこれらの軽口とはまったく無縁であったが、それでも彼は軽口を叩いた。彼の冗談がまばらにその場で受けることはあっても、たいていの場合は失敗だった。彼は引き下がらなかったが、およそその印象は彼自身が感じた通り、まったく没個性的で、凡庸だった。実際、彼には、思ったことを一語たりとも発言する機会は認められなかった。彼はいつでも考えこむようになってしまった。たとえば、あの大学生だったなら、これをどう解釈して、どのように話しただろう、と。褒められることを求めて叫ぶこの激しい緊張感を、彼は、なんの苦労もなく陽気に、楽しみながらやっているという衣装へと、外見をつくろわなければならなかった。彼の頭は割れそうになり、休憩時間が来ると彼はわきに引き下がり、樹々をながめていた……イレーネとなら、なりゆきにまかせることができた。彼の話題は彼女のそれと同じで、話題に備えて、彼はなにかを仕入れておく必要はなかった。彼の精神上の緊張状態は、話題をめぐる心労から解放され、彼は会話に没頭することができた……この弛緩した状態——彼はあまり自覚していなかった——にもかかわらず、イレーネという女は安全な垣に囲われた刺激であり、彼の意識のなかにある憧れだった。

　彼らはクラリー城〔テプリッツ城のこと。所有者のボヘミア公爵クラリー＝アルトリンゲン家にちなみ、この呼称が使われている〕へ、城の庭園に足を踏み入れた。彼らは、池の白鳥が水面《みなも》に映った影を向こう側へと曳《ひ》きながら去っていくのを、樹々がさわさわと音を立てながら彼らへと枝をさし出しているのをながめていた。イレーネは公園の貴族趣味を褒めた……菜園では、ツタに覆われた白漆喰《しろしっくい》の壁に美を見出した……彼女は躍動的な三位一体像の前で立ち止まり、それとプラハの建造物との類似性を感じていた。彼女は彫刻家マティアス・ブラウン[019]の名前を知らなかった。古い市立浴場のビーダーマイアー様式[020]、簡素な石柱に、彼女はうっとりとなった……彼の心はざわついた、よそ者である彼女が、この町の古くからの市民である彼にテプリッツを案内し、説明するのを聞いていると。

同時に、彼は不条理を感じた、彼女は相変わらずテプリッツ市民を見くだしていた、この町はテプリッツ市民によって建設され、整備された、それに彼女はこの町が気に入った、と言ったのに……この抗議を彼女は理解しなかった、フーゴーが抗議の意志をその場で漏らしても、あなたの理解は表層的だ、と。翌日から新たな局面が始まった、きのうまでと同じ、彼を不満にさせる局面が。彼女は詩人のハーネンカムとそのボヘミアンなライフスタイルを褒めた。それなのに彼女は言った。「男は堅実でなくてはなりません、結婚してないと」そして、彼女はロマン主義のあらゆる傾向に対して、堅さを擁護した、ロマン主義ははったりでしかない、と……デームート氏に対しては、粋《いき》だと言って熱を上げるいっぽうで、ときおりその粋なところがこっけいなのだ、と言った……世界で最も美しいものは気質だ、と。しかし、ヌスバウム氏の場合には、その気質が彼女の癪《しやく》に障《さわ》るらしかった……ドクター・タウベリス、〈口ひげ整形帯〉は機知に富んでいるが、癖があり過ぎる。彼女は辛辣な論評を発すると、そう言ったじぶんに心酔した……フーゴーは推論した、彼女の判断には揺るぎがない、彼女がいくら矛盾し合うことを言っても、確信は動じない、と。それからは、彼が彼女から考察した女のわがままの残りが、彼女の主要な魅力の一つとなった。彼はそれをつたえた。彼女は彼におおよそ同意してくれた。「もっともです。女について議論しているとき、論点が女についてでなくなってしまったら、どうなります？」

最も不思議だったのは、彼女が、正確さが要求される対象ばかりを優遇したことだった。さまざまな芸術のうち、彼女は建築しか愛し、理解しなかった。さまざまある学問のなかでは、よりによって数学だった。それなら物理は、と彼は訊いた。「物理の場合、推測しなければならないことが多過ぎます。それでは学問にはなりません」彼は彼女の見解をもっともだ、とも思った。彼が朝、彼女を訪ねたとき、彼女は読書をしていたことがあった。「女は民法典からなにを学ぶんです？」それを引き継いで彼女は話した、彼女は一年間、ベルリンのアリス・ザロモン[021]博士のもとで国民経済の講義を受けた。彼女は実践活動もした、社会援助活動の領域で。しかし、彼女は婦人解放運動をどうしても好きになれなかった。「改良服[022]の女は太陽にはなれませんわ」彼女は婦人参政権論者[023]を笑い飛ばした。それよりも彼女は、リアーヌ・ドゥ・ヴリー[024]、ルース・セント・デニス[025]といった美しい舞踏家に心酔していた。なるほど、と彼は思った。たいていの男が利発な女だと呼ぶ存在、彼女はそれではなかった。彼女は音楽をたしなみ、娯楽文学をむさぼるように読み、あらゆる種類の学問を積み重ねている。彼女には思慮が大事だというわきまえがあった。彼女は喫煙、サイクリング、リュートをつま弾くこと、自由恋愛を忌み嫌った。チューリヒのロシア人女子留学生、シュヴァービング式の行儀作法[026]を思い出すこともなかった。彼女の筆跡は細かく、きゃしゃで、流行に反していた。彼女には古い世代の代表だ、と思わせるようなところもあった。好意的に解釈するなら、彼女は女らしさを一貫して保持しているようだった。彼女が価値を認めたものは、人種、人生と情熱、趣味のよさ、気品、直観の修養で、精神の領域においては、このうえない繊細さと徹底性だった……すっかり興奮してしまい、彼は提案した、いっしょに勉強をしよう、と。取りかかりに冒頭から読み始めよう、たとえばカントを、基礎から、と。

「その人の本は良書ですか？」と、彼女は訊いた。

彼はこの問いをなるほどとも、聞き捨てならないとも思った。「答えられません。ぼくは彼のすべてを理解したとは言えません、そもそもまったく理解していないのかもしれません」

「きっと書いた本人も、なにを書いたのかわからないんでしょう」

「まさか」彼女は笑い、自ら撤回した思い上がりを、彼を使ってさらに抑制しようとした。彼は構わずつづけた。「独りで彼の思想に慣れるのは難しいかもしれません。ぼくはいつも考えていました、二人でならば、もっとうまくいくかもしれない、と……」彼女も彼と同じ意見だった。だれでもいつかは根本から哲学をしなければならないという考えにも、彼女は賛成してくれた。「人生のいつかにたどり着くのは、あまりにも困難です」最後に、彼女は勉強会をプラハに帰ってからにしようと、日延《ひの》べした。避暑地は勉強会をするのにふさわしい場所ではない……それからも彼女は辛辣に、あれこれと批評をつづけた。それもまた「ある種の哲学」なのだった……フーゴーはうれしかった。彼女はプラハに帰ってからの交際の継続を、当たり前のこととして受け入れてくれたからだった。

彼は彼女のあらゆる心の変化をうやうやしく受け取った。彼が彼女に注いだ注意は、彼女のなかに友人としての、彼に対する感謝の感情を呼び起こした。彼女は毎日、じりじりしながら彼の訪問を待ってくれた。彼女は彼を求めた、彼が彼女を求めるように。彼女は隠さなかった。彼女は彼に、じぶんが彼を優遇していることを態度で示してくれた……彼が荘館に着くと、彼女はすぐに仲間から離れてくれた。アリス・ヴァイルが手紙をもってくるときだけは、彼女は感情を高ぶらせて、彼から離れていった。彼から離れる例外はこのときだけだった。「あのお若い男のかたはどなたですかな？」と、ヌスバウムが不満を露わにして言った。「こちらはたいへんに聡明な紳士で」と、彼女は答えた……フーゴーが姿をあらわすと、人々が四方から彼に視線を浴びせた。彼女は彼の姿を認めるやいなや、庭を横切り、それまで他人に見られないように隠していた書物を抱えて駆け寄ってきた。彼の存在意義は、彼女のこうした行動によって、いっそう高められた。逆に、彼女もまた、もっぱらじぶんのみを目的とするこの定期的な訪問を通じて、自身の名声が高まるのを感じていた。もっぱらというのは、彼はイレーネ以外の人々からは距離を取っていたからだった。その理由は、彼は彼らに興味がなかったことにもあったし、彼が臆病だったことにもあった。彼はこうすることをイレーネに対する礼儀でもあると見なしていた。従姉妹にさえ、彼は離れたところからしか挨拶をしなかった……彼女は彼を褒めた。「集団に対しては抵抗が必要です」彼女は彼に、じぶんが着用しているドレスの色と一致したネクタイを締めてくるように、という案を吹きこんできた。数日後、仲間が気づき、唖然《あぜん》となって彼らを指さすと、彼女は満足そうに笑った。彼女は、母親が彼との交際をおもしろく思っていない、とつたえてきた。「なぜです？」と、彼は答えた。彼はこれから黒い衣服の女の前に出るときにはいつも恐怖を感じることになるのだろうか、と思った。「おめでたい人ですね、わたしと結婚でもなさるおつもり？」うろたえて彼は視線を落とした、まるで不意打ちされたかのように。「母はこの点でわたしを狂人だと見なしているんです」彼女はつづけた、「わたしはそれを楽しんでもいます。なにかの役に立とうというんなら、どんな人間にもちょっとくらい気の狂ったところがなければね……」「そうですか、どんな人にも？」と、彼は応じた。なぜならそのとき、彼の脳裡《のうり》には、それとは反対の意見が思い浮かんでいたからだった。

彼は彼女とドレスについて特に愉快に語り合った。彼女は手もちの衣装のすべてに「枯葉」、「蛇」、「陽気」といった名前をつけていた。彼女は流行りの服装について洗練された批評をする心得があったのみならず、歴史的な衣装についても関心を寄せていた。婦人用のストッキング、ブーツ、リボン、バックルについてのおしゃべりがなぜそんなにじぶんを魅了するのか、彼にはその理由が正確にはわからなかった。彼はじぶん自身にこっそり、それは単なる知りたがり、嗅《か》ぎたがりではないか、と言い聞かせた。彼女のおしゃべりには、どこか官能的なところがある、と彼は独り言ちた。彼は彼女の不条理そのものに女の魅力を感じながらも、女の魅力ということになると、彼の想像力はそれ以上働かなくなってしまうのだった。そんなとき、彼はしばしば思った、ぼくはまだ若過ぎる、と。「若さ」は、ある種の事柄については、とてつもない洞察力を発揮させるが、それ以外の多くの事柄においては、まったくそれを発揮させられなくなる……そうできるかできないかは、しばしば、純然たる偶然によって決まる……

彼女は夜会服を着た自身の写真を見せてくれただけでなく、彼にそれを贈ってくれた。肖像写真は横顔で撮られていて、背すじがすっと伸びていて、爪先立ちでバランスを保っているようだ、と感じさせるほどだった、ウェストから下の部分が裁断されていたにもかかわらず。背中で手を組み、甘い眼をして、顔を観察者に向けていた……この憧れに満ちて穏やかな、願ったことはなんでも実現することを予感しているような、涼やかな眼を、彼はこれから生身の彼女から感じ取ることができる、と思った。写真上の若々しいすべすべした特徴はいまの彼女にも受け継がれていた。これ以降、彼にはほぼ毎日、彼女の新たな美しさが認められるようになった。最初のうち、なかなか見慣れなかった鼻、小さな口に、彼は慣れた？　彼はとりわけグレーのドレス――ゆったりと落ちていて、背中に結ばれた帯で固定されていた――姿の彼女が好きになった。このドレスは「ロシア風の上着」だ、と彼は思った。一度、ふだんは栗毛の彼女の髪が、輝く黄金色に見えたこともあった。「きょうはお体を洗われたのかしら」と、彼女は言った。まさか――こんな考えが彼の頭をよぎった――女は全能なのか、なにが起きている？　彼はイレーネと接触するうちに気づいたことを、無意識に、女という種族全体へと転移させ、さらに何千倍か拡大し、その効能を増加させたところで、再び彼女に戻した。彼女の手からクローバーの香水が、強いワインのように彼の頭にのぼってきた。別れ際、彼は、彼女の細く蒼ざめ、静脈の浮き出た手の甲に、仰々しい口づけをした。

愛とはなんだ？　彼はときおり自問していた。――グレートルに対するときのように盲目的になっていないのは確かだったが、イレーネのふるまいはグレートルの無関心とはまったくちがっていた。――彼は口惜しさを感じた、彼自身どうしても知り得ないことに。――イレーネは彼を愛してくれた？　写真を贈ってくれたり、友情について語ってくれたり、デートの約束をしてくれることに、どんな意味もない？　イレーネから、はじめて愛の証《あかし》を贈られたとき、彼は自身の愛が酬《むく》いられたように感じた。いや、それどころか、彼は、これほど素晴らしく、気品があり、悪い意味でないインテリの女を愛することは、じぶんに課せられた義務だ、とも思った。詩人ハヴァチェク男爵がかつて愛した女……彼は自身の冷静さに驚き、自身の無関心を責めた。

これ以降、彼女はいっそううちとけて、親切になったが、その態度からは気品が感じられて、抑制が効いていた。大胆にも、彼はこれまで他人に対しては注意深く隠しつづけてきた、じぶんの特徴を敢えて見せた。彼の内面には、高潔さ、英雄的行為、陶酔感を求める志向があった。英雄、偉大なる人物、人類の普遍的な幸福について語るとき、彼の黒い瞳は燃え上がった。彼の小さな体は膨張し、力は濃縮され、顔つきは鋭くなった。犠牲を厭《いと》わない態度、美しい茶色の巻き毛、細かくはあるが、濃密な口ひげは逆立った。だれから見ても、この若者には非の打ちどころがなかった。彼の炎、彼の成熟は偉大なものを目指している……イレーネもまた、そう感じていた。彼女には、彼のふるまいがこっけいに見えるときもあったが、はらはらしながらも、笑いを押し殺していた。こんな具合に、彼らの散歩はむつまじい雰囲気のまま、愉快に、詩さながらのまたたきのなかで経過していった。同じ長さに刈りそろえられた芝生の馥郁《ふくいく》たる香り！ 白鳥は何度も、頭を垂直に池に浸すと、その姿を沈ませた、すると、白い羽毛でできた小さな丘陵だけが水面に漂っているばかりになった。たいてい白鳥はなんの憂《うれ》いもなく、幸せそうに水面を進んでいった、その顔の黒い斑は眼と同化して見えなくなり、まさにそのため、かぎりのない静寂の表現は、泳いでいるうちに眠り以上のものとなった。その背後には、水の波紋が三角形をなして広がっていった、しずくを輝かせながら。イレーネは白鳥の群れを眼で追いかけた。フーゴーは彼女と沈黙したままでいられることを、まるで奇蹟だと思った。

彼らが気持ちを交換するためには、数語あればじゅうぶんだった。イレーネはしばしば秘密を抱えているそぶりをしたが、秘密をのぞきこませなかった。しかし、フーゴーは予感していた、数日前からひどくなっているじぶんの頭痛は彼女の秘密のせいだろう、と……雨の降る日がつづいた。プラハの自邸に滞在しているときとはちがうふうに、イレーネはここで季節を感じていた、宿泊客が夜にしか滞在しないことを想定して、しつらえられたこれらの部屋で。彼女はベッドのわきに置かれた椅子に座っていた。ふだん椅子には彼女が脱いだ衣服がかけられていた。机は置かれていなかった。読書をしようと思ったら、彼女は蔵書を、窓枠の下の板に置くことになるか、ナイトテーブルを窓まで引っ張ってこなければならなかった。窓から光はほんの少ししか入ってこなかった。窓からは、荘館のほかの建物の屋根と煙突が見わたせた。部屋の扉は直接、ホテルの通路に面していた。そのため、扉を開けっ放しにすることはできなかった。窓を開けると、湿った冷たい水が吹きつけてきた。部屋は悪天候により近づく羽目になった、部屋の明るさは改善されないのに……イレーネは座り、じりじりしながら待っていた。彼女は書物を片づけ、ずっと天窓の闇を見つめていた。天窓からは雨粒《あまつぶ》が斜めのすじをつけて、流れていくのが見えた。雨の降る日以外には、曇り空をのぞけば、天気は悪くなかった。雨粒の流れる速さといったら！　その速さを計測することはできなかった。動きを観察することはできたが、それでも正確には観察できなかった。彼女のもの思いは拠り所を失い、雨粒のすじへと、猛烈な速さに合流し、それから再び、長くつづくためらいに入ることになった……彼女はときおり敢えて公園に出た。すると、砂はいつもよりも黒くなり、雨の臭いがした。傘に向かって雨のしずくが落ちてきた。大粒の透明なしずくが傘から落ちていった、傘が灌木林《かんぼくりん》、低い枝をかすめると。……数日間、彼らは会わなかった。すると、彼女は彼に手紙を送ってきた。お茶への招待で、すみれ色のワックスで封がしてあった。彼は有頂天になって出かけていった、意気軒昂、決然と、訪問をする際のよきふるまいの模範になろう、と。散らかった部屋は彼になにかの存在をほのめかしているようであり、彼にとっては一つの体験だった。彼女は部屋のせまさを詫びた。プラハにいたならば、彼はこの部屋を女中部屋かと思っただろう、この部屋は良家の女の部屋とは言いがたい、と。この部屋は彼女の聖域で、彼はそこへ足を踏み入れることの許された数人のうちの一人だった。彼女は詳しく説明した、絵画、家具、古めかしい絹の長椅子、形見の品々で縁《へり》までいっぱいになっているジュエリーボックス。ボックスの数点が、これから彼に公開されようとしている。彼はうやうやしく説明に耳を傾けた。母親が不愛想に混じってきて、リンデン街（現リーポヴァー通り。プラハの中心部、新市街にある）を知っているかと訊いてきた。それでも彼のよろこびは消えなかった。紅茶はティーカップのなかでハチミツのようにほのかに光った……イレーネはラム酒を断った。「この頭痛さえなければ」と、彼女は愚痴をこぼし、唇をゆがめた。彼は彼女の体の痛みの奥にあるはずの心の痛みを感じた。彼はこっそりと親指の爪の先をもう一つの親指の腹に押しつけた、テーブルの下で。そして神に、どこかに存在するはずの無名の、人間の運命を定めるはずの存在に祈った、この痛みがイレーネの痛みと引き換えに天に受け入れられますように。彼に苦しむことが認められますように、その代わりに彼女から痛みが去っていきますように……彼は子供のころ、熱く愛した家庭教師が病気になると、いつもそうしたのだった。

# 五　ルーツィエ夫人

その日の夜、彼は大よろこびで帰宅した。「おまえ、いつからあそこのご婦人がたとつき合うようになったの？」と、夕食が出されるやいなや、母親が訊いてきた。実のところ、フーゴーはこう問われることを心待ちにしていた。母親から訊かれないかぎり、彼はイレーネについて語るつもりはいっさいなかった。母親は今朝の手紙を通じてようやく、彼とポッパー家の関係を知ったのだった。よくできたオルガは荘館での出会いについて、いっさい漏らさなかった。「いまからだと、十四日前くらいからかな」と、彼は静かに答え、そして、恐れた、じぶんの声色《こわいろ》に、彼女とのやり取りは確かに十四日前から始まってはいたが、きょうになってようやく、ほんとうの彼女を知った、というような響きがありはしまいか、と。

「女の子とのつき合いにそもそも反対ってわけじゃないんだよ」と、母親は声を震わせて言った。「もちろん必要なことだろう、特におまえたち若い人にとっては。ただ、おまえにはちょっとばかり早過ぎやしないかと思ってね……」

「でも、母さんはぼくがプラハでダンスのレッスンに通うことを許してくれたじゃないか……」

「ああ、でも、まちがいだったかもしれないね……」

「手紙で訊いたら、その案に感激したって……」

「行儀作法を磨くつもりだと思ったのさ。引きこもってばっかりじゃ、なんの役にも立たないだろう。おまえだってそう思うだろう、オルガ？」

オルガはびくっとした。「でも、おばさま、わたしはそんなに悪いことだとは思いません」彼女は指の先まで紅潮させて、皿をのぞきこんだ。

「オルガ、おまえはもう一人前の娘だよ。どうしてそんなふうにわたしには関係ないってふりをする？　おまえのふるまいったらフーゴーとは正反対なんだから……クラインさんがきょうここに来て、この子をテニスに招待しようとしたんだよ。それなのに、この子ったら台所に引きこもって、連れ出そうとしても、一言も口を利かないんだもの」

「でも、招待を断らなかったんだろ？」フーゴーは突然になにかを思いついたときのように、息せききって言った。

「断りはしなかったけど……」

「そんなふうにして男の尻を追いかけるのはよくないわ」と、オルガは妙に低い声で言った。貞操をユダヤ人の若い娘の優先義務と見なし、あらゆる男を敵と見なす、そんなせま苦しい田舎町で育ったオルガには、男女交際の楽しみがほとんど許されていなかった。彼女の頑《かたく》なな素質は内気さゆえのものだった。イレーネなら、彼女をどのように形容しただろう、とフーゴーは想像してみた。彼はイレーネを訪ねたきょうの晩のように興奮して、オルガとエルサレムの娘たちを比べてみた、聖書が彼女たちの貞操をたたえている。オルガは彼にレバノンの杉、天幕での族長の生活を思い出させた、砂漠の……彼女の漆黒の髪、きょうの髪は頭のてっぺんに向かって固く、見事に膨らまされていた――どんな風が吹いても、この固く結われた髪が崩されることはないだろう――その下では、白くてせまい額が下弦の月のように光っていた。

「男の尻を追いかけるだなんて」と、賢人の笑みを浮かべながら、小さな夫人がたしなめた。「この国の古いことわざも言ってるよ、多過ぎることと少な過ぎることは同じだ、と――」しかし、彼女の母心《ははごころ》はすぐにまたフーゴーへと逸れた、オルガに午後の礼拝の垂訓《すいくん》をつづけようとしていたにもかかわらず――「フーゴーや、なぜおまえはあの人たちを追いかけることにしたんだ？」

「お嬢さんを知ってるの？」

「あの人については知らないが――でも、あの人のお父さまなら昔から知ってるさ、わたしの結婚前から――そして、それからのことは、あの人の従妹のフローラ・ヴァイルが教えてくれたよ……」

「ふうん、あの太っちょが……彼女はどんなことを教えてくれたのさ……」

母親は煩《わずら》わしそうにかぶりをふった。「いいことはなにも……聞いたところから判断するに、あの人はいわゆるブルーのストッキング――青踏派[027]だという印象をもったよ」

感激してフーゴーは母親の首にすがりついた。「ママ、すごいよ……そうそう、こんなすごい、小さなママはどこを探したっていやしない……」彼は母親の頬をさすった。そのあいだ、母親はずっと「いったいなんの騒ぎだ？」と、つぶやいていた……

「あのさ――青踏派、なんて素敵な言葉なんだろう。ビーダーマイアーとおんなじさ。母さんの独身時代の――あのころはジョルジュ・サンド[028]が男装していただろう――ぼくが素敵だと言うのは、ポッパーのお嬢さんは母さんが言っているのとは反対の存在だということさ。もっとうまく言うんなら、あの人は青踏派の弱点をよく知っている……ブルーのストッキング、なんて素敵な名前、手編みの靴下を履いた婦人を軽蔑しながら、この言葉は発明されたにちがいない……彼女にもおそらく〈解放された女〉の傾向があるにちがいない、だからぼくたちはこれを、ぼくたちの世紀をあらわす様式として使ってきた……しかし、彼女自身は入念に、〈解放された女〉の典型と思わせるものと闘っている。彼女に青踏派とどんな関わりがあるというのさ。隣人がやってきて、彼女を穴の暗闇に連れこんだ、青踏派なんてそんなもんさ。ママ、ママ、ぼくはママが大好きだ」

彼女は彼の髪を撫でた。しかし、注意深く彼らの話に耳を傾けていたオルガは、眉毛の下の力強い鼻骨を額へと引きつらせ、おでこにしわを寄せながら、口にした。「フーゴー、わたしの意見を聞いて……わたしが思うに、彼女はエゴイストじゃないかしら」

「ぼくたちはみんなエゴイストなんじゃないか、だれもがじぶんの流儀でさ」と、彼は新たな敵対者に向き直った、どんな敵に対してもじぶんの理想を守ろうと決意して。彼は相手の弱点に気がついていた。同時にカントの基礎研究への憧れが彼の脳裡をかすめた。彼は訊いた。「きみの言うエゴイストって、どんなことさ……まず、きみの定義を詳しく教えてくれよ」

「わたしの考えは、あの人はあなたを利用しようとしているってこと」と、オルガは言った。彼女がずっと前から、イレーネの件について考えをめぐらせていたことは確実だった。「あの人があなたとつき合っているのは、ほかに相手をしてくれる人がいないからよ」

「なるほど……ほかに相手をしてくれる人がいないから……みんなそろって偶然に彼女の尻を追いかけているというわけか」彼は例の給仕、ヌスバウム氏のことを思い出した。同時に、じぶんがいま、オルガに向かってイレーネを擁護していることを、もっともなことであり、じぶんの正義感に合致していることだと思った、さっき、イレーネに向かって、オルガを擁護したことと同様に。

「そうだね、フローラもそんなことを言っていたよ」と、母親がゆっくりと、意味深長な口ぶりで言った。「ポッパーのお嬢さんは少しばかり――ヒステリー気味で、男はみんなじぶんの機嫌を取るべきだ、とお考えのようだ、とね……」

「ほらご覧なさい」

批判の集中砲火を浴びて、彼は黙《もく》さざるを得なかった。

「あの人のヒステリーにはしかるべき理由があるんだよ」と、母親がつづけた。「あの憐れなお嬢さんは人生でこのうえない不幸に遭《あ》いなすった。おいたわしや……フローラが話してくれた、お嬢さんは去年婚約なすって、お式の準備をなすっていた。それを、お相手のかたが突然に引っこめたって。持参金が少な過ぎるとか……新郎は弁護士のヴィンターニッツといって、破廉恥《はれんち》者《もの》だそうだよ、この男は前にもピルゼン〔現チェコのプルゼニ市〕でほかの娘にも婚約破棄をしたことがあったとか……数カ月も前から男はお嬢さんと腕を組んで道を歩き、新聞という新聞に婚約の告知まで出して、お式の招待状まで印刷されていたそうじゃないか……ポッパー家のお身内のかたがたは、新郎新婦のために新居まで借りられた、と聞いたよ。全部フローラの話だけどね。お気の毒に、家具屋に家具を引き取らせたというじゃないか。

そうだろう、そんなことがあれば、心は引き裂かれるに決まっている、容易に想像できるだろう」

「男ときたら」と、オルガが口をはさんだ。「わたしたち女は、人を傷つけるにはどうしたらいいのか、知りもしないのに……」男という種族全体に対する彼女の反感に、新たな素材、理由証明書が与えられた。

フーゴーは黙った……ようやく彼はイレーネの境遇を理解した。彼女の秘密はこれだったのだ……なぜ彼はヌスバウム氏とのいちゃつきを真《ま》に受けなければならなかったのか！　無実の罪にさいなまれている者の光を浴びて、彼女が彼の眼の前に立っていた。ああ、彼女を助けてあげることができたら、彼女を邪悪な記憶から自由にし、新たな、憂いのない生活へと導いてあげることができたら……彼女の辛さ、彼女の沈黙はどれほどのものだったか。やはり彼女は特別な女だった、彼の予感は錯覚ではなかった……彼女が世間に嚙みつくような態度を取り、冷笑的なふるまいをする理由が、たちまちのうちに明らかになった。彼女の圧《お》し潰《つぶ》された心から純粋な心を取り戻すには、どうすればよかった！　彼女がまだ生きていること自体が奇蹟みたいなものなのかもしれなかった……彼女の頭痛、娘への理解のない悪い母親……ルーツィエ夫人は息子の真剣な顔を見ると、驚いて黙ってしまった。「知らなかったのかい……」

「母さんだって」と、彼はじぶんの思考過程を手繰《たぐ》り寄せながら応じた。「彼女がかわいそうだって言ったじゃないか」

彼女は肩をすくめた。「世間はうまくいかないものさ……これが日常だよ……」彼女の小さな顔は、可愛らしいしわを作ると、突然に石、あるいは、拳《こぶし》のようになり、動かなくなった。

「あのさ」と、彼はつづけた、さっき思いついたことを思い出しながら。「愛しいママ、母さんも彼女を知ってみるといい。きっとそれが最善の策さ。さっきから言おうと思ってたんだけど、彼女の母親がきょうぼくに頼んできたんだ、機会を見つくろって、娘を母さんに紹介できないかって……」実際に、用心深さのかたまりのような母親が、機会をうかがいながらそう漏らしたのだった。「とても単純なことさ。あしたの午後、ぼくたちはオルガとケーニヒスへーエに行く。あそこでクライン氏が仲間とテニスをしている。オルガはきっとテニスに誘われる、いいだろ？　テニスはもちろん天気がよくなればの話だけど。隣のテニスコートでは、荘館の仲間がテニスをしている。ぼくは母さんとオルガが、ポッパーの奥方とお嬢さんと、いっしょになるように手はずを整える……」彼はこの計画にすっかり惚れこんでいた、彼の心は、両家の緊密な関係を築き上げる――きっとなんの問題も生じないはず――という目標のほか、もう一つの展望に動かされていたから。彼はそれからの午後をイレーネと過ごすことができる、母親同士の相性が合い、オルガを隣のコートにとどめ置くことができるなら。

「気が利く子だね」と、感動に声を震わせて母親が言った。「でも気をつけなさい、ハンスのようにならないように」ハンスはフーゴーの兄で、六年前に死んでいた。「あの子はいつだって女、弱者、特に貧しい人の味方だった……わかるね、きょう、あの手紙が届いたとき、どうしてわたしがあんなに恐怖に駆られたかって……あの子を死へと駆り立てたのは、女だった、あれからきょうになっても、あの子のことばかり考えずにはいられない。なぜあんなことになったのか、いまもわからないんだ。いまでも、あの子のことが忘れられない……」沈んだ気持ちを紛《まぎ》らわそうと、彼女はつづけた。「何カ月もあの子は例の舞台女優のあとを追いかけ、あの娘を舞台監督から守った。わたしがどんなに言っても、あの子はわたしの言いつけに耳を貸そうとはしなかった。あの子の行為が高潔な意志から出たものだっていうことくらい、わかってるよ。芸術と美と理想を愛した、憐れなハンス。女優はとてもきれいな女だったってね、ヘンリエッテ・ツォリナ、何度も聞かされた話によると」「おばさま、よして、もうおしまいまで知ってるわ……」オルガは夫人におもねるかのように、おずおずと夫人の両の肩に手をやった……それでもルーツィエ夫人の感情の高ぶりは押しとどめられなかった。「あの子はあれから決闘で撃ち殺された。むごいのは、あの子を撃ったのが、例の舞台監督じゃなくって、どこかの外国の将校だったってこと。なんでそんなことになったのか、いまもわからないっていうんだから」彼女はハンカチを眼に押しつけた。フーゴーは机の天板の、自身の体の前に置いた手で、彼女の左手をやさしくさすった。突然に彼女は叫んだ。「もしおまえを失ってしまったら、フーゴー……わたしにはおまえしかいないんだよ……」

彼は冗談を言ってごまかそうとした。「嫉妬してるんだろ、愛しのママ……よしてくれよ」しかし、彼の眼は湿っていた。話題は一度憂鬱な方向に向かうと、そのまま家族の悲しい記憶、この世界での恐ろしいできごとから動かなくなった、信じがたく、例のないできごとから……

めいめいが引き上げるとき、階段でオルガが彼を引き止めた。「新しい蠟燭は要《い》る?」

「いや、まだあるよ」

彼女は彼のまなじりの底を見た。「わかってるわ。蠟燭が減っていないこと、確認してるから。気を悪くしないで、毎日あなたの部屋を掃除するとき、蠟燭の数を数えてるの。あなたはまだそんなにたくさん使ってない、それどころか一本も使ってないわね……誤解しないで、だからきょう、わたしは言ったの、彼女はあなたを利用している、彼女はエゴイストだって。わたしが思うに、あなたが勉強できないのは、彼女のせいなんじゃない、彼女を楽しませようとして……わたしがこう言ったら、あなたは気を悪くする？」

「いや、オルガ……」

「わたしは彼女を悪者にしようとしているのかもしれないわね。人のことを悪く言うべからずって言うし……でも」

彼女はいぶかしさから、再び厳しい顔つきをした。「勉強には身が入っていないようじゃない。夏休み明けの試験はどうするの？」

こう指摘されることを予測して、彼はかねがね回答を用意していた。「七月に勉強したって、ほとんど意味ないさ。わかるだろ……どうせすぐにまた忘れちまう。よく考えておいたんだ。でも、八月になったら始める。ぼくの豹変ぶりにきっときみはびっくりする」

「そうかしら」ためらいつつ、なかば安心して、彼女は彼から離れた。「じゃあ、おやすみなさい」

「ぼくのことをよく見ていてくれて、ありがたいと思ってる」と、彼は彼女の背中に向かって叫んだ。彼は心から感謝していたが、怒りの感情がわき上がっていたことも確かだった。しかしすぐに、彼はこの怒りを不当このうえないものとして、抑制した。「どうもありがとう、オルガ。おやすみ！」

# 六　テニスコート

朝起きると、彼はベッドから青い空を見上げた。起き上がったばかりの彼は悲しかった。なぜなら、彼がイレーネと親密になれたのは、なつかしいような気持ちにさせてくれる曇り空が朝から夜までつづく雨の日々のおかげではないかと思ったからだった。しかし、彼はそれから新しい約束のテニスコートを思い出して、機嫌よくベッドから飛び起きた。約束はまるでこの好天と示し合わせたかのようだった。

午前中、彼はイレーネと計画の見通しについて協議した。彼女は彼の提案に賛成し、午後、彼は母親とオルガをケーニヒスヘーエに連れていった。母親の夜の話——長男の不幸な死について——は、三者に三様の印象を残していた。母親は生まれついての気鬱ではなかったから、じぶんの懸念を公言したことを通じて、部分的にではあっても、不安からは解放されていた。なぜなら、彼女はこの不幸なできごとの詳細をありありと思い浮かべ、じぶんの言葉で語ったことによって癒されていたからでもあり、おのずと、おろそかにされるべきではない差異、当時のハンスといまのフーゴーのちがいに気づいたからだった、特に兄と弟の年齢差と女のちがいに。粘着気質のオルガの体には、この記憶はこのうえない脅威として、その隅々にまで浸透していた。彼女のやさしい性格により、この脅威は、家族の平和を力づくで揺るがすものとして受け取られていた。フーゴーはといえば、自身の情熱的な性格と置かれた状況の複雑さを意識させられ、慎重かつ落ち着いた態度を取ることになった……道中の彼は母親のためにできるだけの配慮をした。彼は、イレーネの口調には、はじめのうちは険があること、イレーネの母親の腰の低さからは傲慢さが感じられること、彼女らと友誼《ゆうぎ》を結ぶためには、彼女らの気の済むままにさせなければならないということを、包み隠さずに明かした。

イレーネは一度もテニスをしなかった。彼女はスポーツを、見苦しい比較的新しい娯楽として嫌悪していた。彼女はまた彼の誘いにも応じなかった。テニスよりも彼女は午後のあいだずっと、男を一人、あるいは、数人連れて、コートの周囲を散歩することを習慣にしていた……今回、彼女は約束した通り、独りでコートの入口の扉の前に立ち、フーゴーが到着するのを見ると、彼に向かって歩いてきた。

「お姿を拝見しましたものですから……」彼女は言ったが、この言葉は遠慮のあまり彼女の口のなかで死んでしまったかのようになった。というのも、そのときになってようやく、彼女はフーゴーの連れの婦人たちに気がついたからだった……フーゴーは素早く二人を紹介した……イレーネはうやうやしくローゼンタール夫人の手に口づけをして、無言のオルガにはくだけた同輩の挨拶をした。

四人は全員で、イレーネのたっての招きに応じて、コートに足を踏み入れた。

コートわきのベンチには、ポッパー夫人とヴァイル夫人、姉妹たちが座っていた。二人の夫人はともに黒い服を着ていて、顔色も浅黒かった。イレーネがてきぱきとローゼンタール夫人とオルガを女たちに紹介した。イレーネが合図をすると、ポッパー夫人とヴァイル夫人は礼儀を尽くそうと、自然と立ち上がったようだった。その瞬間、全員は密集した集団のようになった。

「テプリッツはいかがです?」と、ルーツィエ夫人が訊いた。「まあまあかしら」と、ポッパー夫人がつまらなさそうに応じた。「はじめから大して期待もしていませんでしたし……」

「天気がきょうまでよくありませんでしたからね」と、ヴァイル夫人があいだに割って入った。まるで夫人はこの土地に不案内な姉妹とテプリッツ市民とのあいだを取りもとうとしているかのようだった。「テプリッツに心を動かされなくっても、それはそれでごもっとも」

イレーネは天気についての話題を引き取った。彼女は早口かつ激しい口調で言った。その様子は、場の雰囲気を明るくするには、そうでもしなければ、じぶんの発言が文字通りの意味をなさない、と言わんばかりであった。「そもそもなにが必要だって言うのかしら。きょうの天気は最高じゃないの。こういうのを快晴って言うんじゃありません……」

呆気《あっけ》にとられてフーゴーは、会話がさっぱり進展していないことに気がついた。いつになったら彼女たちは別の話題について話し出すのか、とフーゴーは考えた。たわいもないことばかり言っているポッパー夫人を慰めようと、全員が躍起《やっき》になっていた。彼女は慰めを必要としているようにはこれっぽっちも見えなかったが、会話に加わると、その場に居合わせていない人を慰めることが肝心だ、と言わんばかりのふるまいをした……フーゴーには、なにかを言おうとするたびに、これまでこらえていた欠伸《あくび》をついに漏らしてしまったかのような感じがした。彼は改めて、プラハでのテニスの試合のときに感じていた気分を思い出した……はっとわれに返ると、彼はじぶんの小柄な母親の動きを観察していることに気がついた、いつもの母なら甲斐甲斐しく人の世話を焼こうとしているはずだ。それなのに、ここでの母のかたくなさと冷淡さといえば、これまでに見たことがないといった具合なのだ。同様に、ポッパー夫人――地面にうつぶせになった娘を案じて、しゃくり上げて泣いていたときのやさしい嗚咽の音は彼の耳にまだ残っている――は、まるで岩壁のように相手に関心を寄せることなく、ローゼンタール夫人の前に屹立《きつりつ》していた。この律儀な二人の母親は、じぶんの心はじぶんの家族にしか向かっていないかのように、互いの心の通っていない体、武器、鎧を対峙させていた。彼女たちは互いに面識がなくても、内面に積み上げた悪の人生経験の蓄積から、互いを敵視しているかのようだった。彼女たちは談判に臨んでいた、まるで互いの王国を防衛することが一大事だ、と言わんばかりに。彼女たちは本気だったが、その場のだれも彼女たちの本気のふるまいを、適切なふるまいだとは言わなかっただろう。

コートでは、まだ試合は始まっていなかった。服装からして、そもそもスポーツ愛好家であることが見て取れたデームート氏とその弟は、互いにシングルスの試合をしようとしていた。女たちはミスを連発した。彼女たちが言うには、試合は彼女たちにとって、これっぽっちも大事ではない、彼女たちはただ試合の邪魔がしたい……ドクター・タウベリスが彼女たちに応じた。彼女たちの目的はただ妨害することだけだった。試合を妨害するにしても、彼女たちには試合に参加することのほかに、方法がなかった……アリスとフローラ・ヴァイルは三人の紳士たちの抵抗に抗議し、交互に紳士たちのだれか彼かに構おうとしたが、紳士たちとの会話を楽しんでいるうちに、この小休止をいつまでも長引かせてやろうという気になったようだった。彼女たちは道具を片づけてしまっていたが、ラケットを抱えた紳士たちはこれから試合を始めようとしているところだった。彼らは手にボールを握り、唇からは「プレイ」の号令が発せられようとしているようだった。行き遅れのロッティ・カッパーだけは、適齢期を過ぎた女によくありがちな耳障《ざわ》りな声でわめき立て、小さな黒い瞳を悲しげに浮かべていたため、事態を真に受けているように見えた。彼女は激怒し、試合をやめさせようとしていた。その妹、カミラは二つ目のベンチ――コートにはテントが設置されていて、このベンチはその前にあった――に姿勢を崩さずに座っていた。カミラの傍らには、ヌスバウムとその友人である若いロシア人のピトロフが立っていた。彼らはときおり彼女に向かって屈みこみ、なにかを言おうとしていた。すると、彼女はそのたびごとに困惑したような、侮辱されたような笑みを浮かべた。二人の男は彼女を敢えて苛立たせようとしているかのようだった。彼女はかたくなに沈黙していたが、同時に、その笑みには媚《こ》びも浮かんでいた。彼女は全身をねじ曲げて、話しかけてくる男のほうを向いた。その姿は、機械仕掛けの人形さながら、苦労してハンドルを回すと首が上に伸びていくようだった。侮辱と媚びの合体から、なんとも言いがたい、鼻もちならないとしか言いようのない、わざとらしさが生じた。彼女の間《ま》の抜けたふるまいに対して、趣味のいい、簡素で計算のし尽くれた上品な装いが対照をなしていた。彼女の顔もまたコートで最も可愛らしかった、いずれにしても、最も簡素なもの、一目見ただけで最もわかりやすいもの、すべすべして肉づきのいい凝縮性。この二人の男たちが一心不乱に彼女に尽くそうとしていることは、容易に理解できた。

フーゴーは二人の母親に背を向けて、沈黙し、手もちぶさたにベンチに座っているカミラを観察した。カミラの姿を見ていると、グレートルについてのおぼろげな記憶が、彼の脳裡に浮かび上がってきた。彼の背後では、イレーネが大きな声を上げて雑談に興じていた。きょうの彼は、聖女、殉教女に接するかのように、彼女に近づいていった。

そのくらいきのうの、イレーネの秘密についての報告は、彼に衝撃を与えていた。彼女の明るさは蠟燭の光のようにかすかであった。しかし、彼女の人づき合いのよさ、彼女が二人の母親に示したような社交の才能、華やかな舞踏会に参加したときのような、堂々たる社交の才能は、彼の信仰心を一瞬にして一掃してしまった。彼は悲しくなった、彼女の明るさは彼をよろこばせるはずだったのに……彼は葛藤をもて余していた。コートの芝を凝視していると、彼はコートのラインを示す石灰線から催眠術をかけられたような心地になった。そのとき彼は突然、首すじになにか冷たいものをぶつけられたような気がした。

　彼は襟をつかんだ。水だった。彼はふり向いた。すると、音を立てないように、笑いで頬を引きつらせている、ちびのエルザ・ヴァイル――三人姉妹の末っ子で、十一歳の跳ねっ返り――が彼の顔をのぞきこんでいた。エルザは痩せた体を反《そ》らし、笑いを嚙み殺そうとして震えていた。きらきらと輝く眼が大きく見開かれると、茶色の虹彩を取りまく網膜の白さがよく目立った。彼女は忍び足で近づくと、フーゴーに水鉄砲の一撃を食らわせた……困惑した彼は彼女を見つめて、ささやいた。「お嬢ちゃん、ちょっと……」彼は不安でいっぱいだった。故郷の女たちに会うたびに、彼はこの不安を感じていた。なぜなら彼には、彼自ら女たちに名乗り出るべきか、あるいは、相互の面識を当たり前の前提とするべきか、わからなかったからだ。ましてや、今回はこんな小娘が相手では……彼は機嫌をさらに悪くした、なぜなら、彼女が彼の礼儀正しいふるまいに構わず、二度目の銃口を彼に向けようとしたことに、彼は気づいたから。彼は彼女に一発を見舞ってやるべきだったか、それとも、その場から逃げるべきだったか、また、あるいは、大声で叱るべきだったか？

運よく、イレーネが彼へとふり返った。「やめなさい、無礼な……はしたない！」さっと一歩踏み出して、彼女は敵を追い払った。小さな敵が爪先立ちでふり返ると、膝丈《たけ》のスカートがひらひらとひるがえった。彼女は靴下を履いていた。剝き出しのふくらはぎ、硬質の木材を繊細にくりぬいたかのような、美しいアーチ形の膝蓋骨《しつがいこつ》がのぞいていた。すねはすっかり茶色く日焼けし、きらきらと輝いていて、新しい引っ掻き傷と古傷でできた模様に彩られていた。遠くから彼女はもう一度ふり返ると、彼の視界から消え去る前に、彼にあざ笑いを送った。茶色の髪は淡い緑色の紐で緩やかにゆわえられ、短い丈の上着のように、背中を打っていた。

「あの娘は二人の姉よりもきっときれいになります」と、イレーネは言った。「一目見ればわかります。あんな悪ガキだけれど、男はあの子を愛さずにはいられなくなるでしょうよ。わたしも幼いころはああでした……ご存知ありません、こないだエルザは劇場で、それもお涙ちょうだいシーンの真っ最中にクラッカーを破裂させました。そのほかにも、あの子は惣菜屋で最高級の果物を籠いっぱいに買って、請求書を家に送らせました。あんないたずらっ子！

それでも学校じゃ一等だというんですもの……」

「教師は手を焼いているでしょうね」と、フーゴーはうなってしまった、気分が高まってしまって。彼はハンカチで首すじに浮かんだ汗を拭《ぬぐ》った。

「ああいう賢い子は」と、イレーネはこの話題を閉じた、特にこの話題には興味がないようだった。二人のママに軽蔑のまなざしを送ると、彼女の話題は自身の関心事に移行した。「つまりはこんなふうになっています。彼女の将来は彼女自身の運命に委ねるのがいいわ！」と言い、フーゴーを若い人々のところへと連れていった。

彼はまずヌスバウム氏に引き合わされた。フーゴーには、イレーネが言っていたほど、氏がこっけいな人物だとは思われなかった。彼女はものごとをことごとく辛辣に見ている？　硬い毛のブラシで両翼の形に整えられたひげ、大きくて黒い瞳、直角に折れた高い鼻で、彼はフーゴーにこっけいな人物というよりも、威厳ある紳士の印象を与えた。彼は愚痴をこぼした、人民集会をもう一週間延期しなければならない、当局が茶々を入れてきた。彼は低い、堅苦しい、熟慮を重ねた声で言った。彼の言葉にはいつでも、大聴衆に向かって語りかけているようなところがあった。彼は、こうした話しかたの効果を確信して、語彙の選択にあまり価値を置かないで、それよりも心が重要だとばかりに、自身の運命、苦悩について、いつまでも感慨にふけっているように見えた。彼の眼は右に左に泳ぎ、手は震えていた。それが自身の義務であると言わんばかりに、しばしば彼はちょっとした自虐と冗談を話のなかに流れこませた、もっとも、彼の話にユーモアはなかった。次の文からは、いっそう悲嘆に満ちた、自由を渇望する彼の心の分裂、社会全体に対する彼の闘争姿勢が垣間《かいま》見られた。傍目《はため》には、彼はただの気取り屋にすぎないのではないかとも思われた。しかし、たちまちにして、悲劇的な役を演じることが彼の心にどれだけ深刻に、生まれながらにして重くのしかかっていたか、ということが明らかになった。そう、だれも想像できなかったにちがいない、この悲劇がなかったら、彼はなにを始めたことだろう……このような戦闘姿勢がヌスバウムとイレーネをつなぐ絆《きずな》なのだ、とフーゴーはようやく理解した。コートでそのほかの仲間とも知り合いになったいま、ようやく彼には、彼女の他人とのつき合いかたが明らかになった。

兄のデームートと彼女は洗練について、最近のオペレッタについて話した。弟のほうは彼女に特別な関心はないようだった。ドクター・タウベリスとも、彼女はときどき思い浮かんだあざけりの言葉を言うことのほかには、ほとんど関わりをもたなかった。ドクターはいまになってもテニスの試合に反対し、彼自身が待ちかねているボウリング[029]の試合を褒めていた。今晩だよ、忘れていないだろうね。ドクターはフーゴーをボウリングに誘った、彼の背中をどんと突いて。「ドクター」の肩書で呼ばれていなければ、彼がその派手なふるまい、たくましい赤ら顔から、旅行者と受け取られてしまうのも、無理からぬことだった……

「あの」と、フーゴーはその場に立っていたヌスバウムに近づいていった。「人民集会ではどんなことについてお話になられるのでしょう?」

「シオニズム[030]に反対しようと」と、そう訊かれるのを待っていたとばかりに、彼は情報を提供してくれた。

「なぜシオニズムに反対されるんです?」フーゴーは感情的にならないで訊いた。ヌスバウムについてなにか知ることができるかもしれない、と彼は思った。

　ヌスバウムが大げさに手をふりながら答える準備をしようとしていると、その場に、固まった意見があるらしいイレーネが割って入ってきた。「シオニズムには反対しなければなりません。婦人解放運動に反対しなければならないのと同じように」決然と、彼女はフーゴーの言葉をさえぎった。彼女は軽蔑に肩をすくめながら、自身が、シオニズムの論理的根拠を不要であり、洗練されていないだけでなく、賤《いや》しさであると思っているということを、示そうとしているかのようだった。フーゴーは心から彼女には賛成できなかった、特定のことがらを単にある時代の公理と見なそうとする彼女のやりかた、彼女の気まぐれという公理に、すでにすっかり慣れきっていたから、敢えて話をつづけようとは思えなかった、ばくぜんとした不安から。彼にとってもこれは大して重要でない、話の種にすぎなくなっていた。

　ヌスバウムはしかし、妨げられることなくつづけた。「シオニズムは一つの保守運動です。保守運動というものは、進歩という隠れ蓑《みの》をかぶり、忍び寄ってくるだけに、なおのこと危険なのです……」

　フーゴーは、そうした一般的な叙述なら、どんな類いの運動にも当てはまるのではなかろうか、と応じようとした。しかし、彼は思いとどまった。彼は、イレーネの指図の通り、この議論はもう終わったことだ、と思っていたからである……驚いたことに、イレーネは彼のほうを向くと、こう答えた。「ほらご覧なさいな、さっきからそう申し上げているじゃありませんか。婦人解放運動とまったくおんなじだって。進歩という隠れ蓑をかぶった保守だ、と。よく言ったものだこと……」彼女は自身の掟を守らなかった、とフーゴーは独り言ちた。ぼくはもう、イレーネよりもイレーネじみているかもしれない。彼はちょっとじぶんが恥ずかしくなった。

　ヌスバウムは真剣な顔で、それに答えようとした。その瞬間、彼は突然、自身の首すじをつかんだ……

　ちびのエルザ・ヴァイルが再び近づいてきて、爪先で立ちながら、背後から彼に水を引っかけた。撃鉄（小銃の発射装置の一つ。ここでは水鉄砲）を押しているあいだ、彼女の蒼白い顔からは、臙脂色の、明らかに丸みを帯びた唇がますます高く、鼻づらへと前に伸びていた……ヌスバウムは彼女の手をつかんだ。あらゆる状況に対応するすべを知っている男のように、彼はやさしく微笑むと、彼女の髪を撫でようとした。彼女は腹を立てて頭を揺さぶり、叫びながら、彼の手をふりほどこうとした。彼女の白く、細い手首は、彼の茶色くごつごつした、太い指のあいだですっかり赤くなった。

彼女といっしょに、ヌスバウムの息子のヨーゼフが入ってきた。父親に似て、彼は身なりの美しさには関心がなさそうだった、独身男の生活の常として。着古した衣服から醸《かも》し出される印象はなおいっそう強くなった、彼は話し出した。「パパ、一クローネくれよ」

気分を害したような顔つきで、ヌスバウムは息子のほうを向いた。「またか――きのう小遣《づか》いをもらったばっかりじゃないか」

「そのお金であたしに風船を買ってくれたの」と、エルザが生意気そうに言った、ようやくヌスバウムの手から離れて、わきへとジャンプをしながら。「一グルデンで、なにができるのよ」

「おしゃまさん」と、やさしい言葉でヌスバウムはたしなめた。そのあとすぐ、彼は不機嫌そうに、ヨーゼフにお金をわたしした。「これで二十クロイツァー[031]だ。これ以上はもうないぞ、十五回で最後だ」ヌスバウムには莫大な財産があるのにもかかわらず、このうえない吝嗇家《りんしょくか》だった、なにかを得ることなく、利子で生活している人々の例に漏れず。支出がいつまでもつづくことは、彼らを不機嫌にする。ところが、息子に対する厳しさが、なんとも奇妙なことに、傍《はた》から見える彼の温厚そうな印象によく似合っていた……さっきの二人の母親の態度とはまるであべこべだ、とフーゴーは独り言ちた。

「そのお金であたしにお菓子を買ってくれるのよね」と、エルザが言った。「ねえ、ヨーゼフ？」彼女は彼の腕にじぶんの腕を絡ませて、屈みながら、しげしげと誘うような上目《うわめ》遣いで、彼の顔を見た。「将来あたしと結婚してくれるのよね……でしょ、ヨーゼフ、あたしの旦那さまになってくれるのよね」

大きな若者は穏やかな眼で彼女を見た。「きっとさ、エルザ」そして、彼女をベンチまで連れていき、腕に抱えていた書物の大きな束を下ろした。彼はカール・マイ[032]のインディアン本と作品集のコレクションをもってきていた。彼女は感激して書物のうえに屈みこみ、ページをめくり、タイトルを叫んだ。「『シプタール人[033]の国で』……『ヴィネトゥ』[034]……すごいわ、ヨーゼフ……」静かな口調でヨーゼフはいくつかの点を説明し、エルザがベンチに広げた書物を、作品集の構成通りの正しい順番に戻した。ちょっとぎこちなく彼が立ち上がったとき、フーゴーは感じた。この若者にはイレーネが言っていたような気ちがいの痕跡はない……彼はイレーネの人物評価に失望を感じた。

　イレーネがベンチまで近づいてきた。会話が滞るとき、大人が子供を利用しようとすることは、あまりによくあることである。イレーネは子供の口調を真似してじぶんの存在価値を損ねた。彼女は再び、ちびのエルザの無作法を褒め始めた。エルザは知っているか、あの大きな鼻の男の件を、と。数日前、彼女は保養公園で、癌《がん》性の腫瘍を患い、何倍も肥大した鼻をもつ紳士を長いこと凝視し、男の周囲を歩き回っていた、紳士が彼女になにをしたいのか、と訊いてくるまで。彼女はただ答えを聞いてみたかっただけだった、鼻に腫瘍のある人にはみんな鼻の穴があるのか、と……「そんな残酷なことです」と言って笑い、意地の悪い笑い声はますます大きくなった。フーゴーはまったく同意できなかった。ちびのエルザはイレーネの話を聞いてはいた、その話はじぶんにいっさい関係ない、と言わんばかりに。彼女はぴくりとも動かず、空をきっとにらんでいた。彼女の眼は黄金色に光った。テニスコートを吹き抜けた風にあおられて、彼女のスカートの裾が膨らんだ。両手で彼女は太ももの位置でスカートの裾を押さえると、その場で腰を下ろし、スカートの折り目を足のあいだに巻きこんだ。空いた腕を頭の後ろで交差させ、彼女は燃えるようなまなざしを再び空へと固定させた。そのまなざしは、彼女の純粋そうな頬の位置に射した太陽の光と、溶け合っているかのようだった。イレーネはヨーゼフのほうを向いた、さっきと同じわかりやすい子供言葉で、大人は若い人々の趣味を理解している、と言わんばかりに。「どんなご本なのかしら……」

　若者の赤く湿ってきらめく顔には、艶のない青灰色《あおはい》の眼がまるで濁った水滴のように浮かんでいた。その顔が襟のなかで突然に彼女に向かって回転した。彼はそれからイレーネのほうへと、つかつかとやってきた、顔の向かう方向のままに。ヨーゼフの足取りは奇妙なほどに決然としていた、拳を握り締め、上半身をすっと前に伸ばし、大股で。しばしば彼はぎくりとして、さっきと同じように突然に周囲を見回すと、一瞬のあいだ、限界まで注意力を集中させたかのように見えた、そのための外界からの圧はいっさい認められなかったのにもかかわらず。「お嬢さん、あなたがここで見ているのは」と、ヨーゼフはイレーネにかすかではあるが、感情を高ぶらせ、言葉を長く引き伸ばして強調して言った、「『世界で最も奇妙な冒険』に『偉大なる行為』、それに『最大の窮地』[035]」

「あらそう」と、イレーネはあざけった、「おもしろそうだとはこれっぽちも思えないわ」

「おもしろくないって……アメリカ、サバンナ、それにサハラ砂漠が?」

　イレーネはフーゴーを肘で突いた。「あなたはこの本に書いてあることがほんとうだとお思いになります?」

「どうしてほんとうじゃいけないんですか」と、フーゴーは言った、落ち着きを取り戻そうとしていることが明らかなヨーゼフのために、時間を確保してあげようとして。

「全部がほんとうなだけじゃないよ、お嬢さん」と、ヨーゼフは力をこめて、真剣に言った。「ほんとうにあったことなんだ。ぼくはドレスデン近くの邸宅[036]に滞在中のカール・マイに会ったし、サインももらいました。銀の銃に、ヘンリー銃〈ライフルの一種〉も見ました……」

「ほんとうなだけじゃなくて、実際にあったことですって」と、イレーネは彼をあざ笑った。「それがなんだって言うの？」

「なんでそんなに突っかかるんです」と、フーゴーは声を弱めて彼女に訊いた。「それはそれで結構なことじゃないですか、若者が確信していることなんですから……」

「あの男があの娘をすっかり狂わせているんです」と、イレーネは声を荒げた。フーゴーは急いで考えてみたが、どのような一般的根拠から、イレーネがこのような判断を導き出したのか、わからなかった。まもなく彼女はちびのエルザの奇癖をかばいだてし出した、見た通りの彼女のモラルのなさを。再び彼女はエルザをどうにかして市民社会の領域に引き止めようとした。現実と夢物語が一致なぞするもんですか……やさしくうなずきながら、イレーネはエルザを夢の冒険物語から引きはがした。「この本を読むの？　どの本から読み始めるの？」イレーネはやさしくエルザを見下ろした。

　エルザは不愛想に応じた。「あなたにはなんの関係もないでしょ。あたしが気に入った本を読むの。あたしはあたしの好きなように読むの。それでいいわよね、ヨーゼフ……」

　状況を飲みこめていないヨーゼフは真剣な顔で言った。「順番の通り、一巻から読むことを勧めるけど……」エルザよりも大幅に年上であるにもかかわらず、彼は彼女よりもずっと幼く見えた。そんなエルザは従姉をにらみつけながら、その場から離れていった。

ようやくフーゴーはイレーネと二人きりで、テニスコートに沿って散歩することができた……彼は彼女に言った、このような人々が彼女にふさわしいとは思えない、本心から落胆した、きょうの午後がこんなことになるとは想像もしていなかった、と。「それじゃどんなふうに」「わからないけど、こうじゃないんです」彼女は、彼が俗っぽい感傷に浸っている、と言った。人生は彼が思っているよりも、ずっと複雑なものだ、と……こう言われて、彼はわれにかえった。イレーネが彼を教化し、啓蒙することが必要だと思っていたことは、彼をよろこばせた。それに人間のつき合い、社交の難しさ――だれもが、感傷的な気分に浸る代わりに、じっとそれに耐えねばならない――は彼も、誇り高く、じぶん自身に言い聞かせている見解でもあった。この事実から逃れられないこと、いかさまの幸福にだまされないこと……彼が耳を澄ませて聞いていると、イレーネは話題を彼女のお気に入りの、社会の構成の問題に変えた。ここテプリッツでも彼女は社会カーストを発見したのだ。「あなたの幼なじみのオルガをご覧なさいな」と、彼女は悪意を露わにしてつづけた。「もうじきあの娘は二流の場所に落ち着きます、わたしたちが関わることのない場所に……あの田舎娘は」

実際、オルガはその姿を見せるとすぐ、クライン氏の姉のフリート夫人の眼にとまり、別の仲間から大いに歓迎されていた。彼らは前もってルーツィエ夫人にオルガを誘ってもよいかと許可を願い出ることはしなかった。夕方になるまで店から離れられないクライン氏はまだここに姿をあらわしていなかった。「ああ、弟がここにいたら、どんなによろこんだことか」と、姉は言った……オルガはすぐになじみ、管理人からシューズとラケットを借り出した。彼女がテニスに熱中し、一般的な観点から、強打の素質があることをはっきりと示すと、紳士たちは楽しそうに教え出した。彼女は感謝の意を示し、決然とコートを隅から隅まで跳び回った、無我夢中になって。彼女の頬は火照っていて、苺のように赤かった。彼女はそのあいだずっと訊いていた。「ラケットは正しく握れてる？　こう？　ここじゃなくてもっと下？　それじゃあつかめないわ……」

「あれをご覧なさい」イレーネは嫌味を言った。「なんてこれ見よがしな……あれではダンスの時間とおんなじです……それにしたってあんなにきつく体を締めていたら、動くたびにコルセットの破れる音がしたって、気がつきません。なんて見苦しい……」

「彼女に反感をもっていらっしゃるようですが」

「なぜそんなことを訊くんです？」イレーネは視線を上げた。しかし、彼女はときおり、コートを二つに分けているネットを見ることもやめなかった……オルガのおおらかな性格は男たちから大いに歓迎され、コートになごやかな雰囲気を作り出していた。男たちはみんな彼女のために尽くそうとしていた。クライン氏は着いた途端、さっそく窮地に立たされることになった。男たちは笑いながら氏を非難した。先《さき》んずれば人を制する、と。――オルガはきびきびと男たちを宥めながら、彼らに命令し、大声で叫んでいた。このような大声は、ふだんの彼女にはまるで不釣り合いだったが、彼女のいつもの穏和さと同じように、彼女の内面の底から、必要に応じて強制されることなく立ちあらわれているようだった。

フーゴーはじぶんの眼の前に広がるコートを見た。二人のデームートは白いテニスシャツのボタンを半分開け、胸をはだけさせていた。二人は体を上に向かって伸ばし、大きく跳躍すると、着地した。彼らは直立した、敵が反撃できないよう、ボールをネット際から敵のコートに打つために。彼らは腕を長くいっぱいに伸ばした、ラインぎりぎりの位置に落ちたボールをとらえるために。ボールがどこに落ちても彼らには遠くなかった、どんな速球も速過ぎはしなかった。二人は腕をまくり、焦げ茶色に日焼けした剝き出しの下腕は筋肉を緊張させ、弛緩させた。彼らの激しい動き、息つく瞬間のない往還運動は、檻《おり》に入れられた野生動物さながらだった。そのあいだ、無言で試合を見ている婦人たちは、コートの周囲に群がって立っている集団と同じように、関心のないただの観客のようになった。夕闇がせまってきた。そこここにそびえ立っている黒い観客はまるで塔のようになった、二人の白いテニスプレーヤーは塔のあいだを、その周囲を素早く飛び回る海鳥のようだった。

「なんて愚かなことでしょう」と、イレーネはため息をついた。「これがなんの役に立つのかしら?」

フーゴーは感じた、彼女の感覚が彼に近づいてきていたのを、しかし、彼とは別の側から。この身体教練を見学していると、彼はプレーヤーたちのように夢中で体を動かしたくなった。「どうしました?」彼はいたわりの気持ちをこめて訊いた。

「気分が悪くって」と、彼女は吐き捨てるように言い、コートの熱戦をちらっと見てから、その隣のコートの賑わいに眼をやった。「ここは汗の臭い、男の臭いがしやしません? ここで周囲を観察していると、なにもかもが壊れてきそうに見えてきます。なにもかもが、わたしに向かって落ちてくるように……」

「ぼくは死ぬことを考えずにはいられません」と、フーゴーはささやいた。

「いまぼくたちがここで見ているもののうち、百年経ったら、どれだけのものが残っていることでしょう？」

彼女は身震いをした。「いらいらする、そんなこと知るもんですか」

「神経質に？」

「わたしのいらいらを神経性の過敏だと診断してくださるんですね、わたしのためを思って。わたしはもうこれ以上、どんな言葉も最後まで言いつづけることはできなさそうです……」

彼女は温かなまなざしを彼に向けた。「今晩のボウリングにはいらっしゃるわね？　そこなら邪魔は入りません。ここは隙間風も通るし、なにもかもが乱暴です……」

彼女はショールを肩にぴったりとかけた。ショールが前に押し出されたため、肩はさっきよりもずっと貧弱に見えた。「それじゃのちほど」

「おっしゃる通りです、イレーネさん――あなたはようやくわかってくださった……ぼくたち二人はここにふさわしくない、と。ぼくたちはここに集う人々とは異なる種類の人間だ、と……」

「どの点においても、ね？」彼女は分析をつづけようとした、彼を信頼して。

彼はなにも言わず、冷静にうなずいた。

この瞬間、隣のコートからどっと爆笑する声が聞こえてきた。その声にどきっとさせられ、イレーネはつづけた。

「おお、いやだ。あなたがた男たち、こうなると、あなたたちはみんなおんなじ……」彼女は向こうのオルガに視線をやった。ちょうどオルガは三人の紳士に取り囲まれ、四人でワルツのステップを踏んでいるところだった。イレーネはオルガをにらむと、自身の不調の原因はことごとくオルガにある、と言わんばかりに、フーゴーに向き直った……「どいつもこいつも……田舎娘が大好きで」彼女は一瞬、手を自身のきゃしゃな胸に置くべきかどうかと躊躇《ちゅうちょ》した。それから実際にそうすると、彼女は不愉快そうにこうささやいた。「性のこと、こうなると、あなたたち男は腹立たしいくらいみんなおんなじ、どいつもこいつも……」

彼はあらがった。

彼女はふるまった、わたしは最初からあなたを男に数えたことはない、というかのように。彼は彼女の取りつくしまのない視線に愕然《がくぜん》とした。このとき、彼女はまるでなにかを悟ったかのように、眼から手を離した。手が下へと取り払われると、吹っ切れたような、やさしい笑顔が彼を見た。彼女はあえぎながら言った、力をふりしぼるように、彼という友人に助けを求めるかのように。「今晩です、お忘れなきよう……」よろこびの笑みを浮かべて、彼は彼女のまなざしに応じた。こうしているあいだ、彼は、長年を費やした努力がようやく認められ、希望はようやく達成された、と感じた……二人は互いに屈み合い、コートの隅に立っていた。二人の姿は二つの揺れる塔のように夕空にくっきり浮かび上がっていた、彼らは沈黙していた。彼らは二人のあいだに合意がなされたことを認め合った。

そのあいだにオルガはルーツィエ夫人のもとに戻っていた。「あなたの奮闘ぶりはなかなかのものでしたよ」と、ヌスバウムは彼女を褒め、次は彼らとテニスをしてくれるように頼んだ。ドクター・タウベリスは彼女を今夜のボウリングに誘った。イレーネは近づくと、しばらくのあいだ、汗をかきながら輝いている、愉快そうな娘を観察していた。フーゴーは敢えてイレーネに構わなかった。イレーネの言う階級分断の理論は、テプリッツの社交界には当てはまらなかった。それがあっさりと明らかになったからといって、彼はイレーネを咎め立てたりはしなかった。逆に、彼は、いつまでもオルガの前でお辞儀を繰り返しているクライン氏のこっけいさを見せることを通じて、じぶんにイレーネの関心を向けよう、と思った。彼は、イレーネには慰めが必要だ、と思った。

人々は引き上げ始めた。ちびのエルザはこのどさくさに乗じて、鉄砲を発射しようとした。今度の犠牲はカッパー姉妹の妹のほうだった。カミラはテントの方向にゆっくり歩いていくと、ピトロフがじぶんのラケットプレス[037]に屈みこんでいるのを見て、気を悪くしたようだった。しかし同時に、彼女は退屈そうな笑みを浮かべながら、彼にくどくどとお礼を言っていた。そのとき、湿った光線が彼女を襲った。からかわれた彼女は怒り、エルザに向かっていった。しかし、侮蔑のまなざしをこめて再びふり返ると、口——その唇は午後のあいだずっとほぼ閉じられたままだった——から、こんな言葉を発した。「このガキ《フッペ》[038]！」

ことの顛末《てんまつ》はこれで終わったわけではなかった。ルーツィエ夫人は退屈な午後を過ごす羽目になってしまったせいで、すっかりいらいらしてしまい、いつもの陽気さや快活さを失い、やさしくはあるが、同時に、棘《とげ》のある大きな声で言った。「おまえ、娘や、おまえには、これから小言を言わねばなるまいね。おまえにあそこへ行ってもいいと言ったのはだれだね？　こんな冗談はもう……」彼女は「たくさん」と言おうとしたのだが、話をしている途中で戒めの口調を強くしてしまった……「二度とごめんだね。こんなことがもう一度あったら……」

ヴァイル夫人は肝《きも》を冷やした。ルーツィエ夫人の小言がじぶんに向かったと思ったからだった。エルザをわきにどかすと、エルザに向かってくどくどと説教を始めた、はるか昔のできごとを蒸し返し、話題を次から次へと変えながら。彼女は下品な罵《のの》り言葉を発することもためらわなかった。人々はいらいらしながら、家族の秘密がさらに暴露されることを危惧した。ヨーゼフは書物の束をわきの下に抱え、エルザの目配せに応じてその場の全員に襲いかかる覚悟を固めたかのようにして、エルザの傍らに立っていた。エルザはしかし落ち着き払って、視線を下に落として、謙虚かつ無邪気に、爪先を観察しながら立ったままでいた。彼女がゆっくりと爪先を上げ下げすると、かかとが砂に埋まった。髪は肩を過ぎて、胸の位置でうねっていて、長い睫毛《まつげ》がぴくぴくと震動すると、肌艶のない頬の縁《へり》に射した小さな影がいっしょに動いた……

ルーツィエ夫人は始めてしまったことの不幸な顚末にすっかり驚くと、出口のほうを向き、人々を押しのけて進んでいった。エルザの周囲にできた人垣をほどくために、ポッパー夫人もまた叫んだ。ポッパー夫人は「じぶんの子供を教育するべき立場にある人が、他人のことをとやかく言うべきじゃない」というようなことをつぶやきながら去っていった。ドクター・タウベリスがようやく事態を収拾させた。彼はエルザを肩車の姿勢で担ぐと、出口まで運んでいこうとした。肩に担がれた彼女は泣きわめいた。ヨーゼフが彼女を助けようとして、タウベリスに突っかかっていった。エルザはヨーゼフの顔に水を浴びせかけると、満足そうに大きな声を上げて笑い、手足を大きくばたつかせた。ドクターは彼女を地面に降ろさざるを得なかった。

「互いの母連れでは、わたしたちの社交は叶わないようですわね」と、イレーネはフーゴーに言った。

彼女は人混みにいると、ますますいらいらし、ますます虚弱になってしまうようだった。

ポッパー夫人はそうこうするうちに、機会を見つけた、家名の誇りが損なわれたことに対して、その復讐をするための。帰路、集団がごちゃごちゃになったとき、ピトロフがルーツィエ夫人をすでに知っているということがつたわると、だれかが驚いた。そうなんです、あのかたのお知り合いのご婦人が拙宅に滞在中なんです、男爵の奥方で……と、悪いことが起きることをこれっぽっちも予感せず、ルーツィエ夫人が応じた。「あら、お宅の間貸しもなすっておいでですの」と、すぐにポッパー夫人が割って入った。「まったく存じ上げませんで。それならお宅を借りればよかったわ。一シーズンでいかほどお支払いしたらよろしいのかしら?」ポッパー夫人は突然に顧客になると言い出し、ルーツィエ夫人をじぶんと対等の立場から格下の立場に落とした、わたしはあなたに給料を支払ってあげられる存在なのだから、と言うようにして。ポッパー夫人は意地悪をするための機会を見つけたのだった。その場の全員がばつの悪い思いをし、話題を変えようと努めたが、ポッパー夫人は、他意はないとばかりに、サービス内容や料金について照会するのをやめなかった……社交上の礼儀から、ルーツィエ夫人は応じなければならなかった、いまのところ彼女は無料のサービスはなにも提供していないということを、何度も確約したにもかかわらず。騒然とした雰囲気は爆発なしでは過ぎ去るまいと思われた、そんなとき、すでに市内で起きていた予期せぬできごとが、全員を別の方向に向けた。イレーネは、通りがかった男を忽然《こつぜん》と眼で追いかけると、叫び声を上げ、フーゴーに寄りかかってよろめいた。彼女には助けが必要だった。人々はイレーネと、死ぬほど驚き、豹変した母親を馬車に詰め、部屋まで送り届けることになった。

# 七　ボウリング

ルーツィエ夫人とオルガはフーゴーとボウリングには行かなかった。彼女たちは疲れたと言った。そこでフーゴーは独りで出発した。

彼はわざと回り道をして、荘館をのぞいた。彼女の窓は暗かった。彼女はすでに疲労回復を済ませてボウリングに出かけてしまった？　きっと彼女は約束を彼ほど厳粛には受け取らなかったのだ。つまり、気分がすぐれないのなら、当然のことながら、彼女には自室にとどまっている権利がある。しかし、彼自身は予断を許さない病気にかかっていたとしても、彼女が命じたなら、彼女の命じた場所に出かけたことだろう、と思った。もし彼女にボウリング場で会えなければ、独りでなにをして過ごそうか、と彼は考えた。——彼は母親とオルガを無意識のうちに傷つけてしまったのかもしれなかった。出かけようとしたとき、彼女たちが彼をどんなふうに見たのか、彼は彼女たちのまなざしを思い出そうとした。彼女たちが、彼がイレーネの魔力に囚われて身動きできなくなっていると思っていることは、確実だった。彼女たちは、彼が実際にそう感じているよりも、イレーネにのめりこんでいる、と思っているのかもしれなかった。彼女たちには、彼がまるで仔犬のように一日じゅう彼女を追いかけ回しているように見えていた？　彼はじっくりと考えてみたが、彼が出かけようとしていたときの彼女たちの顔を思い出すことはできなかった。そのくらい彼は急いでいた。彼はこう独り言ちた、あとになって思い返してみると、彼は自らそう認めようとするよりも、実際、イレーネにのめりこんでいたのかもしれない。というのは、そのときのことを思い返してみると、懸念、つまり、母親を独りきりにすることについて、これっぽっちも慮《おもんぱか》っていなかったことが、明らかになってきたからだった。彼は家を出たい一心だった。彼は夕食後のつかの間の休憩をできるかぎり速く切り上げて、一秒でも早く、再び彼女のそばにいたいと思った……こう思い返していると、彼は顔、そして、首すじに冷たい雨のしずくを受けたかのように、ぞっとした。イレーネ――彼はじぶんの体でその途方もない魔力を感じていた――は、彼の前に苛烈《かれつ》きわまりない女神のようにそびえ立っていた。同時に彼は、実際に彼女がそうである、女という脆《もろ》い存在に対して、きょうの午後のコートでの彼女の弱さに対して、路上での気絶の発作に対して、慰めてあげることが必要だ、と感じた。彼は発作を、彼女があのような野蛮な環境に置かれたとき、その弱さが環境に耐えきれなくなったときの結果だ、と思ったからだった……いま、ここで彼女と彼女の繊細さと弱さについておしゃべりができたら、どんなに幸せだろう！　あそこに彼女がいつも座っている籐椅子がある。空だ。しかし、いまは月の光が籐椅子を蒼白く照らし、影を作り出していた。椅子は小舟、あずまやのついたゴンドラのようだった。ヨーゼフがさっき話していたように、ゴンドラに寄りかかり、櫂《かい》の音と歌に耳を傾けながら、夢で見たような土地へと、冷たい中空を飛んでいけたら、どんなに幸せなことだろう！彼は独り言ちた、きょう新たに知り合ったコートの人々のだれよりも、あの若者が気に入った、と。あのうぶな顔からは、純粋な魂と陶酔が語っていた。はっきりと意識することはできなかったが、彼は無意識に、ヨーゼフの気質をイレーネに重ねた。彼は愛する人をヨーゼフの気質で飾ろうとした。これまでのイレーネにヨーゼフの気質がなかったという意味ではなく、イレーネの姿は解体されることなく、二人の人格が一つだけの輝く像へと融合していった。

この像の傍らで、フーゴーはインドかどこかで、月の光を浴びながら、至福の時間を過ごすのだ、彼女はここに来る、彼に割り当てられていることを確信しながら。純粋で、偽りのない幸福、だれも傷つけることのない。闘争心、努力をつづけられる幸福、あらゆる悪を制圧する幸福。花々のもとで、乾いたヨシの茎でできた屋根の下で……「ぼくは夢遊病にかかっているのかもしれない」と、彼は自身を想像から引き離した、「満月はいつもぼくを狂わせる」突然に、焦燥が彼のなかで爆発した。なぜ彼はまだボウリング場の彼女のそばにいない？ 彼はここで貴重な時間をなにに費やしている？ 彼は走り始めたが、どんな速度でも彼には遅過ぎた。彼はひとけのない暗い公園、せまい橋、曲がりくねった畑の畝《うね》を全力疾走して、酒場の「蹄鉄場亭《ていてつば》」の前に立つまで、一度も路上では立ち止まらなかった。

彼は暗い廊下を通り抜けた。そのカウンターからは、ビールが蒸発する黴臭《かびくさ》い臭《にお》いが漂ってきた。床は沼地のようで、足を踏み入れると、彼は地面が揺らぐのを感じた。壁はビールのために湿気《しっけ》ていて、その内側は腐蝕していた。球がゆっくりと転がる音が聞こえてきた。球がぶつかると、がしゃーんという衝突音、倒れたピンがごろごろと転がる軽い音が聞こえてきた……フーゴーは入場したが、だれも彼に気がつかなかった。ちょうどドクター・タウベリスが「ストライク」を投げたところで、人々が彼をはやし立て、グラスをぶつけていた。彼は「ストライクの記念」に、会計に十クロイツァーを献金しなければならなかった。彼はジャケットとヴェストのボタンを緩め、口に葉巻をくわえ、大股で歩くと、レーンに立った。レーンに立つと、彼はわざと不機嫌そうな顔をしたが、内心では、大いに成功をよろこんでいた。イレーネも彼に拍手をした。フーゴーが上着を脱ごうとしていたとき、ようやく彼女は彼に気づいた。彼が脱いだ上着をどこに置くべきかとためらいつつ、周囲を見回しているとすぐに、彼女は彼に向かってつかつかとやってきた。

「回復なさいましたか」

「少し興奮してしまっただけで、大したことはありません」と、彼女は言った。彼女は珍しく興奮していて、その姿は光に照らされて、溶けてしまいそうだった。「ここにいましょう」と、彼女は朗らかにつづけた。「ここなら二人きりです。向こうにいたら、一瞬たりとも気が抜けなくなります」

　彼はテーブルにつき、椅子に上着を適当にひっかけた。ほかの人々には軽く会釈しただけで、彼は愛する人の顔を見た。彼女がやさしく彼に微笑んでくれる合間をぬって、かすかな音楽が彼のなかに響き始めた。

　大広間では、ガスランプが二つ三つレーンの近くで燃えていただけだった。長テーブルの下半分にはクロスがかけられていないだけでなく、暗かった。ここにフーゴーとイレーネは座った。だれも座っていない椅子の向こうにある、明るい、小さな空間。レーンへのアプローチ、踏切台にはチョークで白い線が引いてある。長テーブルの上手《うわて》には、赤いクロスがかかっていて、その上にはビールグラスが置いてある。踏切台とグラスの置いてある長テーブルの上手のあいだにある小さな空間。そこでほかの人々が動き回っていた。婦人たちは座り、また別の婦人たちは、ちょうど投げようとしている男をながめていた。紳士たちは「オヌール〔中列のピンを倒すこと〕」に熱中していた。

「どうした、ピトロフ、帰るのか」と、ヌスバウムが叫んだ。しかし、ピトロフは取り合おうとはしなかった。カッパー姉妹の妹のほうは姿をあらわしていなかった。彼女は疲れている、という伝言があった。エルザもいなかった。

「ちびのエルザはどうしているのかな」と、ヌスバウムが叫んだ。彼が息子のためにやきもきしていたことは明らかだった。「拙宅の末娘にはお仕置きのために部屋から出られないようにしてやりましたよ」と、市参事のヴァイル氏が言った。するとすぐに、じっと机に座っていて、一言も口を利こうとしなかったヨーゼフは自身の荷物をまとめた。あとに残る人をまったく気にするそぶりを見せず、彼はピトロフとともに出ていった……フーゴーはヨーゼフを眼で追いかけた。しかし、彼は呆気にとられた、いまの彼はヨーゼフからまったく心を動かされなかったから。さっきまでの同情とは対照的なことに、公園での彼はフーゴーをあれほど感動させたのに。確かに善良な若者だ、しかし、この程度ならこの世界にごまんといる。

「二人とも恋に落ちています。こっけいだこと」

イレーネはピトロフとヨーゼフを揶揄《やゆ》し、まるでフーゴーとずっと二人きりで話しこんでいたかのように、静かに話し始めた。そのうちに二人は黙りこんだ、同じ途方もない感情に衝《つ》き動かされて。彼らは無言で暗闇からボウリングに興じる男たちをながめていた。フーゴーはずっと願っていた、もっと意味のある一言がこの沈黙を突き破ってくれたら、と。しかし、彼は自制し、イレーネと同じかすかな声で訊いた。「なぜです？」

「あら、このなかで相手が最も必要ない二人の娘に求愛者があらわれたからです、エルザとカミラ——最も若い女たちに」

「まるで母親のような口ぶりですね」と、彼は応じ、給仕が茶色のテーブルの天板に置いたグラスを手に取った。「では、乾杯……」

彼女は呆気にとられて彼を見た。しばらくのあいだ彼女は無表情だった。それから彼女は微笑んだ。「お待ちになって、グラスを取って参ります……」

　彼女は立ち上がった。彼はうっとりとながめていた、彼女が軽く揺れる足取りで、風に吹かれるかのように、グラスを手にもってじぶんの体の前にさし出し、ちょっと物憂げに背中を屈めながら、こっちに近づいてくるのを。彼は昼間の彼女しか見たことがなかった。彼はこれまで一度も屋内の人工照明に照らされた彼女を見たことがなかった。彼は、黄色がかった照明の色調は彼女を予想外に美しく彩っている、と言わずにはいられなかった。ようやく彼女の灰色の瞳は思いがけなく、正しい色彩、きらきらとした青になった、彼女の肌、髪は輝き、唇は紅《あか》く、湿っていた。

「さあ、ごいっしょします。あなたの健康に乾杯」と、彼女は言い、椅子に座ると、グラスを彼のグラスに当てた。彼女はグラスを皿にぶつけ、かんと音が鳴るを聞くと、唇をとがらせて口笛を吹いた。

「きょうはご機嫌がよろしいんですね」と、彼は言った。実際、彼は思った、ランプの光のなかにいると、彼女の内面の気分もまた、いつもよりも生き生きと色づくようだ、と。「あなたにはあの昔の流行歌がぴったりだ、と思います。その歌は母がいつもぼくに歌って聞かせてくれた歌なんです――《昼間のわたしはせっかちで――夜のわたしは電気仕掛け》[039]――」

「わたしたちのママは」と、彼女は叫んだ。「こんにちの不幸以外のなにものでもありません……それでも、あなたのお母さまには心からの好感がもてます。ほんとうの賢婦人でいらっしゃる。わたしはママを恥ずかしく思います。ご存知の通り、わたしの頭をしばしば悩ませてきたのは、まさにこの問題でした。わたしのママにはある種の誇りがあって、貴族の誇りとでも言ったらよろしいのかもしれません。それなのに、彼女には誇れるものはなに一つとしてありはしないんです。わたしが多くのユダヤ人の女たちから感じたのは、底なしの自惚《うぬぼ》れです。彼女たちは思い上がっていて、近寄りがたいんです。彼女たちはじぶんたちがよりよい存在だと思っていますし、どんな境遇に置かれても、いつまでもそう思っています。彼女たちを強くし、力づけてくれるものは、なに一つとして存在していないのにもかかわらず……」

「誇るにはそうするより方法がなかったのでは」と、フーゴーは笑った。「そもそも誇るのに根拠は必要ない、という条件があってのことですが」

「なるほど。そうかもしれません。でも、それは褒められることではありません。特に彼女たちに関係する者にとっては、とても気持ちのよいものだとは言えません……さあ、これからどうしましょう？　もっとも、いつもの午前中のように過ごしてもつまらないですから」

彼女が自身と彼を、まるで二人の同盟者であるかのように語ったことで、彼はすっかりいい気分になった。すんでのところで彼は彼女の手に口づけしそうになった。「それなら、午後も荘館に来られるようにします」と、彼は彼女に笑いかけた。彼は正しい言葉が必要だと感じた、彼女を、高尚で陽気な気分から彼との永遠の近さへと拉《らっ》し去るためには。彼はこの言葉をつたえたかったが、ついに正しい言葉を発することはできなかった。そのうちに彼女は再び冷静さを取り戻した、愛想を残しながらも。「ご理解ください、わたしの母には決して悪意があったわけではないんです。母に代わりまして、わたしがあなたのお母さまにお詫びしたく思います。どうぞお怒りをお収めくださいまし……」

「詫びなどまったく必要ありません」

「せめてほかになにか、彼女たちに誇れるものがあれば」と、イレーネはますます驕《おご》ってしゃべり出した。「そうすれば、わたしたちの洗練は特別なものではなくなります。わたしたちはよき中産階級、それ以外のなにものでもありません、あなたにお聞かせしましょう……わたしがこれほどの第一流の社交界に出入りしていること、たとえその一部ではあっても、弟をあそこへ引き上げることができたこと、それはわたしの、わたし自身にのみ帰せられるべきことです」彼女は自身の栄光について語った。舞踏会でハヴァチェク男爵と踊ったこと、流行りのサロンでハーネンカムの詩を朗読したこと、自身をめぐってヴィリー・カールホフが決闘を申しこもうとしたこと……「きょうはわたしたちも踊りますよ。よろしいかしら。あなたはわたしと踊るんです、フーゴー」彼女は屈んでじぶんの顔を彼の顔に近づけて叫んだ、彼は彼女の吐息とほどけた髪の震動を感じた。

「二人だけであそこでなにをしてるんだ」と、ヌスバウムが叫んだ。「いつまでも二人っきりで。いっしょにボウリングでもしようじゃないか」

「受けて立とうじゃないの」イレーネは堂々と立ち上がり、ダンスのステップを踏んでいるかのように近づいていった。フーゴーは彼女を追った。

「団体戦だ！」

　ヴァイル市参事とドクター・タウベリスが主将になった。彼らはくじ引きをして、市参事が最初の指名権を獲得した。彼がじぶんのチームにデームートの兄を指名すると、ドクターはその場で弟を指名した。二人のテニスプレーヤーには確かに、男の力強さとはちがうもの、スポーツに必要な典型というよりはむしろ、現代風のところがあった。しかし、二人の筋肉はボウリングにも汎用され得た。彼らはとりわけ婦人たちのことをほとんど意に介さず、競技に全力を傾けていた。彼らは団体戦にうってつけの戦力だった。つづいてヌスバウムが「その特技のために」選ばれた。彼はまるで顕彰されたかのように市参事に向かって、うやうやしく礼をした。戦意を剝き出しにして、彼は握ったボールを揺すった。時間はあっという間に過ぎた。フーゴーはイレーネとの甘い会話から離れて喧騒のただなかに入り、じぶんはボウリング初心者で、おそらくはピンを一本も倒せないだろうという趣旨の説明を、する機会を逃してしまった。「それならなおさら」と、ドクターが叫んだ。「イレーネ嬢が貴君の相手になりましょう。彼女も精一杯やるでしょう」ドクターはカッパー姉妹の姉を指名した。彼女はさっきから、わたしを忘れるな、わたしの能力を褒めよ、と叫んでいた。ヴァイル家の姉妹はおよそ同力量のプレーヤーとして両チームに配分され、最後まで残ったのが、イレーネとフーゴーの二人だった。両チームの主張によれば、彼らはどっちも相手チームに与えられるハンディキャップと見なされる、ということだった。イレーネの母親、ヴァイル夫人、カッパー夫妻は試合には加わらず、机に座っていた。「彼に投げてもらおう」ヴァイル氏はデームートと協議し、それから彼のほうを向いた。「それじゃ気をつけな、小さいの。きみから始めよう——レーンに立ちたまえ」

フーゴーはレーンに進んだ。ほかの人の動作をよく観察して、彼はまず、レーンへのアプローチのわきにある椅子の上に置いてあるブルーのエナメル製のたらいに両手を浸して、湿らせた。それから彼は木製の樋《とい》に収まっているボールを見て、最小のボールを選んだ。「もっと大きいのをお取りなさい、回転がいい」と、だれかが後ろから説教をした。

彼はボールを取り換えたが、突然、彼は悲しくなった、彼はここで未知のことを敢行しようとしている、彼はこれまでボウリングのレッスンを受ける機会を探そうとしたこともなかったのに、という気持ちを感じて。彼の心臓は高鳴った。イレーネの前で恥をさらすことになるのでは、と彼は不安だった。せめて、彼女がどこにいて、どこから彼の背中をながめているのかわかればいいのに、と思った。じぶんの背中のどの位置にイレーネの視線が突き刺さっているのかを知るために、彼は背中に神経を集中させた。彼は眼の前に広がるレーンを見た。レーンは果てしなくつづいているようだった。レーンの、灰色のコンクリート製の底面が、三つのぎらぎら光るランプに照らし出されている箇所で、不気味な輝きを放っていた。これらの三つの光っている箇所がレーンを分断していたため、レーンはどこまでもつづいているかのような印象を強くしていた。最も離れた場所で、最も強い光を放っているランプが、ピンを照らしていた、顔色のよくない少女が並べているピンを。レーンの向こうの遠くで、少女が影のようにわきに退いた。始めなければならない、もはや彼をさえぎるものはなにもない、と彼は思った。集中すると、彼の頭に血がのぼった。彼は森の木こりのもつ、巨人のような力を得ようと念じた。「ブラントアイス[040]だけはしないよう、お気をつけなさい、負けてしまいますからな」と、市参事が穏やかに言った。そのとき彼はもうボールを投げてしまっていた、そもそも「ブラントアイスをする」がなにを意味するのかも、彼は知らないで。真ん中寄りの三つのピンが倒れた、ピンの全集団はいまや二つに解体された、幅広い溝に分断されて。そのために、つづいて投げる人は大きな課題を抱えることになった。なぜなら、ねらいを真ん中に定めると、ピンは中央の隙間を通り過ぎてしまうからだった、左右のピンを倒すことができずに。「ご覧なさい、穴が空いてしまいましたな」と、主将のヴァイルが愉快そうに自虐をこめて言った。「初心者とは思えない投球でしたよ」彼はフーゴーの肩に手を置いた、当のフーゴーはすっかり満足して、レーンから引き返そうとしていた。「さあ、もう一投」彼を励ます声に鼓舞されて、フーゴーは二倍に集中して、残った左右のピンをひっくり返した。すると、彼には全員からの喝采が届いた。

「どうです、なんと声をかけてもらえますか」と、フーゴーは満足げな表情を浮かべてイレーネを見た。

「お見事!」彼女は底意地の悪そうな笑顔を浮かべてグラスを上げた。

彼はじぶんの才能を示すことができた。すると、ボウリングがおもしろくなってきた。フーゴーの気に入った、ドイツ風の田舎の居心地のよさが、そこにはあった。一度兄弟のよしみを結んでしまえば、相互の不信、不安がなくなる。彼はそこにいた人々に次々と声をかけ、彼らの腕をつついては、会話をつづけた。そのあいだずっと彼はイレーネのことを考えていた。いまの彼女は母親たちと話しこんでいた、試合には構わないで。彼女と心のこもった握手を交わすことができれば、どんなに幸せだろう……ヌスバウムが仰々しくボールを投げるのを見たとき、彼はそれにくぎづけにされてしまった。彼の特技はゴムのボールを投げることだった。ボールはゆっくりと転がっていった。球拾いの少女がレーンにとどまっていると、ゆっくりとボールが少女に接近していった。全員がこの光景になじんでいたにもかかわらず、このこっけいな光景を笑っていた。しかし、ボールは、鳥の雛のようにくうくうと鳴きながら、静かにピンに向かって落ちていき、一つ、二つ、六つ、とピンを突き倒した、想定外の力で。ヌスバウムはゴムのボールが投げ返されるまで、ずっと待っていた。彼はほかの人が来ようとするのを手で制した。正体不明の、重そうで肥った、灰色のこぶに覆われた、いぼだらけのボールが、彼の手のなかにあった。彼が満足そうにボールに微笑むと、ボールもまた彼に微笑み返しているように見えた。

相手チームの番になった。全員が全力を尽くした。イレーネのきゃしゃな姿は、手に抱えたボールのために、地面へとさらわれようとしているかのようだった。このレクリエーションに対して、彼女が抵抗しているのは明らかだった、彼女の手を離れるとすぐにボールはレーンの壁にぶつかった。「ガター」と、フーゴーは叫んだ。「団体戦のときには、なんでもありなんだよ」と、市参事が彼にルールを教えてくれた。その後もイレーネはじぶんの番が回ってくるたびに、ガターを連発した。彼はずる賢く、気の小さい、いわば臆病者のすることだと思った、こんなふうにしてじぶんの力を出し惜しみすることを……

しかし、彼もまた、これ以上どうすることもできなかった、彼は幸運から見捨てられた。それからの彼はどんなに踏ん張っても、ピンを一本たりとも倒せなくなった。「よくあることです」と、ヌスバウムが講義を始めた。「初心者には、最初の一投こそうまくいっても、それから、からっきしだめになることは。心理学的にも理解可能な事実でしょう、そのかぎりでは……」

フーゴーは腹が立ってきた、この護民官が午後のシオニズムのときのように、専門知識をひけらかして、ボウリングについて語り出すのを聞いていると。彼はわざと尊大なふりを装って立ち上がると、イレーネの耳にも届くように言った。「ぼくが思うに、あなたはボウリングをするときにも、リベラリズムの神聖な側面を代表しています……」

「なぜです?」ヌスバウムは呆気にとられた。

「なぜって、そんなの当たり前のことです」フーゴーはじぶんの言い回しを楽しんだ。彼には、だれかが彼に代わって考え、彼の舌足らずな言葉に、彼の望んだ通りの意味をこめてくれたかのような感じがしていた、彼自身がその言葉にふさわしい意味を見つけることができなかったから。イレーネが、精神的な議論が始まったことに気づき、近づいてきた。「あなたには、あらゆることについての理論がおありになる」と、彼はかっとなってつづけた。「あなたはあらゆる人を救うつもりなんです、あなたは世界をその聖なる財産もろとも救済するつもりなんでしょう」「いや、ちょっと待ってください」と、侮辱されたヌスバウムがひどくもったいぶった様子で、反論してきた。「ゴムのボールにして、喜劇作家」と、フーゴーはしゃべりながら、ますます熱くなってしまい、彼の発言はだれにも釈然としないものになってしまった。

再び彼の順番が来ると、市参事のヴァイルが彼の手を取った。仰々しい手つきで市参事はアプローチの真ん中にチョークで輪を描いた。「ピンを見ないで、アプローチの円をご覧なさい。ピンばっかり見ているから、当たらないんだよ、小さいの」「ご覧になりましたか、実績ある人はこのように話すものです」彼は憤慨して、ヌスバウムに向き直った。彼は投げて、再び失敗した……機嫌を損ねて、彼はレーンをあとにした。

彼の感動はさっそく吹き飛んでしまった。彼はイレーネを見た。彼女は小さなばら色の手で机に頬杖をついて座り、母親に向かって深く屈みこんでいた……テニスコートにいたときよりもずっと明確になった、彼女と彼はこうした人々のもと、下層民の娯楽の場にいるべきでない、それよりも、もっと曇った場所で、ロマンティックな雰囲気のある場所でいっしょにいるべきだ、ということが。ニースはどうだろう、と彼は思った。そして、イレーネに近づくと、公園にかかるせまい橋のようにしなやかにたわんでいる背中の後ろから、聞き取れるかどうかぎりぎりの声でささやいた。「イレーネさん……」

彼女はくるっとふり返った、まるで彼を抱きしめようとするかのように。彼は感じた、これは彼ら二人がともに待っていた答えなのかもしれない、と。彼は彼女といっしょに、再び暗い机の角へと、歩いていくというよりはむしろ走っていった、彼らが最初に座った場所ほどには遠くない場所へと。最初に座った場所では、あまりにも人目につき過ぎる。それでも、いくつかの空いた椅子が彼らとボウリングに興じる仲間たちを隔てていた……彼女の眼は光った、彼女の顔もまた、突然に大きくなったかのように見えた、壁にぶつかりそうになるくらい、そのくらいの至近距離にまで、彼女は彼に近づいてきた。「きょう、わたしの花婿をご覧になりまして？」

すっかり困惑して、彼は彼女をながめた。「だれを？　いや」

彼女はなにも説明しなかった。彼女は彼が経緯はともあれ、すでになにもかも承知しているということを前提にしていた。「さっきの神経性ショックをどう思いになって？　あれにまったく理由がないとお思いですか？　それにはちゃんとした理由があります。わたしたちがテニスコートから出ようとしたとき、ヴィンターニッツが通りがかりました。わたしを待っていたにちがいありません。まちがいなく……」

「しかし、ぼくは……」

「ええ、そう、わたしは婚約を解消しました。ずっと前に。それなのにあの人が来て……」

「お望みなら、ぼくがあなたをお守りします。あいつに決闘を申しこんだっていい。いや、あなたがお望みなら、そうしましょう。あんなゲス野郎が相手なら、そのくらいのことはしなくちゃなりません……」

「ばかな考えはよしてちょうだい、フーゴー……周囲がなにを吹きこんだのか……わたしの元婚約者については悪いことばかりが吹聴されていますが、決してそんな人間ではなかったんです」

「はて、奴はあなたをだまし、裏切ったのではなかったんですか?」

「あの人はわたしを愛してくれました。過去にどんな男も女をこれほど愛したことはなかったほど。どうかわかってください、フーゴー……」

彼女は手を胸に押しつけた。「おぞましいのはこれからです。話はまだ終わっていません。あの人はまだわたしを愛していて、わたしを追っています。わたしはつきまとわれているんです」

「それで、あなたは……」

「あの人を愛することをやめたことはありません。これでようやくあなたにことの全貌がつたわりました」

彼女は手を胸から膝に沈めると、深く息をついた。「わたしたちの身にふりかかったことは、わたしたち以外には語りようがありません。そのくらいいろんなことがありました。わたしのかつての友人、フリーダ・ヴァントホがそこで、ある役割を果たしました、それも不愉快な役割を。しかし、中心は彼の共同経営者――その人物は弁護士です、あなたも存じていらっしゃるように――です。この人物が資本のほとんどを所有していて、ハインリヒはただひたすら働くだけでした。この共同経営者は、彼が持参金のない女をめとろうとしていることに、賛成しなかったんです。ハインリヒは事務所を解散しようとしました。すると、彼の親戚が出てきたんです、ハインリヒの親戚が。それからは終わりのない心痛と嫌がらせの連続でした。あなたには想像もできないかもしれません。わたしはこう言いました。

『これじゃ、よい結末は迎えられそうもないわ、ハインリヒ。わたしは、ことが済んでから、あなたの前に立っているわたしの姿を、想像できないの』と。あの人が弱かったのは確かです。でも、ハインリヒは悪い男ではなかったんです。そうでしょう、そんなことがつづけば、どんなに頼もしい男だって、音《ね》を上げてしまいます。この叱責が毎日毎日、こんないやなこと、破局が次から次へと……それもいつ終わるのかも見通せないというんですから」

「しかし、ピルゼンの娘の件は？」

「それもお耳に入っていましたの？　――それも世間が噂していることとはまったくちがいます。世間は勝手なものでした。それも、実際に、わたしたちがそろって経験したことに、大小の尾ひれをつけたような噂話ですらありません。いいえ、実際に起きたこと自体、このうえなくばかばかしいことなんですけれど。あの人があの娘をめとっていたら？　いろいろなできごとの不幸な巡り合わせにすぎません、それでおしまい。しかし、あなたにおつたえした通り、わたしの人生はそんなことばかりなんです。順調な歩みは一歩とてなく、およそありえそうもないことばっかり……婚約を解消した花婿との関係をいまだに楽しんでいるのは、奇妙なことだとお思いにはならない？　直接の関係はありませんよ、もちろん。でも、アリス・ヴァイルとフリーダには手紙のやり取りがあって、フリーダはハインリヒと相変わらず密なつき合いをつづけています、フリーダはわたしの仲介であの人を知ったんです。フリーダはもう結婚しています、フリーダの結婚に奔走したのは、あの人なんです、おかしいでしょう？　わたしがフリーダに嫉妬しないように、フリーダを結婚させたというのだから。それがつづいていまにいたり、奇妙このうえない紛糾した状況がつづいています……たとえば、わたしは存じています、婚約解消をしてからのあの人に、裕福なお相手との縁談が、次から次へと舞いこんでいるのを。しかし、あの人はそれをことごとくはねつけてしまわれました。あるいは、わたしは存じています、あの人がわたしの消息を絶えず正確に収集していることも、わたしがなにをしていて、だれとおつき合いをしていて、など云々。あの人はわたしを手放そうとはしません……いまになってみれば、ことは永遠にかたがついているのにもかかわらず。あなたもご存知の通り、すでにわたしたちは婚約を解消したんですから、あの人の親戚のために、わたしたちの関係は相殺されたんですから……あらぬ顚末にわたしがひどく苦しんでいると、あの人もわたしと同じように不幸になりました。わたしたちは二人して、いっさいの平穏をなくしてしまいました……」

フーゴーは一瞬考えた、彼には、フローラから教えられたというママの言葉が思い浮かんだから。彼女はじぶんに崇拝者がいると錯覚しているだけでは？　しかし、イレーネはテーブルの下から、青のインクで塗られた単語がいくつか並んでいる手紙をさし出してきた。「くだんの男が最近、漏らしていました、これからテプリッツに避暑に行くと。イレーネに再会し、いっしょに話をするために……」「さあ、どうおっしゃいます？　状況を理解していただけますか？」イレーネはささやき、それから席に着くと、アリスに向かって、軽蔑のまなざしを送った。「わたしがあの女の貴重な秘密を漏らそうとしているところだということを、あの女が知ったら……」フーゴーは不思議だった、彼はこの下心を、さっきの下心に対して、つまらないものだと思ったから。

新しい情報がたくさん入ってきたために、すっかりぼうっとなって、彼は周囲を見回した。すると、上手の明るいところでは、試合が新たに始まっていた。人々は彼ら二人を誘う気はもはやないようだった。彼らは跳ね回り、白いシャツの腕をまくって、互いにわめき立てていた。彼らのあまりに下品な身ぶりにうんざりしながらも、フーゴーはイレーネの内部に、彼女の人生に組み入れられたように感じていた、三週間前にはまったく知らなかったこれらの人々もろとも。夏の避暑地での友誼は、プラハのような都会でよりも容易に進む、ということがあるのだとすれば、イレーネが多大な貢献をしたにちがいなかった。この瞬間、彼は、こうした人間の姿形には地上的な意味のほか、彼を彼女へと結びつけている超越的な意味があってしかるべきだということ以外、なにも感じられなくなった。彼女の地上的な実存は彼にとって、どこまでも取るに足らぬものでしかなくなっていた。どこかもっと高い区域、もっと純粋な区域で、彼女の心が彼の心と、透明なガラス玉のように、空間を漂っていた。この無限に柔らかな、意義深い、雲を越える永遠のたゆたい、きっとそれがほんらいの生であり、より現実の生であるはずだった。彼が酒場で見たものは、がさつな錯覚以外のなにものでもなかった。イレーネ、彼女の苦悩、彼にとって想像しがたい彼女の心痛もまた、虚像以外のなにものでもなかった。彼に似て、彼が彼女を愛するように彼を愛したほんとうのイレーネ、奇蹟のように光り輝く球体は、彼の領域の隣の離れた場所で、微光を発し、滑っていた。彼らが互いに触れ合うごとに、彼ら二人の奇蹟のような音楽が鳴りやんだ。

彼は彼女へと向き直った。彼女は打ち明け話を終えて再び陽気になり、恍惚《こうこつ》とした様子で語りつづけた。「このままじゃいけません。こんな日々、こんな夜に耐えるよりも、いっそ死ねたら。そのくらい彼を愛しています。それなのに……また……彼を愛するべきでないというんなら……自制しなければ。再び立ち上がるためには、闘う準備をしなければなりません。わが身ほど可愛いものなし。きっと強くなります……ともかく、あのときはもう薄暗くなっていました。ほんとうにあの人本人だったのかもしれません、姿形も似ていましたから、広い肩幅に、優雅な足取り。でも、わたしの思いちがいだったかもしれません。午後ずっとあの人のことばかり考えていたものですから、あっさりと暗示にかけられた、ということもありえます……これでおしまい、もう二度とあの人のことなど考えません。わたしは新しい人生を始めます。カントに数学、あなたの望む通りに……わたしを助けてください、フーゴー、きっとですよ。わたしの味方になってくださいね……」

彼はなんとなくしか、彼女の言葉を聞いていなかった。彼女の言葉を聞いていると、正反対の感情が膨張しながら、彼の体をつらぬいていった。すぐに彼は感動を覚えたが、感動はそのまま失望へと落ちていった。彼女の最後の言葉がようやく、彼の心を真《しん》のよろこびで満たした。彼はかすかにうなずいた、何度も、まるで彼女に話しつづけて欲しいと乞うているかのように。

アリスがアップライトピアノに着席した……試合は終わり、人々は踊ろうとしていた。父親たちはもう少しのあいだ、トランプに興じようとしていた。《ルクセンブルク伯爵》[041]から新曲のワルツが響き始めた。「音楽に合わせて一曲踊りましょう、フーゴー！」と、彼女は叫び、立ち上がって、腕を伸ばした。

彼は彼女を腕に抱いた。彼女は軽く、漂っていた、彼がその重さに耐える必要がなかったくらいに。彼女が彼を見下ろす具合になっていたにもかかわらず、彼は彼女をしっかりとつかんで、制御した。彼女は彼の腕の下で左に回転した。ダンスのレッスンに励んだ経験とダンスへの熱い想いを示すために、彼は自身の才能に集中した。彼はかなりすぐれた踊り手だった。彼女もまた優雅な踊り手だった、少し足さばきが不安定で、軽過ぎるところはあっても。ターンをすると、彼女の体はますます速く大きな円を描いた。彼女の爪先はほんの一瞬、地面に触れただけだった。彼は彼女をじぶんの体からはるかに離れた場所で支え、全力で、じぶんの体に沿って彼女を旋回させた。彼は感じた、彼女が彼から飛び去ろうとし、彼が彼女を追いかけて飛び立とうとしているのを。空間を活用するために、彼は彼女を角の、よりせまい隅へと連れていった。すると、彼女をもっと支配したいという欲望が彼のなかでもたげてきた。彼はほかのカップルをぎりぎりのところで優雅にかわすと、必要に応じて、立ち止まり、方向転換をした。彼には、空いている場所を見つける才能があった。空いている場所に着くと、彼はまるで凱歌を上げるかのように、大胆かつ大きなターンを披露した。

興奮して疲れ、彼らは踊るのをやめた。「あなたの踊りは素晴らしいわ」と、彼女は叫んだ。「まるでどこかの男爵さながら」この賛辞——彼女が彼に言った最初の——に、彼は赤面した、両頬を赤く火照らせて。「つづきを」と、彼は叫んだ。彼らの周囲を取り巻くものの輪郭が色褪せるまで、彼らは踊りつづけた。

ボウリングはお開きとなった。フーゴーとイレーネは微笑みながら、立ち去る人々の顔を見た。二人は語り合い、そして笑った。

イレーネは手を叩き、飛び跳ね、羽目を外したようなふるまいをした。突然、彼女は立ち止まり、やさしいまなざしで彼をながめた。「小さな男爵さま」

荘館の部屋まで彼女を送っていくあいだ、彼は震えていた。別れ際、彼は彼女の手に口づけをした。そしてそれから——彼は暗い夜空の下で、立ち去り際の彼女が背後に手を伸ばし、彼の手をもう一度やさしくさすったのを、はっきりと感じた。それは彼女が彼に贈った最初の、明白な愛の証だった。

彼は同じ場所に立った。三時間前、せつなくなるほどに彼女のことを想ったあの場所に、同じ籐椅子の前に。——それから彼は公園を横切って帰った、眠るにはあまりに感情が高ぶり過ぎていた。——幸福な愛もある、と、彼は独り言ちた。これまでのぼくには当たり前のことだと思われた不幸と愛のこの密接な結びつきは、必要ない。愛と幸福、愛とよろこびがいっしょであること、こういうこともある——こんなに若く、こんなに早く、最高の幸せに到達したことを、彼は思い返した。愛と幸福を同時に、それも十六歳[042]で……彼は声に出して、いつまでもじぶんを前に、この言葉を繰り返した。あのヌスバウムにも、あの男にも、彼はそう宣言した……彼は月に向かって叫んだ。月はこのあいだまで、彼が人生に対して妥協しつづけてきたこと、絶望したこと、動揺させられてきたことを観察していた。いますべてが開花しようとしているではないか、すべてが希望に満ちているではないか、すべてが始まろうとしているではないか。彼には、すべてが終わってしまったかのように見えていただけなのだった——彼はきょう一日じゅう、イレーネといっしょに過ごした、午前、午後、夕刻から深夜まで。ずっと婦人といっしょに、ずっと同じ人と、彼女がなにをしているのかをいつまでも承知していて、いつまでも彼女を見ていられる……こんなことを思っていると、無意識のうちに、彼は甘い考えに陥っていた。こんな考えを抱けることは、きっと素敵なことだ、手短に、イレーネと結婚できるなら。——プラハでの彼は、ただ恋人と話す許可をもらうためだけに、何千ものたくらみ——恋人からはただの一度も同意は得られなかった——をめぐらしてようやく、恋人の意志に反する、二人きりになれる数分間を勝ち取らなければならなかった。しかし、イレーネは彼に敵対的な感覚をもってはいなかったし、彼の存在が彼女の意に沿わないことを彼女の態度で示しもしなかった。彼女は二人で会うことをたやすく承諾してくれもしたし、その機会を願ってくれもした。――なんと、いまはすべてがいたって平穏に流れ、青年としての彼の心もまた、溢れんばかりの感謝をたたえて、いっしょに流れていった。彼は決して幸福になれないだろう、この世で彼の幸福は実現しない、という考えはことごとく、妄想の産物だった。いま彼は、自身がもはや、世間一般で言われている幸せな人生から疎外されてはいないのだ、ということを感じていた。彼は樹木の名前を呼び、星を数え、小川にしなる枝のように、またたく流水に向かって屈んだ。彼は水に口づけをした。彼は、空に浮かぶ小さな白い雲もろともじぶんの巻き毛が水面に反射しているさまを観察した。彼は両手を地面に向かって下ろした。すると彼は、さまざまな貴金属類と温かな癒しの鉱泉水に誘われ、じぶんの指先がわれわれの地球の深みへと引き寄せられていくのを感じた。

# 八　グレートル

翌朝、彼には事情がより明らかになった。少なくとも見通しは明るかった。

彼はざっと、きのうまでのことを検討してみた。計画の半分、つまり母親に接近することは叶わなかった。いっぽうで、それとはほかの——彼があまり期待していなかった——ことは実現した。オルガは「説得に応じた」。ルーツィエ夫人はそれをうれしそうに報告し、いまやクライン氏たちが主催するテニスに参加するよう、オルガにうながすまでになった……フーゴーは彼女たちにつき添うことになり、母親がオルガのいるコートにとどまっているあいだ、そこを抜けて、イレーネのところに行った。また、毎朝十時きっかり、荘館に姿をあらわすことも怠らなかった。

彼らはそれぞれの愛について能弁に語ったが、決して、相互間の愛については語らなかった。秘密にしなければならないという障壁が取り去られてしまったいま、イレーネはかつての婚約者について、隠し立てすることなく語ることができたし、フーゴーはそれに倣って、グレートルに言及した。彼らは互いの愛を分析し合い、愛の感情を賛美した。しかし、暗黙の了解のように、彼らは愛を相手に向けようとはしなかった。この相互間の取り決めは彼らを隔てる壁のようなものではなく、むしろ両者に配慮した、心からの合意のように作用した。二人のどちらもが別の道で別の理想を追いかけていたにもかかわらず、彼らはともに手を携えながら進むことができた。二人の周囲では、心のこもった熱い吐息が混じり合った。会話のあいだずっと、フーゴーはそれを感じていた。会話は親密さ、繊細な感覚、相互のいたわり合いに満ち、深い心の感動のなかにあった。彼らがだれを話題にしていようとも、この深い感動が彼をとらえて離さなかった。この情熱的な空気のなかで彼は居心地のよさを感じた。イレーネには彼の自制を尊重する心得があって、彼のほんとうの感情を知ってくれるはずだ、と彼は願っていた。しかし、彼女が幾度となくハインリヒのことを思ってため息をつくとき、彼は想いをつたえることなど、とうてい不可能だと思った。そんなわけで彼の話題はグレートルのことばかりであり、グレートルへの愛はいまだに生きているのか、あるいは、もう乗り越えられてしまったものにするべきなのか、彼は気が気でなかった。

「最も美しいものがなにか、ご存知」と、彼女は言った、城の庭園の小径を歩きながら。「恋をしている人の話しぶり。恋人といっしょにいるとき、人はまるでメロドラマのなかにいるかのように話します」

彼はいまだこのような経験をしたことがなかった。よろこびに震えながら、彼は想像した。「あなたがおっしゃるのは、恋をしている人は言葉を長く発音し、音楽が始まるのをずっと待っている、そういうことでしょうか……」

「あら、そうじゃありません。恋をしている人はこの音楽を聞いているんです。この音楽は心のなかにある竪琴で、それがかすかに共鳴しているんです。恋をしている人はまぎれもなく、この竪琴の伴奏に合わせて話をしているんです」

「その人の声はかすかですか、それともよく通る声なんですか？」彼はイレーネの想像力に惹かれ、それに加わろうとした。

「とてもかすかに、かぎりなくかすかに。恋をしている人はいつでも、やかましくはないこの音楽に耳を傾けようとしています……」彼女は震え、そして微笑んだ。「それはもう素敵な時間でした」彼女は近くの枝から葉を一枚ちぎると、鼻先で押し潰し、緑の香りをゆっくりと吸いこんだ。彼は、彼女の閉じたまぶたがたくさんの細かなしわを作りながら痙攣するのを、木《こ》の葉が太陽の光を反射して輝くのを観察した。

毎日彼女は興奮しながら、宿泊者名簿をくまなく点検していた。「ヴィンターニッツ」の名前はなかった。あるいは、彼は名前を偽って記帳していたのかもしれなかった、月並みなことではあるが……数日が過ぎた。ヴィンターニッツの気配はまったくなかった。そのうちに、彼女はあの晩の、テニスのあとのあれは錯覚だったにちがいない、と言うようになった。どっちみち、彼が彼女のためにできたことは、過ぎたことだ、忘れるように、という言葉をかけることだけだった。フーゴーは再び勇気を出して、こう意見して、彼女を力づけようとした。彼女が再び彼に話しかけてきたとき、彼は「もう二度とあの人のことなど考えない」と言ったではないか、とくぎを刺した。すると、彼女は彼を脅し、軽蔑するような眼で見て、叱責するという事態が生じた。

しばらく経って会話の話題が彼女にとっての切実な関心事に触れなくなると、彼女は露骨につまらなさそうな顔をするようになった。この失敗をじぶんのせいにすることは彼にとって受け入れがたいことだった。彼はじぶんを彼女のかつての交際相手の境遇に置こうと努めることを通じて、懸命に、失敗の回復に努めた。「あのころのあなたのお気持ちは？　ヴィンターニッツはハヴァチェク男爵やハーネンカム氏とはまったくちがっていたんでしょうね？」「むろんです」彼女は彼の正確な推測に少しの動揺も示さなかった。「あのころは延々と諍《いさか》いを繰り返しました。わたしの婚約者は、わたしがあんな破廉恥な仲間と交際をつづけようとするのを、当然のことながら望みませんでした。

彼は家庭生活について長広舌をふるって、それですぐに……」

「それであなたはどっちの側に肩入れなさったんです？」

「それを訊いてどうなります？　花婿の肩をもったに決まっているじゃありませんか。彼を憤慨させるためだけに、わたしはときどきあの仲間に頼んで家までつき添わせたこともありました。そんなとき彼はものすごく嫉妬して、手がつけられなくなって……しかし、あの人と比べてみたら、あんな優雅な遊民たちなんて、くだらない存在としか思えませんでした」

何度か、まるで仕返しをするかのように、彼女は彼に、彼の記憶について話すことを求めた。彼は記憶を掻き集めて、話し始めた。「ぼくはよく夏になると、朝早くからヘッツ島に出かけました。水の流れは速く、朝の光を浴びて輝いていました。水は水車を掻き分けて流れ、木製の堰堤《えんてい》を越えて流れ落ちていきました。しばしばぼくは立ち止まり、橋から下を、水が樹々の影のなかで暗い緑と茶に色づき、島の端で、まるで固定された陸地のように動かなくなっているのを観察しました。それはぼくに神のごときもののような印象を与えてくれました。ぼくは想像しました、ぼくたちはあそこの水の上を歩いてわたることができるんじゃないか、しかも靴を履いて。そして、屈んで、掌をくぼませ、喉の渇きを癒すために、水をすくうことができるんじゃないか、と。それから、テニスコート近くの草むらに寝転がって、ぼくたち若い男は女たちを待ちました。思い出せるかぎり、最も美しい思い出です。結社の制服を着た大学生の一人が冗談を言い、ぼくたちみんなを笑わせました。もちろん、そんなときには猥談《わいだん》が飛び交いますが、若い男ばかりが集まれば、ごく当たり前のことでしょう。ぼくは掌、額に冷たい露を、全身に、温かい太陽から受ける健康なもの、さわさわと流れる機械装置の存在を感じました。ぼくたちはあおむけになって、眼の上に広がる古いトチの樹々を見上げていました。ぼくたちは話しているあいだ、だれも横の人の顔を見ませんでした。ぼくたちは空気に向かって話していたんです。ときおりぼくたちは立ち上がって、小径を歩くか、居心地のよい古い食堂に行きました。ビールを少し飲んだり、バターパンを食べたりしました。愉快な時間でした。そんなとき、ぼくはいつもこんな気がしました、ぼくのなかで、なにか計り知れない、無敵の力が蓄えられているんじゃないか、今度こそ、グレートルをすっかりぼくのものにするために、できるだけの準備をすることができるんじゃないか、と。しかし、彼女がぼくのところに来ると、そういったことはなんの役にも立ちませんでした。それどころか、ぼくのなかに蓄えられた力は弱さに変わってしまいました。弱さがぼくの心を締めつけました、弱さはグレートルとは逆の方向に向かうよう、ぼくを仕向けたからです。彼女は、ぼくがどれだけの力を掻き集めて、彼女に対峙しようとしているのか、まったく気づいていないようでした。このようなことから、こっけいで、ぼくをひどく苦しめることが始まったんです。たとえば、ぼくたち、グレートルとぼくは、二人きりでテニスコートの外側、島の端のせまい小径を散歩しました。ぼくたちは遠くにベルヴェデーレ〈イタリア語で「美しい展望」の意。プラハ城の北側にある宮殿〉、フラチーン〈ヴルタヴァ川の左岸、プラハ城とその周辺。チェコ語ではフラチャニ〉、エリーザベト橋〈現在のシュテファーニク橋の位置にあった。一八六八年完成。完成当時は帝政期のため、オーストリア皇帝夫妻の名を取り、フランツ・ヨーゼフ橋、または、エリーザベト橋と呼ばれていた。一九四七年に撤去〉、眼の前には、広大なモルダウ川〈チェコ語ではヴルタヴァ川〉の堂々たる水を見ました。樹々の下に見すぼらしい筏乗《いかだ》りがいました、筏乗《いかだ》りはそこに立ち、ぎしぎしと音を立てて回転している水車につながれた縄を引っ張っていました。後ろに進んでいく筏乗りはますます、水車につながれた縄から離れていっているように見えました。筏乗りはぼくに強烈な印象を残しました。しかし、ぼくには、どうしてなのか、どこにこの印象があったのか、つたえるすべがありません。ぼくがグレートルと歩いていたからかもしれないし、ぼくのそばにいたこの貧しい身なりをした筏乗りが仕事に精を出していたからかもしれないし、ぼくが、ぶらぶらと怠けていて、お金があって、ぼくの隣に女がいる、それにもかかわらず、まったく満たされることなく、不幸だったからかもしれません。これで、ぼくの言いたいことがすべて正確に言えたわけではありません。お嬢さん、あなたには想像していただかなければなりません。薄い紅の頬をしたグレートルがどんなにきれいだったか、ぼくがどれだけ彼女のことを好きだったか、木漏れ日がどんなに力強く輝いていたか、川から、草むらから、どんなに涼しい風がそよいでいたことか……」

イレーネにはわきまえがあった。彼の興奮を中断することはしなかった。しかしいま、彼女は、彼が筏乗りのことで動揺しているのを見て取って、こう切り出してきた。「わかります。そういったことがらは言葉では説明し辛いですから……どうぞお話をつづけてください、なにか別のことを」

彼は彼女に感謝の一瞥《いちべつ》を投げかけ、静かにつづけた。「彼女がぼくに対してやさしくなかったとか、取りつくしまもなかった、とは言えないんです。ぼくを励ましてくれているように見えたこともありました。彼女は気分屋かつ高飛車で、みんながその美しさを褒めましたし、実際その通りでした。全般的に言えば、好意と拒絶の永遠の繰り返しでした。ときには、ぼくが不幸のどん底に突き落とされ、ときには、彼女が再度愛らしいことを言うことがありました、たとえば、『ローゼンタールさん、あしたまた会いたいわ』とか、『パンを一口どうかしら』とか。そして、パンを一口ちぎってくれたりしました。こうした会話で数週間をなんとかこらえると、また同じことが、ぼくの耳に向かって繰り返されました。いずれにせよ、これらはぼくが想像していたような幸福な愛の理想からはほど遠かったし、気持ちはまったくこもっていませんでした。だいたいの場合において、彼女のふるまいは冷淡そのものでした。たとえば、ぼくは、あるベンチをぼくのお気に入りの場所に選んだことがありました、ぼくたちのつかの間の遠出の休息のために。あそこにぼくたち、ぼくと彼女は座りました、そこはひとけのある場所で、そこのだれからもぼくたちが見えました。ぼくたちは世間話程度のことしか話しませんでした。それ以外には、ほとんどなにも話しませんでした。彼女がときどき、ぼくと連れ立って歩いてくれることだけが、ぼくに恵んでくれる好意のしるしのようなものでした。そもそもそのベンチすら、ぼくが心底気に入って選んだ場所じゃありません。ぼくはただそのベンチを挙げただけでした、ぼくはわざとそんなことをしました、そうすれば、彼女と共通のなにかをもつことができるかもしれない、と思ったから。そして、ぼくは彼女に、このベンチを好きになって欲しい、と頼みました。ぼくは老人になっても、若き日のことを思い出すために何度もここに来るだろう、などと。ぼくたちがここに来ると、ちょうどベンチに先客がいたことがありました。悲嘆にくれて、ぼくは遠くからベンチが使用中であることをつたえました。すると、彼女は言いました。『そうね、こんなに辛いことはないわね』あまりにも冷淡に、あまりにもわざとらしく。この瞬間、だれかに殴り倒されることになったとしても、ぼくはそんなにいやな気分にはならなかっただろうと思います。それから数日のあいだ、彼女の言葉がぼくの頭から離れることはありませんでした。どこでなにをしていても、彼女から言われたことばかりを思い出していたんです……

最悪の記憶は、制服を着たあの男の学生のことです、ぼくはできるだけのがまんをしました。彼はユーモアに溢ればくは思いません。そうだったとしても、彼がグレートルのことを愛していたとは、ぼくは思いません。そうだったとしても、彼女はどこまでも彼のあとを追いかけていました。こういうことです。彼女は彼の冗談を聞きたがった、彼女は笑うのが好きで、いつまでも笑っていたかった。彼に惚れこんでいたとは思いませんが、はっきりと彼のことを優先していました……しばしば、ぼくはじぶんに言い聞かせました、放っておこう、もうやめにしよう、苦しみは幸せよりも強いんだから、と。ぼくはじぶんを責めました、なんで彼女をあんなにも美しく、魅力的だと思うのか、彼女じたい、きれいでもなければ、魅力的でもない、と。彼女をあんなにきれいにしたのは、奇妙きわまりない、ぼくの想像力でした。しかしすぐ、ぼくはぼく自身にこう言い聞かせざるを得なくなりました。ぼくの想像力の産物をあきらめるということは、現実をあきらめることよりも難しいことなのでは？　そういうわけで、ぼくはすんでのところで破壊するところでした、ぼくが情熱の炎を燃やして、彼女の周囲に作り上げていたもの、ぼくの最愛のものを。ぼくはぼく自身の頭脳を破壊しようとしていたんです。とどのつまり、想像ってなんでしょう、現実ってなんでしょう？

なぜ、よりによって彼女がぼくの想像力を駆り立てていたんでしょう、どうして彼女でなくてはならなかったんでしょう？　天の神よ、プラハの街じゅうを歩き回っても、こんな考えにつき合ってくれる人など、いるはずもありません。それに、彼女につたえることなどできるはずもありません、彼女に対してこんな気持ちを抱いているということなど。ぼくが彼女のところに行き、ぼくの気持ちを打ち明けたら、彼女は即座にぼくを笑い飛ばすでしょう。彼女はただ笑っていたいんですから……」

「あなたもそう思っていらっしゃる通り」と、イレーネは言った。「ひどい関係だったんですね」彼は驚いた、それくらいこの言葉がぴったりだったからだ。しかし彼には、彼女の言葉を字義通りに受け取ることはできなかった。イレーネはほんとうに彼の報告を深く理解し、そのうえでこの関係の屈辱、空疎さ、むなしさを感じてくれたのか。彼女は、彼の感傷的な愛が、彼の仲間からどれほどこっけいで、おかしなものだと思われていたことを、感じてくれたのか。彼女は災難によって彼がこうむった恥辱の内容を理解してくれたのか。彼はその詳細をついに彼女に打ち明けられなかった。彼女は、じぶんが彼よりもずっと多く愛を経験しているということを、ほのめかしたかった？　あるいは、彼女はうわべだけを受け取って、最後には、ちょっとだけ嫉妬した？　はたまた、「ひどい関係だった」という一文にこれらのすべてがあった？　彼はポケットから絵ハガキを取り出すと、一言挨拶を書き、自身とともに彼女に署名をしてもらえないか、と頼んだ。

彼女はハガキを裏返した。裏面には、なにも書かれていなかった。「住所のないハガキには署名しません。だれと手紙を交わしているのか、こちらにも知る権利があります」

彼は静かにハガキを抜くと、微笑みながらグレートルの住所を書いた。

イレーネはなにも書かずに署名した。しばしの中断ののち、彼女は訊いた。「結婚したいとお思いでしたの、このグレートルと」

「さあ、どうでしょうか」彼はためらった。「いまのぼくが彼女を愛しているのかどうかも……」

「あら、あのころ。あの娘と結婚したいと思ったかどうかを訊いてましてよ」

「もちろんですとも、ぼくにその準備ができていれば、地位があれば」

「持参金は？　いかほどもって来られそうでしたの？」

「知りません……でも、そんなことどうでもいいことでは？　ぼくが思うには、大した額《がく》ではないでしょう」

するると、彼女は感激して、顔に本心からの笑みを浮かべて、彼を見た。「フーゴーさん、あなたって品のいいかたね。この意味がおわかりになって？」

彼はただちに理解した。彼女は婚約者のこと、婚約の解消のことを言っていた。彼女の助けになりたいとの想いから、急いで彼が出した最善の案はこのようなものだった。「ぼくにはわかりません……品のいい、とは、どういうことなんでしょう？　ここでの『品のよさ』はどんなことを言うんでしょう。なぜあなたはそれをお褒めになるんでしょう？　それでは、こんなケースについて検討してみましょう。ぼくはグレートルへの愛のために一万グルデンをあきらめる。別の男は、この一万グルデンのためにむしろ、グレートルをあきらめるべきだと思っている。そうすると、性急にはなりますが、こんな結論を引き出すことができます。ぼくはあの男よりも愛に高い価値を置いている――ぼくはより集中して愛を感じている、少なくとも一万グルデン分は集中して、場合によっては、すべてを彼よりも強く感じている――あなたはきっと『品のいい』という言葉で、ぼくに気品がある、と言おうとしたのではないでしょうか。でも神さま、人々は立証されてもいない前提から議論を始めています、ぼくとあの男にとってお金が同じ価値を有している、という前提から。しかし、この前提そのものがそもそもまちがっているんです。ひょっとすると、彼にとっての一万グルデンはぼくにとっての数百万グルデンと同じ意味をもっているのかもしれません。すなわち、彼がお金、愛、すべてに対して、ぼくよりも強い感情を抱いているということもあり得ます。お金の価値は人それぞれ、としばしばぼくは思いました。お金が相手となると、人間は論理的ではなくなってしまいます。ぼくは金銭欲とはまったく無縁な人間ですが、少なくとも、金銭欲を卑《いや》しいと思ったことはありません。たとえば、ぼくたちユダヤ人の商売人を見てください。彼らは毎日毎日、商売、業績、お金のことばかり考えています。ぼくが思うに、世界のだれも、彼らほど不当な目には遭ってはいません。だれも、彼ら以上に、見くだした態度を取られることはありません。というのも、お金、それはありとあらゆる享楽の代表だからです。お金によって到達可能な享楽には、旅行、服装、しばしば健康、幸福な家族、美しい住居があります。確かにうるわしいものばかり。お金を愛する人は、これら美しいものを溺愛しているということになります。すると、商売にあくせくして疲弊することは、賢明ではないということになります。なぜなら、こうした商売人――それにはぼくも弁護士も含まれる――は、彼らが到達できる享楽より、もっと多くの享楽をあきらめることになるからです。なぜなら、彼らは、さんざんの苦労のため、彼らが獲得したものを享受できなくなるからです。つまり、これは実際の役には立っていない、しかし、卑しい？　どうして卑しいことになるんでしょう？　どうしてさげすまれることになるんでしょう？

あるいは、だれかが、お金を、これら美しいもののためにではなく、じぶん自身のために愛しているのだとすると？この場合、お金はその人にとっての理想、つまり、到達不能で決して満たされることのないものになります。ぼくは知りたいんです、どうすればぼくたちはお金以外のさまざまな理想にあらがおうとする以上に、お金という理想にあらがうことができるのか、を。お金以外の理想だって、お金と同じように意味がなく、無意味であるがゆえに、それだけいっそうぼくたちから最高のパフォーマンスを要求してくるのに。こうなると、お金はそのほかの理想と同じ、一つの理想になります。お金はぼくにとって壮大さをもつようになります……急ぎ過ぎたあまり、ぼくはじぶんの想いを正確には表現できなかったかもしれません。しかし、ご自身に訊いていただけませんか、そうではなかったか、と。ぼくの発言は正確に、核心をとらえていたのでは？」彼は彼女に意味ありげなまなざしを向けた。「うるわしいもの、あるいは、理想としてのお金。二つの情熱のうちの一つがあのときにも関係していたのでは？」

彼女は真顔になり、立ち止まった。「いいえ、そんなことまったく関係していません……あなたには想像なさることもご無理なんじゃないかと思います。あなたは若過ぎるし、それにとっても単純です。おそらくあなたは、あなたがどんなに経験豊富で、悲観的にものごとをとらえているか、いかにあなたが偏見にとらわれていないか、あなたの眼がいかにすべてをくっきりと見通しているか、神はお見通しだ、ときっとそんなふうに思っていらっしゃる。そうしているうちに、あなたには、世間がどうしたものか、まったくわからなくなってしまっているんです。若い人はとかくそうしたものです。錯覚を克服したと思ったら、また眼の前に錯覚が広がっている。なにもわかっていらっしゃらない。フーゴーさん、あなたは世間がどんなに意地の悪いものなのか、まったくご存知でない」「先日、母から同じことを言われました」と、彼は小さく自嘲して笑った、感動を押し殺すためだけに。

彼女はかぶりをふった。悲しそうに彼女は彼の澄んだ茶色の巻き毛を見下ろした。「ちがうわ、フーゴーさん。これだけは覚えておいて。あなたはやさし過ぎる。あなたにとっても、世間はもっといやなものになります」

# 九　蛇の踊り

どの散歩も前回のように、必ずしもなごやかには終わるとはかぎらなかった。

彼がいつかの折にちょっとしたできごとを話すと、彼女は腹を立てて、彼の話をさえぎった。「些細なことだわ」と、彼の話を退けた、自身を揺るがすような不安と対比しながら。彼女は彼がふだん、だれとつき合っているのかを訊いてきた。彼女は自身の、階級の高い知人をリストアップして読み上げ、その一人一人について訊ねた。「このかたはご存知？　あら、ほんとうにだれもご存知ないのね」せつなそうにため息をつきながら、彼女は自身の大勝利の時代をふり返った。ある仮面舞踏会では、さる知事がもっぱら彼女に熱を上げ、ダンスの相手を求めた。新聞には、こんな記事まで出た。「さる高位高官がなりふり構わず言い寄ったお相手は、堂々たるギリシア人の女……」そんなふうに語る彼女の言葉の背後には、彼を挑発し、横柄にも「さあ、あなたの冒険、成功はどんなです……」と、要求しているような響きがあった。

「だめ、人生を堪能しないなんて」と、彼女は叫んだ。ハーネンカムの友人の俳優がかつて、彼女のために決闘を申しこんだという……

「ハーネンカム男爵と」と、彼はつけ加えた。

「どこでお知りになりましたの？」

「あなたが話してくださったんじゃありませんか」

彼女を傷つけよう、彼女に復讐をしようなどとは、彼は考えもしなかった。それよりも彼は彼女にいい記憶を思い出させ、彼女の気をよくしてあげたかった。「だれにでもロマンティックな気分になるときがあるものです」と、彼は言った。「たとえば、なじみのない外国風のものに惹かれること、ぼくたちはみんなこんな傾向があります、ぼくたち若者には。たとえば夜、あなたもそうお思いになるでしょう、暗い小路を行くとき。だれもが感じるはずです。ここでなら、思いつくかぎり、ばかばかしいことができる。しかし、すべては整然としていて、市民は建物の石の壁の向こうで、ベッドに入って眠っています。小路には、だれもいない。そんなとき、酔狂きわまりないことをしてみたくなる、ぼくたちはそこで偉大なことを企《くわだ》てみたくなるからです、理性に反して。少し前、ぼくたちはオープスト街〔現十月二十八日通り。プラハ中心部、旧市街と新市街の境界をなす〕を歩きました。偉大な事績、アメリカの征服者たち、コルテス[043]について話しながら。そのとき、舗装工事のために地面が裂かれ、石畳の敷石が山積みになっている場所がありました。理由はわかりませんが、その場所が、ぼくには管理の行き届いた道路上にある小さなカオスのように見えました、そこでなら、なにかが起こる、驚くべきことが体験できるかもしれない。そこで、ぼくは敷石の山にのぼって、その暗い穴をのぞきこみました。ぼくを信じてください、このとき、ばかばかしくてたまらない思いがぼくにせまってきたんです。ぼくはその場で穴に飛びこみたくなったんです……」

「それでどうなすって?」

「なにも……」

彼女は陰険な笑みを浮かべた。「それで、なにもなさらなかった。それがあなたとコルテスの差じゃありませんか……」

「飛びこむべきだった、とおっしゃるんですか！」気分を害して、彼は叫んだ。

「そんなことをしても無意味だったでしょうね――ただ、あなたにこんな気分を教えてさしあげたかっただけです、ボヘミアン気質……」

「ボヘミア人がボヘミアン気質でなにが悪いんですか！[044]」

彼は計画を断念した。彼には、常軌を逸《いっ》したことをやってみる機会は訪れなかった。しかし、彼はよい方法を知っていた。「ぼくはじぶんの人生につまらなさを感じ、むなしくなると、下唇をすぼませて、上下の歯で唇を感じるんです。こんな具合に。それから想像するんです、この唇はなんと素晴らしい人生の一部分であるかって、どんな精巧な造作をしているかって、何千もの細胞から。それになんて柔らかで、唇にはどれだけ、いまだに研究されていなくって、説明のできないことがあるのかって、この細胞組織には、などと。この瞬間、人生が人間を楽しませることがないなどということは、ぼくには理解できないことになるんです……」「あなたのお楽しみのなんと謙虚なこと！」と、彼女は妥協することなく、批判をつづけた。「なんてお金のかからないお楽しみ！　下唇はだれにでもあるのだから……」

ときおり彼女は彼の批判をやめて、それ以上に通りすがりの人の批判を始めることがあった。オーケストラのコンサートでは、遠くを歩いていたフローラ・ヴァイルについて言い始めたこともあった。「ご覧なさいな、あの丈の長いブラウンのケープは人を大きく見せます。つんつるてんで、しかも色が暗過ぎる——醜く見せる手段がふんだんに使われています。きょうフローラを見たときには、これはまた太ったこと、とさえ思ってしまいましたもの……それなのに近づいてみたら、いつもよりもずっと小さく見えるんです。その理由をご存知？　わたしたちは最初にだまされて、それから足し算をする——方程式みたいなものです——それからまちがってしまったことに気がついて、引き算をすると、今度はさっき足したときよりも、多くを引いてしまっている。極端な方法を使ってはならない、ということが学べるでしょう。観察者はいつでもじぶんに言い聞かせていなくてはなりません、望むのなら、少しだけにしておくように、と。やるべきことがやり尽くされている、と観察者が認識したその瞬間、効果はすっかり無になってしまっているんですから……たとえば、この帽子の高い羽根をご覧なさいな。羽根をもっと大きくしたほうがいい？逆ですわ、そんなことをしたら、帽子は叫んでいるようになってしまいます、できるだけ大きくしてみたら、羽根はまるで空に向かって手を伸ばしている腕のように見えてしまいます」

彼は彼女が女の盛装について寸評するのを聞いて楽しみ、まずまずだと思ったが、彼女が彼の小ささにこれっぽっちも配慮しなかったことは、彼を悲しませた。彼女は絶え間なく小柄な人々を嘲笑した。そのあいだずっと彼はばつの悪い思いをすることになった。ずっとじぶんが嘲笑されているように感じたからだった……それでも、彼は彼女の誤りを指摘して、彼女に罪を償わせようとは考えなかった。「服装が方程式とどんな関わりがあるというんですか、説明をお願いしたい……」と、彼は決して言わなかった。彼は彼女の数学的な虚栄心を尊重した……それなのに彼女はつづけた。「あなたは仕立屋にもっとうるさく言っておくべきでした。そうすれば肩幅が広過ぎるってことはなかったでしょうに」彼女は、彼のジャケットの肩から、縫いつけてあった馬の毛を引き抜いた。彼は赤面した、彼はこれまで、じぶんのジャケットがこんなやりかたで仕立てられていたとは、つゆほども知らなかった。

「ぼくは晴れ着とはちがうことを考えていたので」と、彼は抵抗し、自身の手のうちを明かしてしまった。彼はじぶんの「秘密」を明かした。そうやって彼は苦痛に心を掻きむしられているという印象を与えたかった。彼女は彼の言うことを聞いてくれた。そして言った。「実科ギムナジウムの生徒なんですから……」明らかに、彼女は彼にそうやって愛を示し、彼に最初の出会いを思い出させようとしていた。彼はしかし、このとき身震いがした、彼女は彼の不幸よりもじぶん自身の想いを優先している。これがオルガだったら、彼の不幸についていっしょに悲しんでくれていたにちがいない！　しかし、彼女はまったく無関心というわけでもなかった、彼女は彼に詳細を訊きただした。彼が自身の不幸と彼女を比べようとすると、彼女は憤慨してそれをはねつけた。

彼は軽蔑されたくなかった。自身のさまざまな計画、発明品について話そうと思った。彼は技術者になりたかったのだ。大がかりな自動機械を発明し、どうにかして労働の方法を大変革し、人類を幸福にしたかった。しかし、いまのところ、彼はネフ式ハンマーの新しい改造品、電流遮断器を発明したにすぎなかった、それも大した意義のない。彼は自身の発明が玩具以上のものでないことを明かした……

「文学がわたしのあとを追いかけてきました」と、彼女はため息をついた。「いつも詩人やそんな類の人々に囲まれて、わたしも幸せです、それにしても、わたし自身はそんな人々とはなんの関係もないのに……」

「でも、ぼくは……」

「あら、あなたがおっしゃり、お考えになっていることは文学そのものじゃありませんか。人類を幸せにするもの、美しいもの……」

彼は強く抗議しようとして唇に力をこめ、嘘をついた。「あなたはぼくを誤解しています、お嬢さん。ぼくはこの発明で金銭以外には、どんなものも稼ごうとは思っていないんです。ついでに、人類に貢献する、いいですね。ともかく、ぼくは偉大な人物になりたいんです、著名人に……先日あなたは言った、ぼくにとって世間はもっといやなものになる、と。この発言がぼくをどれほど傷つけたか、あなたはお気づきですか？　なぜぼくがひどい目に遭わなければならないんです？　あなたはぼくをそんなに無能な男だと思っていたんですか？　ああ、ぼくは怒りに震えている、やってみせます。ぼくは最近、航空機のことを考えています……お嬢さん、もう一度言います、あなたの発言に逆らって。ぼくは絶対に悪いようにはならない。誓ってもいい。ぼくは光り輝く事績を成し遂げるために召命されている、とも感じています。ぼくはきっと出世をします。大臣たちがぼくの居室の控えの間でぼくを待っている、そんな日がいつかきっと来る……」その声は鋼のように硬かった。こう話しながら、彼は一呼吸置いた。「ぼくは仕事をします……お嬢さん、あなたもご存知のように、人間には希望が必要です、なにかじぶん自身を焚きつけるものを。その実現がほぼ不可能なように思われるのだとしても……おわかりになりますか、あなたはぼくの希望なんです。あなたを目指して、ぼくは仕事をします。あなたを征服するためにね……あなたは鼻でお笑いになるかもしれません……ぼくは故意に、あなたのことを目標にしているわけではありません……いつか、あなたに抱いている感情を洗いざらいおつたえする機会が来たら、どんなにいいか。いつまでもぬるま湯に浸かっているよりもずっと……つまり、ぼくは美しい未来を思い描いているんです、あなたとぼくとが一つになって。くだらない知人、くだらない仲間のいるプラハなんかじゃなくって。さあ、想像してみてください。豪奢《ごうしゃ》な生活、どこまでもつづく旅、春はエジプト、夏はノールカップ〔ノルウェー最北、マーゲロイ島の岬〕、冬はパリ。お金を湯水のように使って。思い浮かぶのは、ニースで毎朝目覚めると、レースのベッド、陽の光のただなかにいること。あなたも望まれますね？　これが気に入らないと言えますか？　ぼくは、あなたにそれが可能だと思うかどうかを、訊いてはいません。ぼくにはそれが可能だと思う、それでじゅうぶんなんです。ぼくはこんな生活はどうだろう、と訊いているだけです、イレーネ、聞いてますね？」

　これはまごうことなき愛の告白だった。若者らしい炎の爆発に気をよくした彼女は、よく響く朗々とした声で言った、心からの微笑みを浮かべて。「そうね、フーゴー……わたしの趣味にも合致しています」

　彼は安堵の息をついた。「すみませんでした。それじゃ……」

　慌てて彼は帰宅した。さっきの巨大事業に比べたら、勉強など取るに足らぬもののように思われた。彼の頭のなかでは、前代未聞のできごとがごうごうと音を立てていた。そんなときに彼は机に座る羽目になった、なんの価値もない再試験の準備をするために……さらに悪いことに、彼がこれから「缶詰になって勉強する」意志をようやく明かしたところ、彼女はこう言ったのだ。「なんのために？　発明に熱中なすったらよろしいのに」彼女は冗談のつもりで言った、彼もまた冗談として受け取るほかなかったが、それでも彼はその冗談から離れられなくなった……そのうえ夜、イレーネとの危険なおしゃべりを終えて部屋に戻ってくると、――彼はずっと用心していなければならなかった、さもなければ、彼女は彼の誇りを傷つけた――頭がぼんやりとしてしまって、なにをしようにも、まったく気力がなくなってしまうのだった……ついに彼は一大決心をして、蠟燭をわきによけた、翌日の朝、出かける途中、公園で捨ててしまうために。翌朝、彼はオルガに言った。「きょうから勉強を始めることにしたよ」

しばしば彼はイレーネとの友情を、魂の結びつきそのものだと感じた。それなのに、彼は彼女に再会したいとは、ほとんど思えなくなった……ときどき彼女が彼をひどく侮辱したため、彼は彼女を忌まわしく感じたのだった。二つの感情のあいだで彼は揺れた、よろこびと不安。そんなとき、それほど特異な偶然を通じてではなかったが、三つ目の偶然が加わった……イレーネの提案で彼らはしばしば、彼らがはじめて出会った場所に行った。彼女はここで、自身の人生、履歴に含まれることのすべてと、祭儀を取りおこなった。すべてを彼女は最高に重要で、意義深く、秘密に満ちたものと見なした。道すがら、いつものように彼女は、社交界で抜きん出ることがどれほど美しく、必要なことであるか、自身が気質、楽しさ、人種を、地上最高のものとして、どれほど高く評価しているか、ということについて語った。その際、彼女は母方の家系がおそらくギリシアにあること、そのために肌が比較的濃い色をしていること、彼女自身、南方へ、そしてたとえば、ルース・セント・デニスのような舞踏家に強い衝動を感じていること、自身にも舞踏の才能があることに言及した。彼らは、フーゴーがはじめて彼女に出会ったときの、あの森の草地に着いたところだった。すると、イレーネは突然に、帽子から飾りのピンを抜くと、帽子を地面に置いた。彼女はピンのきらきらと輝くガラスボタンを指にはさむと、ルース・セント・デニスの「蛇の踊り」に似ているように見えないか、と言った。彼女は舞踏の、あのとぐろを巻くような動作の真似をした。突然、痩身の彼女は樹の根につまずいて転倒し、優美な、かなり精巧なアティチュード〔クラシックバレエにおける基本姿勢の一つ〕の途中で、地面にばったりと投げ出されてしまった。偶然が意図したのかもしれなかった、その場所は、あのとき彼女が倒れていたのとほぼ同じ場所だった……それに、帽子が傍らに転がっていたのも、あのときと同じだった……この瞬間、イレーネはフーゴーにとって新たな特徴をもつにいたった。彼女はなんてこっけいなんだろう……彼はただちに、これはみんな偶然のできごとにすぎない、どんな人間にだって森のなかでつまずくことはある、踊りながらつまずくことがある、とじぶんに言い聞かせた。しかし、これらの一致――再度、彼はじぶんの眼の前に、燕尾服姿の給仕の姿を見た――は否応《いやおう》なしに作用し、彼は彼女の手を取って起き上がらせながら、どうにか笑いを嚙み殺した。笑いをこらえるのはなおのこと難しくなった、彼女はこの状況のこっけいさをまったく理解していないようだったから。それどころか、すぐそのあとで、失敗を取りつくろうための計算からか、本心からか、彼女はセント・デニスへの称賛をつづけた。

　これ以降、これまで眼にも、耳にも入っていなかったたくさんのことがらに、彼は気がつくようになった。

　彼らはプラセディッツの長屋街へと降りていった。そのとき、馬車に乗った小さな子供とすれちがった。子供の顔にはあからさまな引っ掻き傷があった。まるでおろし金で顔を殴ったかのようだった。「ご覧なさい」イレーネが言った。――「はて?」――「おわかりになりませんか、梅毒です」そのとき、彼女は第二音節を強調した。彼女は梅毒という単語を読んだことはあっても、実際に音声で使われているのは聞いたことがなかったのだ。そのことがただちに判明した[045]。彼女はじぶんの自由な思想をひけらかすために、平静を装ってこの単語を発したのだったが、その読みは誤りだった……舞踏の最中に転倒したこととまったく同じだった。フーゴーは愉快に思った。すぐに、彼はこれから、このような湿疹《しっしん》を梅毒以外の病気だと考えよう、という気になった。彼はあっさりとイレーネに対する敬意を失ってしまった……

ホイッスルの音が響いた。「六時です」と、彼は言った。「労働者たちは帰宅する時間です」「ええ、労働者がみんな六時に帰れるのならいいんですけど」と、彼女はため息をついた。このベルリンでの講習[046]の記憶には、まったく感情がこもっていなかったので、ただ会話をつづけるためだけのものであり、彼には、彼女の発言がこれまでの彼女のあらゆる発言以上に、うさんくさく思われた。

いつか彼らがゾイメ[047]の記念碑を通り過ぎたとき、彼女が勝ち誇ったように言ったことも彼の癪《しゃく》に障った。「ゾイメなんて一句たりとも読んだことはありませんわ……」彼らはホテル「黄金の船亭」[048]に着いた。「ここにゲーテが滞在していたんですね」と、フーゴーは言った。「ご存知でした?」「そう、うれしいわ」と、彼女は笑った。「『歩く鐘』[049]はここで生まれたと言われていますが、あなたは感動していませんね」――「あら、そんな子供向けの詩」――彼はそれ以上言うのをやめた……それなのに、彼女はハーネンカムの愚かな詩を朗読するのだった、彼女の言うところによれば、彼女自身、文学への理解はまったくなく、文学に興味をもったことすらないというのに。彼は批判した。彼女の返事はこうだった。「それとこれとは別です。ハーネンカムは社会的なできごとですもの」

それに彼女の語学知識のひけらかしぶりといったら! だれかが彼女の隣で、英単語をなにかしら言おうとすると、彼女は自身のロンドン風に研磨された発音をひけらかして、他人の発音をほぼ自身に対する侮辱と見なした。彼女がいる場では、だれもフランス語や英語の単語を発することはできなかった。ただちに彼女はその人に襲いかかり、修正をした。テニスコートでは、いつまでも大声で修正した発音を叫んでいた。ときおり、彼女は狂気そのものを起こした、会話に出てきためぼしい単語をことごとく、特別な理由もないのに、フランス語または英語に翻訳し、まるでじぶん自身に課した厄介な練習さながら、つづけざまに正書法の綴《つづ》り字を声に出して言うという狂気を。「しわ」〔しわ、あるいは、畝の意〕について話していると、わきから彼女はわざわざ大きな声を出してこう言った。「ファロー、エフ・ユー・アール・アール・オー・ダブリュー」そのときフーゴーには、まるで彼女が女家庭教師のように見えた。かつて彼女が「パートス」という単語を慣習に逆らい、短い「ア」の音で発音した[050]とき、彼はびっくりした。「ギリシア語もおできになるんですか？」「あら、いやだ」彼女はイリアス〔古代ギリシアの詩人ホメロス作の叙事詩〕の最初の詩行を諳《そら》んじた。「怒リヲ歌エ、女神ヨ――弟が教えてくれました。それ以上はできません」フーゴーはギリシア語についてなにかを言おうと思った。というのも確か、彼女の家系はギリシアにあるということを聞いていたからだ。彼女はそれを押しとどめた。彼女の関心は、これまでに習い覚えたことにしかないようだった、会話の小道具として。これから覚えることに関心はない。こうした傾向のすべてを彼は以前から認識していたが、いまになってようやく、これを「こっけい」の一言で辛辣にまとめることができた。

疑《うたぐ》り深くなった彼は、オルガに訊ねたことがあった。「きみさ、イレーネさんのことを美しいと思う？」

「そうね。きれいな人よね……とても気品あるかただと思うわ」

しかし、彼女を男としてみると、あの知性はじぶんをまったく魅了しない、と、彼は思った。彼は想像できなかった、じぶんの友人に彼女のような人が存在しているということを。これは彼女を褒めている、それとも、けなしている？　いずれにせよ、彼女のこっけいな面が彼のふだんの感情を弱めるよりもむしろ強くしていることを、彼は不思議に思った。彼女が人間臭さをさらせばさらすほど、彼は彼女のことが好きになった。逆に、彼女の欠点と弱さに、彼は女の、すなわち、ユダヤ人の女たちの悲しい運命一般を見た。彼女たちは結婚以外のための教育をいっさい受けていない。結婚という賭けが成功しないなら、彼女たちは支えを失い、未熟な教育のまま、人生をふらつきながら歩むことになる。イレーネは運命の同胞よりも、ずっとよい教育を受けていて、これらのことすべてを悟り、自身を、内面の知の衝動へと引き上げる明晰《めいせき》な時間に恵まれていた。自立への彼女の意志、彼女の強い自意識は彼女を後押ししたはずだ。しかし、まさにこの自意識が彼女を再び、別の方法でこっけいにした……その結果、彼女は彼の眼の前で、多種多様な色彩を帯びて震えていた。彼女にはいつでも注目されるだけの価値があった。つまり、彼が彼女といっしょに体験した情景は、彼の心の奥深くに永遠に刻みこまれることになったのだった。

　とある日曜日、彼は荘館に行った。ベランダの桟敷で彼は従姉妹を連れたイレーネに会った。ちょうど「プラハ日報」[051]の最新号が届いたところで、女たちがはしゃぎながら新聞をわれ先にと奪い合っていた。ついに最年長のロッティ・カッパーが新聞を奪い、信じがたいような巧みさを発揮して正しいページを開き、ほかのページをすべて床に放り投げた。「ほら、どなたか、みんな知ってる？」彼女は群がる女たちに向き直った。「エルナ・ブロクとアドルフ・ヴァイゼル、モラー商会支配人。ベアータ・ヤイテレス……」「その人はわたしといっしょに学校に通ったのよ」と、フローラが悲嘆の叫び声を上げた。婚約リストが読み終えられると、彼女たちは全員の名前をもう一度聞こうとし、新聞に手を伸ばし、自ら読もうとした、このニュースが絶対にまちがってはいないことをじぶんに納得させるために。イレーネもまた興奮して笑った。「わたしたちは売れ残りね」「わたしたちは独身のまま」、「わたしたちは酸っぱいまま[052]」と、ほかの女たちが声をそろえて嘆いた。絶望の輪舞のように、女たちは手を上げて、新聞の周囲を踊り、いっせいに笑い、泣いた。ふだんはもの静かなカミラ・カッパーさえもが、淡いため息をつきながら、それに加わった。

　イレーネはフーゴーにようやく気づいて、近づいてきた。彼はすっかり驚き、その場から動けなかった。彼は一度も感じたことがなかった、じぶんにとってまったくおもしろくもないことが、ほかの人たちをかように活気づかせ、虜《とりこ》にしてしまうということを。

　イレーネは彼を見つめた。「驚いていらっしゃる。あなたはご存知でいらっしゃらない、あなたがここで嘆いているのをご覧になった女たちはみんな、埋もれた天才だということを。みんなじぶんの才能が開花することなく、朽ち果てていくのを嘆いているんです。もし、あなたがほんの少しでも、彼女たちの姿からそれを見て取ってくださるなら。つまりみんな、熱く、繊細に、心をすっかり捧げ、じぶん自身の自我のきわめて繊細な側面を愛し、開花させることができるはずなんです。しかし、世界が彼女たちからの申し出を軽蔑するんです、この結果がこれです……いいですか、フーゴーさん、あなたは現在の良家の娘の悲劇について、なにもご存知ありません。彼女がどんなに手厚い家族の庇護のもとで成長し、いわば保護監督され、あらゆる構成員に包囲されていることか——しかし、彼女は成長期においてすでに苛烈きわまりない生存をめぐる闘争に引きわたされていました。これは詐欺以外のなにものでもありません。この見せかけ上の安全と、実際の闘争。夫が得られなければ、だれが彼女の面倒を見てくれるんでしょう。それなのに相変わらず、安全、不安のない慈愛に満ちた家族生活という見せかけ——わたしには正しい言葉が見つけられません——が取りつくろわれなければならないんです。まさにそのために、これが最もいやなことです——女はただ、なされるがままに、この闘争にさらされているんです、女は自ら積極的に介入してはなりません。女はじぶん自身を守ってはならない、いかなるものも勝ち取ってはならないということは、家族による庇護ゆえに生じたことなんです。しかし、こうした否定以上のものを、この保護はなにも与えてくれないんです……こんなに素晴らしいことがあるかしら」と、彼女は苦しそうに笑い声を上げた。「プラハを発つ前、わたしは友人の結婚式に参列しました。彼女は二十九歳で、五十五歳の男と結婚しました。男はいまだに頑丈です、それでも、考えてもみてもくださいまし、五十五歳ですよ。彼女のお父さまと言ったっていいくらい。四人の子持ちで、そのうち三人が適齢期のお嬢さん。神殿での彼女たちの泣きようといったら、わたしまで憤慨のあまり、われを忘れてしまいそうになりました。そのくらい変わったお式だったんです。花嫁は立ち上がると、彼にはまったく構わず、花束をむしって、わたしたち参列者の全員にお花を分けてくれました。最後に〈新郎〉が来て、なんでそんなことをするのかと訊きました。『みなさまを祝福してさしあげてるんです』と、彼女は言いました。『そうか、それなら、わしも娘たちに花をやらねばのう』と、新郎は言い、花束を手に取りました……わたしは注意して観察していたんです。娘のうち一人しか花嫁の手に口づけをしませんでした。ほかの娘たちは彼女をそっと抱いただけでした……」

「なぜです」ことの全体を理解することができず、フーゴーは訊いた。

「これから娘たちは彼女にしたがわなくてはなりません、じぶんたちよりも年を取っていない女、そんな女をお母さまと呼ばなくてはならないとは……わたしにはわかりません、わたしは父を愛しています、心から愛しています――しかし、父がそんなことをしようものなら、もう一度結婚する――わたしはわかりません――家では一言も口を利けなくなってしまうにちがいありません」そして、彼女は怒ってフーゴーを見た、まるで彼が、この見知らぬ他人の運命に対する責任をいっしょに負っているかのように。

彼は彼女に、あなたのことはまったく理解できない、と言った。彼女は世界をどうしたいのだろう。年老いた男が再婚するんなら、それはそれで淑女にとっていいことなのではないか、より多くの女が幸せになれるんだから……「あなたには感情がないのね」と、彼女はすげなく彼を見た。彼はじぶんがまちがっている、しかし同時に、彼女が彼を不当に非難している、とも思った。彼はそれを言葉にあらわそうと試みた。「それはおかしくありませんか、これまでぼくは、ぼくの感情はあなたよりもずっと豊かだと思っていました……この件に関しては……」彼は言葉をつづけようとしたが、沈黙した、なぜなら、彼女が考えにふけるのを見て取ったからだった。中断ののち、彼は言葉をつづけた、正しいことを言っているという感覚も、高揚感もなく。「とはいえ、無知は許されるべきことではありません」

彼女はさっと別れを告げて、従姉妹のところへと戻っていった。

この午後の彼女はとりわけ魅力的に見えた。彼女はほかの女と同様、直に経験した女の問題のただなかにとらわれていても、同時に観察者として、ほかの女から抜きん出ていた……彼は彼女の考えに愚かしさを感じた。そのいっぽうで、彼は、その愚かしさは、彼には想像することもできない、じぶんから隔絶された立場ゆえのものだ、とも思った。ならば、罪は彼女にあるというよりはむしろぼくにある、と彼は独り言ちた。

彼女にも欠点がないわけでないということがわかると、彼女に会うときに感じる彼のよろこびは大きくなった。そうして彼女と彼の距離は縮まっていった。そのあいだにも、彼の怒り、不安は強くなっていった。彼女が彼に感銘を与えるかぎり、彼は抵抗することなく、彼女から嘲笑されるにまかせた。しかし、彼は、彼同様に不備のある人間であるはずの彼女が、あらゆる他人と同様、彼に対して平然とそそり立っていることを、彼に対する侮蔑的な仕打ちだと思った。一度、彼はヌスバウムに対する彼女の嘲笑を機会として利用し、自身を守ろうとしたことがあった。「あの男はどんなときでも、次の瞬間には、『わたしとしたことが』とか『神の思し召し』だとか言わずにはいられないように見えませんか？」彼女はヌスバウムを毀損《きそん》したところだった。そのとき彼は叫んでしまった。「あなたはなにをお望みなんです？　あなたは他人をことごとく軽蔑していらっしゃる。あなたはあらゆる他人をあなたよりも劣った存在だと思っていらっしゃる。そうなるのはきっと、あなたご自身の性格が悪いからでしょう。理由はそこなんでしょう……」

この発言は期せずして成功した。イレーネは蒼ざめ、啞然として無言のままフーゴーを見つめた、震えながら。ようやく彼女は落ち着きを取り戻した。「わたしがどうだと……おっしゃるんです？」「性格の悪さ」と、彼は繰り返した、そう言ってしまったことに後悔はなかった。そう言いながらも彼は、彼女は彼の発言をそれほど悪く取りはしないだろう、これまで何度も彼女は素行の悪い人々、詐欺師、ペテン師を魅力的な人間だと言ってきたではないか、と考えた。「性格の悪さ」の意味を説明するには、倫理学の根本的な議論、カントについての基本的な知識は必要なかった、「性格の悪さ」に内容を与えることができさえすれば、それでよかった。イレーネはしかし、怒って彼につかみかかってきた。「性格が悪い……それなら、どうしてあなたはわたしと会っていますの？　だれもあなたにそんなこと命令しちゃいません。わたしのような忌まわしいことこきわまりない人間から、あなたはなにをお望みなんです？」

彼は耳鳴りがした。「出ていって、ほっといてちょうだい！」彼は彼女を宥めようとしたが、無駄だった。彼は許しを請うた。彼女はさらに憤慨し、挨拶もしないで自室へと引き上げていった。

これが、恋人同士がするという、喧嘩の一つだった？　彼は自問したが、満足な答えは得られなかった。

翌日の彼女はいつものようにけろりとしていた。

「しかし、なぜきのうの言葉はあなたをあんなに激昂させたんです？」機会を見つくろって、彼は尋ねてみた。

「それは——かつて花婿と同じことをしたことがあって。彼は同じことでわたしを非難しました、まったく同じ言葉で……ほんとうに偶然かしら？　もちろん彼はすぐにその言葉を撤回しました。でも、そのときの思い出があまりにも苦しくって……どうか気を悪くしないでください」

その晩、彼はかつてなかったほどに意気阻喪して帰宅した。彼女は彼のためにまったく気を悪くなどしていなかった、そのくらい彼女にとって彼はどうでもいい存在だったのだ。彼女は彼を愛してなどいなかった。彼女が彼のために腹を立てたことは一度もなかった、なにもかもがかつての花婿に関係していた！　誤りだった、彼はようやくそれをはっきりと見て取った。これもまたほんとうの愛ではなかった。彼はまたしても、もう一度恋愛をしようとしていただけだった、そう、これは恋愛の練習以上のものではなかったのだ。そして、イレーネ風に悄然《しょうぜん》として、彼はこう独り言ちた。この愛は若い彼にとって、ともかくも早過ぎた、ハヤスギタ[053]。このぴったりのラテン語が彼にはすべてを説明してくれるように思われた、彼自身、不可解だとしか感じられなかったことを。

彼には一気にいろいろなことが明らかになった。彼はずっと無理やり恋愛をしてきた、このよい機会、これほどまでに利口な、並外れた女を放っておいてはいけないという感情に説き伏せられて……彼は自身を激しく非難した。どんな犠牲を払ってでも恋愛をしたいという願望は、軽率だった？　実際の彼はまだ未熟で、若過ぎた？　なぜ彼は晴れた空を見たり、切手を集めたり、サッカーをすることから楽しみを見出してこなかった？　天の御心により、彼は恋愛をしなければならなかった？　恋愛はそもそも必要なものだった？　彼はじぶん自身を軽蔑した。じぶんにふさわしい女が訪れるまで、なぜ彼は待てなかった？　子供じみた焦り心から、ただの学童のように、代用品をつかんでしまったのではなかったか……最終的に、この代用品からでき上がったのはなんだった？（当然の報いだ、と彼は自身の行動に対する批判を始めた。彼の心は自身の妥協に対する高貴なる怒りで沸騰した。理想に妥協的であっていいはずがない！）その結果なにが起こった？　一度たりとも彼女に「きみ」と呼びかけることも許されなかったではないか。彼女に口づけをする機会すら一度も与えられなかったではないか……彼女はヴィンターニッツに何度口づけをしたことだろう、と彼は思った……一度だけ、彼女は別れるとき、彼の手をさすってくれた、別れ際に。それが彼女の愛の頂点だった……おそらく、と彼は独り言ちた、そうなったのは、彼女がぼくより大きいせいだ。ぼくは彼女の体を引き寄せ、口づけできる？　そんなことは純粋に、物理的に、不可能だ……そもそも、彼女の言葉に想いがこもっていたことなど、一度もなかったんだから、口づけが彼らを結び合わせるはずもなかった……いつまでもつづく皮肉、嘲笑、分析。いまふり返ると、彼は彼女との交際を、理知に傾き過ぎていて、吐き気がする、と思っていた。感情のこもったやり取りという小さなエピソードがそこにあったことは確かだ、たとえば、このあいだのボウリングのとき……二人の年齢差、なんという茶番劇。落第したギムナジウムの生徒と行き遅れた未婚の女が徒党を組んで、世間に対して抵抗する、これを破滅的と言わずして、なんと言う！　二人をいつもからかっていたドクター・タウベリスだって、それには気づいていなかった……この関係には確かに、自然に反するところがある、そして、これが彼の興奮をすっかり冷まし、彼の愛情を鈍くさせた……しかし、なぜ彼の愛は醒めてしまった？　彼はそもそもイレーネの欠点を指摘しようとは思っていなかった。美しさ、若さ、精神の完全さ、そのせいで彼には、彼女の欠点がすっかり見えなくなってしまっていた、彼女を強く愛するうちに。そこで彼はこんな結論を導き出した。彼女は利口だが、彼女には気品あるおこないをする素質がない、それが彼女の最もきわだった特徴だ、と彼は思った。彼女には素晴らしいところなどまるでなかった、他人を励まそうとするようなやさしさもなければ、じぶんを犠牲にしようとする利他の姿勢、英雄的な行動もなかった……官能のなかに卓越した素質、辛辣な打算があるだけではなかったか。個性的で、それを求めてあちこち探し回ったかのような腰紐の金具、エナメルのバッグ、奇妙な腕時計！　彼女がそれを見せてくれたとき、彼は頭痛を感じなかった、まるで博物館にいたかのようだった……珍品陳列室と言ったほうがふさわしかったかもしれない……それと同じように、彼女は周囲の人間を評価していた。この男はインテリ——なぜ彼女はこれまでに一度もこう強調しなかったのか——大きくて、気品のある男！　やめよう、もう、よそう。ハヤスギタレンアイ[054]。すべては不愉快な夢、吐き気にすぎなかった……そしてこの晩、彼ははじめて書物を手に取り、学ぶ楽しさを感じながら、試験の準備を始めた。

# 十　病人を見舞う

恋愛は早過ぎたとの認識にいたっても、彼の状況はほとんど変わらなかった。

イレーネは彼から離れていかなかった。彼はこの期《ご》におよんでようやく、二人の関係には、彼の理性にはとうていおよばぬことがたくさん影響していることに気がついた。なぜ彼は彼女がただそこにいるだけでうれしくなるのだろう、彼女と話しているときの話題がなんであっても、まったく関係なく。これまでの彼には、女たちと話す機会があまりにもなさ過ぎたためか？　彼は彼女を気に入った、そうではなかった？　彼女が近づいてくるのを見たときの彼の胸のときめきはどこから来た？　彼女がしばしば不機嫌になったこと、彼ら二人のうるわしい日々がすっかり過ぎ去ってしまったと思うことは、なぜそれほどに彼を悲しませた？

実際、彼らの談話はますます棘のあるものになっていった。イレーネは彼を立腹させようと、ねらいを定めたようだったし、彼は彼でじぶんの身を守るすべをもたなかった。彼女は不快な存在になっていき、彼は彼女の身体、たとえば、いつでも冷たい両手から、かすかな嘔吐感まで感じるようになった。そのうちに、彼女は侮辱することを通じて、かつての自画自賛よりも強く彼を束縛した。彼は彼で彼女に侮辱されることから気持ちのよさを感じた。この気持ちよさに誘われ、彼は決まった時間に彼女を訪問した。それ以外のあらゆる時間潰しは彼にとって空虚のようだった。彼は彼女の話を聞き、嫌味に耐え、機転を働かせ、彼女の攻撃をかわさなくてはならなかった。彼女が敵意を高ぶらせれば高ぶらせるほど、好奇心以外のいかなるものも彼の気を引かなくなった。同時に、彼は、彼女が彼よりも年上でなかったなら、すべてを受け流しはしなかっただろう、とはっきり感じるようになった。彼女が教師然と彼の前に立っているのは恥じるべきことではないという感情が、彼が認めるよりも、より強く彼を支配した。それに加えて、彼は、じぶんが彼女に比べれば、より希望に満ちていて、より幸福な男だと感じるようになった。彼女はこれ以上、じぶんの人生からなにを期待できる？　どんなに彼女が彼を口汚く罵っても、彼女のような惨めさにまで、彼女は彼を貶《おとし》めることはできなかった。より幸福な男として彼は、彼女を寛大にあつかってあげる義務があると感じた。彼女への同情もまた、彼女に対して辛辣に応じることを思いとどまらせ、自重を取り戻させた。かすかな希望がいつまでもつきまとっていた。いつの日かもう一度、分別ある会話をすることができるようになるはずだ、彼は心からその日が来るのを待ち望んでいた。ところが、この期待はいつでも激しい憎悪のなかでひっくり返された。彼はうまくいかない会話に苦悶する羽目になった、絶え間のない彼女からの脅迫に怯えながら。

彼女はかつての婚約者に心酔していた。「あなたよりもずっと素敵な人でしたよ」と、彼女はフーゴーに嫌がらせを言った。「どこが？」と、彼は平静を装って返した、彼女の感情の爆発をどうにかして抑え、災禍を最小限にしようと努めて。歓喜の声を上げて、彼女は数え上げた。「まず、あの人はあなたより大きかった、それにずっと秀麗で男らしく、それに利口だった……」「利口でもあったんですね」と、フーゴーは悲しみでかぶりをふりながら答えた。彼女は笑い飛ばした。「最後まで聞いていられない？　あの人はずっと利口でした、これは大事なことです。あの人がどんなに物知りだったことか、経験がなくても、どれだけのことを知っていたことか、旅行についても、職業についても」「あの人はぼくよりもずっと年上だった」彼女はこの反論を許さなかった。「あら、あなたの年ごろのわたしはあの人のことなど知りませんでしたもの。でも、わたしは、あの人なら、こんなつまらないことは言わなかったと思います。あなたはいまもまるで子供」それはまるで、彼女がフーゴーに向かって、じぶんの思い通りにならない人生の仇《かたき》を取ろうとでもしているかのようだった。感情を剝き出して、彼女は彼に突っかかってきた。フーゴーは、じぶんの内面では、なにもかもがめちゃくちゃに壊れていたのに、平然と外見を取りつくろっていられることに驚いた。「それなら、子供であるということにだって、ときには利点があるかもしれません、穢《けが》れていないとか」彼女は噴き出して笑い飛ばした、こっけいきわまりない、と。「穢れていない……穢れていない……ですって」

しばしば彼は彼女にこう訊きかけた。それなら、なぜあなたはぼくと話をするのだ、こんな状況のもとで、ぼくのことなど歯牙《しが》にもかけていないのに……しかし、ある考えが彼を押しとどめた。彼にとって彼女が耐えがたい存在になっていて、彼自身、彼女を憎悪すらしているのにもかかわらず、なぜ彼は彼女との交際をつづけているのだろう。それは二人が同じ想いを抱いているからかもしれない……彼はそこで、ただ単なる偶然が二人を引き合わせたのではなく、どこにでもあるようなテプリッツの社交界で、傷ついた心と心が自然に出会ったのだ、と思うようにした。臆病な二人は苦痛を、秘密というもやの背後に隠そうとした……これが彼ら二人の最初の接点だった？　だれもが恥じるべきだと思っていて当然の不幸、婚約破棄と再試験！　最初のうちこそ、そこには自由な意志が働いているかのようだった。見せかけを蔽《おお》う見せかけ！　彼らの出会いは前もって決定されていたことであり、必要なことだった、彼らの交際はいわば社会全体の眼に見えない力によって定められていたことだったのだ。そして、この強制が、彼らが互いに抱き合っている愛の残りを窒息させてしまったにちがいない……まるで夫婦のようだ、とフーゴーは考えた。あの月の夜以来、結婚のイメージが彼の脳裡を流転していた。

ぼくに、ぼくに――彼は嘆いた――これは恥辱ではない、こんなに若くしてこんなに大きな災難が課されることは。――彼の内面には、いつまでも、じぶんには偉大なるものを追求し、世界を股にかける運命があるという意識が、絶えず生きていた。この予感が真実であることは、彼のこれまでの人生において、いかなるものを通じても、証明されていなかった。彼は、この予感がいまだ証明されぬことを恥辱と見なし、じぶん自身を恨んだ。

フーゴーは、彼ら二人がこの関係の輝きのなさ、不名誉を、同じ程度に分け合っていると思っていた、いっぽう、イレーネはじぶんが軽んじられるべき、あるいは、低い評価に甘んじるべき存在であるとは、思っていないようだった。彼女はフーゴーに対しても、気まぐれに慈《いつく》しんだり、ときおり放り投げたりする玩具さながら、見くだす態度を取った。彼女自身は幸福であっても、不幸であっても、いつまでも意義深い存在、選ばれた存在だった。ときおり彼女は、今年の夏のできごとはいくつもあった夏のできごとの一つに過ぎず、特別な夏だとはまったく思わない、と言った。――「それなら、あなたは、たとえば、去年の夏も、新しいお知り合いに対して、同じようなことを想い、同じだけの好意をお寄せになったんですか?」返事がもっぱらじぶんにだけ該当するふうになるように、概して注意深く、おずおずと訊く、それが彼の訊きかただった。彼は、いつまでもじぶん自身が負けつづけることになるこの永遠の戯《たわむ》れに魅了された、深い刺激を感じて、自虐の危険とよろこびに満たされて。ぼくは発明と偉大なる人生を誇りに思う、しかし、それは彼女の心を得るのにふさわしい方法だとは言えない、この方法は誤りだ、と彼は独り言ちた。それよりもまっすぐに、じぶんにしか備わっていない本性で彼女の心を動かそう、彼女を再び、愛へとふり向かせよう、じぶんの心を満足させる手段として彼に思いついたのは、このことだけだった……しかし、彼女はまったく意に介さなかった。「去年？　あら、もっとずっと情熱的でしたわ」すると、彼女はあからさまに、去年の出会いをひけらかしながら、じぶんが著名なテノール歌手のガーテンフェルスとその愛人との社交を思う存分に楽しんだことを語った。なんという情熱家、自然愛好家、稀《まれ》に見る血統の確かさ！　彼の正妻はのちにオーステンデ（ベルギー北海沿岸のリゾート地）に行った。こんな社交にどのような意味があるのか、と、フーゴーはいたずらに自問した。それどころか、これらの人物とはまったく面識がないにもかかわらず、彼はテノール歌手を空《から》威張り、彼の情婦を取るに足らない凡人、正妻を知的障害者であるとさえ思った。この関係においてイレーネはそもそも余《よ》計者《けいもの》では？　とどのつまり、彼女は最後の闖入者《ちんにゅうしゃ》にすぎなかったのでは？　彼は、彼女がとても重要で多彩だったと自賛する彼女の役割を、どうしても想像することができなかった……彼女はいずれにしても、そのような小噺を語ることを通じて（彼女はただ話したかっただけなのかもしれなかった）フーゴーを不可解な冷たい光の下に置き、彼の理解がおよばない新しい状況を二人のあいだに作り出すことに成功した。その結果、彼はこの迂回路を経て、不思議と彼女に敬意を抱くことになった、彼女自身、彼から尊敬されようなどということはまったく望んでいなかったのにもかかわらず（というのも、テノール歌手その人は彼になんの感銘も与えなかったので）。

　多量の手紙が届くたびに、毎日彼女は機会を見つくろって、自身の幾重にも錯綜した事情と交友関係を彼に吹聴した。冬には、ウルムの友人のところに行くつもりだ。ならば、二人の勉強会は実現しないではないか、と彼は悄然と彼女を非難し、彼女を見つめながら一心に、延期と中止は別だ、と些細な慰めを求めた。彼が愛ゆえの非難の言葉でじぶんを攻撃した、と言わんばかりに、彼女は辛辣に応じた、「あら、プラハに帰れば、やらなければならないことがほかにもありますでしょ」と。彼は全神経を集中させて考えた。事態を根本から収拾するにはどんな一言が必要なのか、どんな一言があれば、ぼくたちの誤解はすっきり片づけられるのか。彼女は逃げなかった。「つまり……」しかし、そう言いながら、彼は勇気を失くし、彼がもう一度、「つまり、あなただって男と女のあいだに友情は成立し得るとお思いになるでしょう」と言いかけたとき、この言葉は彼の口から、悲嘆の叫びとして発せられることになってしまった。彼は、この言葉が褒め言葉として彼女に受け入れられることを願っていた。冬の勉強会と男女間の友情についての問いのあいだには、あり余るほどの彼の想いが吐露《とろ》されていたのだから、彼女にきっとつたわるはずの。彼の想いにはまったく触れることなく、彼女は応じた。「あるわけないじゃないの」彼女はそれを、フリーダ・シュヴァルツとのかつての心からのやり取りを語ることを通じて、証明した。二人がどれだけ互いのことを理解し合っていたか、あらゆるニュアンスにおいて互いの趣味を推測し合うことができていたか。数日間いっしょにいても、二人は決して飽きなかった。彼女の発する一言一言が彼の心を傷つけた。彼は、彼女が彼への愛と同じように、彼への友情をも否定するとは、思いたくなかった。——じぶんがどれほど彼の心を傷つけているか、彼女はまったく気づいていないようだった。彼とはなんの関係もない、どうでもいい話題について話しているかのように、彼女はフリーダとの思い出をつづけた。それどころか、彼女はフリーダとの詳細を聞かせてあげたことに対して、彼から心理学的な関心と謝意を期待しているかのような態度を取った……彼の顔は落胆で赤くなった……そのとき彼は思った、彼女はそもそも彼を、じぶんのプライベートを聞かせてやるのにふさわしい相手だとは見なしていない、彼女のふるまいはまるで、聞かせてやったことに感謝をしろ、と言わんばかりではないか、と。——彼は彼女の冷淡な分析を、親密さゆえの叫びだと思おうとした。「ぼくとよりもずっとわかり合えていたんですね」と、彼は口を滑らせてしまった。その瞬間、彼はこの発言を軽率さから出たものと考え、自身を責めた。というのも、彼は彼女が「どの点においても、あなたよりもずっと」と答えるのを予想していたから。すると、彼女は、わたしはあなたを傷つけていない、あなたには痛みを感じる権利すら与えられていないのだから、とばかりに、無邪気に微笑んだ。彼女は、わたしとの関係はそもそもあなたがでっち上げたものにすぎないのだ、と言っているかのようだった。

そのうえ彼は最近数日間の彼女の習慣にひどく苦しめられた。特にこれといった理由もないのに、彼女は突然に沈黙すると、彼の、いつものおどおどとしたおしゃべりに短い批判の講評、格づけをして、中断した。「優等——及第——残念！　——退屈」彼女は家庭教師か？　さもなくば、道化がその御前《ごぜん》で茶番劇を演じる、たちの悪い侯爵夫人か？　それが彼の義務で、彼には報酬が支払われていたからか、彼には市民として顧みられ、対等な立場で対話をする権利が認められていないのだとでも？　彼は彼女からの称賛と愛を熱く求めたが、成果はなかった。彼らの談議からは、男女交際の体裁は確認されなかった。フーゴーのふるまいは慎重だった。ときおり彼は彼女を避けさえした。すると、彼女は彼に手紙を送り、彼を再び招待してきた。彼女は路上で彼に声をかけ、彼にホテルまで寄るように言ってきた……男友達に囲まれても、慎み深さを失っていない善良なオルガは、彼女の態度に大いに驚いた。「あら、あのかたったらほんとに気おくれなさらないのね。どうしたらあんなふうに男の人に声をかけられるのかしら……」フーゴーには、イレーネのふるまいの真意をつかむことは難しかった。とどのところはつまり、彼女のほうが彼よりも強かったということだったのか、彼のふるまいが彼女に左右されていた以上に、彼女のふるまいは彼に左右されていたのにもかかわらず。彼女がぼくよりも上位にいることは決定的なことだ、だから、彼女はぼくに恥ずべき外見をさらし、ぼくよりも弱い役を演じても、彼女の体面はこれっぽっちも傷つかないのだ。ようやく彼はこの結論にたどり着いた。まさにこの小さな弱さが彼女の強さなのだ。まるで猛獣使いが獅子の鉤爪《かぎ》を自身の首すじに置くようなものだ……ぼくはすっかり飼いならされている……

心をすり減らすような会話をつづけながら、彼らは鉄道の駅を通り過ぎた。すると、彼らは、手をつないで駅構内を歩いているヨーゼフとエルザに会った。「あの子たちは駅でなにをやろうとしているんでしょう」と、フーゴーは言った。「あのとんまは鉄道の車掌になりたいなんて言ってますの」と、イレーネが答えた。「あれがあなたと同《おな》い年だと言って、信じる人がいるというのなら、見てみたいものですわね」フーゴーは腹が立った、彼は、彼女の講評はことごとく、悪意から来ているのではないか、と邪推した。彼女はしかし、彼よりも気まぐれ――彼女は一貫性を彼ほど重視していなかった――に、話しつづけた。「時間の経過は同じでも、精神の発達がこんなにも変わってくるなんて！年齢は過ごした時間の量ではなく、別の基準で測られるべきだわね」こう言いながら、彼女は頻繁に話題にすることが日常になっている、じぶんの個人的な愛の経験について話し出そうとした……フーゴーは機嫌を損ねてしまっていたため、自身の眼をあの風変わりなカップルから引きはがすことができなくなっていた。あの危なっかしい若者は、幅の広いぶかぶかのズボン姿で大股で歩き、恋する男のうるうるした眼で少女を見ていた。彼女は赤地に白い水玉模様の麻のワンピースを着ていた。生地は硬く、しわ一つなく、ほとんど体の線のアーチを描くことなく、痩せて平べったい体から落ちていた。腰のはるか下の低い位置で、同じ生地の腰紐で支えられていたため、胴が不自然に伸びているように見えた。しかし、そのために彼女の動きはしなやかで大きく、揺れる縄にぶら下がっているように見えた。スカートの裾は短く、プリーツが寄せられ、斜めに外側に向かって伸びていた。彼女が走り出すと、裾はバレリーナが旋回するときのように、ほぼ水平になった。力強く、丸く、若い人に特有の、美しくねじれた膝蓋骨が、痩せた足から浮き上がっているのが見えた……彼女はヨーゼフを引っ張り、彼のポケットから腕時計をむしり取ると、彼の先を歩いた。彼がゆっくりとした静かな歩調で追いつくと、彼女は再び彼にすがりついた。彼女は笑っていた、あるいは、嘲笑していたのかもしれない。しかし、驚いたことに、彼女は再び彼の隣を歩き出した。彼女はバルコニーの手すりをつかむように、ずり落ちた腰紐をつかんだ。彼女は彼をにらみつけると、じぶんの短い袖を力強くまくり上げた。ゴムバンドの圧でできた深いすじが、剝き出しになった腕に残っていた、血の赤い輪のように……彼女は確かに彼を支配している、イレーネがぼくを支配しているように、これは恥辱以外のなにものでもない、と彼は思った。あのときはあの大きな若者、無防備な男に対する深い同情が彼をとらえたのに……この瞬間、彼は、いや、無防備なんかじゃない、ちがう、と思った。カップルがボクシングの真似ごとをしながら木立《こだち》のあいだに消え、笑い声だけが取り残されるのを眼で追いかけながら、次の一歩を踏み出す前に、フーゴーは決断した。ぼくは九月一日にプラハに行こう。なにか口実を見つけて、向こうで静かに試験勉強をしよう……

彼はこれまでも毎日、多くの時間を費やしてはいなかったが、定期的に勉強をしていた。毎晩、物理の書物を開き、単純な定理を注意深く読み、公式を検算し、暗記を始めると、彼はイレーネに対して、甘い裏切りを働いているような気がしてきた。エネルギー、質量、加速度、効果……そのもの自体のなかにこれほどまでに独立した価値をもち、すっきりと明確に区切られた世界に、彼は没頭した、イレーネへの愛を忘れ、イレーネがそれについてどう考えていようと、イレーネが存在していようがいまいが、そもそも無関係に。これは彼女から完全に独立した、冷たい風景だった、そこへ彼は逃れることができた……彼が歓喜しながら、新しく見つけた逃げ場のことを考え、この考えをあらゆる方向へと拡張しようとしていると、突然に彼は、これでは、いつまでもほんとうの勉強には到達できない、と独り言ちることになった。この考え、この歓喜は柔らかな皮膚のようであったが、勉強の周囲で徐々に自ら硬化する外殻《がいかく》となり、彼の侵入を寄せつけなかった。彼の侵入を再び防いだのは、イレーネだった。彼女は姿を取り替えた……彼は自暴自棄になって拳で机を叩いた、ランプが揺れた。気を取り直して書物を手に取っても、書物は投げ出されてしまった。なんとかしてもう一度態勢を立て直しても、数語を読むと退屈して、彼はあきらめてしまった、退屈を疲労だと感じて。「つづきはあした……」

学ぶこと、絶え間なく新しい知識を継ぎ足すこと、絶えず新しいことを頭脳に収容すること、ああ、これより苦しいことはない！　それが彼にはどんな仕事よりも恐ろしいことのように思われた。ほかの労働者たちはみんな、日々の勤めを終えたのち、自由な時間をもち、緊張を忘れることができるのに、学びの成功は、この緊張がいつまでも震動しているのを感じること、それを忘れることができないことのなかにしか、ない。彼は書物の前に座っていないときも、じぶんがあれこれの推論をまだ記憶しているかどうか、ときおりじぶんでじぶんを試してみなければなるまい、と思った。彼は驚くべき課題を自身に課した。彼は、独りで散歩をしたのか、あるいは、イレーネのところへと散歩をしたのか、彼女のもとを去ってきたのか、こう自問したのとまったく同じように、勉強成果の総体についての自問を繰り返した。散歩と勉強成果とのなんらかの関係を思い出すことができないと、彼は、じぶんの記憶力に対する信頼をすっかりなくしてしまった。彼が本心から、まったくなにもできない、最低限のことすらできない、と確信する瞬間はたびたびあった。教科書の一部を暗誦しているときでも、暗誦しているまさにその瞬間に、彼はそれとは別の、もっと重要なことを忘れつつある、と思った。彼の活動は実際、絶え間のない苦労の連続であり、そのあいだ、彼はいっさい休憩を取らなかった。覚えることが少なくなり、より多くの課題をこなすことができるようになればなるほど、逆に、毎日、より長い時間をかけて課題に取り組むことになり、覚える量が多くなった。覚えることが積み重なり、その堆積が徐々に世界に張られた灰色のもやのようになった。彼は気を逸らされることもなければ、気を散らされることもなかった。このもやを愛し、いつまでも、もやが張られた状態にしておくこと、これこそが彼の課題だった！　彼の良心がこの課題を自覚すると、彼には明らかとなった、それというのは、ほかのこと、もっと快適なこと、もっと自然なことを想う時間が、ほんの一分たりとも残されていない、ということが。大事なことは、ぼく自身にとって悪いことをすることだ、それ以上に、悪にすがることだ、悪がよろこびであり、情熱的になにかを愛することであるかのように。たとえ、ぼくの眼がくらまされているのだとしても。

イレーネがいるときにはもちろん、このような悩みはより切迫した心痛の背後へと消えていった。彼女がいないときにも、この瞬間、イレーネは存在していてなにかをし、彼の手の届く場所を歩き回り、両手を動かしている、という恐ろしい考えが、しばしば彼を責めさいなんだ。彼女が彼の視界に入っていないこと、彼が彼女から離れたところにいること、彼が彼にとって致命的であるイレーネのまなざしから逃れられていることは、彼にとって考えられないことになった……書物を読むことに没頭していると、イレーネの不在が彼にとって考えられないことになっただけでなく、彼が見ていない、勉強のために彼に想像することが許されていない世界すら、苦々しいものに感じられた。たとえば、急行列車がミュンヘンの中央駅に入線してくること——このことが石のように彼の胸に重くのしかかり、呼吸が苦しくなるまで彼を圧迫した。まるで彼は地上で起こっているあらゆることに責任を負っているかのようであり、まるで彼はすべてを遅滞なく進めるために、配慮を尽くさなければならないかのようであった。大都会の隅々にまで食糧を行きわたらせること、水門を開いて船舶を曳航《えいこう》すること、穀物を遅滞なく故国へと送り届けること。まるで、彼の尽力がなければ、なにもかもが決してうまくいかないかのように——彼がそこに居合わせることが許されないときには、少なくとも、彼には、進捗を想像することができていなければならないかのように。この焦燥感は、それとは別の焦燥感——彼はいついかなる瞬間も勉強以外のことはなにも考えてはならない——が大きくなるのと同じ程度に、大きくなった。この二つの焦燥感はいわば二つの極となり、彼を根本から相反する二つの極へと引き裂いた。

彼はじぶんが憐れな人間で、助けが必要だと感じていた。この状態で、イレーネが彼を助けようとしなかったことは、彼を二重に責めさいなめた。彼女は彼の苦しみを知ろうともしなかった。彼は、彼女は彼を笑い飛ばすだろう、と確信していた。そうだ、そうだ、と彼は独り言ちた、あのとき、グレートルのときと同じだ。男が悩みをしょいこんでいるとき、女を頼ってはいけない。女は慰めを与えてはくれない、力を与えてもくれない、逆に、女は力を奪う。

男が女のところに行くときには、力をあり余らせていなければならない。女は与えてはくれない、女は奪う……そうこうしているうちに、彼は暗闇から、彼女が光のなかをのんきに、あるいは、彼の想念など構いもせずに、ほかの男たちとしゃべっているのを、やがてドクター・タウベリスが、デームートの兄のほうが、ヌスバウムが彼女に近づいてくるのを、彼女が朗らかに、楽しそうな避暑イベントの企画の詳細に応じているのを、見た。夜のヴェネツィア式仮面舞踏会、略式の舞踏会、夜のボウリング、〈徹夜パーティー〉に、彼女は必ず姿を見せた。彼女がやさしく接してくれるかぎり、彼はよろこんで、彼女がほかの男たちにひいき心の一部を与えることを、許した。彼女に傷つけられたいま、彼女がほかの男たちに発する快い言葉の一語一語は、荒々しく鋭く、彼を責めさいなんだ。彼は夜会のたびごとに、彼女の周囲に群がる男を憎んだ……もっとも、ときには、彼女が顧みられることなく、男たちから放っておかれ、背面へと押しやられているように見えることもあった。しかし、彼は――偶然かもしれないし、眼をくらまされていたのかもしれない――彼女が賛美者に取り囲まれ、わがままに育てられた子供のように自由気ままにふるまい、男たちがそろって彼女の命令にしたがっているのを、見た。そんなとき、彼は男たち全員をわきに連れ出し、彼女を愛しているのか、彼女をどう思っているのか、彼女はなにを言ったのか、と問いただしたくなった。――彼の心は、怒りで燃え上がらんばかりの好奇心にとらわれた。そもそも彼は彼女をとうに好いてはいなかったのにもかかわらず、この好奇心は彼に恋する男の苦悩を感じさせた。

そうしたある日、彼は重たい顔をして家に帰った。「虫の居所でも悪いのかい」と、母親が穏やかに冷やかし、「どうして黙りこくっているのよ、フーゴー」と、オルガが彼の肩に手をかけ、気遣いながら静かに訊いてきた。きょうこそ、なにも悟られまい、と帰宅する前に決心を固めていても、その決意はなんの役にも立たなかった。彼は午後のできごとに対する怒りをなんとか抑えた。そのあとで、こうして声をかけられると、彼はこの失敗、じぶんの弱さに対する怒りを爆発させてしまうのだった。そんなことをしても、なんにもならないのに。彼はドアを力まかせに閉じ、むすっとして答えなかった。なぜなら、それ以外には、彼にはどうすることもできなかったから。オルガと母さんはぼくにこんなにもやさしくしてくれるのに、彼女たちにはなんの罪もないのに、と何百回も彼は独り言ちた。彼が受けた仕打ちは不正きわまりなかったから、彼のふるまいは、彼の意志に反するものであっても、不正きわまるものとならざるを得なかった……

さあ、逃げよう、逃れよう——憔悴《しょうすい》のあまり嘔吐感を感じるまで部屋に閉じこもって決心すると、彼の脳裡にはこんな声がとどろいた——。森への溢れんばかりの想いが彼の心をとらえた。緑の健康な森の草原へ、その上に体を横たえ、転げ回ることができたら。山麓へ、太陽のきらめきとそよ風を感じながら、すっかり癒されるまで、静かに手足を伸ばしていられたら……自然、この激しい風景にイレーネはなんの関心も抱かなかった、彼女はピクニックも拒絶した——これが彼を幸福にしてくれるものなのに。馬に乗り、水を泳ぎ、フェンシングをし、水嵩の増した濁った川をわたり、濡れた服のまま太陽の光のもとを数マイル歩き、自然に乾くにまかせ、固いパンを食べ、樹皮をはがし、星のまたたきを直に感じ、盛り上がった苔の上で眠る……男の人生を価値あるものにしてくれる強いよろこびと感情のほとばしりは、自然以外のどこで見つけられる……高揚して彼は両手を高く掲げた。彼にとって、彼がここで幸福をつかむことなく、このせまいベッドでやつれ果てて死んでいくことは、考えられないことだった。彼には、彼の内面にある偉大な愛と、彼の深淵にある髄をしびれさせるような満足の感覚で楽しませてくれる行為を、感じる素質があった。いつか、無限の栄光を浴びて輝くこと、破滅であれ、予期せぬ渦に押し流されて死ぬことであれ、じぶん自身から抜け出ること、これが彼の望みだった。

悶《もだ》えながら、彼は落ち着きを取り戻した。彼の望みは、われわれの時代の流れには合致していなかった……これまで彼はどんなときも、若さゆえの大胆さから、世界を意のままにすることができる、なにもかもがじぶんの望み通りになる、と感じていた。悪と些細なことが存在するのは、彼自身がそれを黙認しているから、いわばそれを寛容しているから、あるいは、不注意ゆえにあちこちで、その存在を大目に見てあげているからだ、と彼は考えていた。――いまの彼は、全世界が急に掌から滑り落ちてしまったかのような心地がした。彼はじぶんが無力になり、これまでろくに注意してこなかった悪と害が規則になってしまった、と思った。彼はどこにいても、その臭いをかぎつけるようになり、憐れにもそれに浸りながら、みだらさに溺れ、自身の無気力を望むようになった。そんなわけで、イレーネの誕生日に――彼は花束をもって荘館を訪問した――紙片を携えてやってきた守衛の出迎えを受けるやいなや、彼は驚かされることになった。彼はあたふたと紙片を開いた。イレーネは病気だった。彼女は彼に自室まで来るように頼んできた。

彼は部屋に入った。彼女はベージュピンクのガウン姿で寝椅子に手足を広げていた。彼女は彼のほうを向いた。蒼白い顔――きょうはいつもよりも小さく見える――には茶色の湿疹ができ、手入れの行き届いていない顔に影を作っていた。せまい鼻梁の左右はまるで二つの穴のように見えた。彼女は彼に手をさし出した。彼女の手は湿っていて、冷たい感触がした……たちまち彼の眼は涙で溢れた。涙を悟られないように、彼は無言で屈み、花束をわきの机に置いた。

彼女は眼で彼の動きを追うと、うなずいて感謝を示した。弱々しい微笑みが薄い唇に浮かんだ。

彼はいたく心を動かされた。「どうしてこんなことに」と、彼はぽつりと言った。

彼女は彼の顔を見た。彼は、彼女がこれまでずっと眼を閉じて、彼の相手をしてくれていたような気がした。

「モルヒネを打ってもらいました」彼女の言葉には誇り高さがあった。「座ってちょうだい」と、彼女は言った、さっきと同じ、苦しそうではあるが、満足げな声色で——。寝椅子の横に椅子が置かれているのに気づくと、彼は穏やかな気持ちになった。

「よく体を壊すことがあるんですか？」

「理由がわからないのにこんなふうになったのは、はじめてです」

理由を当ててみて、と言わんばかりに、彼女は眼をしばたたかせた。はじめてここに来たときと同じだ、と、彼は独り言ちた——しかし、今度は彼女に圧倒されなかった。彼は部屋を見回した。すると、はじめてこの部屋を訪問したときのこと、あの雨がつづいた日々のことが思い出された。あれ以来、彼はここに来ていなかった。感傷に浸ってわれを忘れないように気をつけながら、彼はつづけた。「不安な夜を過ごされましたか？　よく眠れましたか？」

「夜中に医者を呼んでもらって」彼女は頬杖をつきながら、顔を少し上げた。肘から広がった袖口が落ちて、白い腕が露わになった。ほのかな香りが腕から立ちのぼった。その姿勢のまま動かず、彼女はフーゴーの顔を見つめた、まるで彼とはじめて出会って、その顔から謎を解き明かそうとするかのように……彼らがだれからも邪魔されることなく、二人きりになれたのは、これがはじめてではないか、と彼は思った。彼は動揺した。「それは大変でしたね、ぼくもよくわかります……」

彼女は弱い咳をすると、頭を再びクッションにうずめ、腕を下ろした。「よりによってせっかくの誕生日だというのに」と、彼はつづけた。その瞬間、彼はじぶんの発言を悔やんだ。誕生日を迎えるということが、彼女の心をどれだけざわつかせるか、わかるような気がしたからだ。彼女はしばしば、年を取ることがどれほどせつないことか、とよく言っていた。その場を取りつくろうために、彼はわざと机にぶつかり、机の小瓶が落ちないようにと手で支えた。

「ちょっとした事故を引き起こすところでした」と、彼は笑った。

「大した事故じゃありませんでしたよ」

「薬瓶、それとも香水瓶？」彼は構わずつづけた。「ご婦人のお部屋では見当がつきませんので。ぼくにはぜんぶ香水瓶に見えて……」

「薬です」と、彼女はやさしく応じた。「香水をお望みなら、どうぞあすこの棚をお開けになって……」

「しかし、どうして？」

「ともかくそうして……」彼女のまなざしは虚《うつ》ろだった。

「なぜです？　ぼくはあなたにご面倒をおかけしたくはないんです」

「面倒だなんて思っていません……鍵はささったままです」

彼は棚に近づき、扉を開けた。ピンクや白の衣服が広げられていた。彼に向かって、畳んで圧縮された帽子がもとの形に広がって、鉤から外れて落ちてきた。彼は帽子を受け止めなければならなかった。「下に小筥《ばこ》があるでしょう」と、イレーネが寝椅子から声をかけてきた。彼は互いにこすれ合って音を立てるブラウスと帯を押しのけ、筥を取り出した。「見つかりまして?」

「ええ」

「あなたのハンカチをちょうだい」

彼女は数滴をふりかけた。

「ありがとうございます。とてもうれしいです」彼は布を顔に近づけて、うれしさをつたえた。

「ほんとうにこんなことでおよろこびになって?」彼女はいぶかしげに訊いた。彼はなにも答えることなく、眼の前に広がる床を凝視していた。彼は底なしの悲しみを感じた……

しばらくののち、彼女は机から一枚の新聞を取り、手わたしてきた。彼は紙面を凝視した。宿泊者名簿だった。「ご覧になって!」

数行読むと、彼の名前にぶつかった。ハインリヒ・ヴィンターニッツ、プラハより、弁護士……「彼ですね?」彼の問う声は弱々しかった。

彼女はうなずいた。

「それで」彼は深呼吸した、ほっとしたからではなく、ただ彼はおよそふだん通りではない声を上げて、彼女に同情していることを示したかった……しかし、彼女がほかの男と、そもそもは彼のものであるはずの気分に浸っていることは、彼を不機嫌にした。しかし、それからすぐに、彼はじぶん自身に言い聞かせた、きょうにかぎってなら、ヴィンターニッツへの想いを許してあげてもいい、なぜなら、彼女の体調の変化、例外的な体調不良の原因はこの想いにあるのだから。それにもちろん、テニスコートでの夕べの発作の原因も同じなのだから。「これからどうなるとお思いですか？」彼は恐《おそ》る恐る言った。

「わたしが知っているとでも？」表情を曇らせて彼女は天井を見上げた。窓から入ってきた一匹のハエに動揺し、彼女は顔の前で両手を叩き合わせた。フーゴーはこの動物を追い払おうと立ち上がった。「どんなことだって起こり得ます……わたしのような者の人生には」

彼はどう応じたらいいのかわからなかった。彼は再び椅子に座った。しばらくのあいだ、二人は沈黙していた。

「お役に立てますか？」ついに彼が口を開いた。

彼女はかぶりをふった。

この瞬間、時間だけが過ぎて、まったく目標には近づいていない、と彼は思った。表層的な観察者が外側から見ただけなら、事態は切迫している、と見立てたかもしれない――彼は思った。この観察者の思考過程を跡づけようとしていると、彼には、事態は切迫しているなどという状況からはほど遠いばかりでなく、こっけいなほどに遠い、ということが明らかとなった。彼女は本気だった、人間らしかった、感動的なほど。すべてが揺らいでいなかった。彼はイレーネをかわいそうだ、と思った。同時に、彼は、彼に対する彼女のふるまいが失礼きわまりなかったことを思い出し、その責任を追及しなければなるまい、と感じた。また同時に、彼は、彼女を慰めることがじぶんの義務であるとも思った。つまり——いつまでも彼女の幸福だけを祈り（生まれつき彼はこういう性格だった）、じぶん自身のことに構わず、じぶんの気持ちが破壊されるにまかせる、それがいい。それとも、ここで駆け引きに出て、すべてを転覆させてしまうことが、彼にとってもっと大事なことだった？　しかし、その瞬間、彼は、まるで彼女から病気を移されでもしたかのように、体から力が抜けていくのを感じた。

「彼を見ましたか？」

「いいえ」

そうしたくなかったが、彼はまたしてもヴィンターニッツに言及しなければならなかった、幸運な恋敵《こいがたき》に、彼にとっては明らかに不本意だったけれど。同時に彼は、ヴィンターニッツに言及しなかったとしても、なにも損なわれるものはなかろう、とも感じた。彼は、じぶんの役には立たなくても、イレーネの役に立つことを話してあげよう、彼女を慰めてあげよう、と思った……それよりいい案が見つからないのなら、隣人をいたわるべきであろう、と彼はじぶんの不満を抑制しながら、こうつづけた。「ひょっとしたら、彼はきょう、もう引き払ってしまったかもしれませんね」

驚いたことに、イレーネは彼の顔に視線を定め、それから逸らした、小休止を置いて。「フーゴーさん、顔色がよくありませんわ」

彼は感激のあまり、彼女の足もとにひれ伏したかった。しかし、そうしなかった。これが彼女のやさしさから発せられたものでありさえすれば……

「どこか具合の悪いところがおありになって？」彼女はやさしくつづけた。

「ぼくに——まさか」彼が落胆させられ、自制させられるのは、何度目になるだろう。なぜ生きることはぼくをこうも苦しめるのだろう、と彼は思った……

「気づいています、ほんとうよ。しばらく前から気づいていますわ。何度もおつたえしようと思いました。それなのにどうしても忘れてしまって。わたしたちはとにかくせかせかと暮らしておりますでしょう」

「イレーネさん」と、彼はさえぎった。「ご親切に、ぼくのことを想ってくださっているんですね。ぼくとぼくの運命について心配してくださっているんですね……これ以上お話なさる必要はありません、お疲れになりますから……どうぞ横になって、さあ、こうして……クッションを整えてさしあげてもよろしいでしょうか……お願いです、話をつづけようとは思わないで、どうぞ楽になさって。すぐに回復なさいます」

「あなたはとてもよく気がおつきになる、ずっとわたしは知っていました……」難渋そうに、彼女は彼の言いつけにしたがうと、再び顔を下ろした。「あなたもお気づきの通り、まだ片づいていないことが残っています。あなたにはいいところがたくさんあるのに、どうしてそうなったのか、わたしにはわかりません……でも、一つだけ、わたしの良心にかけてお誓いできることがあります。わたしのせいではありません……」

「そうでしょうとも」と、彼は急いで言葉をつづけた。「あなたのせいだなんて、ぼくは一言も言ってやしません……あなたのせいではありません……ぼくのせいでもありません……彼のやったことは、根本的に、だれのせいでもありません……」

「そう、わたしのせいではありません」と、彼女は繰り返し、眼を閉じた。

「おわかりですか、お嬢さん……」彼はせつなそうに手を膝の上で折り重ねると、背中を丸めて屈んだ。「ぼくは燃え尽きてしまったようです……燃え尽きてしまった……ひどい感情です……まるで燃え尽きてしまった火山のようで……」

彼女は微笑んだ。「どういうことかしら……あなたはまだこんなにお若くしていらっしゃるのに。どうお答えしたらいいのかしら」彼は、まるで彼女が、彼を衝き動かしたことから、話題を逸らそうとしているように感じた。意味のない言葉で、ほのめかし半分に、触れてはならない話題に二人してとどまっていることは、あまりにも難しかった。このほの暗く、それでも不快ではない考えが彼の脳裡をよぎると、彼は激烈な努力をじぶんに課そう、という気になった、この気分を離さずにおき、最終的な言葉に達するために。「ぼくが言っているのは、そういうことではありません。年齢のことではなく、感情のことです。人間は感情に生き、希望を寄せています、偉大なことに希望を寄せているんです、それなのに、人間は、希望がいつも意図したのとはちがったところに行きつくのを、見届けなくてはならないんです、それが悲しい、惨めな人生……いつか幸せな日を迎えられることが、どんなに素敵で、どんなにぼくたちにとって必要なことでしょう……こう言っていいんなら、くだらないことばかりの毎日……それに、若葉や花茎からできているような、若々しくて経験のとぼしい心と、このようにすっかり燃え尽きてしまった心のあいだには、どんなに大きな隔たりがあることでしょう……」

彼女は彼をじっと見つめるなり、うなずいた。「そうです、そうです、おっしゃる通り」

彼はもっと言いたかった。しかし、彼の気持ちをつたえるためには、彼に思いついた言葉だけでは、足りない気がした。「ぼくには準備が必要です、ぼくの気持ちを説明するためには……人生についてのぼくの想いはここにありますから……ぼくの心の奥深くに……」

「とおっしゃいますと？」

「信じてもらえないかもしれませんが……」

「信じます。どうぞお話をつづけてくださいな。わたしは聞いています。あなたのおっしゃることはもっともです。人生は過酷です……先ほどここにいらしたとき、あなたはおっしゃいました。どうしてこんなことに、と……あなたはその言葉でこう言われたんでしょう……ぼくは理解している、と。でも、あなたがそうおっしゃった理由を説明してくださるんなら、うれしいです……これからどうしましょう」彼女が最後の言葉を発したとき、大きく見開かれた眼は虚ろだった。その両頰には、二つの黒い輪が深く刻まれていた。

彼は両手で空気を漕いだ。「なにもかもがゆっくりと沈んでいきます、なにもかもが没落していくんです……」彼はじぶん自身の状況を説明するのに、一般的な語彙から逸脱しないように努めた。しかしながら、彼の舌先には、「あなたと知り合ったとき、たとえば——」という文章が出かかっていた。それでも彼はこの文章のつづきを公言すると、イレーネの弱点を利用することは、恥ずかしいことだと思った。「なにもかもが、なにもかもが思っているより、そうなるはずだった状況より、悪くなっていきます。期待は大きくても、なにも残りません」

「わかります、生きることは苦しみですもの」

話しているあいだ、二人が同じことを考えているのかどうかは、わからないままだった。しかし、この錯覚を妨害するものはなにもなかった。彼らがあきらめと憂いを感じながら交わし合う視線の先には、あり余るほどの共通点があった。

「ぼくの想いがつたわるんなら、――ああ、神さま――どれほどの不幸で償いをしなければならないんでしょう、ぼくたちがたったの数日でも幸福を感じたのなら……」

「だれだってそうです」

「ただぼくだけにはうまくいかない、ということを知っていれば、慰めにはなっていたかもしれません……言った通り、ぼくは燃え尽きてしまったんですから」放心して彼はさっきと同じ言葉を繰り返した。

イレーネは耳を澄ませと言わんばかりに、人差し指を立てた。彼は話すのをやめた。彼女はため息をついた。「お気づきになって、わたしたちの会話はまるでメロドラマのよう……メロドラマそのもの」彼ら二人はこれまでひそひそと話していて、一度も声を荒げなかった。

彼は蒼ざめ、自制心を取り戻すと、きっぱりとイレーネの指摘を否定した。「ちがう、ぼくたちは愛し合ってはいない。ただぼくたちは病気なんです。そのあいだには大きな隔たりがあります」

彼女は肩をすくめた。

「なにか言いたいことがあったんですか」長い沈黙ののち、彼は訊いた。

彼女は彼をじっと見つめた。「つまり……」

「ぼくはただ……」彼はどもり、ぼんやりと中空を見つめ、クッションのタッセルを手に取ると、束に分け、束と束を引き離すために、指を注意深くタッセルにさしこんだ、まるで会話の先行きは束の分量次第だ、と言わんばかりに。指を引き抜くと、束と束は再び一つになった……

ノックの音が聞こえた。

女中が入ってきた。「失礼します、お嬢さま、きょうは入浴なさいます？　準備をいたしましょうか？」

「きょうはいいわ、あしたにする、どうもありがとう」

ドアは再び閉じられた……フーゴーは不安だった、イレーネは困惑しているのではなかろうか。なぜなら彼は以前、彼女から彼女自身が病気なのではなく、母親にテプリッツでの保養が必要なのだ、と説明されていたことを思い出したから。「お母さまはいずこに？」と彼は急いで訊いた、イレーネの困惑をもみ消そうと。

「浴場ですわ。いまは母の入浴時間です。わたしはいつも八時に入浴するようにしています」ありがたいことに、彼女はさっきの話のつづきをすっかり忘れていた。彼はほっとした。

「そうそう、わたしがお訊ねしたかったことは……」彼女は話の脈絡を手繰り寄せようとした。「わたしを悪く思っていらっしゃる？　ほんとうのところ、あなたはわたしに腹を立てていらっしゃるのではなくて、フーゴーさん」

「あなたに腹を立てている？」彼は考えこむふりをした。

奇妙なことに、この突然の中断によって、彼はさっきまでのように考えにふけることができなくなってしまった。急にすべてが醒めて、もやが取り除かれたときのように、彼の眼の前に広がる状況が、すっかりはっきりしてきた。

同時に彼は、じぶんの想いのたけを話そうとすると、怒りがこみ上げてくるのを自覚した。彼は感情を抑制することにした。「ぼくがいつ、あなたの態度に腹を立てていたというんですか？　もう思い出せません」

彼女は彼を信じていないようだった。そして、もう一度こう誓った。「嘘はおっしゃらないで、ほんとうは……」

彼女は彼がもってきた花束からバラを一輪引き抜いた。「茎の長いのが好みで。わたしの好みをご存知でしたの？　わたしの趣味にぴったり。すぐに活《い》けさせます、ママが戻るまでに」彼女はそのバラを胸に挿すと、花弁へと顔を埋《うず》めた。

「ともかく、ぼくはまもなくここを発《た》ちます、八日後の九月一日に」彼はそうでもしなければ、つたえる機会を永遠に逸《いっ》してしまうといわんばかりに、間髪を入れずに言った。彼女の視線が彼以外のなにかに忙しくしていたこの数分間こそ、絶好の瞬間のように思われた。

「なぜ？」彼女は無邪気に、上を向いて答えた。

「プラハでやることがあって」

「ここをお発ちになる……悲しいわ、それもそんなにすぐに」

彼は、じぶんの心がこれほどまでに冷淡になっていたことに、内心驚いた。これまでの辛い経験が彼の感受性を摩耗させていた。彼はかぶりをふってささやいた。「もう遅過ぎます……」

「そんなにすぐに、と言いましたのよ」彼女は冗談を言おうとした。「そうしたら、遅過ぎる、とあなたはおっしゃる」やさしい微笑みを浮かべ、彼女は彼に向かって微笑んだ。

しかし、強情さと不信が彼をとらえて放さなかった。彼は声を緊張させて繰り返した。「もう遅過ぎます！」

呆気に取られて、彼女は、椅子に座った若い男がじぶんの試すようなまなざしに耐え、内心は怯えながら、ハンカチを取り出し、額に押しつけているのを、観察した。怯えたような顔つきのまま、彼は芳香漂う空気を吸いこみ、さっきと同じように布を鼻先に置いた。潮時だと思えるようになるまで、しばらく時間がかかった。

「バラを一本いかが……」彼女は花束に手を伸ばした。「ここに来た記念に……」

「いただいていきます」彼は彼女が花束の糸をほどこうとするのを手伝った。

「さあ、これを……これで、あなたがきょう、わたしのところに来て、なんの酬いもなく、ただ退屈して過ごしたとは、おっしゃれなくなります」彼女はやさしさと明るさに満ち溢れ、まるで別の人間に変身したかのようだった。それにしても、彼の心は晴れなかった。ずっと涙をこらえていたため、彼は頭痛と脈の乱れを感じた。彼は立ち上がり、暇乞いをした。「感謝します……」

彼女は問いただしげに彼を見た。

身を乗り出して、彼はつづけた。「このバラと香水だけでなく、きょうぼくにかけてくださったあなたのお言葉に……そして、ぼくにご機嫌うかがいの機会を与えてくださったことに。それがどんなにありがたいことか、ぼくだってわきまえています」

「よして……わたしだって自身の経験から存じています、病人見舞いがどれほど煩わしいことか」

「見当ちがいをなさっておいでです……あなたのおっしゃりようには断固として抗議します、たとえぼくが死ぬ羽目になっても」彼は彼女を試そうとでもしているかのように、叫んだ。明るい声が弱々しく、もごもごと響いた。イレーネは耳を塞いだ、彼の冗談が聞こえていないふりをするために……愉快なひとときだと思ったが、フーゴーは抗議をつづけた、なぜなら彼は心の底から確信していたから。彼にはよくわかっていたのだ、きょうのような気分になれるのは、きょうが最後だと、彼らが互いになにかを与え合えるのは。

# 十一　人民集会

それからの彼にはもはや気が休まる暇がなかった。

翌朝、彼は荘館に近づくと、イレーネのそばに二人の見知らぬ男がいることに気がついた。驚愕《きょうがく》した彼に思いついたのは、そのうちの一人がヴィンターニッツではないかということだった。イレーネはすっかり回復していたようだった。ヴィンターニッツの来訪とイレーネの回復はすっかりつじつまがあっていた。それなら、もう一人の男はだれだろう？　彼は動揺して、この男もまたヴィンターニッツではないかと考えた。それから彼は、同じ人間が二人同時に存在するはずがない、とじぶん自身に言い聞かせるのをやめられるまで、じぶんにそう言い聞かせなければならなかった。

イレーネが彼に事情を教えてくれた。この二人の男は父親と弟のアルフレートであり、二人はきょう、彼女に会いに来たということだった。彼らは彼女を守りに来たにちがいない、と彼は考えた。それゆえに、この窮地に追いこまれた女を救出する部隊には、どんなことがあっても加勢しよう、と彼の心はただちに決まった。

そのうちに面会は結束の固い家族の内輪の集まりであり、一家は外野からの助けなど、そもそも必要としていないのではないか、と思われてきた。フーゴーのことには構わず、三人は激しく言い争っていた。弟がひときわ目立っていて、一言おきに怒鳴り散らしていた。「そりゃユダヤ人のふるまいそのものだ、それ以外にどう言やいいんだ……

そりゃユダヤ人そのものじゃないか」

「オネガイ《シルトウプレ》、シナイデコウフン《エクシットトワパ》」[055]イレーネが叫んだ。

「コウフンシナイデ《ヌ・テグシトウ・パ》」[056]と、アルフレートが投げやりな調子で彼女のフランス語を直した。

フーゴーはこのやり取りを楽しんだ。これがあの弟か、彼女が自らしつけたという——それにしては、この男からはそんな印象は受けない……

父親は背の高い男で、両頰から白ひげを飛び出させているが、あごはつるつるに剃《そ》っていた。父親はおごそかに立ち上がった。「やめよ。いつも言い争いばっかりしよって。会った瞬間、もう始まっとる。それなら、わしはさっさと帰るぞ。どのみち夕刻まではここにはおらんのじゃからな……」彼はフーゴーのほうを向いた。「この二人はまるで猫と犬でしてな……」

フーゴーは答えないほうを選んだ。イレーネの家族を知り、この方法で彼女の人柄について新たな情報を集めることが、このときの彼には、さしあたって一大事に思われたからだった。彼には、人を知るのに、その家族を知ることほど、明白な手段はなかろうという考えが思い浮かんでいた……父親は威厳を保ったまま、事態の収拾を試みていた。アルフレートは反抗をつづけた。姉弟《きょうだい》の確執の原因は見当もつかなかったが、フーゴーには、アルフレートのほうに理《り》があるのではないかと思われた。というのも、そう思われるくらいの熱弁で、義憤のあまり大きく開かれた彼の口からは、並んだ歯列が、中空に向かって輝きを放っていたからだった。彼の顔は茶色く、イレーネと母親の肌よりも色が濃かった。明るい色の口ひげがほのかに浮かんでいた。頭髪は短く刈りこまれ、密でいて、さらに縮れ毛だった。

彼の毛髪はどんなものも貫通させない、頭蓋骨を覆う、いわば硬質な外被《がいひ》を形成しているかのようだった。「おれはだまされた、欺かれたんだ」彼がイレーネにつかみかかると、彼女は身をすくめた。「弱虫め」彼はさげすむように言った。

母親が荘館から出てきて、諍いの原因を知り尽くしているかのように介入した。「それはあんたがそうしたいだけのことでしょう。さっさとそんなこだわり、手放しなさい。そうすれば、わたしたちに礼を言う気持ちにもなるでしょうに……」

アルフレートは怒りで全身を震わせた。「よりによってここでってか。まるでテプリッツにしか眼医者がいないかのような言い草だな……医者にかかるのにいまじゃ七〇〇キロの旅行が必要ってわけか」

「手術が必要になるかもしれないのよ。わたしたちの近くにいたほうがいいって言ってるの、アルフレート」

「体裁ばっかり取りつくらいやがって」と、彼は地団駄《じだんだ》を踏み、一座を見わたした。父親はとうに背を向けていて、成り行きを静観する構えだった。イレーネもまた、これ以上口論に応じるつもりはないようだった。彼女はまるで弟に、逆らえるものなら、逆らってみろ、そんなことをしてもどうにもなりはしない、と言い聞かせようとしているかのように、不遜な表情を浮かべ、唇を噛んでいた。彼はすっかりうろたえていた。「貴様らの魂胆なんざ、とっくの昔から承知のうえさ。おれももう昔みたいに無知じゃないからな。そういうことなら……」

「アルフレート！」母親が叫んだ。あまりの剣幕に息子は黙りこんでしまった。息子の沈黙は、母親への服従というよりはむしろ、驚きから来ているようだった。すると、母親は息子に、不吉なものでも見るようなまなざしを向けながら、声を落として話をつづけた。「お客さまがいらしてるのを忘れないでちょうだい……ご機嫌よう、ローゼンタールさん」彼女はフーゴーに手をさし出した。母親のあまりの歓待ぶりに仰天したフーゴーはその場で足踏みをしてしまった……

アルフレートは落ち着きを取り戻すと、さっきよりも明らかに穏便に、慎重な調子で、苦々しそうに話をつづけた。

「今年はオルトラー〈オルトラー＝アルプスの最高峰。現イタリア領、当時はオーストリア領〉を踏破できるはずだったのに。おれたちの体調は万全で、少しも疲れちゃいなかった。ドロミテンの山塊〈ドロミテ＝アルプスの山塊。ドロミトは白雲石の意。現イタリア領、当時はオーストリアとイタリアにまたがっていた〉はおれたちの隊列をほんの少しも阻《はば》みはしなかった。突然に手紙なんか寄越《よこ》しやがって……貴様らはおれの楽しみを台無しにしやがった……」

「そんなら頂上まで行きゃよかったじゃないの」と、イレーネが勝ち誇ったような顔つきで嫌味たっぷりに、真顔で口をはさんだ。

「ああ、そうしたさ、貴様らが金なんか送ってこなければな……貴様らの最終手段はいつだって金なんだから……近いうちに、もう一度世話になるからよ」

「さあさ」母親が宥めようとした。しかし、そのそぶりは親切心からではなく、しぶしぶフーゴーの手前といった体面のためであり、家族の内輪《うちわ》揉《も》めを見せまいとする気持ちから来ているようだった。「近いうちったって、また一年待てばいいだけのことじゃない。オルトラーはいなくなったりしないわよ」

「おれが来年どこにいるのか、だれが知ってるって言うんだよ。そもそも生きているかどうかだって……」

「いつまでそんなくだらないことを言ってるんだ」と、父親が加わり、そのまますぐに背中を向けた。彼は大きく息をつきながら、ステッキで砂に絵を描いていた。

今度はアルフレートがいくらか萎縮した。「いいさ……そんなら帰りの旅費で補塡してもらうからよ……」

「あとで協議しましょうね」と、母親は微笑んだが、そのまなざしにはさっきと同じように、人を威嚇《いかく》するような険しさがあった。

「それなら、カミラ・カッパーとのことはもうなんでもない？　初恋はとうに忘れてしまった？」イレーネは少し離れた場所に立ち、口先こそ穏やかであるが、彼に向かって毒矢のように言葉を放った。

彼はひどく苛立ったそぶりをしたが、両親が彼を宥めていた。「この野郎……ほっとけよ」と、彼は咳払いをした。「おれにとっちゃ女なんてどいつもこいつもどうでもいい存在なのさ」彼はきびすを返した。「特にユダヤ人の女は」

「子供たちや、いい加減になさい！」ポッパー夫人が恐る恐るとではあるが、命令口調で注意した。フーゴーの前で繰り広げられている姉弟喧嘩に見苦しさを感じていたのは、彼女しかいないようだった。アルフレートは激昂していて、父親はどうにも無関心だった。イレーネは？　フーゴーは、なぜ彼女は状況をそのままにしておくのだろう、と自問した。それから彼が出した結論は、これまでもしばしばそうであったように、じぶんという人物に対する彼女の過小評価が原因ではないか、ということだった。きょうの彼女はすっかり健康で、身勝手そのものだった。きのうのしおらしさはきっと病気のせいか、あるいは、弱さのせいだったにちがいない、と彼は考えた。口惜《くちお》しや！　彼が耳をそばだてていようが、道端のどこかの子供が聞いていようが、彼女にはどっちでも構わないのだ。彼女には彼に対して恥じることなどなかったのだ……こんな想いが彼のなかで大きくなり、それにとらわれた彼の耳には、家族の会話はもはや入ってこなくなった。彼にはこの場で論じられていることの内容が理解できなかった。彼らもまた彼に構わなかった……

しばらくすると、四人は和解した。彼らはピクニックについて訊き、彼はぼんやりしながら答えた。

「一度はアイヒヴァルト〔現チェコのドゥビー市。テプリッツの郊外〕へ参らなければ」と、母親が言った。「こんなに長くここにいて、アイヒヴァルトを知らないなんて、ちょっとした醜聞ですわよね」

「ピクニックにはイレーネさんもごいっしょできますよ」と、フーゴーは説明した。「あすこまでは路面電車[057]が出てますし」

アルフレートが突然に怒り出した。「おれは徒歩で行くよ」「お気づきになって」と、彼女はフーゴーに訊いた。「登山家よりも愚かな人間なんてどこを探したっていやしません。だからって、わたしは決してこう言いたいわけじゃないの、アルフレート、ここにいる人はいつだって例外だって」いつものように彼女は、相手への当てこすりを含んだ洞察のコメントに対して、人々が客観的な学問に向けるのと同じだけの敬意を求めてきた。「登山家よりもひどい職業が一つだけありますわ、熱狂的なアマチュアの写真家。パーティーでつまらない人物と知り合ったら、こう確信したって誤りではないでしょうに。この人物は半時もすればアマチュア写真家か、あるいは、登山家としての正体を露わすと。ときおり、もっとひどいことに、アマチュア写真家であって登山家であるなんてことだってあります……」

フーゴーには、イレーネの皮肉に対して家族の取る態度が奇妙に思われた。母親は耳を傾けてはいるが、内容は理解していなかった。父親はまったく聞いていなかったし、もっと大事なことがほかにあるとばかりに、聞いていないという姿勢をこれ見よがしに露わにしていた。アルフレートは最初から、イレーネの言うことはことごとく誤謬《ごびゅう》だとばかりにふるまい、激怒することもあれば、こうしたひねくれた戯《ざ》れ言《ごと》に応じるのは無意味だとばかりに、ぞんざいに反論することもあった。「仰せの通り！　イレーネ・ポッパーのお嬢さま！　全世界が謹聴しております！……」

彼はこんなふうにふざけた態度を取った。ときどきイレーネはもっともな叱責を通じて、弟の態度の悪さをあげつらうこともあった。いっぽうで、たいていの場合、弟の意見のほうが明快であるだけでなく、すじが通っているのも確かだった。彼はせっせと姉のフランス語の誤りを修正した。

「弟は近代哲学に詳しくて」と、イレーネはフーゴーに釈明をした。彼女がこうした分野における自身の知識不足について弁明し、自身の成績のよさを擁護したことは、彼にはこっけいだった。きょうの午前、フーゴーの眼の前で起きたさっきまでのできごとの子細《しさい》については、彼女は釈明さえしようとしなかったのだから……

しかし、この家族はイレーネの知性を説明する、もっともな根拠を与えてはくれなかった。彼らはイレーネの不思議さを説明するには、不向きであった。逆に、事情にまったく通じていない人の視点から見たならば、このねばっこい人々から生を享《う》けたイレーネは、賢さから、あるいは、やむにやまれぬ外部の事情から、繊細な女、脆い女の役を演じさせられているように見えたにちがいなかった。ともかく彼女はこの環境に不釣り合いなのだった。すぐにフーゴーは、この想像を、根拠薄弱、検証不能な想像として打ち消した。それにもかかわらず、その残りは、まるでかすかなよろこびででもあるかのように、その自己保存本能に対応しているかのように、彼の無意識の感情から消え去らなかった。イレーネの両親が細やかな心遣いのできる人々だったなら、弟が卓越した人物であったなら――彼らは彼を完膚《かんぷ》なきまでに恥じ入らせ、いつまでもその足もとにひれ伏させたであろう。

彼はテニスコートの老人の心地よい声に耳をそばだてた。老人はルーツィエ夫人を見つけると、よろこびを露わにして、青春時代の思い出を蘇《よみがえ》らせた。彼の赤ら顔は生き生きとしていて、まるで自身の白髪のように純粋だった。彼の衣服は簡素で堅牢であり、穀物商人が着るのにふさわしいかのように、農民風ですらあった。実際に、かつての彼は穀物商人だったのだ。懐中時計の分厚い鎖とごわごわした生地でできた茶色の丸いフェルト帽がよく目立った。彼が楽しそうにもてあそぶと、時計の鎖はかちゃかちゃと音を立てた。「わしらが連れ立って劇場に行った時分は、いい時代でしたな……最上階の桟敷の隅へと、警備員の横を通り過ぎて、四クロイツァー余計に払わにゃなりませんでしたが、その代わりに上から見下ろせて、ほかよりも上等な席でしたな……いわゆる立席《たち》で、覚えておいでですかのう、奥さん……」フーゴーの母親は愉快そうに笑うと、老人はなつかしそうに彼女の頬を手でくるんだ。「五時になったら、もうあすこに並んで、五時から六時半まで、あのせまい控えの間で待機する栄に浴しましたな、ぎゅうぎゅう詰めにされて。せまい階段の上から下まで人々がひしめき合って、暖炉のススさながらでしたわい。それから、ようやく扉が開くと、まだ明かりのついていないホールへと、われ先に階段を上へと疾走したもんです。人間の権利をめぐる闘争そのものでしたな」「ポッパーさん、いつも順番を譲ってくださって」と、老婦人が自然なしなを作って下を向き、視線を逸らした。「あなたのためならどんなことだって！　わしゃ、しょっちゅうバーカウンター用の脚の長い椅子に座らにゃならん羽目に遭いましたよ、そもそもありゃあ背もたれ用にあすこに置いてあったんでしたな……

わしらは上の席に座ったもんじゃったが、アルフレート、いまの若い人もあすこに座りたがるもんかな、お聞きなさいよ、あなた、ギムナジウムの生徒さん……わしらは掌で幕をこうやって、たくし上げるんじゃなくて、掌で、上の、打ち放しの壁へと、くっつけるようにして支えたもんでした」彼は実際にその仕草をして見せた。「こうやって腕を伸ばして、幕が終わるまでこらえ通したんですぞ。幕が降りてしまったあとの落胆といったら」彼は屈むと、痛むかのように両脚をさすった。しかし、一瞬たりとも彼が顔をゆがめることはなかった。「アルフレート、わかるか、これが芸術鑑賞じゃ。あのころはまだひとかどの役者がそろっておったでな……スランスキー[058]にモーザー＝シュタイニッツ[059]」ルーツィエ夫人が即座に別の名前を挙げた。この名前が挙がるとき、二人の老人は感慨を惜しむことなく、顔色を次々に変えた。居合わせたそのほかの人々にはなじみがなかったものの、彼らの名前には、老人たちに、依然として尊敬の念を起こさせるような響きがあるようだった。「ほんに、劇場は色褪せぬものじゃ」父親はため息をついた。
「いまのものとは別物じゃった」

アルフレートともフーゴーはそれから数日間、会話を重ねた。彼はアルフレートについてより詳しくなり、二人きりで散歩にも出かけた……

アルフレートは、アーリア人[060]のものに強く心惹かれ、ユダヤ人のものをことごとくさげすむ、若きユダヤ人のうちの一人だった。彼らの態度はなにかに対する執着ではなく、彼らの嗜好の結果、強くなった素質であるようだった。彼は体操選手であり、あるリベラルな結社の指導者、その最強の剣士で通っていた。彼は適当な機会を見つくろっては酩酊《めいてい》し、チェコ人との殴り合い、卑猥な戯れ言、警察に言いがかりをつけることを愛した。結社政治での彼の権威は認められていた。彼はじぶん自身にも、他人にも、自身の世界観をあからさまに見せようとはしなかった。その代わりに、それを当然のこととして、まれにそこここで表明した。彼の世界観は総じて、数年前に彼が大雑把に、しかし、熱狂して読んだ、ただ一冊きりの理論書にさかのぼる。ヴァイニンガー[061]。その著作を彼は完全に理解したわけではなかったが。読書よりも友人との会話から彼はその思想に通じていった。彼はじぶんが読んだのではなく、引用されるのを聞いた通りに、ヴァイニンガーを引用した。それなのに、彼の頭脳にはいかなる曇りもなかった。むしろ、実践知、実践経験、実践本能の奔流へと、生に対する彼の見解は規則性を描きながら、漂流していった。彼は女たちを恐れた。あいつらとは、いっさいの関わりを絶つ！「わかるだろ」と、彼はフーゴーに言った。「おれは一カ月に一回、一グルデン二十で済ませてるぜ。そうすりゃ、それで再びすっきりさ！[062]」彼の計画は、中等学校の教授になり、それから祖国の政治に介入することだった。しかし、計画は従来の慣習とはまったく異なっていた。彼の理想はあらゆるドイツ人の合体だった[063]。驚嘆に値する事業は実現されなければならない。彼は代議士にはなれないかもしれない、代議士になることはユダヤ人にとってはあまりに困難だから。しかし、民族の利益代表として、小さな仕事であるならば、たいていのことは実践可能である。彼はテプリッツでもすぐに、類似の党派色をもつ体操協会とコンタクトを取った。彼は名士から推薦状をもらい、さまざまな機関と文書を交わした。その際、彼は封筒にドイツ民族評議会の証票を貼ることを決して怠らなかった。彼の頭は、新聞の報道、選挙の結果、名誉市民の任命、地所購入、官吏の雇用のことでいっぱいだった。これらすべての領域で彼は勤勉さを発揮した。この炎は、彼が自身の属する人種から、かけ離れているということを確信するときになってようやく、自身の人種へと、彼を再び立ち返らせた。飲食店に入ると、彼は学校組合の証票のついたマッチ棒を欲しがった。笑顔を浮かべてフーゴーのほうを向きながら、彼はこう言った。「些細なことだと思ってるだろう。おれのことをおかしな奴だと思っているだろうが……民族に関わることにつまらぬことなんて一つもない。ここで引き下がっちゃいけない……」ときどき彼はこんな真似すらした。こうした民族に関わることがらをあざけり、皮肉をこめて、「万歳」とか「ドイツに忠誠を」と言った。だが、こうした偶然の風刺は決して彼の所業を妨害したりはしなかった。彼は民族性というまっすぐに引かれた線上で行動し、満足していた。「チェコ人の」プラハではなく、ドイツ人の町のテプリッツにいられることを彼は心から楽しんだ。この町にいるたくさんのシオニストが彼の心を悩ませた。それゆえに、彼はこの町の中産階級を「汚染されている」と言った。彼は労働者と零細商人に話しかけることを楽しんだ。「ようやく憂いなく再びドイツ語を話すことができるぜ、庶民と」と、彼は方言に恍惚となった。「それに比べて、チェコ語の響きの野蛮さといったら、卑劣きわまりなく、下品きわまりない」スラヴ人のもののすべてを、嘘偽り《うそいつわり》のない大きな敵意でくるのだった……彼は服装には構わなかった。衣服は快適で清潔でありさえすればそれでよく、それ以外のことは気にしなかった。彼は一度も襟をつけたことはなかったし、ヴェストも着なかった。緑のシャツにたわんだネクタイがだらしなく下がっていて、その上に彼の茶色の力強い悪人面《あくにんづら》が笑っていた。ふだんの彼は音楽に大した関心を寄せていないのに、ワーグナー崇拝者で、ワーグナー歌劇のテクストと多数のモチーフをびっくりするほど正確に知っていた。遠くから彼はじぶんの存在を知らせるために、ドーナルの叫び[064]やジークフリートの角笛[065]を口笛でなぞった。フーゴーは彼との散歩を楽しんだどころか、その健康で力強い生きかたに痛快さを感じながら、彼に心の友を見つけたような気さえした。たとえば、持久走での呼吸法など、フーゴーはアルフレートから学ぶこともあった……じぶんが知っていることを知らないのは恥辱だというような、相手を上から突っけんどんに見くだすようなアルフレートの説明の仕方に、フーゴーはイレーネとの唯一の類似性を感じた、それ以外の点では、似ても似つかぬ姉との。

「洗礼を受ける気はない？」フーゴーは興味本位で訊いた。「あなたの言う通り、ユダヤ人にはいろいろなことが難しいから……」

アルフレートはすでに答えを準備していた。「臆病者のすることだ。おれはしないよ。それはそうと、そんなことはおれにとっちゃこれっぽっちも大事じゃない。おれは偏見なんかにとらわれてはいないからな……これだけは両親のおかげかもな……」

こうした会話をしているうちに、フーゴーは不安になってきた。実際、彼はアルフレートの言うことは早計で脆い、と思った。アルフレートに反論を試みるにしても、フーゴーには知識も経験も不足していた……フーゴーには、いつもではないが、たまにはごく強く、じぶんがユダヤ人である、フーゴーには、と感じることがあった。それでも、普遍的人類の一部であるという高貴な感情から、疎外されている、と感じたことはなかった……ともかく、アルフレートは大学で聴講していて、成人している。フーゴーには、自身より年上の人々にばかり引き合わせられ、年齢という理由から、その指示にしたがうしかない自身の運命を呪う以外には、なにもできなかった。これは、青年期を迎えてからずっと年長者との交際をつづけ、努力を怠ることなく、上を向いてきた、彼の栄《は》えある困難な努力がようやく結実したことの証だ、とも彼は考えた。自己研鑽を積むことはそんなに容易なことではない。この疲労とあまたの葛藤にはきっと価値がある、この困難で、勇気ある彼の経歴には……

　この数日のうちに起こったいくつかのことは彼の理解を超えていた。つい先日も彼は家族喧嘩に居合わせたのだが、それに加わることは許されなかった――それに、この喧嘩は長くつづき、水面下では先鋭化しているようだった――それなのに、アルフレートは夢中になってカッパー家の妹のほうのカミラを追いかけ回していた。その理由が彼にはさっぱり見当がつかなかった。容色衰えようとしているこの無口な女に、あの女嫌いの彼を虜にするような芸当が可能だろうか、それも、口を開けばあの耳障りなだみ声を発するあの女に。「現代の女、濫造品め！」と、アルフレートは悪態をつき、男女交際の全様式、コルセット、現代風のつばの広い大きな帽子を罵倒した。しかし、当のカミラはめかしこんでいて、コルセットで体を締めつけ、上から下まで「ウィーンのモード」のイメージそのものの美しさだった……フーゴーは考えるのをやめた……イレーネが言った通り、アルフレートは初恋の相手へと戻った？　アルフレートはピトロフに決闘を挑んだが、返事に平手打ちをお見舞いされた、という噂が流れてきた。フーゴーは彼に委細を訊く気にはなれなかった。噂が信じられなかったからである。アルフレートの気質には惚れっぽさはあまりなさそうに見えた。さても、この世の惚れっぽさはすべて彼の、フーゴーの胸のうちに閉じこめられてしまったか……

　家族の到着はいくつかの変化に並んで、こんな事態をもたらした。つまり、フーゴーはイレーネと二人きりになることができなくなったのである。父親は数日もすると明らかに機嫌を損ね、延々とこんな言葉を漏らすようになった。「そもそもわしの頭は事業のことでいっぱいなのじゃから、おまえたちといても、どうにもなるまいに」フーゴーに暇乞いをすることもなく、父親は去っていった。しかし、アルフレートはそれからもずっとここにいた。彼のほか、彼の眼病の治療に当たるドクター・タウベリスが荘館に来た。ドクターはこれまでよりも一家と、より密着して過ごすようになった。イレーネとの午前中の散歩にも彼は姿を見せるようになった、できるかぎりの冗談を言いながら。最も奇異に感じたのは、母親の態度の変化だった。これまでの彼女は拒否感を露わにしてフーゴーを見ていたのだが、突然に親切になり、まるで心から理解し合えたとばかりに態度を軟化させて、彼に「親愛なるお若いかた」と呼びかけ、しばしば会話へと招き入れた。そのあいだ、二人の前をイレーネとドクター・タウベリスが連れ立って歩くのだった……歩きながら、フーゴーは彼女の後ろ姿をながめた。いまの彼女にとって、彼は一顧だに値しない存在のようだった。彼は血眼になって彼女のことを考えた。ヴィンターニッツとのことはどうなった？　奴は接近することに成功し、会話をすることができた？　それとも、彼女と話すチャンスはまったくなかったのか。彼は彼女に合図を送ってみたが、無駄だった。彼女はそれには答えなかった。わざとだろう、と彼は思った……彼にはほかになすすべがなかったから、彼女の顔色から事態を読み取ろうとした。確かに、彼女の人生にはなにかがあったのだ、この数日間のあいだに、彼はそう確信した。この確信だけが彼を動揺させたわけではない。刻一刻と移り替わるイレーネの奇妙な外見もまた彼を動揺させた。彼女ははしゃぎ過ぎて発作を起こしそうになるやいなや、間髪を入れずに落胆に沈んだりした。彼は、きょう、彼女はヴィンターニッツに会ったにちがいない、きょう、再度、なにやら致命的なことが書いてある手紙が届いたのだ、と解釈した。彼女はひどくいらいらしながら木の幹をやり過ごすと、突然に幹にしがみついた。太陽は燦燦《さんさん》と降り注いでいるのに、ドレスがまるで冷たい水でもあるかのように、彼女は体を震わせていた……それなのに、彼は彼女に近づけなかった。彼女は彼の接近を許さなかった。彼と彼女の最後の絆、共感を、彼女は、憚《はばか》ることなく引き裂いた、それによって起きることなどなんの憂慮もせずに。いまの彼はかつてよりも明白に、じぶん自身が虚ろな力、つまり習慣によって彼女へと引き寄せられていくのを感じていた。ただ習慣のためだけに、彼は毎日、荘館に詣でた。たとえそれがずっと離れた場所からであったとしても、彼は彼女を一目見なければいられなくなった。彼はまるでむく犬のように彼女のあとをだらだらと追いかけ、退屈な握手と二言《ふたこと》三言《みこと》を交わすことを、あきらめきれなかった……彼はおののきながら、この習慣と闘った。事態は、まるで緞帳《どんちょう》が急に落ちてきたかのように、彼がここに来てすぐのころ、あのボウリングの晩のときのように、再び彼女を愛しているかのような体《てい》をなしてきた。彼女は彼に声をかけてきた。「あさって、アイヒヴァルトまでごいっしょにどう？」彼の心は彼女に向かって転げ落ちそうだった。彼女はなにも言わず、微笑みもせず、目配せもしなかった。彼は気も狂わんばかりだった。出発の数日前のいまになってこの仕打ちとは、彼女には血も涙もない？

彼に最も堪《こた》えたのは、彼女がいまになって足しげくヌスバウムのもとに通い出したことだった。いまになってようやく許可がおり、ヌスバウムは毎日、人民集会の準備をしていた、ポスターを作ったり、当局に異議申し立てをしたり、招待状を作ったり……こんなことがほんとうにイレーネの心を動かすのか、と彼は驚いて自問した。彼女はたばかられたに相違ない。彼女はヌスバウムの赴くところへ、彼が公衆の前にその姿をあらわすところへ、どこへでもついていった、さながら公人のように。そのたびごとに彼女は彼になにかを訊き、なにかを指さした……フーゴーの休暇が始まったころ、彼に向かって敷地じゅうを走り、二人の仲を見せびらかしていたときのように、今度の彼女はあからさまに護民官を贔屓《ひいき》にした。打ちひしがれていると、フーゴーには、自身をヌスバウムと比較していた以前の記憶が蘇ってきた……イレーネはこんなにつまらない女だったのか、と彼は独り言ちた。そんなに外見上の名声、人々からの注目が欲しかった？　そうまでして彼女は目立ちたかったのか、それも、ヌスバウムのような輩《やから》の隣で？　奴については彼女自身が皮肉たっぷりにだめ出しをしていたのでは？　じぶんが彼女の称賛、贔屓の対象だったという彼の記憶は、衰弱していった。彼は胸のうちで、彼女に対するかつてのじぶんの特権的な地位はもはや誇るべくもない、と思った。彼の望みはおかしなことに、彼女からの称賛を再獲得し、このヌスバウムを蹴り落とす以外には、どこにも向かっていかなかった。その理由は彼自身にもわからなかった。彼はもはや読書に集中できなくなった。ただの一言も覚えられなくなった。偉大な人物になること、有名になること、世界のなにかになること、それはどうなってしまうのだろう！　かつて彼は軽エンジンを設計し、熱に浮かされたように、機械の図面を描いていた。これらの機械はもう完成し、起動されるのを待っている。それなのに、いくつかの計算が、それどころかあらゆる計算が、放棄されたままになっていた……

人民集会は彼がテプリッツを去る二日前にシェーナウ〔テプリッツ市内の地区。チェコ語ではシャノフ。一八九五年にテプリッツと合併し、テプリッツ＝シェーナウとなった。現チェコのテプリツェ＝シャノフ〕で開催された。ヌスバウムは何度もイレーネと協議を重ねた結果、テーマを変更し、「民族と信仰の耐性」について講演した。引きつづき、友人のピトロフが「ロシアのユダヤ人迫害」について講演するということだった。動員されたのは、人民教育協会とリベラルの労働者協会の人々だった……開演のずっと前から広間は人で溢れていて、葉巻の煙が緑の壁をつたって上空へのぼっていった。机では、食事が供され、白いエプロンをつけ、腰の側面に大きな皮財布をつけた女給が机の周囲を歩き回っていた。彼女たちは例外なく、手にビールジョッキを葡萄の房のように握っていた。やがて人々が改めてやってくると、扉が塞がれた。机のあいだの行き来には必ずわきを通るように、とのアナウンスが流れると、人々がデモ隊のようにあちこちにどっとなだれこんできた。最前列の机だけは委員会のために確保されていた。イレーネがヌスバウムの腕を取り、その後ろからカミラ・カッパーがピトロフに伴われて、鮮やかなドレス姿でこつこつと足音を立てて歩き、二人の講演者の堂々たるエスコートに導かれながら、予約席に座ったときには、その場の全員が彼らに注目した。そのときは沈黙が支配し、やかましい雑談の声に代わって、ぶーんという音だけが聞こえた。フーゴーは心臓が止まるような気がした。

彼はアルフレートとわきの廊下の壁際に場所を取った。そこからは音はよく聞こえるが、舞台はあまり見えなかった。聴衆の頭と背中の向こうに舞台がのぞけたが、聴衆が身動きするたびに視界はさえぎられ、舞台はちがった形に見えた。舞台の机には紳士が数人座っていて、集会を観察していた。ずっと同じ場所を注視していようと思ったら、前列に座っているだれかが体を動かすたびに、あちこち体を動かしていなければならなかった。このような光景を見ていると、フーゴーは、この難儀な動作の繰り返しから蒸し暑さが募り、ホールじゅうに滞留しているような気がしてきた。フーゴーは、後列の頭が前列の頭にさえぎられるたびに、全員の頭が揺れるのを観察していた。この規則的なふり子の運動のために、全員の首すじに汗が浮かんでいた。聴衆はうなじと、禿《は》げた頭の額に浮かんだ汗を、ハンカチで拭っていた……舞台の机には、政府の役人が黒い頭巾を置いた。役人はこの頭巾のように硬くていかめしい顔つきをして、そこに座った。ホールに集まった人々のうち、その顔から感情のいっさいが読み取れないのは、この役人だけだった。隣に座った委員はその役人を特に気にとめていないようだった……ようやくヌスバウムが登壇した。

だれかがどこか前のほうで、拍手をするよう、合図を送ったようだった。イレーネだった？　ヌスバウムは礼で応じた。ようやくぱらぱらと拍手の音が鳴った。ヌスバウムは椅子の背もたれをつかむと、それに寄りかかり、背もたれを自身の体のほうへと引っ張り上げた。すると椅子の前脚が浮き、後脚の二本だけで立つ具合になった。彼は聴衆へと距離を縮めたり、距離を取ったりするたびに、椅子をもち上げたり、下ろしたりした。椅子を堡塁《ほうるい》のようにして、彼は声を抑えて、せつせつと話し出した。フーゴーはそのような身ぶりを見ながら、なかなかの巧者《こうしゃ》だと思った。しかし、敢えて聞く気にはなれなかった……彼はそこにイレーネがいることを忘れるためだけに、ホールを見回した。緑の壁を互いに隔てている白い柱頭には二つの胸像が据えてあった。それがなにを模しているのかは、その特徴的で有名な造形から明らかだった。皇帝と皇后〔フランツ・ヨーゼフ一世とエリーザベト夫妻〕だ。束《たば》から伸びているガラスの三つの火屋《ほや》のうち、一つにしか火が入っていなかった。そのおよその外観から、このホールはもともとダンスホールだったことが、想像できた。彼もまた、晴れの日には、こんな集会なんかよりも舞踏の祝祭のほうがふさわしい、と思った。なにもなければ、舞台のピットではきっとオーケストラが音楽を奏でているのだろう、とフーゴーは考えた……叫び声を聞いて、フーゴーはわれに返った。ひとけのない廊下の彼の近くで、小さくて太った少女が無邪気に床を踏み鳴らしていた。この子は会場である酒場の亭主の娘にちがいない。給仕は驚いてその娘のところに走っていくと、その子を広間の外へと連れ出した。二、三人の女たちは、それ以外のことはすっかり忘れてしまった、とばかりに、その子供にやさしいまなざしを投げかけた。しかし、聴衆はこの攪乱《かくらん》に憤慨した。あちこちから「しーっ」や「静かに」の声が聞こえてきた。フーゴーは、些細な邪魔でも入るがいい、ヌスバウムの面目《めんぼく》は失われるのに、と考える、じぶんのなかにある意地の悪さに気がついた。しかしこいつは、少なくともこんな些細なできごとでは落胆などしないだろう。いまやヌスバウムは興奮していた。彼は対句法の文[066]を、数分間にわたって次々と繰り出した。「あなたがたには――あなたがたには――あなたがたには！」から始まり、だんだんと強くなっていった。フーゴーは単調に感じた。ヌスバウム本人は聴衆の反応を気にしている余裕はないようだった。それなら、そのあいだイレーネはなにをしていた？　ヌスバウムはひげにしわを作り、下の聴衆に向かって愛想よく微笑んだ。その笑みをながめているあいだ、フーゴーは、この笑みが前の予約席へと、つまりは、イレーネに向かっているのではないかと考えていた……彼女の弟がフーゴーの隣に立っていた。この男はここでなにを企《たくら》んでいる？　あいつを殴り殺すつもり？　それとも、あの男にやさしく声をかけるつもり？　ともかく、なにかが起こるにちがいない、そして、フーゴーは、この弟がここにいることを少なくとも、ありがたいことだと思った。なぜなら、この弟はこの女、きょう彼をかつてなかったほどに取り乱させた女の血族なのだから。そのとき彼は、弟が隣にいなければ、すっかり独りきりだったかもしれない、といったことまで考えた。彼は眩暈《めまい》の発作に襲われたような心地がした……そんなことを思っているうちに、ヌスバウムは万雷の拍手喝采を受けて、演説を中断した。彼はなにを語った？　内容を研究することは不可能だった。そもそも演説に耳を傾けることすら不可能だった。そのくらい彼の関心は引かれなかった。拍手だけがフーゴーをときおり腹立たしい物思いから演説へと引き戻した。ところが、アルフレートは演説を聞いていた。なぜ彼は耳を傾けていた？　演説家は言った。「これにて演説を締めます」全員が唾《つば》を飲みこんで、集中して耳をそばだてた。フーゴーも興奮せずにはいられなかった。聞き耳を立てていなかったにしても、少なくとも、声の聞こえてくる方向を向かずにはいられなかった。

しかし、「終わり」は、聴衆を活気づけるためのごまかしにすぎなかった。構わずヌスバウムは演説をつづけ、そればかりか、もう一度このごまかしを使った。会場は再び静まり返った。これが大衆演説家と言われる人々の常套手段なのか、とフーゴーは考えた……ときおりヌスバウムは再度声を上ずらせ、叫びさえした。聴衆は演説もそろそろ佳境か、と思った。するとすかさず、ヌスバウムはそれまで言えずにいたことを余すことなく述べ立てた。その報酬は拍手の嵐だった。彼は拍手の瞬間をとらえ、巧みに休憩を取った。休憩ののち、拍手が弱まると、次のクライマックスをなるべく引き伸ばそうと、声を抑えて再び演説を開始した……彼は話の落としどころをうまく配置していた。彼はいくつかの逸話を語った。シリアスさとユーモアを織り交ぜるすべも心得ていた。観客はじりじりしながら彼の話を追い、どんな話題の転換にもついていった。聴衆は集団で、賛成の、そうだ、そうだ、を叫び、演説を中断させた。観客の叫びは目立たなかった。叫び声が上がること自体が、演説の慣習として想定されているようだった。ときおり、聴衆の一人がわれを忘れて絶叫してしまい、彼が修辞疑問[067]で応じることがあった。「あなたはつまりこうおっしゃりたいんですね……」と、ヌスバウムは訊いた、不安げにではあるが、怒りを露わにして、それから演説のつづきを急いだ。「いや」と、だれかがきっぱりと言った。客の失笑が漏れたが、その瞬間、いっそう演説家の評価は高まった。彼は学生にこう呼びかけた。「ゆえに、あなたがたには、人民のなかでも特に恵まれた待遇が約束されているんです。あなたがたは文化という至宝を相続し、次世代に継承しなければなりません……」「ブラヴォー！」とりわけ教養の足りなさそうな人の叫び声が響いた。その声は声量こそ大きかったが、悲痛の響きがした……

「そういうことなら、あなたもじぶんが恵まれていると思う？　学生として」フーゴーはアルフレートを見た。

「まったく聞いちゃいなかったよ。まったく別の考えごとをしていたんでね」

「あなたもか……どんなことを？」

「いつになったら、あのピトロフは話し始めるんだろうか？」アルフレートはホールをぐるりと見回した。いまになってようやく、フーゴーは彼がひどく興奮していることに気がついた。

「さあね……こんな集会、退屈で死にそうだ……ここの唯一の救いは女の人がいることだけだね」

「おやおや」と、横柄ではあるが、おどけた顔つきで、アルフレートが指を立てて、くぎを刺した。「きみは小さな色好み、とお見受けするが、そうだろ……」

「ああ、ぼくは女たちが好きさ」と、フーゴーは言い、集会に背を向けた。ここの廊下で彼らは心おきなく話すことができた。内面を刺激されたためか、フーゴーは内面の緊張を解き放ってしまいたい衝動に駆られた。つまり、彼はその場でアルフレートの指摘を認め、告白し、それを通じてじぶんの本心を見出そう、と思った。

「ああ、そうだよ。認めるよ。女たちがいなければ、ぼくは生きてはいかれない。彼女たちがいないなら、ぼくの人生は真っ暗な、価値のないものになってしまう」

「ありゃりゃ……こりゃ、ちょっとした恋愛詩人のお出ましだな……ふむふむ」

「やめてくれよ！　そんなんじゃないよ。エロなんて一言も言ってないだろう……ぼくにもわからないんだが、ぼくは断じて官能派じゃない。信じてもらえるかどうかわからないが、ぼくは女の人に触れたこともない……」

「きみはいくつになった？」アルフレートは訊いた。この会話は彼の関心を惹いたようだった。

「もうじき十八になる」フーゴーは嘘をついた……「妙だな、みんな同じことを訊いてくる、何歳だって……」

「十八か……まあ聞けよ、そんなら、きみがまだ童貞だってのは、まったくおかしなことじゃない。気に病む必要はないさ……」

「でも、ぼくは……」アルフレートは彼の言葉をさえぎった、じぶんの考えを最後まで述べることになったときには、いつでもそうするように。

「おれは二十四になるまで自制したぜ。正直言や、おれはそれから自制しなかったことを後悔してるんだ……女には、男から性の純粋さを要求する権利がある、おれはこんなふうに思っている……」

「ぼくとはなんの関係もない」と、興奮のあまり、フーゴーは漏らしてしまった。彼は、いまのじぶんのおこないが、さっきまでそうしたいと思っていたこととは、ちがってしまっていたことに気がついた。確かに彼はアルフレートとのやり取りで慰められてはいたが、彼がほんとうに求めていたことは、慰められることではなかった。彼はここで二つ目の集会を同時開催している。彼の集会の隣で、ヌスバウムが聴衆の関心を集め、熱弁をふるっている。そのいっぽうで、毀《こわ》れた椅子が柱に立てかけられていて、隅に置かれた木材と埃、古い空き瓶の臭いが漂っているひとけのない廊下で、彼は演説をしている。なんという愚かしさ……彼はともかく話がしたいという欲望に駆られた。彼の心をとらえて離さないことについて、これまで試したことがないくらい、語り尽くしたい。傍らでは、言葉の洪水がホールじゅうにぶちまけられている。もっとも、洪水とは言っても、彼にとっては単なるむなしい水にすぎないのだが。彼の燃えさかる心は解放されなければならない、ぶちまけられなければならない。彼はイレーネに向かって語りたかった、弟のことはあの煽動家にまかせてしまえ。こんな思いつきは正気だとは思えないし、見当ちがいもはなはだしい。最初から最後まで論理的じゃない。しかし、そんなことに構ってはいられない。「ぼくとはなんの関係もない」と、フーゴーはアルフレートの腕をつかんだ。「ともかく、ぼくのことをわかって欲しい。わかろうとして欲しい。いろんな問題が山と積まれているが、ぼくの関心はそれには引かれない。さっきぼくは官能派じゃないと言った。それでぼくはこう言いたかった。情欲、肉欲、解放に、性の問題――そんなのは哲学者の問題だ。ぼくは哲学者じゃないし、カントなんて読んだこともない。こんな深刻な問いや研究がぼくとなんの関係がある？　ぼくにはさっぱり理解不能だ。そんなこと好色家の仕事だろう。年を取れば、ぼくの態度も変わるかもしれない。でも、正直に言うんなら、ぼくの正直な、子供じみた心が感じていること以外には、さしあたって、ぼくにはなにも言えない……ええと――ええと、ポッパーさん――ぼくは官能派じゃない。でも、愛が欲しい、ぼくのためだけの心が、ぼくの傍らで感じ、ぼくのことを、友人や兄弟のように思ってくれる女が欲しい、一言で言うんなら、理想の女なのかもしれない。わかって欲しい。ぼくは女たちを愛している。ぼくは彼女たちを尊敬しているし、要は、この世界での彼女たちの存在がぼくのよろこびであって、ぼくの幸せなんだ。これがすべてさ。女たちの存在がぼくにとって有益か？　ぼくにはわからない。そんなことはどうだっていい。ぼくにはこんな問いについて調査してみる気はさらさらない。ぼくが言いたいのはこれだけ。女たちが美しいドレスを着る。それにぼくが礼を言う……笑わないでくれ……想像して欲しい。この世界に女たちがいないんなら、どんなにこの世界は退屈か、野垂れ死んだほうがましだ……女たちが存在してくれて、ぼくを見てくれて、ぼくと話をしてくれて、ぼくとは異なる意見をもってくれて、それも彼女らの流儀で、ぼくと異なる意見をもってくれて、ぼくはうれしい。どんな関係においても、女は男よりもすぐれているだけでなく、より完璧に近い。ぼくはそれをとっくの昔から知っているし、これほど確信できることをほかになに一つ知らない。これがぼくの根っこだ。とてもじゃないが理解不能だ、と、あなたは言うかもしれない。なるほど、なるほど、あなたの仰せの通りかもしれない。ぼくはこれまで、いま思い浮かべていたような女には出会ったこともないんだから。ぼくは口答えしない、認めるよ。それでも、ぼくは言いたい、ぼくが理想の女に会ったことがないなんてことは、てんでどうでもいいことで、まったく大事なことじゃない、と……」

向こうでヌスバウムが大声を張り上げて「進歩」という言葉を叫ぶと、万雷の拍手が巻き起こった。演説は中断された。

フーゴーも彼に倣って、静かになるまで待った。それからつづけた。「ぼくの理想はぼくの内面にしっかりと生きている。やわらかで、気立てのいい、慈愛に満ちた女。生きているあいだ、この理想の彼女には出会えないかもしれない。でも、ぼくの心の底には、この理想の女がいつまでもとどめられている。まだこの人に出会ったことがないのは、ひとえにぼくの人生経験の浅さゆえのことだろう。そうかもしれない。理想の女の到来が人生経験によるのでないとするなら、理想の彼女はなにから育てられる？　ぼくはぼくの理想の女を、ぼくの発明、ぼくの創作だとは思わない。そうじゃなくて、こんなふうに思っている。ぼくは女たちと交際することが好きだ。ぼくは彼女たちを尊敬しているし、いつでも、彼女たちのよさによく気がつくし、慕ってさえいるつもりだ、それがあるときには、たとえば、明るい色の素敵なドレスだったり、またあるときには、彼女たちの気の利いた返しだったり、穏やかなやさしさだったりするわけだけど。彼女たちの善、些細なことであっても、彼女なりの持ち味があったなら、無意識のうちに、それをぼくのなかに貯めて守り、それからぼくの理想を仕立て上げること。ぼくがこうやってじぶんの理想の女を想像できるのは、だれのおかげかって？　女たちのおかげさ。ぼくがこうやって理想を思い描けるのは、彼女たちのおかげであって、ぼく自身の能力じゃない、いいかな。だから、ぼくは、彼女たちと語るときには、いつでも一歩下がり、彼女たちから、決してたくさんのことを求めないようにしている。むしろ、なにも求めないで、彼女たちに礼を言い、親切にするようにしている。ぼくはそうするのが大好きだし、そのくらい彼女たちのそばにいられることが大好きなんだ。彼女たちの空気が間近に感じられるだけで、ぼくの気持ちはよくなる。ほんのしばらくのあいだでも、男たちに囲まれていると、ぼくの気分は塞いでくる。頭痛さえ感じる……」

「奴の演説は悪くないな」と、アルフレートがフーゴーの語りを中断した。彼はさっきの拍手のときからずっと、ヌスバウムの演説に集中していた。

　この瞬間、全員が起立し、乾杯のためにグラスをふった。三人の男が、舞台から降りてくる満足顔のヌスバウムを迎えた。彼は演説を終えた。聴衆は興奮していた。護民官はうやうやしく、護衛に寄りかかった。彼らはヌスバウムを階段の下へ案内するというより、運んでいったと言ったほうが適切かもしれない。表情を緩めることなく、落ち着き払った顔つきで、彼は興奮した聴衆を見やった。彼は一瞬の不注意から微笑みを浮かべたが、それで会場の熱狂と拍手が冷めることはなかった……イレーネも起立していた。彼女は腕を大きく広げ、ゆっくりとヌスバウムの手を取った。その様子は、離れていたために聞くことはできなかったが、観察することはできた。フーゴーは群衆を掻き分けて前に出た。彼女は情夫に月桂冠を授けた？　いや、そんなことあるはずがない。きっと、ただの花束のはずだ。だとしたら？　この広間で彼女と、ともに同じ空間にいるのに、最小限の関係すらもつことができないなんて、こんなに恐ろしいことがあっていいのか！　彼は周囲の壁を見回した。壁は確かに彼女と彼を囲んでいた。それなのに、壁はなんの役にも立っていない……ついに彼は立ち上がった。いつの間にか柱の列を押しのけて、彼は彼女に向かい合っていた。この晩のいまになってようやく彼は彼女に挨拶をした。彼女は冷淡に、心ここにあらずといった様子でうなずき、彼に礼を述べた。彼は足もとで床が沈んでいくような心地がした。

アルフレートが彼のあとを追いかけてきた。「ようやくピトロフの出番だな？」

フーゴーは答えなかった。心臓に鈍い痛みを感じた。

「あいつら、どこにいやがる？」そわそわとアルフレートはホールを見回した。彼はだれかを探しているようだった。

「これまで見たこともないアジテーションの始まり！　まあ、うまくいけばの話だがな……」

ロシア人はおずおずと、ロシア語訛《なま》りで演説を始めた。ヌスバウムとはまったく異質だった。口を大きく開くと、口ひげを口角にしか生やしていないため、鼻の下に大きな穴が開いているかのようになった。聴衆は、声を張り上げようと必死になっても、その喉からは張りのない声しか出てこなかったピトロフの姿を、目撃することになった。一言で言えば、彼の演説はふつうでなかった。ドイツ語での前置きを済ませると、ピトロフはロシア語を話した。この異国の響きを聞いていると、広間の全体、つまり、状況が変わってしまうように思われ、フーゴーは気恥ずかしさを感じた。もはやアルフレートの問いに答える必要はない。そこで彼はアルフレートに問い返すことを通じて、自身の関心を示そうとした。「このピトロフを相手に、どうするつもり？　この人を知っている？」

　アルフレートはこう訊かれるのを待っていたのかもしれなかった。彼はきっぱりと、注意深く答えた。「先にきみに訊いてもいいか、きみは奴を知っている？」

「いや、まったく知らない……」

「そうか、奴は……おそらく……ヌスバウム氏の友人だ」

「それでなにを言おうってか」と、フーゴーはアルフレートの血気盛んな大学生っぽさを無意識のうちに真似してつづけた。「ぼくだってヌスバウム氏を知らない。一度、ボウリングの試合をしたとき、言い争いになったことはあるが、ぼくにだってあいつは赤の他人だし、どうでもいい存在だ……」

「そうか、ほっとしたぜ。そんなら教えてやる……このヌスバウムは……」

「そもそもなんであいつがしゃべるんだ？　こんな集会を開いて、あいつはどうするつもりなんだ……」

「議席に決まってんだろ」

「それなら、親戚のためじゃないのか」

「そんなわけねえ。あいつはホック[068]の党の党員で、ウィーンで立候補を企てているらしい。そのための推薦状とやらが必要なのさ、活発な地域貢献活動とかいう」

　フーゴーは考えた。ヌスバウムについて何度意見を変えたことだろう。この新しい意見もおそらく変わることになる、いま彼が見ているのも、ヌスバウムの一面にすぎない。人を判断することは、特に若い人間にとってたやすいことではない、と彼は思った……イレーネの評価はまったくちがうのかもしれない……彼の考えは再び、彼女のことへと、せき立てられていった。

「しかし、そんなことを言いたかったんじゃねえ……もう一度、下の廊下へ行こうぜ、あそこなら二人っきりだ……それより、おれが気になるのはこのピトロフという奴のほうだ……おれは聞いたぜ、ヌスバウムはピトロフ氏を少し前にようやく知ったばっかりだとさ。それなのに、ヌスバウムはピトロフをそこらじゅうで古くからの友人だと紹介してるだろ。おそらくヌスバウムの事情が絡んでいるにちがいない。はじめのうちは、ヌスバウムが流れ者によくあるように、そこらじゅうでところ構わず、友人を探しているんだとばっかり思っていた。彼と同じように、故郷もなく、民族とも疎遠になった友人をね。しかし、問題はもっと深いところにあったのさ。あいつら二人は自由思想家で、両方とも反民族派だ……すまんが、考えてもみてくれよ、ドイツ人の町のこのテプリッツで、ヌスバウムはスラヴ人に講演させようとしてるんだぜ、しかも公開で。これが醜聞でないんなら、いったいなんになる……帝国ドイツ人[069]がターボル〔チェコの市。プラハから南に約五〇キロメートルの位置にある〕か、あるいは、イチーン〔チェコの市。プラハから北東に約八〇キロメートルの位置にある。チェコの心臓部に近いターボルやイチーンは、周縁のテプリッツに対して、チェコ人が多数派を占めていた〕で演説をしようってもんなら、あすこの人々はどうする？　八つ裂きにするだろ？　おれたちは、おれたちは生ぬるい。なんでもやられるままじゃないか……奴らには痛い目に遭ってもらうぜ……」彼は再び苛立たし気《げ》に舞台を見た。

「AからZまでなにもかもがユダヤ人の話じゃないか……ところできみもあした、アイヒヴァルトには行くのか？」

「ああ。イレーネさんが誘ってくれたし」フーゴーは、この名前が無関心のうちにじぶんの舌先から発せられたことに驚いた。

「晩のレストランにも？」

「いや……悪いけど、レストランとピトロフになんの関係があるのさ」

「なんだ、きみはなんにも知らないんだな。おれの従妹のカミラがあしたの晩、ピトロフと婚約するんだ。ほんとうに知らなかったのか……婚約式はにぎやかにってことなんだが……しかし、そんなことがあってたまるか、おれがこれから喧嘩をしかけてやるところさ、それがうまくいきゃ……」

フーゴーには事態がようやく明らかになった。政治的敵対関係から愛が顔をのぞかせている。

アルフレートが彼の機先を制した。「女が理由だとは思わんでくれ。女なんか、きみには悪いが、眼のついた肉のかたまりにすぎん……カミラが憐れなのは確かさ。なぜって、あの赤の他人を婿に取ろうっていうんだから、自称有名人ヌスバウム氏の自称友人をさ……こんなユダヤ人の家族にはどんな婿だってふさわしいぜ。身元も照会済みだとよ、そりゃ結構。金持ちで、ペテルブルク〔ロシア帝国の首都サンクト・ペテルブルク〕に繊維工場をもってるんだと。それで女が、おれにとっても、きみにとっても、なんでもない女が、国境を越えていく……」

「彼女は結婚を望んでいない？」

「ああいう奴らにとっちゃ」と、アルフレートは怒りに体を震わせながら懇願するように言った。「ドイツ人の男、スラヴ人の男、どちらでも結構！　あいつらの体内には自尊心のかけらもねえ……ロシア人の男、野蛮人の男……スラヴ人はみんなまちがっている」

フーゴーは笑わずにはいられなかった。一瞬、彼はじぶんの置かれた窮状を忘れた。

ピトロフは再びドイツ語を話した。彼はいんぎんに微笑んだ。単語がすぐに思いつかないときには、鼻から息を漏らした。人々は退屈した。

「や、ようやく来やがった」と、アルフレートが叫んだ。

扉の前に、同じ服を着た若い男の集団が見えた。全員が揃いのシャツを着て、頭にフェルトの帽子をかぶっている。

「だれ？」

「体操協会ヴォータン[070]――おれの友人たちさ」

新参者はホールに突き進んでくると、後ろの壁に立ち並んだ。突然、彼らの一人が大きな声で叫んだ。「給仕、ビール……」

ピトロフはたじろいだ。だれかから質問があり、演説を中断しなければならない、とピトロフは思ったにちがいない。

「ビール一杯、ビール一杯……ビール二杯」と、体操選手は叫び、手にもった杖で床を突き鳴らした。「おやじ、おやじよう……」

数人の観客が笑った。店主は給仕を新しい客のところに向かわせた。委員の一人は事態の深刻さを理解したようだった。委員は最前列の席を立つと、赤い腕章をつけた腕を伸ばして、余所者《よそもの》たちのもとに進んでいった。舞台上にいた委員の紳士は、演説をつづけるよう、ピトロフにせまった。

「ビール一杯……」体操協会の男が交互にわめくと、声が重なり合った。聴衆はげらげらと笑った。警備員は妨害者のところに到着すると、哀願した。「どうか皆さま……」闖入者は警備員を給仕に取りちがえたふりをして、警備員を罵倒した。「おい、ビールはまだか。すぐにもってくるって言っただろ？」……ピトロフは机に寄りかかって演説を再開したが、もはやだれも注目していなかった……

この瞬間、アルフレート・ポッパーがぐっと身を乗り出して、机に乗った。片手を椅子の背に、もう一方の片手を柱に添えた。上体を反らして胸を張ると、眼を大きく見開き、そこから口笛をけたたましく鳴らした。アルフレートは帽子をふり、机から降りると、叫んだ。「退場！」

これが合図だった。ただちに体操選手たちが唱和した。「退場、ピトロフ退場せよ」彼らは楔形《くさびがた》の隊列を組んで、演壇に向かって進んだ。警備員が床に投げ倒された。グラスがかちゃかちゃ鳴った。全員が席を立った。労働者と体操協会員による殴り合いが始まった……警官はやる気のなさそうな声で警告を発した。しかし、警告の声は騒ぎのなかで消えてしまった。そこで、警官は帽子をつかむと、集会の解散を命じた。委員の人々は全員が家族のことを気遣いながら、舞台から降りていった。酒場の亭主は野太い声で悪態をつきながら、給仕を騒ぎのなかに行かせた。一人が支払いをしていると、その隙に恐怖に蒼ざめた人々が逃げていった。「警察」が呼ばれた。二つのわきの扉が開かれると、そこから、怯えた人々が次々と溢れ出た。その後の展開には、そろって関心がなさそうだった。隙間風が吹き、冷たい突風が入ってきた。ランプが点滅し始め、ときどきすっかり真っ暗になった。混乱は奥でも起きているようだった。広間の中心では、ピトロフが突然に活気を取り戻したかのように、なにかのジェスチャーをしていた。ヌスバウムは声を張り上げていた。アルフレートは狂人のように叫び、暴れていた。三人の周囲には暴れる人々の人垣ができていた。帽子が宙を舞い、顔は紅潮し、杖が突き上げられ、机が倒れた。労働者と体操協会員は互いに古い罵り言葉をぶつけ合っていた。小僧、貴様ら贈収賄野郎、ユダ公、貴様ら社会主義者ども……張り手を打つ音が響き、数人が組み合いながら床に転がっていた。叫び声はつづいたが、一つの長い音へと収斂されていった……騒動を見ているうちにフーゴーはわれをわすれた。闘争と情熱。これは政治であり、愛ではない。——この認識にたどりつくと、彼は気持ちがよくなり、ようやくくつろいだ気分になった……彼は拳を握りしめた。イレーネを助けるのだ！　そう決心すると、彼は顔をまっすぐ前に向けて、つかみ合う男たちのなかに飛びこんでいった。頭に鋼鉄の意志を感じながら、敵の列をこじ開けた。両足で他人の足を踏み、脚をまたぎ、椅子の下をくぐって。すると、彼はそこにいた。彼はイレーネのそよぐストール、帽子を見やった。あと一歩だ……イレーネはドクター・タウベリスとヌスバウムのあいだに立っていた。彼らはイレーネよりも大きく、その長身で、彼女のために道を開けてやっていた。彼女もまたフーゴーなど軽くしのいで、殴り合う男たちの上にそびえていた。彼など、足もとに転がっている膨らんだ子供にすぎなかった。彼女は彼の存在など気にとめもしなかった。両わきにしたがえた二つの塔に導かれながら退出するとき、彼女は彼の存在に気づいた。下を向くと、彼のまなざしはヴェストと上着のボタン、腹部をかすめた。暗闇のなかで、騒音と雑踏のなかで、彼は、左右の両膝が、屈んだ彼の、頭蓋骨のあたりで互いに押し合っているのを感じた。その瞬間、彼にははっきりとわかった。彼は小さ過ぎる——ともかく背が低過ぎる——この事実に気づくと、苦しみのあまり彼の体はこわばってしまった。彼は全身の力が抜けていくのを感じた。それからしばらくすると、二人の介添人を連れたイレーネの姿はなく、二つに割れて争っていた集団は、フーゴーの周囲で、再び一つになっていた。

# 十二　オルガ

裏切られた！　軽蔑されたのだ！　――頭のなかでつんざくような殴り合いの音楽を聞きながら、彼はだれもいない小径を通り、城の公園へと向かった。池は月の光を反射し、きらきらと冷酷に輝いていた。ここで彼はイレーネと真っ白な白鳥を眼で追い、最高の幸福を感じたのだった。彼は水中に身を投じてみようとしかけた……そのときに彼が思ったのは、そう、ぼくの体もろとも、すべてが終わる、それがいい、ということだった……彼は身を屈めて手すりの下を抜け、再び立ち上がった。柵の後ろにかろうじて残るせまい帯状の地面に、芝とつるに片足を取られながら、彼は立った。別れの手紙も、別れの儀式もなかった。いや、こうでなければならなかった！　あした人々は噂をするにちがいない、彼は酩酊していたのだ、確《かく》たる理由もなく偶然池に落ちたのだ、と。彼の自尊心はくすぐられた。一人しか、一人しか、この理由を言い当てられない、それにこの一人は心から驚愕するだろう。いや、驚愕せずにはいられないだろう……遠くから叫び声が聞こえた、白鳥の飼育小屋からか……そのとき彼はバランスを失い、足を滑らせ、木の根を踏み外し、池に落ちた。彼は素早く幹にしがみついた。突然、彼は恐ろしく不安になった……それから彼は手すりの下を這《は》って戻ると、家へと急いだ。

暗い廊下を抜けて食堂室を通り過ぎると、ドアがぱっと開いた。光に照らされてオルガが立っていた。彼女は彼を待っていた……

「遅かったわね……」

「きみも聞いての通り……」

そう、ピトロフのことを思い、男爵夫人も人民集会に出席していた。夫人からオルガは集会の劇的な結末を知ったのだが、母親を不安に突き落とすまいと、一言も漏らさなかった。ルーツィエ夫人はもうベッドに入っていた。彼女、オルガだけが、興奮して眼を覚ましていた。「こんなに遅くまで、どこにいたの?」

「どうにも時間がかかって……」と、彼はつぶやいた。「ようやく家に帰れた……」まる一時間にわたって暗闇をあちこちさまよった彼は、明るさのためにぼうっとなった。彼は帽子を深くかぶり、顔の半分を覆った。

「それにひどい身なりね、フーゴー」彼女は彼を部屋へと招き入れた。

実際、彼の身なりは惨めだった。長靴は湿って泥だらけであり、ズボンは膝上まで泥をかぶり、襟は破れていた。群衆に取り囲まれたときに彼のネクタイはほどけてしまっていたのだが、彼は気がつかなかった。額に汗をかいていて、巻き毛は湿って額に張りつき、髪はもつれて小さな束のようになっていた……彼は鏡に映ったじぶん自身の姿を見て、愕然とした。彼の最初の動きは、蒼白く、打ちひしがれた青年の姿が見えなくなるように、わきに退くことだった。彼は椅子へと崩れ落ちた。「疲れたよ」

オルガは気遣わしそうに彼を見やった。「結局、夕食は食べられなかったんでしょ?」

彼はかぶりをふった。

そのままなにも言わず、彼女は玄関へと急ぐとすぐに、カットしたソーセージがいくつか乗った皿を抱えて戻ってきた。突然に空腹を覚えた。「ああ」と、彼は叫んだ、「ほかにもなにかくれないか」彼女はさっと台所に走ると、パンをもってきて、皿の隣に塩つぼと水差しを置いた。

「きみはやさしいね……まるでママだ……こんな時間まで起きてたの？」

「繕《つくろ》いものがあってね」彼女はじぶんの前の机の天板に置かれていた靴下を見せると、スポンジのように見える板に靴下をかぶせた。「破ってばっかりいるんだから……」

食事に集中して彼は答えなかった。それから彼は急いで、水をグラス二杯、立てつづけに急いで喉に流しこんだ。彼女は彼の食事には構わず、繕い仕事に向かっていた。突然、彼は不機嫌な顔をした。「あのさ……ぼくの足はびしょ濡れでさ……気持ちが悪い……スリッパを取りに行かないと……」

「待って、この部屋のどこかに古いスリッパがあったはずよ……箱に入ってるのを見たことがあったわ……」彼女はひざまずいた。

「そんなことしなくていいよ、ぼくの世話を焼く必要はないんだから」彼は彼女の隣に屈みこんだ。

「大丈夫よ……さあ、どいて……お腹いっぱいになるまで食べて……ほら、あった」

「さすがだね」

彼女は笑った。「そうね、あなただったら何時間かかったかしら」

彼は隣の暗い小部屋に行った。そこで彼は濡れた靴と靴下を脱いだ。足は冷たかった。タオルで拭った足をスリッパに入れるとようやく、気持ちがよくなった。同時に彼には、家に着いてからの自身のふるまいがすべて、さっと飛び去ってしまった夢のように思われてきた。すべてが慌ただしく、無意識のうちに過ぎ去ってしまった、会話も、食事をがつがつと平らげたことも。それに、オルガの甘やかせぶりといったら。ぼくはまるでわがままに育てられた子供のようだ、と彼は思った。そして、彼はこの思いつきを笑わずにはいられなかった、甘やかされた子供か、それも、きょうの夕べのあの惨事のあとで。食堂室に戻るあいだ、彼は穏やかな気持ちになった。

「さあ、もっともっと」と、彼女が彼を励ました。

「もうお腹いっぱいさ、オルガ……」腹の半分しか満腹を感じていなかったにもかかわらず、彼は皿をわきへ押しやった……

「でもオルガ、どうしてこんなにやさしくしてくれるのさ……」

彼はつづけることができなかった、なにかが彼の喉を抑えつけているようだった。

彼女は食卓を片づけた。「まるで雀ね、雀の食事……これが大人の夕食かしら……」

彼女は去り、それから戻ってきた。肘でドアを開け、斜めに立ち、腕に食器類を載せて、隙間を通ってきた。彼女の肩幅は広く、丸みを帯びていて、背中は大きく、黒々と輝く髪をお下げに編み、頭のてっぺんで丸く巻いていた。彼女が再び姿を見せたとき、彼女の眼、頰に浮かぶ深紅の斑がなんと美しく輝いていたことだろう。この斑点は、明るい色の下地に映え、健康で花たけなわの色彩、比類のないほどに美しい平面へと混ざっていった。鼻梁までつづく斑点は、力と内面的な豊かさのほとばしり、不変の紅潮を象徴しているかのようだった。胸はすっかり女らしくなっていて、高いアーチを描き、軽やかな薔薇色の部屋着の下で、歩くのに合わせてかすかに揺れていた。彼女の幸せそうな微笑みは、彼女が乳房の重みを誇り高く、少しも恥じることなく意識していることを明かしていた……彼女はピッシンガー・トルテ[071]を一切れもってきた。

「きみはやさしい。やめてくれよ、オルガ……ぼくはそれにふさわしい人間じゃない」彼は彼女の手を取り、握った。

「ここへ、ぼくのそばに、ぼくの隣に座ってよ……どうしてそっちに座るんだ……きみに言わなきゃならない……ほら、ぼくはこんなにも不幸なんだ」

「でも、フーゴー」彼女はかすかな非難をこめて言った。

「いや、ぼくはじぶんに言い聞かせているんだ……ぼくはきみのやさしさを受け取るにふさわしい人間だって……ぼくに言い聞かせているんだ、こう思うことは恥ずかしいことじゃないって……」

彼はつづけることができなかった。感情に流されるまで、オルガに近づき、その肩に寄りかかっていなければならなかった……「ぼくがどんなに辛かったか、きみにはわからないかもしれない。すんでのところで、自殺するところだったんだ……」

彼女は驚愕して飛び上がった。まるでベルを鳴らし、だれか近くにいる人を呼ぼうとでもするかのように。

「待ってよ……座ってよ……ぼくが言いたかったのはさ、そう考えたこともあったってことだよ……」

彼女はぴくりとも動かず、そこに立ち尽くしていた。

「後悔してるさ、オルガ。でも……」彼女は事態を深刻にとらえているということを、彼は見て取った。その様子は、学校での失敗、再試験を打ち明けたとき、彼女の驚きが彼を慰めてくれたのと同じように、彼を慰めてくれた。彼はあのときの状況を思い浮かべた。あれから、なぜオルガに相談しようとしなかったんだろう。彼女はあんなに状況を理解してくれて、共感してくれたというのに……このやさしい性格は彼女の健康、開花しつつある女らしさと関係があるんだろうか、という考えが、彼の脳裡をさっとかすめていった。女にとってあるべきこと、これらが彼女をあんなにもやさしくしていた。他人を慰めること、そもそもこれは彼女の生まれついでのもの。彼女にならどんなことだって打ち明けられる……「オルガ、オルガ、愛するオルガ、きみはどうしてそんなにやさしいんだ、ぼくを許して……」

「許さないわ」彼女はすっかり憤慨して、堰《せき》を切ったように罵り始めた。

「じぶんのしたことがわかってるの……そもそもあなたは何さまだっていうの……そんなこと言うなんて最低だわ。神さまを冒瀆《ぼうとく》してる。神さまに向かってなんてこと言うの……若い男が……いったいどうしたっていうの？　なにがあったのよ？　どうしてそんなに不幸だなんて言うの？　イレーネさんに嘲笑されるから、なによ、それで自殺したい、ほかにはどうしようもないって……いやだ、あなたのことを買いかぶっていたわ。あなたのこと、まともな人間だと思ってたのに。そうね、意見を変えなきゃならないわね、これから、じゃなくて、いますぐ、いますぐに、と言っておくわ……」

非難の言葉にさらされているうちに、彼はとても清々《すがすが》しい気分になった。彼はうなだれた。「ぼくが言いたかったのは……」

「なに言ってるの」と、彼女は怒りにまかせてつづけた。「あなたと話すのはもうたくさん、そのくらい腹が立ったの」

「最後まで聞いてよ……」

「言われなくってもわかってるわ。もうなにも知りたくない」

彼女がイレーネに言及したことは、彼をよろこばせた……彼女がすぐに話の核心を突いてきたことは明らかだった。

彼は駄弁を弄する必要はなかった。彼女は理解していた。「オルガ、不幸な恋をしたら……」

「恋をしようが、していまいが……」彼女は怒りを抱えたまま、突然に、落ち着きを取り戻した。彼は、彼女の罵倒の言葉をずっと真に受けていなかったこと、彼女の怒りは悪意からではなく、このきつい言葉の背後に彼女のやさしさが隠されていたことに、気がついた。こう気づいたことは彼をすっかり驚かせた。

「あなたが愚かにも、恋に落ちたんなら……人間にはどんなときにもある程度の自制が必要なの。少なくともわたしはそんなふうに考えているわ……それができないなら、恋なんかいらない……恋なんてその程度のものよ、誓っていいわ」

「オルガ」彼は不安から、彼女の名前を呼びつづけた、自身のそばに引き止めておくために。「人間にはそれが、自制しつづけることができると、きみは思っているの？　きみはまだぼくの話を最後まで聞いてないのに……」

「もうたくさん。また愚痴を始めるつもりなの……愚痴を聞かされることが不愉快だなんて言っちゃいないわよ……きちんとわたしと話すつもりがあるの、それとも……」

彼は再び彼女の手を取ると、微笑んだ。「さあ、つづけろよ。ぼくにもわかる……さあ、こう言いたいんだろ？……ここから出ていくつもり、だと……でも、ぼくには、きみがここ、ぼくのそばにいて、ぼくの話を最後まで聞いてくれるってことがわかってる。そうでもしなきゃ、今夜のきみはまんじりともできないって……きみがぼくを好いてくれていることを、ぼくは知ってる……きみはぼくのただ一人の友人なんだから、オルガ。きみがぼくを好いてくれていることをぼくは知ってる。だから、きみにすべてを打ち明ける。ただ、ときどき、しばらくのあいだ、きみにはなんでも話さなくっちゃいけないってことを忘れちまう。そうすると悪いことが起こる……これから打ち明けよう……ぼくは思う、一度自殺を思い立ち、自殺をありありと思い描いた人間は、もはやもとには戻らない、なんたって、命にかかわる傷が残るから……」

「じゃあ、なにがあったって言うのよ?」オルガは手で机を叩いた。「話してよ……」

彼はいたずらっぽい微笑みを浮かべて彼女を見た。「いや、話さない……」そう言いながら、彼は考えた。話す必要はない、この詳細は言わずに済ますことができる。言ってしまったら、彼女の気分を害してしまうかもしれない。「ちがうことを話そう……ぼくも、命にかかわる傷が残るだなんて思っちゃいない……これは言葉のあやだ……」こう言いながら、オルガを相手にしゃべっていることが、彼にとってすっかりどうでもいいことになっているということに、彼は気がついた。ともかく、話しているうちに、彼の心は軽くなってきた。

「それなら、わたしになにを言いたかったの?」と、彼女は静かに応じた。「これはだめ、あれもだめって……それならもう寝るわよ」彼女は、厳しい態度を崩してはいけないという義務を感じているようだった。

「特別なことさ……これまでだれもきみに訊かなかったこと、ぼく以外のだれもきみに訊こうとしないであろうことさ」彼女が険しい顔のまま、彼の話に耳を傾けようと集中しているのを見ていると、彼は愉快な気持ちになった。「そうだよ、オルガ、ぼくが辛かったのは確かだ。ぼくは不幸な恋をした。さっき、きみに言った通りだ……この恋には展望がない」さっきのできごとがまだ彼の心に重苦しくのしかかっていて、辛さを感じていたにもかかわらず、彼は苦しみから解放され、軽やかな調子で、さっきまでのできごとを報告することができた、まるで彼自身がこの恋のどうしようもなさを俯瞰してながめることができる場所にいるかのように。それほどまでに彼女は彼を落ち着かせてくれた。彼女はぼくの干からびた手足に降り注ぐ、温かな雨のようだ、と彼は思った。「ちょっとした災難さ。どうやらぼくは女の人とは幸せにはなれないらしい……だからきみに助けてもらわなくっちゃならなくて……さて、きみはどうする？　きみは男たちに囲まれて幸せだ、男たちがそろってきみの周囲でダンスをする……この状況は女に囲まれるのと似たところがあるはずだ。愛しい人たちがきみを目指して飛んでくる。きみはどうする……」

彼女は彼の言っていることが理解できなかった。「なにを言ってるの？　なにを聞きたいの？」

彼女が彼の質問の意図を理解しなかったことで、彼は気分をよくした。これまで話していたことが、彼にはすっかり白々《しらじら》しいことになった。彼女が話に深入りしていたら、彼はそこに穴があったら入りたいような気分になっていただろう。「不思議でさ」と、彼は釈明した。「きみは男たちに囲まれて幸せそうで。いつだってきみは人の心をわしづかみにしてさ。ずっと前からきみはそうだったっけ？　ぼくがいまになってようやくそれに気づいたからか？」

彼女はなにか知りたさそうな顔つきをした。額にしわを寄せ、天井を見つめると、彼女は考えこんだ。

話の中断を埋めようと、彼はだれに向かって言うともなく、「ぼくは女の子といっしょにいると、とてつもなく不幸になる」と、ささやいた。

「よくわからないけど」と、オルガはまじめな表情を浮かべると、彼の言葉を真に受けた。「わたしを褒めてくれるのね。あなたに褒められたことなんてなかったものだから。どう答えたらいいのかしら……」

彼は彼女が困惑していることに気がついた。彼は失望した。「それなら、別の機会に話すことにしよう、きみがきょうこれ以上話す気分にならないんなら……」

「そんなことないわ、考えてみる」そう言うとすぐに、彼女は深く考えこんでしまい、彼女をさえぎることはもはやできなくなった。「もう遅過ぎるかもしれないけど、でも、あなたが知りたいんなら……男の人たちに気に入られるために、わたしがなにかをしたことは、ない。おそらくこうとしか言いようがないわ、わたしにやさしくしてくれた人には、やさしくしてあげようと思ってる。これだけ。だれかに対して、特に愛想よくしたりはしない。もちろん、媚びたりなんかしない。そうでしょ？」とんでもない、と彼は手を上げた。「だれかがしつこくしてきたら、どんなことをしてきても、その人にはすぐ、二度目には応じてもらえないっていう合図が送られる羽目になるんだから。二度とその人を構わない。なにをしてきても、その人の存在自体がわたしにはどうでもよくなるの。わたしはだれに対してもそういう態度を取るようにしているわね……これが大事、フーゴー、覚えておいて、恋をしているということ、だれかが気になっているということは、外に見せちゃいけないの……」

彼女は彼の質問の内容を正確に理解している。それに気がつき、彼は驚いた。几帳面な彼女には、考えるための時間が必要だった。そのつづきが知りたくてたまらなくなり、彼は問いをつづけた。「きみにはたやすいことかもしれない、オルガ。きみはだれのことも好きにはなっていないんだから、そうすること、だれも好きになっていないようにふるまうことは簡単だろう……しかし、実際にだれかのことを好きになってしまったら、きみはどうする？」

突然に彼女は立ち上がった。「ランプから煙が出てる……」彼女は芯のネジをひねって消した。するとたちまち暗くなった。しかし、すぐに彼らの眼は暗闇に慣れた。「点《つ》けたままにしといたら、燃料が切れちゃうわ……」すると、彼女は舌先で唇を軽く舐《な》め、臆することなく話をつづけた。「それでも……だれのことを好きになったとしても、わたしはその人に気持ちを示さないと思う。片眼でも、惚れたそぶりは見せない」

彼はこの若い娘の恋愛哲学を単純だと思ったが、同時に、見事なまでに彼女に似合っている、と思った。しかしもちろん、彼には適応不能だった。「それで終わり？」彼は問いをつづけた。しかし、その目的は、会話からなにか役に立つことを聞き出すためではなく、純粋に楽しみたいという気持ちから、オルガと胸のうちを開いて話し合い、もっと親密になるためだった。

「ええ、これが精一杯のわたしのやりかた」と、茶化すそぶりはこれっぽっちも見せることなく、おごそかに彼女は応じた。「これからもわたしはそれをつづける。それに、いまのわたしはだれか好きな人がいるってわけじゃないし、それでも、ある人がわたしのことをどうでもいい存在だとは思っていないってことは、あなたも知っているわよね……」彼女が赤面すると、紅の斑がつながり、耳にまで広がった。

「クライン氏？」

彼女は無言でうなずいた。

「そうか、それなら事情は変わってくるな……彼は確かにきみを愛してる。きみたちは互いに愛情を寄せ合っている。

しかし、だれかの愛を勝ち取ろうと思うんなら、きみも知っての通り、その人のことをどうとも思っていないようなそぶりじゃ、これまでぼくも試したことはあるけど、それじゃ愛は得られなかった。それじゃあまったく気づかれないし、だから、ぼくはずっと待たなければならなかった。ぼくにはこの方法は向いてない、きっとね……それより、不幸な恋愛をそもそもきみは経験したことがないんじゃないか……」

「そうかしら、そう思うの？」彼女は彼をまじまじと見つめた。彼女の眼から輝きが失せていった、瞳孔の奥へと吸いこまれていくかのように……「まだちっちゃなころ、十三歳の小娘のころ、コリーンで、わたしたちみんなで農場の管理人を追いかけ回したことがあったの、女友達そろって、そのなかにわたしもいて。でも、だれも、わたしがあの人を好きだったってことに気づかなかった。あの人はハンガリー人、マジャール人だった、気性の激しい……そうね、あのくらい人のことを好きになるってことはもうない、と思う。一度あの人がわたしの家に来たことがあって、椅子と鉤《かぎ》を思い出すわ、あの人がここに座って、この鉤に帽子をかけたんだわ、って。それから、そこがわたしにとって聖なる場所になったの。一度、わたしに話しかけてくれたんだけど、わたしは一言も口を利けなかった。それからは、もう追いかけるのをやめたの。あろうことか、わたしはあの人を避けるようになった、遠くからしかあの人のことを見られなくなったの、たとえば、あの人が角をすっかり曲がったら、ようやくあの人の上着の裾を見ることができた、それ以上のことはまったくできなくなって……」

「彼はなにも気づかなかったの……」

「これっぽっちも。それから配置換えになった。あのときはもう生きていたくなかった、わかるでしょ。それからおかしなことに、なにも食べる気がしなくなった。医者が呼ばれるまで、三日間なにも食べなかった。何人か医者が呼ばれて、それから来たプラハの大学病院の医者は、わたしの胃に食べ物を詰めこんだのよ……」

フーゴーの眼のなかで彼女の姿が大きくなった。彼の隣に、すっかり大人の女に近づき、肉づきのよくなった彼女が座っていた。しかし、彼女もまた過酷な経験に耐えていたのだった。彼は彼女にいっそうの親しみを感じた。これまでも彼は彼女の長所をよく知っているつもりだったが、この夜は、ぴくぴくと動く紅の唇から発せられる言葉の一語一語に、彼は仰天した……シオンの娘よ……彼の両手は震えた。これまで彼がほんの少しであっても、彼女を下に見て、からかいの対象として、未熟でおどけた娘としてあつかってきたのは、たとえ彼の愛ゆえの行為だったとしても、誤りであり、不正だった。彼女はこんなにすぐれた人物だった！　この銀色の額は、非の打ちどころのない姿勢で世界に向かって隆起していて、まるで氷河のようだ！　できることなら、彼はこの額に、この唇に祈りたかった。

すると、オルガの口はつづいた。「わたしになにがあったのか、だれもわからなかった。わたしは叩かれたり、強情だとか、いたずらっ子と言われたの。そんなとき、あの管理人から絵ハガキが届いた、もちろん両親宛てに。わたしはこっそりハガキを手に取って、細かく折りたたんで、庭の石の下に隠した。いつもママがわたしを監視してたから、ママの前では隠し立てができなかった。でも、あそこの石の下、あそこに隠しておけば、あのハガキはわたしだけのものになる、もちろんハガキの宛先はわたしじゃないけど。『おちびちゃんによろしく』と、わきに小さな文字で書いてあった。わたしが愛から得たものは、たったこれだけ。あのころのわたしはこんなにも子供だったの……わかるでしょ、フーゴー、あのとき、この辛い想いはいつまでもなくならない、と思った。それからときが経ち、すべてが過去のものとなった。教えたげる……半年が過ぎて、九カ月が過ぎると、あのときのことはほとんど思い出さないようになり、一年経つと、ほとんど思い出さなくなった……よく覚えておいて、フーゴー……この世界では、あらゆるものがいつかは消えるの」

「消える？……ほんとうにそう思っているのか？」

「だって知ってるもの……」

彼の震えは激しくなった。震えを隠そうと、彼は立ち上がった。「そうか、すべてが消える……きみを信じるよ、オルガ……でも、これですべて解決したってわけじゃない、愛するオルガ、ぼくの人生には、まだなんにもないんだ……苦しみながら過ごすしかなかった貴重な時間のことを言ってるんじゃない。ぼくより幸せな人だったら、うまくやり過ごしたであろう時間のことを言ってるんじゃない。とにかく、これですべて解決ってわけじゃない」彼はこぼれる涙を飲みこむと、拳を握った。「終わったことがまた起こる、これほど辛いことはない。ときが経つ、いいだろう、恋をすると。すると、ぼくは次の恋にいたる、ぼくは三度も恋をした、いや、四度目だ、イレーネと……最後の恋もかつての恋と同じくらい不幸だった。ぼくにはこれが苦しい、オルガ。この不幸はぼくだけのもので、一度だけってわけじゃない。不幸は一度きりのものじゃなくて、ぼくだけにいつまでもつづく不幸なんだ。ぼくはきっと、女の子たちとは幸せになれない、ぼくはぼくが受け取るにふさわしい愛を決して受け取れない、こういうことだ。これはぼくが死ぬまでどうにもならない。ぼくがぼくの望むように、どんな態度を取っても。ぼくがもてようとふるまっても、謙虚に、あるいは、傲慢に、あるいは、控え目なふるまいをしても、同じことの繰り返しだ。はじめは女の子がぼくのほうを向いてくれる。しばらくはうまくいくが、突然、どうしてかわからないが、ぼくは見向きもされなくなる、いつもその繰り返しだ。ぼくは彼女の前から姿を消し、代わりの男たちがぼくの場所を占める……ぼくが思うに、女の子たちは気まぐれで、だれかをちょっともてあそんでみて、ぼくのような男が本気になるかどうかが問題なんだ。そうだろ、オルガ……」ときには大きく、ときには小さな、不規則な足取りで、彼は部屋のなかを行ったり来たりした。「きみも知っての通り、ぼくは感じやすく、ぼくの心は脆い。結局はそこなんだ。女の子だけが問題じゃない。これもまた、ぼくの不幸の典型なんだ。ぼくはなにをやってもうまくいかない。ぼくは世界になにも生み出せない……仕事も、理想も、なにもかも……そんなとき、ぼくの耳にはいつも、だれかがこう言っていたのが聞こえてくる、だれが言っていたかは問題じゃない、フーゴー、きっときみは失敗する、って……それで、実際そうなる……きみの場合はどうかわからないが、ある状況で他人がぼくに意見してくると、この意見はとてつもなく大きな影響力をふるう。ぼく、ぼくの人生は数年にわたってそれに支配される。なにもかもがそれに関連づけられる、なにもかもが。ぼくに意見した人はおそらく、その言葉がどれだけぼくを動揺させたかは、予感すらしていない、ぼくへの意見は些細なことにすぎないんだから。フーゴー、きみはきっと失敗する……」われを忘れて、彼はオルガの座っている椅子にしがみつき、彼女の背後に立ちながら背もたれをつかんだ。

突然、彼女は彼のほうへとふり向いた、椅子に座ったまま。「それなら言ってあげる……他人の意見がそんなに気になるんなら……きょう、はっきりと大きな声で言ってあげる。フーゴー、あなたはきっと成功する、まちがなく成功する……聞こえた？……」彼女はじぶんの友人に心ないことを言った見知らぬ人に対する怒りで身を震わせた。彼女はすっかり確信していた。彼女は予言してくれた……

彼は彼女の火照る顔を見た。

すると、彼は背もたれに沿って彼女の足もとへと崩れ落ちてしまった。突然、あらゆる感情が溶けてしまい、眼から熱い涙がこぼれ落ち、同時に、新たな涙が押し出されてくるのを、彼は感じた――熱い額から、震える頬から、中心へと向かうように、生きとし生けるものが眼へと流れてきた。彼は顔を彼女の膝に押しつけた。彼は下に、少女の幅広い太ももでも、つかむ両手に彼女の足でもなく、芝のマットより居心地よく、ビロードと羽毛より触《さわ》り心地のよい、温かみ、善良さ、痛みをやわらげてくれるような、永遠の安らぎを感じた。彼は暗闇を感じ、さまよった、冷たさと暖かさを同時に感じながら。そこは彼に必要な場所であり、だれにも見られることのない場所だった。彼は地面の下を感じ、さまよい、休息した、彼にせまってもこなければ、彼を突き放しもしないかすかな芳香、どこまでもつづく雲のなかを移動しながら、そこに引き止められながら。最後に、始まりも終わりもない安らぎのなかで、彼はその安らぎを、不安が単になくなったということではなく、太古からの霊験あらたかな祝福として、感じた、安らぎがさすり、彼が顔をちょっとだけ上げると、涙のしずくが集まり、彼の眼には水面が浮かんだ。「妹！　ぼくには妹が彼を癒してくれる、彼の肌を通ってまっすぐ彼の心臓へと向かってくる……そして、彼女が片手でやさしく彼の髪をいるべきだった……ぼくには兄がいて、兄さんはいなくなってしまった。妹がいたら、どんなによかったか……でも、ぼくには妹がいる、きみのことだ、オルガ。いつまでもぼくのそばにいて、ぼくの命が尽きるまで……そうだよ、ぼくには妹がいた。それがきみだ、オルガ……そうだろ、それがきみだ……それがきみだ……」

彼は何度か顔を上げ、彼女の膝上に顔を落とした。「それがきみだった、それがきみだった……」そのあいだ、新たに動くたびに涙がこぼれ、新たな涙のすじへと合流した。

彼女はなにも言わず、泣かなかった。ただ、興奮した男を宥めてやろう、と思っていた……彼が泣きやむまで、彼女は彼の顔を膝の上に置いたままにしてやった……

しばらくして彼は立ち上がると、椅子に座り、彼女の両手を取ると、強く押した。「ありがとう、感謝するよ……」

「フーゴー……恥じる必要はないわ」と、彼女は静かに言い、鼓舞するかのように微笑みかけた。

彼は力強くかぶりをふって、恥ずかしくなど思っていない、と頑なに何度も言った。こういう頑なさは泣いてすっきりしたあとに残される涙の痕跡であり、誇り高さである。

彼女は彼の手を放すと、再び彼の髪をさすった。「さあ、これからしゃんとしないと……」

彼はハンカチを手に取って、ようやく顔を拭った。「前に泣いたのがいつだったか、きみ覚えてる……」彼はこの台詞をなんとかしぼり出すと、彼女の微笑みに応えた。「きみに落第を告白してからだ……夏休みのはじめ」

「それなら、いつもわたしの前で……結構なことじゃないの」

「確かに、結構なことだよ、オルガ……」と、彼は力強く、彼女の発言が正しいことを請け負った。

「それで、イレーネさんの前で泣いたことはないの？」

「いつも腹の立つことばっかりで……泣くためには静けさが必要だ、これはきみのそばでしか見つからないよ……」

「イレーネさんとは、わたしといっしょにいるときよりも、楽しくやっているというわけね、そういうことね……」

彼女は穏やかにふざけて、微笑んだ。

「オルガ……」彼はハンカチを落とすと、再び彼女の両手を握り、再び彼女の前に身を投げ出そうとした。

「フーゴー……まるで大きな子供ね」彼女は彼の腕を取って引き上げた。「座って……落ち着いて……もっとずっと大事なこと、あなたはもうなんでもできる。再試験があることをわたしに思い出させてくれたじゃない。きちんと準備もしたんでしょ……」

彼はまだしゃくり上げていた、つづきを切り出すことはとても悲しかった。「きみにはつたえるまでもないと思っているんだが……なぜあさってぼくがプラハに行くかって……」

「それなら、まだなにもしてないの？」

「いや、そんなことはない、ぼくは勉強したよ……でも、彼女がぼくの邪魔をする」こう言っているうちに、彼の眼から新たな涙がほとばしった。さっきまで興奮していたため、彼はすっかり涙脆くなっていた。些細なきっかけさえあれば、彼は涙を流すことができた。安心、満足の甘い感情が彼を満たした、いまの彼は涙をこらえるすべを身につけていたから。彼はいつでもじぶんの気持ちを楽にすることができるようになっていた。彼の頭は温かな海に浮かぶボールのように暖まっていて、しかも、自動で開閉する弁がついているかのようだった。彼は泣き、じぶんの心のうちを明かした、涙を拭うために両手を眼に当てようともしないで。流れ落ちる涙が心地よかった……

オルガはうなずいた。「そんなことだろうと思った……あのね、フーゴー……」

彼はどんよりしたもやの向こうに浮かぶ彼女の顔をまじまじと見た。

「あした、もう一日辛抱しなくちゃいけないわ、そうすれば、この話はどっちみち終わる。午前中は荘館には行かないで、森か別の場所で過ごして。それから午後。あなたも知っての通り、アイヒヴァルトへのピクニックがある、わたしも誘われてるの。わたしは行く気はなかった。だけど、あなたのために行ってあげる。わたしはずっとあなたのそばにいて、あなたを守ってあげる……わかった」

「きみはなんてたくましいんだ……ああ、そうする」彼は唾を飲みこんだ。

「それからプラハに行って、まじめに勉強をして、あの悪い女のことは忘れるの……彼女はあなたにふさわしくない……」

オルガに視線を合わせたまま、彼は指で机の天板をすり打ちし、賛成とよろこびをあらわした。彼はつづきを話せなかった。

「試験に合格したかどうか、わたしにも知らせてね……」

「もちろんさ、すぐに……電報を打つよ……でも、ママに知られちゃいけないんだった……局留《きょくどめ》にしようか？」

「その必要はないわ、お母さまに知られたりはしないから……この家のわたし宛てに手紙を書いて。郵便配達を待ち伏せるから……もしくは、あなたの住所を偽って」

「秘密の暗号を決めよう。たとえば、『邸宅』という一語は、ぼくの合格を意味する……」

彼女は欠伸をした。「あとで話しましょ」

「眠いんだね……」

欠伸をしながら彼女はかぶりをふり、片手で扇ぎながら、開けた口に空気を送ると、言った。「さあね」

「それにこんな時間だ……何時になる？」彼はオルガの背後の壁にかかっている時計を見た。

「一時よ」と、彼女は言った。

「一時五分過ぎ」

「わたしの脳内時計は正確でしょ……」突然に、彼女が悲しんでいるように見えてきた、眠気とそのうるんだ眼のために、悲しげに。

彼は棚の上にバラバラと置いてあった蠟燭とマッチ棒を手に取った。「もう行くよ……あしたは何時に起きなきゃいけないんだっけ？」

「六時」

「なんでそんなに早く？」

「六時半に牛乳配達のおばさん、肉屋さんが来るから……」

まるで女中じゃないか、と彼は考え、突然に同情を感じると、彼女を見た、短くため息をつきながら。「それじゃ、おやすみ」

彼女はすぐに声を上ずらせた。「またなんなの？　なんて顔をするのよ……」

「なんでもないよ、なんでも」彼は内面を悟られるまいと、再び頭にかかった雲を引き裂いた。「きみはぼくを癒してくれた。だから、どうやってきみに感謝したらいいのか、わからないんだ」

「なにも言わなくていいわ……おやすみ……よく寝て」

「泣き疲れちゃった」

オルガは笑った。「そう、そうだったの……課題が泣くことだったら、優を取れるわね」

「次に、きみが泣きたくなったら、ぼくのところにおいでよ、ね……」

「そんなことにはきっとならないわ」彼女はおどけて、ベルリン訛りで言おうとした。

「じゃあ、あの管理人がもう一度あらわれたら……」

「来ないわ」

「また会いたくないの？」

「もう会わなくていいわ。なにもかもうまくいってるの！　いまはこれ以上欲しいものはないし」彼女は椅子から立ち上がると、両腕をぐっと伸ばした。「いまのわたし、落ち着いているように見えるでしょ」彼女は顔を彼へと向けた。「きみからこんなことが聞けるなんて。よかったよ……」感激して、彼は応じた。彼はなにかの存在によって、この部屋に引き止められているように感じた。「もう行かなきゃ」と、彼はじぶんに言い聞かせるように、静かに言った。

どこかで布が破れるような音がした。大きな動作をしたとき、オルガの部屋着のレースが破れたか、ボタンが弾け飛んでしまったかのようだった。彼女は体をちょっとねじ曲げながら、指を背中の上方へと走らせ、その箇所を探していた。彼女のスカートは帯で結ばれることなく、ピンク色の上着へとつながっていた。彼女は紐を結び、スカートを固定していた。いまになってようやく、フーゴーはこの臙脂色のスカートの丈が短いことに気がついた。このスカートは下着用のスリップなのかもしれなかった……

「なにかがいつもとちがう……」と、彼は言い、それから彼女を上から下まで、注意深く観察した。「さっきからずっとなにかが足りてないように見えていたんだが……ようやくわかった……髪型を変えたね」

「ええ、二、三日前からガバレット[072]にしたの、ようやく気づいた？」

「いつもはウィッグを着けてたのに……どうして急にお下げ髪に」

彼女は笑った。「あのね、このあいだ、クラインさんから言われたの。ウィッグがよく似合ってるって……その日からガバレットにしたの……」

彼はいっしょに笑わずにはいられなかった。そうしていると、ようやく気分が晴れ晴れとしてくるのだった。というのも、それまでずっと、彼の胸はずきずきと悲しくうずいていたから、彼の喉まで……「そんなら言ってあげるよ、きみは媚びてなんかいないって、オルギンカ[073]」彼はドアのしきいに立ち、やさしく相手を諫《いさ》めるかのように、人差し指を高く上げた。両手でスカートの裾をつまみ、彼女は彼にお辞儀をした。ゆったりとした宮廷式のお辞儀だった。彼は微笑んだ。ドアを外側から閉めると、彼は掲げた人差し指で、睫毛にかかった最後の涙を拭った。

# 十三　ちびのエルザ

彼の眠りは悪くなかった。午前中ずっと彼はテプリッツの美しい市営屋内浴場で過ごした。

彼が正午ごろに浴場から道に出ると、不思議なことに、爽快感と、じぶんの体が紫外線に損なわれることもなく、水が彼の体の表層だけでなく、体をつらぬき、いつまでも流れているかのように、心が洗われたような気がした……彼は楽しくなり、なにかを企ててみたくなった。いまならイレーネを愛し、わがものにできたのに。彼女への愛は強さを取り戻して再覚醒した、濁りなく、美しく、それに、彼女への愛につきものの障害によって汚されることもなく。彼にはようやく、世界の仕組みが見えるようになった。彼は愛し、そして憎んだ。彼は再び、どんなことも、わずらわしさを感じることなく、思うままに変える力がじぶんにはあるのだ、と思えるようになった。

駅前の通りに沿って歩いていると、彼は自身の前にヨーゼフ・ヌスバウムとエルザ・ヴァイルが同じ道を進んでいるのに気がついた。彼らは口論していた。小さな少女が話していた。「あたしに約束してくれたのはいつだったかしら？　お金がないのは恥ずかしいことじゃないわ……もらってきてよ……」ヨーゼフは襟から頭をもち上げると、全身の力をふりしぼるかのようにして体を伸ばし、大股で歩くと、一歩踏み出すごとに、望遠鏡が畳まれるかのように、体を縮ませた。彼が他人には聞こえないようなかすかな声で答えると、エルザが叫んだ。「そんなの言い訳にはならないわよ……そんなことだれだって言えるじゃない……」白いワンピースに巻いた腰紐の内側から、大きなリボンの結び目が垂れていた。今回は髪をお下げに編んでいて、不満そうに動くたびに、お下げが左右に揺れた。

フーゴーは足取りを速め、彼らに追いついた。きょうは気分が上上で、どんな話題にも混ざり、だれとでも話せるような気がした。彼は挨拶をした。彼らは二人してふり返ると、不意打ちされたかのように、驚いた。

「おや、エルザ嬢――どちらへおいでで……」

「あたしたちね……」

「水鉄砲もってないの？　きょうはきみから逃げる必要はないね？」

「あたしたち、駅へ行くところなのよ……」と、ちびのエルザは力強く応じた。拳を作って高く掲げ、いまいましそうにあごをしゃくりながら、彼女は、不安そうにきょろきょろしているヨーゼフに、落ち着くよう命令した。

フーゴーは驚きもしたが、愉快な気分にもなった。「駅だって……駅でどうするつもりなの……」

「逃げるの。世界のどこかに……」

「それでどこへ？」

「ともかくどこか。遠くへ……」エルザの黒い瞳がきらっと光り、蒼白い頬が可愛らしく赤くなった。

フーゴーは、二人を何度か駅の近くで目撃したこと、二人がいっしょになってカール・マイを読んでいたことを思い出した――イレーネがちびのエルザについて言っていたことは単なる戯れ言じゃない、と思った。

「それじゃ、きみはエルザ嬢の、つまり誘拐《ゆうかい》を計画してるってわけか」と、彼は微笑みながら、話題の素早い展開についていっていないヨーゼフを見やった……

ヨーゼフは無言のままじっと彼を見た。

「きみは彼女と、もっとうるわしい生活を始めようってわけだな、どこか外国で。だろ?」フーゴーはそうやって彼を励ました。フーゴーは彼を鼓舞しながら片手をさし出した。フーゴーは礼儀正しくふるまった、一種の呪文がじぶんの微笑する唇から発せられたかのような心地がした……すると、ヨーゼフは感激した。彼はフーゴーの手を取った。フーゴーの的確な語調は彼の心をわしづかみにしたようだった……新たにフーゴーはこの素朴で世間慣れしていない心に対する同情に駆られた。「きみはそう望んでいるんだろ?」

ヨーゼフはおどおどと周囲を見回した。エルザは彼に目配せをした。「さあ」と、フーゴーは彼を勇気づけた。しかし、ヨーゼフは視線を地面にくぎづけにしたまま、はにかんで沈黙した。「冒険さ」と、フーゴーは自信に満ち溢れた、やさしい声で叫んだ。「だれだって冒険はしたいさ……」

ちびのエルザはそっくりかえって言った。「そんなの当たり前でしょ?　もう百回も起きてるんだから。毎日だって起きてるわ。あたしは新聞だって読めるんだから……」この言葉の正しさを裏づけるかのように、彼女は樹々の向こう側に見える駅舎へと、足を速めていった……すぐにヨーゼフがつづき、フーゴーも急がなければならなかった……その瞬間、彼はうれしさのあまり、頭に血がのぼるのを感じた。この二人は、若さに全幅の信頼を寄せ、これまで失望などしたことがないかのように、人生に希望を抱き、歩いている。そのとき、窓ガラスの長い列が日光を反射してきらきらと光った。昼間の光のなかに道、緑のツタが絡まった駅舎の一階、窓にかかるアーチ型の赤煉瓦《れんが》のひさしがあった。向こうでは、汽車が陽気な汽笛を鳴らしていた。すでに煙突から蒸気が上がり、全世界が勇気ある二人に向かって開いていた。

エルザは立ち止まり、笑い始めた。

「さあ、どうした、遅れるぞ」と、フーゴーは叫んだ、この計画にすっかりと巻きこまれ、その成功を信じて。「どうってことないわ」と、エルザは無邪気に言い、まじめな顔をしてこうつづけた。「あたしたち、間に合わなかったことなんてないんだから、一度も」彼女はブラウスから風船を引っ張り出すと、それを高く投げてつかまえると、地面に向かって投げ、もう一度つかまえた。小さな動物のように、彼女は二人の若い男の周囲をしなやかに跳ねた。

「さっきのはただの冗談だったのか？」フーゴーは再び黙りこみ、生気を失ったまなざしのまま立ち尽くしているヨーゼフに言った……エルザはわきで遊んでいた……フーゴーはなぜ、およそあり得るはずもない話を一瞬でも信じることができたのか、不思議に思った。彼は自嘲したが、悲しさは感じなかった。彼は、まるでじぶんが世界に浮いているかのような、じぶんに、世界をよい方向、あるいは、悪い方向へと操作する権限が与えられているかのような、あらゆることが無害であり、大したことではなく、こっけいなことにすぎないかのような心地がした……こんな心地がして、彼はヨーゼフをわきに引っ張っていった……突然、彼の頭には、アルフレートがきのう、ピトロフに恥をかかせたように、じぶんにもヌスバウムに復讐を果たすことができるのではないか、との考えがよぎった。「お金が必要なんだろ？」

ヨーゼフは無言で彼を見つめた。

フーゴーは財布を出した。きょう、九月分の仕送りと旅費をもらっていた。彼は書物のページをめくるように、紙幣をめくった。「ご覧の通り、ぼくは不自由してないんでね……十グルデンでどうかな」

ヨーゼフはうなずいたが、お金をつかむことはなかった。

エルザが足音を忍ばせて近づいてくると、眼を大きく見開き、真剣なまなざしで見た。彼女は肘でヨーゼフを突いた。

フーゴーは手にお金を握ったままだった……

どうしたものか。と、そのとき彼は狂気を起こしてやろう、という気になった……しかし、この二人が駆け落ちを企てているかどうかは、わからない。不幸な事故にはなるまい、と彼はじぶんを落ち着かせた……ただ無邪気に、責任感にとらわれることなく、きょうの彼はいまだ臀部《でんぶ》に残る、浴槽の冷たい水の力だけを感じていた。

「もらっておきなさいよ」と、エルザがかすかな声でささやいた。

ヨーゼフがフーゴーのかざした手から、さっと紙幣をもぎ取った……「感謝するよ」

「それじゃ、さよなら、ご機嫌よう」と、エルザが歓声を上げ、手を叩いた。彼女のきゃしゃな体は嵐のなかにいるかのように揺れた。これまで彼は彼女のそんな姿を見たことはなかった。

「さようならって……どこへ」と、フーゴーは叫んだ。彼は突然、胸が苦しくなった。

二人は互いの手を取り合い、駅へと歩くというよりはむしろ駆けていった。

しばらくフーゴーはたたずんでいた。それから彼はきびすを返した。なんの感情もわかなかった。それから彼は、心に底意地の悪い明るいよろこび、高慢さといたずら心を抱え、じぶん自身にすっかり満足して、そこから立ち去った。

# 十四　アイヒヴァルト

手早く昼食を済ませると、彼は、荘館の仲間が待っている学校広場〔テプリッツ市内の広場。既出のシュテファン広場と同様、路面電車の終着駅が設けられていた〕へと急いだ。彼はオルガと腕を組んで行った。彼女は彼より大きく、彼と同じくらい大股で歩いた。

「まあ、婚約なすったのね！」ロッティ・カッパーが彼らに言った。

仲間は笑い、ふざけて彼らを祝福した。

それからそろって路面電車に乗った。若い女たちはすっかり酩酊にとらわれていたようだった。彼女たちはそろって興奮し浮かれていて、「婚約」、「結婚」、「配偶者」といった言葉がひっきりなしに空気のなかを飛び交っていた。彼らはそれ以外の話題について一言もしゃべらなかった。話題はカミラに集中していて、当の本人は美しく装い、無言でピトロフの隣に座っていた。彼はまぶしさを避けようと、小粋なふるまいで窓にかかる小さなカーテンを引いた。

「さてと」と、フーゴーは独り言ちた。ほかの面々とはおよそ異なった調子ではあったが、彼もまた愉快な心地がしていた。彼もまた世間一般で言われる世界の陽気さを感じていた、特別な理由はなかったが、何度もつづいた落ちこみへの跳ね返りであったのかもしれない。力強く彼は人々を掻き分けて前進し、乗車時にイレーネの隣の席を確保した。きょうはすべてがうまくいきそうな気がした。

「アルフレートはどこにいます？」乗り合わせた人々を観察しながら、彼は野次馬根性を出して訊いた。

「もうここにはいません」

「では、もうテプリッツにはいない？」

「あら、弟はあなたにお別れを言わなかったのかしら？」イレーネは笑った。「なるほど、びっくりが起きてしまったというわけですわね……」

「この婚約と同じですよ」と、じぶんが予期していた関係をのぞかせてやろうと、抜け目なく、フーゴーは漏らした。

イレーネはじぶんの発言を引用して言った。「びっくりでない婚約などございませんわ」

「うれしいびっくり」と、向かいに座っていたフローラ・ヴァイルが叫んだ。水色のブラウスの襟ぐりから、左右二つの波状の襟レースが上に向かって伸びていた。「そうでしょ、カミラ？」フローラは話つづけ、従妹をからかった。カミラはといえば、そのあいだ、従姉のからかいに動じることなく、新しいブレスレットをもてあそんでいた。カミラは金のバックルを開けると、再びかすかな、ぱきっという音を鳴らせて、それを閉じた……人々は彼女に、テプリッツで催された最新の婚約式はご存知ないか、と訊いていた。彼女はさげすむように唇を痙攣させた。ピトロフはうっとりと彼女を見ていた……からかいの言葉をかける対象としてカミラは不適当であったにもかかわらず、ピクニックの仲間は、非公式の婚約と、今晩に決まっている――その場の全員が今晩の婚約発表を知っていた――公式の婚約とのあいだの緊張感を、おどけて楽しみ尽くそうという仕事を、辛抱強くつづけていた。車輛《しゃりょう》に座っている全員が顔見知りで、関係のない人はいなかった。自身の担当区画をもち、区画から区画へと巡検をつづける車掌だけが、彼らの娯楽をさまたげる唯一の存在だった。車掌がようやくいなくなると、人々は、ピクニックのはじめにはそうなるだろうと予想された浮かれ騒ぎに、思うままに身をまかせることができた……「きょうからはびっくりがつづきますわよ」と、ポッパー夫人さえもが騒ぎに乗じた。いつもの彼女の湿った声からは、婉曲の響きがすっかり取り去られていた。「ほう、なにかご存知ですかな？」イレーネの向こう側に座っていたヌスバウムが、表面に落ちていた煙草の灰を払い落とし、切符をさし出してきた。

ドクター・タウベリスが横からくぎをさしてきた。「古い冗談です……わたしがちっちゃなころ、祖父が言っていたものです。それにしても、その当時から古い冗談でしたが」

イレーネは応じなかった。そこでヌスバウムがつづけた。「オチはどうなりましたかな？」

ドクターが単調な語調で笑わずに言った。「はあ、はあ、ははは……」これを真似して、アリスが噴き出した。「よしなさい、落ち着きなさい！」アリスは頭をロッティの肩にもたせかけた。アリスの自制心のない態度をロッティはひどくおもしろがった。ロッティもまた自制することができなくなって、アリスの笑いに加わった。二人の女のかしましい笑い声が車輛に響きわたった。「静かに」と、ドクターがおもしろおかしく命令した。その言葉に二人の女はこれまで以上に焚きつけられ、左右から冷たい視線を浴びせられているにもかかわらず、笑いを抑えられずにいた……彼女たちが静かになるたびに、ドクター、あるいは、ヌスバウムが「もうじゅうぶんに笑いましたかな」とか、「まるで拙宅の農業車輛のようですな」と、新たに講評すると、彼女たちは改めてもう一度、忍び笑い、噴き出し、声を上げての大笑いへと、あやつられていった。彼女たちを笑わせるには、手の一ふりさえあればじゅうぶんだった……

「このあたりの景色はいかがでしょうか?」フーゴーはイレーネに訊いた。彼女は答えた。「工場のある郊外といったところかしら……」

「そうですね、移動もそれほど楽しくはなかったですし……」

「まったく、移動も乗客もね……」と、彼女は静かにささやいた。彼女の視線は人々に向かっていたが、にこやかに、彼へと戻ってきた。きょうの彼女は確かに機嫌がいい。ぼくは彼女を好いている、その曇った灰青色《はいあお》の瞳の謎は解読されなければならない、と彼は思った。それから何度も、彼のまなざしは意識せずとも、彼女の胸にかかっている可愛らしい、人目を引くアクセサリーに向かっていった。先端が光り輝く小さな短刀のような、真珠を擬《ぎ》した金属球をつらねた長いネックレスが、首の大きなバックルからぶら下がっていた。彼女が斜めにかぶっている帽子は最新の流行に沿ってとても大きかった——偶然、あるいは、意図的にか——座った彼女の顔は彼に向かってまっすぐに開かれていたが、ヌスバウムには閉ざされていた。ヌスバウムはひさしの堡塁をかわして、彼女の注意力を引きつけようとしていたが、効果はなかった。

「きのうの集会についてなにか聞いてますか?」フーゴーは言った。

「新聞は党派色に応じていろいろと書いています。ある新聞は酷評し、またある新聞は称賛するといった具合に。ヌスバウム氏はだれも説得できなかったというわけです……」

「なにをおっしゃりたいんです?」じぶんの名前が呼ばれるのを聞いたヌスバウムが訊いてきた。彼は顔をしんどそうに、彼女の帽子の、アーチを描くひさしへと向けた。

「だれもがじぶんの流儀で幸せになる、と言うじゃありませんか」と、彼女は笑った。

彼はたじろいだ。「当たり前のことでしょう」と、彼は再び顔を引っこめた。彼女の言うことが理解できなかったのだ。

フーゴーは愉快だった。つまり、彼女はもう二度と彼に情報を与えないと決めたらしい……彼はきのうの人民集会のことを思い出した。あのときはイレーネの一言があれほど欲しかったのに、いま、彼女は隣に座っている、手を伸ばせば届くところにいて、ライバルには背を向けて。なぜこうなった？　彼は池に滑り落ち、月の光、無言の樹々のなかにいたのに、いまは、ごとごとと音を立てて走る路面電車のなかで、同じ女と穏やかに歓談している。たった一度しかない人生がこんなふうにまったく異なるシナリオを描くことは、そもそもあっていい？　そしてオルガは？　きのうの夜はあんなに近くにいたのに、いまは外のデッキでデームート兄弟といっしょにいて、ほかの女たちと同じように、談笑していた。

「嫉妬していらっしゃる」と、彼の視線に気づいたイレーネが言った。

「だれに？」

「あら、教えてさしあげる必要がありまして？　どなたのいる方向をご覧になっていらっしゃって？」

「はて……オルガは妹みたいなものですから……」

「あのわけのわからない訛り[074]を話す、あなたの妹さん」イレーネのまなざしには、尋常ならざる憎悪の感情があった。

「あの憐れな少女とあなたの関係がどんなものでも……あの娘が訛っているのは確かです……」

「いや、オルガの地元はコリーンです……」

「いや、ライヒェンベルク[075]で育ちました」

「あの子のお味方をなさるのね……おやさしいこと……」

フーゴーはびっくりした。まさか、休暇のあいだずっと愛を渇望していた彼が、休暇最後の日に二人の女による諍いの対象になるとは……きのうの夜には手に取るようにわかったオルガの態度もまた、いまの彼にはわからなくなっていた。真っ昼間に「妹」と聞くと、この単語は白々しく聞こえてくるのだった。考えを整理し、しっかりしたことを言おうと努め、彼は応じた。「事情によりますが、オルガだってぼくの味方をしてくれるだろうと思います。彼女とは一年じゅうずっと会えない、二カ月間の例外を除いて会えないわけです、それでもぼくたちは子供のころからずっと友人なんですから……」

「それで、もうすぐここをお発ちになるんでしょう……」

「あした……」

「もうあす……プラハでお会いできますでしょう」

「あなたが会ってくださるんなら……」

「会ってくださらないか、と命令してましてよ」

きょうはなにもかもが大成功だった。彼が頼んでもいないのに、彼女は、あした駅まで見送りに行く、と約束した……

「わたしたち二人のことをお話ししましょう……ましてや、あすにはもうここをお発ちになるんですから……そうそう、きょうの午前はどちらで過ごされましたの?」

彼女はつまり彼に会いたかったのだ。彼は火照りを感じ、酩酊した気分になった。イレーネから一言が、気の利いた思いつきが述べられるごとに、新たに彼は恍惚となった。「いろいろとやることがあって」

「ヴィンターニッツとはお話になられましたの?」彼女は彼に襲いかかった。

「いや、ぼくはその人とはまったく面識がありません……」

彼女はかぶりをふった。「あなたはあの人をまったくご存知ない、と……それじゃ、オルガはあの人を知ってますの?」

「どうしてまたオルガの話に? 彼女だってぼく同然、彼のことはなにも知りませんよ……そうでした、ヴィンターニッツについて、ぼくはもうなんとも思っていないとお考えかもしれませんが、このところ、何百回か、ヴィンターニッツのことを訊こうと、何百回も、この名前がぼくの舌先から出かかったんです。でも、訊くことはできませんでした。あなたの誇りがあまりにも立派で、あなたがあまりにも遠かったから……」彼は、彼女が手にもっている日傘のグリップをもてあそび、かすかに彼女の指に触れた。「ぼくはあなたに怯えていたんです、あなたが怖かった……でも、あなたは再びもとのあなたに戻ってくれた。だから、ぼくにはあなたに関与する権利があります……どうか聞かせてください、あなたのことが知りたくて、ぼくはじりじりしています。なにがあったんです? あの人とお話し

「ほんとうにオルガは……」

「オルガのことはもうよしましょう」と、穏やかに伏せていた眼を上げて、イレーネは話を中断した。

されたんですか？」

彼女は不機嫌そうに顔をゆがめた。「なにもありませんでしたよ」

「そうでしたか……なにか問題でも？」おどおどと彼は訊いた。「ぼくの気持ちはご存知だと思いますが、ずっとここにいられたら、いつまでもあなたのおそばに、あなたをお守りするために……でもぼくはほんとうにプラハに行かなければならないんです、やることがあって……」彼は彼女から試験についての一言を期待していた。それなのに、彼女はすっかり忘れてしまっているようだった。試験の一言もなかった……彼女はちょっと離れてしまったようだ、とフーゴーは考え、波間に漂う木片を観察するように、しげしげと彼女を見た。同時に彼は思った。ここにとどまっているなら、彼女を再びじぶんへと引き寄せることができる、と。再び彼は思い直した。どっちみちここにはいない。彼はすっかり安堵した、彼は安心してほっと息をついた。きょうはぼくがここで過ごす最後の日だ、という声が彼のなかでこだました。きょうは、ぼくだけの日だ、この日を味わい尽くそう、それに、ぼくには気力がある——そしてあす、ぼくはここから脱出している。

人々はアイヒヴァルトに入っていった。カミラはピトロフの腕を取っていた。人々はみんな気づいていたが、やさしく微笑んでいた……最初に彼らはテレジェンバート[076]で簡単な間食をとった。それから優美なバルコニーと魅力的な庭園を見学した。それが済むと、フーゴーは仲間を教会[077]へ案内した。赤と黄の縞《しま》模様の教会が市場の立つ広場に建っていた。教会の建築は伯爵の命により、イタリアのなんとかいう手本に倣って、いや、この手本の正確な模倣として始められた。フーゴーは、イタリア人の労働者にしか建築に携わることが認められなかったということ、人々は石材を一つ一つアルプスの向こう側から運んできたということをつたえる伝説に言及した。つづけて、教会はいつまでも完成されないであろう、それだけたくさんのお金は調達され得ないであろう……と。イレーネしか彼の話を聞いていなかった、従姉妹はよもやま話に興じていた。「わけもなくお金を浪費するなんて、こんなに素敵なことがほかにあるかしら」と、イレーネが叫んだ。オルガは驚いたまなざしでイレーネを見た。オルガは、イレーネに向けたのと同じまなざしをフーゴーに向け、さっきの彼女の感想についてあなたはどう思っているのか、と問いただそうとしているように見えた。彼は不愉快になり、再びイレーネに向き直った。「ぼくだって伯爵のやった通りにします」彼女は温かな笑顔を浮かべて彼をちらりと見ると、あのボウリングの夜のように穏やかに、「小さな男爵さん……」と言った。

それから人々は街道に沿って進み、屋根の上に針葉樹が大きく突き出しているレストラン「無憂亭」[078]を通り過ぎ、森に足を踏み入れた……数歩すると、淑女たちは突然に疲れてしまった。そこで、木立のあいだの、野生の木苺《きいちご》のやぶに囲まれた開けた場所で、敷布が広げられた。素早く全員が車座《くるまざ》になって腰を下ろした。

デームート兄弟が隣同士に座ったのに気づくと、ロッティが「男女交互に！」と、命令口調で叫んだ。「だめよ……淑女の隣には必ず紳士が座るものよ……」二人は彼女の希望にしたがった。

アリスは少しばかり感傷に浸っていた。「ああ、森……あなたを所有しているのはだれかしら、なんて美しい森……」

「ここはまるでラインハルトの真夏の夜の夢[079]のようですな」と、帽子のひさしをつまみ上げながら、ヌスバウムが言った。

「歌でも歌いましょうか」と、ドクター・タウベリスが提案した。するとフローラが提案した。「歌よりもパーティゲームがいいわ、罰金遊び〈宴席での社交ゲームと解される〉とか……」

人々は彼女に賛同した。「なににしよう？」

「指輪探し」と「ことわざ」はあまりにも月並みだと却下された。「職人」をすることに決まった。

「ちがうのを」と、イレーネが叫んだ。「ほかのを知ってます。ロンドンでやりました、『悪口《わるぐち》』と言います」

「どういうゲームなんです？」

「一人が外れます――それ以外の人はそれからゲームの親に、出ていった人についての悪口を言うの。親は悪口を記録し、該当する人に向かって読み上げる。該当者はどの悪口によって最も傷つけられたかを告白し、だれがこの最も辛辣な悪口を言ったか、推測するの」

「そんなゲーム、楽しくないわ」と、オルガが叫んだ。

男たちの数名は、オルガをよろこばせようと、彼女の意見に賛同した。人々の意見が割れ、言い争いが始まった。すると、イレーネは自身の意見を押し通そうとした。「それなら、どこが楽しくないっていうの？」

「なんのためにだれかを傷つける必要があるのよ？」と、オルガが自衛し、果敢にイレーネに立ち向かっていった。彼女たちははじめて眼と眼を突き合わせて対峙することになった。きゃしゃなイレーネは体を震わせながら、頑強なオルガは怒りを押し殺そうと努めながら……

「だれも誹謗《ひぼう》中傷されることがないようにしなければなりませんな。あらかじめそう決めておきましょう。そうしておけば単なるゲームで終わるでしょう」

ヌスバウムは進んで最初に、この難しい役を引き受け、これまでに犯した数々の罪過におとなしく耳を傾ける準備がある、と宣言した。

イレーネはこれからゲームをどう進めるのかを示すため、ヌスバウムについての意見を集めた。ほかの人の発言がだれにも知られることのないように、全員が彼女に耳打ちしなければならなかった……フーゴーは、イレーネのうぶ毛の生えた頰、きらきらと輝く金髪の巻き毛を間近に感じると、身震いがした……「さあ、もういらして結構よ」きのうの人民集会のときのように、謙虚ではあるが、同時に称賛を求めるかのように一礼しながら、ヌスバウムが人々の輪に近づいてきた。「つまり、あなたは」と、イレーネが口角にうす笑いを浮かべて、真顔で言葉を発した。「身に染みついた男やもめ」、「喜劇役者」、「さもしい」、「うぬぼれ」、「息子の父親」、「見栄えのしないオスカー・ワイルドの模倣者……」

愉快そうに彼女は紙片を下まで読んだ。そのあいだ、ヌスバウムは困惑していたが、じきに落ち着きを取り戻すと、一座の四方八方に向かい、へつらうようにお辞儀をした。

「さあ、どの悪口が最も堪えたかしら、被告人さま?」

彼はしばらく考えた。どの悪口も堪えていないということを示すために、彼はイレーネに、すべてをもう一度読み上げるように頼んだ。

彼女は情け容赦なく、もう一度読み上げた。

「わたしにとってはこれですかな。身に染みついた男やもめ……」と、彼は愛想笑いを浮かべながら、はきはきと言った。

女たちはうなずいて好意を示した。彼は彼女たちの寵児《ちょうじ》となった。ヌスバウムは敗北の予定から大勝利を導いたことを高らかに誇り、堂々とゲームの輪のなかに戻ってきた。

「それなら、あなたに最も堪えるこの誹謗中傷のために頭をひねったのはどなた？　当てるチャンスは三回までよ……」

「それなら、当ててみせましょう」と、彼は興奮して言った。「相手がだれであっても、最も堪える誹謗中傷をすることができるのは、あなた、イレーネさん」

「わたしじゃないわ」と、彼女は冷淡に応じた。

彼はさらに二度まちがった回答をし、一座のもとで着席しなければならなかった。

「さて、次はだれの番かしら」イレーネは手を叩いた。「これから選びましょう……」

オルガがデームートになにかをささやくと、デームートは立ち上がり、ゲームをつづけることに反対した。退屈だし、それに危うい……実際、一行はぴりぴりした緊張感にとらわれていた。全員が嫌味に身構え、どうすれば最も効率的にじぶんの身を守れるのか、思いをめぐらしていた。全員が無関心を装い、口々にヌスバウムをねぎらった――

しかし、イレーネは動揺することなく、数を数え、決断した。「カミラの番……」

「なにも思いつかないわ」カミラはぶつぶつとつぶやくと、けだるそうにふり向いた。「きょうはカミラは例外だ」と、ピトロフが思い出したかのように言うと、全員が賛成した。

素早くイレーネが次の人を選び出した。「さあ、オルガさん、次はあなた……」

「中止、中止だ！」と、数人が叫んだ。

「怖気《おじけ》づいた？」イレーネがあざけった。

「わたしが？　怖気づいている？」彼女は引き止められたのにもかかわらず、もう立ち上がっていた……「それじゃ、行くわ」

彼女は顔をすっかり臙脂色にしながら、その場から駆けていった。「それじゃ、これからほかの人が親になって命令するのよ」と、奇妙な無関心を装い、イレーネが言った。「ヌスバウムさん、あなたがどう……」そして、彼女はフーゴーの隣に腰を下ろした。

全員がうっとうしい気分になった。だれかがじぶんを励ますために、タラララと歌を歌った。ヌスバウムが輪に入り、儀式ばって陽気に、人々が耳打ちしたことを書きとめた。

「完了！」

オルガが胸に手を当てて、姿をあらわした。彼女は深く息を吸いこむと、それでもときおり、息を吸うのを忘れたかのように、顔をむくませた。

「さ、お嬢さん、あなたの悪口が打ち明けられましたよ」彼はわざと劇場めいた尊大な態度を取り、声を震わせた。しかし、この尊大さはいつもの態度とほんの少ししか変わらなかった。「これから読みますぞ。聞く準備はできましたかな……」

オルガはうなずくと、蒼白くなった。イレーネはオルガから視線を逸らさなかった。

「それじゃ一つ目、だれかがこう言っていますぞ、あなたはとても美しい……」

「あら、それじゃ悪口じゃないわ……」

「お待ちなさい……」と、ヌスバウムはさっきの発言がじぶんのものだということを知らせようと、まばたきをした……「問題は美と悪の関係にありますな……つづけますぞ、あなたはしばしば、あなたが言う以上のことを知っている……」

オルガは弱い微笑みを浮かべた。「かもしれないわ」

「つづきを。あなたは男とあらば、その尻を追いかけ回す……」

ヌスバウムが叫ぶと、オルガは彼の手から紙片をもぎ取った。「だれがこんなことを、だれが言ったの？」

「それをあなたがこれから当てるんだが……」と、ヌスバウムが宥めた。

「いやよ、わたしは知りたいの……」彼女の娘としての誇り、女として最も繊細な箇所が傷つけられた。地団駄を踏むと、血の気が閃光のように顔に戻った。彼女はまっすぐ、イレーネに突っかかっていった……ゲームは解散となり、人々は立ち上がると、互いに叫び合っていた……イレーネだけが地面に座ったままでいて、じぶんがこの発言をしたということを白状する明らかなしるしとして、真顔のまま、さげすむように、オルガに向かってうなずいた……この瞬間、オルガはその場で立ち尽くし、震えると、その眼からは涙が溢れた。彼女は手を伸ばした……フーゴーはその手が確かに、じぶんへ、じぶんへとさし出されているのに気がついた。彼女を助けるべきだった……そのとき、イレーネが彼の腕を取って、立ち上がった。このとき、どうすれば彼女にあらがうことができただろう。それでも、彼はじぶんの義務を感じた、この瞬間の決定的な力を感じた……彼を守るために、オルガはいっしょについて来てくれたのだ、ただ彼のためだけに。そしていま、彼女を守るべきときに、彼女を見捨てることが、許されていい？　彼女はここで独りきりだ、見知らぬ人々に囲まれて……彼は眼を伏せた……三人のあいだでは一言も交わされなかった。そのあいだ、三人の周囲では、彼らを宥める声、不安がる声が聞こえていた。

「ごめんなさい。わたし、もう出ないと……そろそろ時間で」オルガは一行の四方八方に向き直ると、涙を隠そうとした。突然、彼女は大きな声で叫んだ。「さよなら！」この言葉には悲痛の叫びのような響きがあった。憤慨した彼女はもう一度肩をいからすと、そこから急いで立ち去った。

全員がその場から離れた。

「どこに？　どこに？」

「駅にちがいない」

「われわれも行こう……」

「それにもういい時間ですし」

人々は、オルガが溝を越え、全速力で街道を引き返していくのを見た。人々は訊き合った。浮かれた気分はたちまちのうちに失せ、全員が気乗りしなさそうに、隣の人に背を向けた。だれもイレーネを非難しなかった。人々は、これ以上いっしょにいることがよいことだとは思っていないようだった。彼らは黙った。少しの時間ためらったのち、人々はぞろぞろと路面電車の停留所へと行進した。

叫び声が大きくなった。「あの子を行かせるべきじゃない」――「あの子に追いつかないと」――男たちの数人が走り始めた。

彼らが停留所に着くと、オルガはすでに乗車していて、車輛は全速力でそこから走り去っていった。がっかりして参加者は集まった。「はじめはあんなに楽しかったのに」と、だれかが聞こえよがしに言った。「婚礼前夜の大騒ぎ！」と、アリスがカミラの後ろからささやいた。フーゴーは唇を噛んだ。イレーネは微動だにせず、雲をながめていた……人々はテプリッツから来る次の電車を待っていた。

鉄道が停車した。しかし、一行はさっきのきまりの悪いびっくりからは解放されなかった。新たな、より強烈なびっくりが彼らに飛びかかってきたからだった……客車から、警官、その後ろから、汗と涙で顔をぐちゃぐちゃにしたヴァイル夫人がわれを忘れて、助けを求めて泣き叫びながら降りてきた。「あそこにあいつが。人殺し、人殺し！」

「ヌスバウムさんですね？」武装した警官が彼に向かってきた。

「はい、わたしですが……」

「法の名において、即刻、役場までご同行いただくことを要請します……」

全員が叫んだ。「いったい、なにが？」ポッパー夫人はそこから逃亡しようとし、イレーネを連れて出ようとした。夫人はここで全員が逮捕されると思ったのだった。男たちは事情が明らかになると、どんな抵抗も辞すまい、と厳しい顔つきになった。ヌスバウムは柔和なキリストの表情を浮かべた。「ところで、紳士淑女のみなさま――」彼はすべてを確約した、じぶんは無辜《むこ》の犠牲者である、と。女たちは体を震わせ、猛獣を見るかのような恐怖のまなざしを彼に向けた……サーベルとベルトのバックルが立てるかちゃかちゃ音、こつこつという足音が聞こえた。上に伸びた銃剣が日光を反射してきらっと光った……「ああ、人民集会のためね」と、ロッティが私見を広めた。「よかった、わたしは参加してませんもの」「あいつは革命家だ!」と、だれかが叫んだ。

ヴァイル夫人は嗚咽し、叫んだ。「あいつがわたしの娘を誘拐したの……エルザ、わたしの娘……あのとんま、あの人さらい……いったいだれか、訊いてちょうだい……ヨーゼフ・ヌスバウムよ。駅でエルザがあいつといっしょにいるのを見たっていう人がいるんだから……待っても、待っても、あの子は昼食に帰って来ないの……」

彼女は娘のアリスとフローラを証人に挙げた。二人の娘は呆然《ぼうぜん》と、半ば気を失った母親の介抱をしていた。「そもそもあんたたち、あんたたちの頭にはじぶんが楽しむことしかないんだから……あんたたちのせいでわたしたちはみんな野垂れ死に……でも、わたしは、わたしは……なにもかもがわたしの肩にかかっているんだから……いよいよ破滅だわ……」彼女のふるまいは狂人のようだった。

前のほうでは、ヌスバウムが警官に向かって自身の潔白を証明しようとしているところだった。そのヌスバウムには「すべてはいずれ判明するでしょう。あなたの調書が必要です」と、警察の説得がおこなわれていた。

一行は全員ぞろぞろとヌスバウムの後ろについて、役場に向かった。先頭のイレーネはいま演じられている劇を存分に楽しんではいなかったが、ここにいる人たちのなかでは、最も気分を高ぶらせていた。フーゴーは彼女から離れ、後ろにとどまっていた、二重の罪の意識を抱えて。

　役場に行く途中で、一行は怒りに震えた夫人から、少しずつ断片的にことの全貌を聞いた。逃亡中の二人の消息は杳《よう》として知れなかった。しかし、母親は心の底から心配して、テプリッツじゅうを動かした。亭主をけしかけて当局に通報し、電報を打ち、電話をかけた。幸運なことに、父親の老ヌスバウムがピクニックでアイヒヴァルトに滞在中であることに気がついた。こいつならなにかを知っているにちがいない、いや、きっとこいつが関与しているにちがいない、犯人はおそらくこいつだ……

　役場の玄関で一行は電報配達人とすれちがった。そう、電報がちょうど届いたところだった……微笑みながら、町長が電報に目配せをした。逃亡中のカップルはドゥクス（現チェコのドゥフツォフ市。テプリッツの郊外）で保護された。二人は次の汽車でテプリッツに向かう……これにて一件落着。ヴァイル夫人がその場で倒れこんだ。一行は急いで意識を取り戻させてやらねばならなかった。彼女はこの瞬間まで神経を集中させて不安を抑えていたが、不安から解放され、ようやく泣きじゃくる余裕ができたのだった。「エルザ……エルザ……」彼女は叫び、むせび泣いた。人々は彼女に電報を握らせ、もう一度読んでやった。そうこうしているうちに、護衛につき添われ、大勢で役場の前で待っていたアイヒヴァルトの住民、避暑客は、ことの次第を知らされ、それぞれの気質に応じて、誘拐未遂事件に心からの、あるいは、希薄な関心を表明した。そのあいだには、快楽殺人、政治的な陰謀、鉄道事故といった恐ろしい噂が横丁に広まってしまっていた。横丁では住民が穏やかに、ことの次第を確かめようと、庭木戸から顔を出した。

# 十五　別れ

フーゴーは路面電車に飛び乗ると、テプリッツまで気が気でなかった。良心のやましさのために、胸が掻きむしられているような心地がした。車輛が揺れるたびに、胸のうずきを感じた。そう、イレーネの魔法にはまってしまった、しかも、悪の魔法に。きのうは自殺を試みかけて、きょうは犯罪すれすれの行為にまで手を染めてしまった……

彼の出来心は消えてしまった。たちまちのうちに彼は、オルガ、ヨーゼフ、ちびのエルザになんてひどいことをしてしまったのだろう、と思った。

終点の学校広場で、市参事のヴァイル氏が彼に駆け寄ってきた。「うちの細君はどこにおりますか？」

「一本前の電車で戻ったんだと思います……ぼくは……」

「あれは全部知ってますかね？」

「はい……」

「二人は保護された」

「ええ、役場でそう聞きました」

「あれは落ち着いたでしょうか？」

「ある程度は……」

「やれやれ」ヴァイルは額の汗を拭った。「あれの行状はまるごとなかったことにする以外、どうすることもできませんで……ご覧になってください、張り紙なんかさせて……」歩きながら彼は、フーゴーに貼りつけられたばかりのビラを指さした。フーゴーに認識できたのは、太字で印字された「報償金——誘拐——十一歳の女の子」の文字だけだった。「すぐにはがしてもらわないと……醜聞はもみ消さないと……あの通りの粗忽者《そこつ》で、言い出したら手のつけられない暴れ馬で」彼はため息をつきながら別れを告げると、妻を待つために、停留所に戻った。

一連のできごとが特に騒がれることなく収まりそうだということがわかると、フーゴーはほっとした。それだけに、オルガに対して犯した自身の不正が彼の心に重くのしかかっていた……彼は彼女に会う気がしなかった。そそくさと彼は居間を通り過ぎ、自室へと引き上げた。

彼はドアを開けた。すると、彼のトランクの荷造りに手を動かしながら、彼の部屋にオルガがいた。彼女は彼に向かってきた。「フーゴー……わたしに気を悪くした？」

「ぼくが……きみに……」

「わたしを許して。お願い」彼女は彼の手を取った。「あなたの午後をまるごと台無しにしちゃって。いつものわたしはあんなつまんない女じゃないの、ほんとに。きょうの、あのくだらないゲームになんであんなに腹が立ったのか、わたしにもわからなくって。あの人はなにも悪いことは言わなかったのに……」

「いや、じゅうぶんに悪意があったと思う！」と、彼は義憤にかられて取り乱してしまった。

「ゲームをするんなら、冗談を真に受けちゃいけないわ」と、彼女はきっぱりと言った。

彼は依然として、彼女がとぼけているのだとばかり思っていた。「オルガ、ぼくにはきみが理解できない――きみはあまりにもお人好しだ……お人好し過ぎる、お人好し過ぎるのもまた誤りだ……ぼくはきみを見殺しにした、それもあんなに卑劣に。それなのにきみはぼくを責めない……」

彼女は彼の唇に手を当てて閉ざすと、笑った。「しっ……恋する男と言い争いたくないの……」

「もう恋なんてしちゃいない」と、彼は地団駄を踏んだ。

「ふうん……嘘つき……耳まで真っ赤だったじゃないの。午後ずっと見てたんだから。あの人とのおしゃべりに夢中だったじゃない……あなたの邪魔をしたくなかったの、ほんとよ。あの人とおしゃべりしているときのあなたはほんとうに幸せそうに見えたもの……だからわたしたちは邪魔しないって決めたの……」

「ぼくの不徳のいたすところだ……」

「どうしてそんなこと言うの……」

「ぼくを許して……オルガ、頼むよ……」彼は懇願するように彼女の両手を取り、彼女の顔を見た、絶望しながら……

彼女は怒った。「フーゴー……きのうの夜とまた同じことを言うんなら、あなたとは絶交よ……」彼がたじろいで手を放すと、彼女は穏やかにつづけた。「ほら、わたしは忙しくって、あなたのことで……ただ一つだけ、あなたに腹を立てていることがあるわ。きのうの別れ際、あなたから媚びてる、だなんて言われなければ、きょうのことであんなに怒らずに済んだのに。わかるかしら、さっきイレーネさんが言った、わたしが男とあらば、その尻を追いかけ回すというのは、真っ赤な偽りよ――でもね、あのとき、あなたの言葉を思い出さずにはいられなかったの。それに、そうかもしれないって思ったの……」

「そんなことない、オルガ」

「もういい、やめましょう。もう過ぎたことよ」

「いや、でも、媚びてるっていうのは、きみを貶めようと思って言ったわけじゃない。それにぼくらは二人して笑ったじゃないか……」

「そうね……でも、ときどき他人から言われた言葉が気になってしようがなくなることがあるって言うでしょ……わたしの身にもそれと同じことが起こったの……」

彼は笑った。「それなら、どうあってもぼくが罪を感じる必要はないはずだ……」

「だからもう、よしにしましょ……これからわたしにあなたの本心を教えて、わたしの顔を見て……わたしは媚びてる、それとも媚びてない？　さあ、早く」彼女にとっては、この瞬間が世界で最も重要な瞬間であるかのようだった。

額にはしわがよっていた。

「これっぽっちも……きみは世界で最高の女の子さ。女の子はこぞってみんなきみに憧れる……」

彼女は指で彼の鼻の頭を軽く突いた。「あらあら……やさしいのね……嘘をついてくれるなんて……」

「ぼくの言葉が真実であることをぼくの名誉に賭けて誓う」と、彼は熱く言った。

「それなら、誓って約束よ」彼女は彼の手を力強く握りしめた。

「この話はこれでおしまい……」

彼女は吹っ切れたように、再び身を屈めると、トランクに向き直った。彼女の評判を落とし得るものは、なに一つ、世界のどこを探しても、ほんとうになに一つとしてありはしなかった。甲斐甲斐しい働きぶり、手の動きぶり、あちこちに身を屈めるときの器用さと自然さ、体を曲げるときの美しい姿……彼は彼女を手伝った。「最も大事なものを忘れちゃいけない」と、彼はナイトテーブルの引き出しを引っ張ると、物理の教科書とその注釈を記したノートを、トランクに詰めた。発明の計画が記載してあるノートを、彼はさげすむようにしてトランクから抜き出した。しばらくののち、「これは下宿にもっていこう」と、彼は考え直し、ノートをほかのものといっしょに梱包した……

オルガは天井を見上げた。「さっき怒って路面電車に座っているあいだ、なんであんなにポッパーさんがわたしに腹を立てたのか、ようやく気づいたの……きょうの午後、わたしが外出しようとしたとき、だれかがわたしに話しかけてきて、プラハから来たヴィンターニッツだと名乗った。その人はわたしにあなたとイレーネさんのことを、長々と訊き始めた……わたしにはすぐに、その人が彼女の元婚約者だということがぴんと来たの。フローラ・ヴァイルがわたしに、あの人がいつまでもイレーネさんのあとを追って、イレーネさんがだれとどんなふうに交際しているのかということを厳密に調査している、あの人はいまでもイレーネさんのことが気になって仕方がないんだから、ということを聞かせてくれていたの……きっと、あの人はあなたがここに住んでいる、そのほか云々、をようやく探り当てたにちがいなかった……それでわたしは注意深く、あの人に返事をしてあげた……偶然、イレーネさんがちょうどそこを通りがかった。あの人が挨拶をすると、彼女はお礼を言い、取って食べてしまうぞと言わんばかりの眼をしてわたしを見たの……きっと、わたしのことを恋敵だと思ったのね……。それでアイヒヴァルトに行って、あそこで怒りが爆発したんじゃないかしら……あのとき、それに気がついていたら、わたしはまったく動じないで済んだんだけど……」

ようやくフーゴーもいくつかの点を深く理解することができた。イレーネは彼に探りを入れようとしていたのでは？　彼は考えこみながら、かぶりをふった。「いやはや、きみたち女の子、きみたちは一つの種族なんだね……」

「きみたち、女の子ねえ……」と、そのつづきを知りたさそうにオルガが繰り返した。彼は素早く彼女を宥めた。「きみはもちろん例外だ。きみは特別だよ、オルガ……」そして彼女から拒まれる前に、彼は彼女を抱擁すると、彼女の口に心のこもった口づけをした、彼女のあごを押して。

彼女は片手で不機嫌そうに顔を拭った。「これはお別れのキス……その代わり、あした、駅ではキスはお預け」

彼は笑った。「ぼくだってキスが欲しくて駅に行くわけじゃないし……それにみんなの前で……」

「そういうことにしてあげる」と、彼女は彼を鼻で笑い、彼らはいっしょに笑った。

翌日の午前、母親とオルガが駅までフーゴーにつき添ってくれた。彼は高揚していた。母親はこみ上げてくる感情を抑制することができないようで、いつまでも話しつづけていた。「おまえがいまここに着いたばっかりだったらねえ……それじゃあ、フーゴー、こまめに手紙をお書き、いまさら言う必要もないだろうが。それにクリスマスになれともかくも健康に気をつけ、弛《たゆ》むことなくお励みよ、かっとなっても飲むんじゃないよ、それに勉強はほどほどにしとくんだね……」奇妙なことに、最後の訓告は彼の心に堪えた、母親は試験のことについてはいまだになにも知らされていなかった。彼は母親に、学校は今年、十四日早く始まる、とだけつたえていた。

駅で彼は期待をこめて周囲を見回した。イレーネは影も形もなかった。彼女は約束を忘れてしまった？

母親が汽車に乗るようにうながした。「よい成績をお取りよ。よい成績を収めれば、卒業も楽になるだろうから」落ち着かない様子で、この小さな人はいつまでもせわしなく、なにかを思いついては、あちこちを歩き回っていた。

フーゴーは、オルガ、あるいは、母親が、あの上品な友人のイレーネさんはどこにいるのかしら、あの人は駅まで見送りに来ないのかしら、と口にすることを、ずっと危惧していた。彼女が姿をあらわさないことは彼を悲しませた。それだけ彼にとって彼女の存在は大きかった。しかし、それ以上に、彼の気持ちに深く同情してくれている二人の女に対して、彼自身気まずさを感じていることが、彼の心を傷つけた。二人の女は彼の心をおもんばかり、彼女のことを話題にしようともしなかった。彼は心の底から二人に感謝した。

彼は車輛のコンパートメントにちらっと眼をやった。移動中、車窓から風景を観察することはできるだろうか、と思い、窓際に歩み出ると、彼に構わず、親族に暇乞いをしているほかの乗客が彼を押しのけた。そこで、彼はせまい通路をつたって乗降口に降りていき、ドアを開けた。タラップに立つと、彼はもう一度、見えるかぎり、故郷を、夏休みを、一人取り残される老母をながめわたした。

そのとき、出発前のぎりぎりのところでイレーネがプラットホームに飛びこんできた、ドクター・タウベリスを連れて。

「すべての責任はこの口ひげ整形帯にあって」と、ドクターが釈明した。フーゴーは、ドクター自らがイレーネのつけたあだ名を使っていることに、おかしさを感じた。

彼女ははしゃいでいたが、まったく気分を高揚させてはいなかった。このような態度は彼女の主義主張のためだったのかもしれなかったし、彼女の気質に由来していたのかもしれなかった。「エルザ・ヴァイルになにを吹きこまれましたの？」と、彼女は息せききって訊いてきた。「きのうの夜、あの子は警察の沙汰になったって。あの子は見こみがあります。これからもたくさんの男たちを狂わすでしょうね……」

「そうかもしれませんね」と、彼は冷静に応じると、母親に向き合った。「すぐにぼくにも手紙を書いてくださいいいでしょう？　きょうにでも、母さんたちがこれから午後になにをしたか、と。お願いします……」

イレーネはなにも言わなかった。「最新のニュースをご存知かしら。ヌスバウムは息子ともども出奔《しゅっぽん》しました。旅に出たの。テプリッツにはもう二度と戻らないでしょう。彼の親戚にとって、きのうのドタバタ劇は彼を追い出すのにじゅうぶんな口実になりましたから。それにきょうの朝刊だってあのニュースでもちきりです。お読みになってらっしゃらない？　大騒動になって……夜のうちにヌスバウムの耳に痛い批判の音楽が鳴り響きました。それも人民集会での大成功のあとに。あの男はじぶんの知名度にあらがうことができず、逃げるしかなくなりました……」

フーゴーは微笑まずにはいられなかった。彼の十グルデン紙幣が広げた波紋の大きさといったら。嵐が過ぎ去り、彼はようやく思えるようになった、ぼくは自身の寄り道を笑っていいのだ、と。彼は悲しくなった。イレーネの話はそれで終わりではなかった。「最新の最新ニュース。カミラ・カッパーとピトロフは婚約者同士になりますの。驚きでしょう?」

彼は答えなかった。前のように冗談を言う気にはなれなかった。すでに車掌がドアを閉めていて、近づいてきた。しゅっしゅっという音がますます近くなってきた……「それじゃ、どうぞお元気で」彼は虚ろに彼女に手をさし出した。「ぼくの手に口づけしてください、ママ」彼は屈みながら、彼女を抱擁した。イレーネの前でオルガへの口づけは控えたほうがいいだろうか、と、彼は一瞬ためらった。いや、ためらう必要はない。彼はオルガに急ぎのキスをした。このキスは数年前から家族のよき習慣になっていた。

ドアが閉じられた。汽笛が穏やかに鳴り響き、小さながくんという震動がして、ほとんど気がつかないうちに鉄道を動かした。それなのに、震動は現在と未来を数マイルにわたって引き裂く深い断層のようだった。

「さよなら!」と、彼の背後から叫ぶ声が聞こえてきた。

彼は身を乗り出した。イレーネが大きな、ゆっくりとした動作で手をふった。その様子は集会のとき、ヌスバウムに拍手をしていたのと似ていた。ドクター・タウベリスが帽子をふった。オルガは待合室のぎりぎりまで、鉄道を追いかけて走ってきた。母親は恐ろしく真剣な表情をして立ち尽くしていた……そのとき、鉄道がカーブを描き、黒と白の煙が窓をかすめて落ちてきた……

彼はプラハの古い下宿に入った、横になることができない湾曲したソファー、居心地のよくない殺風景な暗い色の壁。彼は勉強した。それ以外のことはすべて忘れた。彼は、それがあれば、あの危険は乗り越えられただろうと思われるほどの情熱を傾け、勉強に没頭した。進捗は上上だった。テプリッツで彼をあれほど苦しめた障害は訪れなかった。

九月十四日に試験があった。彼はすぐれた成果を上げた。教授は威厳ある微笑みを浮かべて言った。「ローゼンタール、夏休みの前のきみにいまの八分の一の知識でもあれば、落第などせずとも済んだのに」

高揚して彼は帰宅した。ようやく、ずっと待っていたことが、ついにできる瞬間が訪れた。彼はオルガに宛てて、詳細な長い手紙を書いた。彼は熱のこもった調子で彼女に感謝した。あの恐ろしい時間を過ごしていたとき、彼女は彼にとって唯一の救いだった……

しかし、それから興奮が冷めると、彼はむなしさを感じた。これからどうする……学校はこれから二日後に始まる予定だった。ところで、彼は学校になんら想うところがなかったため、新学期についてもまったく考えるところはなかった。発明への関心も失せてしまっていた……劇場は？　彼には金銭的な余裕はなく、二十クローネを欠いていた……

ヘッツ島へ行くべきだった？　グレートルは彼が何度も送った絵ハガキにこれまで一度も返信をしてこなかった。彼には、じぶんがもはやグレートルを愛していない、ということがわかっていた。イレーネへの情熱――すでに消え失せていた――がグレートルへの古い愛を窒息させた。彼はグレートルに連絡を取らないことに決めた。オルガからは返信があった。彼女はクライン氏と婚約した。――それでイレーネは？　彼女はおそらく、もうプラハにいた。彼宛てに一度、テプリッツからハガキを書いてきた。しかし、彼はどうしても彼女を訪問する気にはなれなかった。とりわけ彼は彼女の前に出ることが怖かった。試験に合格したことが、彼にとっては、まるで裏切りのように、二人で抱えた不幸からの離反のように、思われたからだった……

このようにして日々を過ごしていると、ある日の午前中、鬱々《うつうつ》とした気分で小路の奥に迷いこみ、テプリッツの記憶を探し出そうとしながら見つけられずにいると、だれかが彼の肩を叩いた。「やあ！」アルフレート・ポッパーが彼の前に立っていた。「ああ、しばらく。達者だった？」と、ひどくびっくりしてフーゴーは挨拶した。「おれは元気じゃねえ。しかし、きみはおれにお祝いを言えるぜ、きみ、寝ぼすけ君……」「なんのためにさ、いったい？」

「知らなかったのか！　イレーネが婚約したって……」

「新聞読まないから」と、彼はどもりながら言った、度を失って。

「……きみは政治家になろうとしているんじゃなかったのか……いや、そんなこと思っちゃいないんだったか……」

「だから、相手はだれだって、教えてくれないか……」彼はじぶんの唇からヴィンターニッツというおぞましい名前が出かかっていることに気がついた。

「なにを訊いてるんだ！　ドクター・タウベリスとじゃないか、もちろん……」

驚いたフーゴーは腰が抜けそうになった。「もちろん？……見ての通り、ぼくにとっちゃ青天の霹靂《へきれき》だ……」

アルフレートは彼の腕を取った。「最初からあいつは奴のことが気に入っていて……それにイレーネは、望んだことは必ず実現させる性質だから……特に知っておく必要があると思うが、姉はきみのこともたいそう気にかけていたんだぞ……」

「そんなこと一言も言ってくれなかった」

「そうだろうよ、まるで似た者同士だもんな！　策略家と恥ずかしがり屋……イレーネ・タウベリス、いい響きじゃないか、だろ？」

「あなたはほんとうにそんな反ユダヤ主義者なの？」と、おどおどとフーゴーは訊いた。この質問はしばしば彼の舌先から出かかっていたのだが、うろたえているうちに、つい漏れてしまった。

アルフレートは聞こえていないふりをした。わざとだったのかもしれない。「慰めといっちゃあなんだが、イレーネ・ポッパーはそれほど響きのいい名前だとは言えないしな」

「それで、あの二人はどうやって意気投合したんだろう？」

フーゴーはまったく想像できなかった。旅狂いで、粗野で無骨なドクター・タウベリス……これがイレーネの気に召したのだろうか、あのたくましい男らしさが……彼はドクターが胸を剝き出し、シャツの腕をまくってボウリングのレーンについていたことを思い出した……そう、広い肩幅、彼の肩幅は広かった。

「どうやってあいつらが意気投合しているかって？　おれが知るかよ……ユダヤ人の女たちをあつかうには慣れが必要さ。あいつらはろくでなしそのもので、とことんまで打算的、骨の髄までずる賢い。わかるだろ」と、彼はフーゴーに体をきつく押しつけてきた。「おれたち男はあまりに純粋過ぎる、うぶ過ぎる。おれたちにはおれたちの理想の世界観があるだろ……それでおれがまずテプリッツまで呼び寄せられたってわけ。家族会議の決定で、おれはあの二人をくっつけなきゃならなくって。きみはなにも気がつかなかった？　なにも知らなかった？　そうだよな、きみもうぶなお人好しそのものだもの……たわいもない軽い結膜炎で、おれはタウベリスに診てもらってたってわけ。それで奴は定期的におれたちのところに来るようになって、イレーネは奴と二人きりになった。おれはしょっちゅう、診療の約束を忘れるふりをしたからな……それですべてがおのずとそうなった、すっかりおのずと……幸運な花婿はきょうにいたるまでいざ知らず……それでテプリッツで用済みになったおれは家からまた追い出された。ムーア人はじぶんの責務を立派に果たし上げたってわけさ[080]……あいつらはおれが二つ目の名前の組み合わせ、カミラ・ピトロフの邪魔をするんじゃないかって、不安になったから……」

「人民集会のことだね……」フーゴーは笑った。

「あれは傑作だった、だろ……」アルフレートは得意げな顔をした。「みんなおれのことを思い出すぜ！　こうした女たちを甘やかしちゃいけない、こうした家族会議も。これがいまのおれの主義主張さ。最後に勝つのはおれたちだぜ、おれたちにはゲルマンの世界観があるんだから……」

フーゴーは多くの点でアルフレートに同意できるとは思いつつも、その語りから居心地のよさを感じることはできなかった。最も大事なニュアンスが欠けていた、フーゴーの脳裡に繊細かつ心地よい音を立てて浮かんだもの、彼はそれを表現することができなかった……典雅かつ同時にユダヤのものであったはずのなにか。彼はこれまでそれを経験したことはなかったにもかかわらず、その存在を予感していた……

　とうとうアルフレートがイレーネを訪問するよう、彼を招待してきた。「いますぐこれから、いっしょに……」

　フーゴーは胸の潰れる思いがした。「これから午前中に？」「きょうはこれから表敬訪問をする。そして次回はもっと長い時間、うちで過ごしてくれ」

　ついにフーゴーは説得に応じた。彼らの足がシュテファン街〔現シュチェパーンスカー通り。プラハの中心部、新市街にある。ヴァーツラフ広場からこの通りを過ぎると、リーポヴァー通り（既出）に出る〕に近づくと、彼の足取りは重くなった。古い教会を通り過ぎ、彼らはリンデン街に着いた。

「ここだ」と、アルフレートが言った。

「この建物？」彼の声は震えていた。彼は何度かイレーネから、もったいぶった仕草でどのような家に住んでいるのかを聞かされていた。それにもかかわらず、彼女のことを考えるたびに、彼はこれまでずっと、まったくちがう建物を想像していた。アルフレートがまさにその建物を指さしたその瞬間、彼が心のなかで思い描いていた家は、もはや思い出せなくなっていた。

　彼らは建物に入った。強い臭いが彼らに向かってきた、ひんやりとしていて浄化されるような臭いであったが、不快な臭いだった。

「なんの臭い？」と、フーゴーは訊いた。

「ああ、リキュールのことを言っているのか……おれはもう慣れた。この建物には蒸留酒の貯蔵庫がある。おれは久しくなにも感じない」

おかしい、とフーゴーは思った。なぜイレーネはこんな大事なことについてなにも言わなかったのか。彼の心のイレーネの姿は一変した。それもよいほうにではなく、悪いほうへと。いずれにせよ、このような建物に住まねばならないということは、彼女の評価を下げた。彼は彼女をこれまでよりも身近に感じるようになった。

アルフレートがベルを鳴らしているあいだ、フーゴーは扉の前から数歩下がっていた……「どこにいるんだ」と、アルフレートが訊いた、玄関に足を踏み入れながら、彼を探して。

彼らは暗い玄関ホールへと入った。

「おれの部屋へ上がってよ!」アルフレートが庭に面した小部屋に彼を案内した。壁には、針金格子《ごうし》の兜とその下に交叉するサーベルが架けられていた。その隣にはデューラの彩色自画像、「芸術の番人」[081]誌からの数枚のレプリカがかかっていた。ベッドの上には医学書が散らかっていた。「もうじき口頭試問〈医師国家試験での面接審査〉なんだ」と、アルフレートは説明し、隣室に向かって声をかけた。「イレーネ、きみにお客さまをお連れしたよ……」

ドアのしきいに、以前彼が見舞ったときと同じ、ベージュのナイトガウンを着た彼女が姿をあらわした。「フーゴーさん!」

彼は赤面した。「ぼくを許して……」

「そうおっしゃらないで……」彼女は笑い、にぎやかに彼に向かってきた。「もとに戻りましょう。すべてはもう終わったことですから……さあ、お入りになって、豚小屋のようにむさくるしいところですけれど……」

彼女は彼を、居間を通って、客間まで連れていった。実際、これらの部屋の明るい、ブルジョワ風の優雅さは、アルフレートのスパルタ風の居室とは好対照をなしていた……歩き出しながら、彼女は穏やかに彼に話しかけた。「いかがお過ごしでした……わたしは毎日、お便りをお待ちしてましたの。わたしたちも四日前にはプラハに戻りまして」

「ぼくもいろいろとやることがあって……心配ごとがあって」

「いつも心配ばかりしてらっしゃるのね」と、彼女は愉快そうに叫び、彼の鼻先で両手を叩いた。そのあいだ、彼女は鳥を追い払おうとでもしているかのように、「しっ」という破擦音を大きく響かせていた。「さあ、わたしの横にお座りになって」彼女は椅子をソファーの隣に引いてきた。

「まずはお祝いを言わせてもらえませんか……ようやくきょう、アルフレートさんから聞きました、というわけでまっすぐここに来たんです……ぼくはほんとうに心からうれしくて……」

顔を輝かせて彼女は彼の両手を取った。「うれしいびっくり……」

「あなたの幸福をお祈りします、あなたに考えられるかぎりの」と、彼女のやさしさに感激した彼は、温かく言った。

「存じてます。あなたはわたしのよき友人です。それにこれからもそう。さあ、教えて、お元気でお過ごしでしたの？」

彼女は彼の境遇を訊ねた！　驚き、ためらいつつ、彼は試験に合格し、晴れて七学年に進級できることをつたえた。[082]そう、彼もまた祝福されるべきなのだ……ようやく彼ら二人からそれぞれの不幸が取り除かれた、と。彼はしばらく、じぶんと彼女の境遇との比較をつづけようかと考えた。しかし、暗い過去をほじくり返すことは無礼だと思い、彼はその考えを押し殺した。「結婚式はいつに決まりました？　日取りはもう決定されたんですか？」と、彼は訊いた。

「わたしたちの結婚は十一月です」と、イレーネは息せき切って語った。「それからパリとロンドンに行きます。二人ともイタリアは存じておりますから、ハネムーンには退屈です。わたしが夫にロンドンを案内し、夫がわたしにパリを案内するんです。あの人はあすこで勉強しました。ですから、あの人がここのドクターとはまったくちがう立場から眼科学を理解していることを、あなたにも知っていただきたいわ。あの人はここにフランス式の研究所を設立予定ですの、その計画も教えてくれましたのよ……」愉快そうに彼女はしゃべりつづけた……フーゴーは、彼女の身に起こった変化に呆気にとられずにはいられなかった。彼女は十歳も若返ったように見えた。眼の下のくま、口角の不気味な引きつりも消えていて、両頬はふくよかさを増していた。全身も、ゆったりとしたナイトガウンに覆われていたものの、より健康になっているように見えた。

「これがあなたのご自宅なんですね」と、フーゴーは言った、彼女のきゃしゃな顔から視線を逸らしながら。「ここであなたの生活が営まれている……」

「わたしたちはニクラス通り（現ミクラーシュスカー通り。プラハの中心部、旧市街の中心にある）に住む予定ですの」と、彼女はつづけた。「ここよりも美しくしますわ。ウィーン工房デザインのモダンな家具をしつらえて。おしゃれに、よりおしゃれに、最もおしゃれに」彼女は子供のようにはしゃいだ。「新居《しんきょ》にはわたしの部屋をそっくりそのままもっていきます、それが花婿の望みなの。想像なすって、フーゴー。あの人はわたしに関係するもの、わたしが体験したものなら、どんなものも知りたがります、当たり前のことかしら」と、彼女はフーゴーの問いただしげなまなざしに気がついた。「あの人にはすべてを話しました……ご存知やもしれませんが、ヴィンターニッツはウィーンに転居しました……あの悪夢からもようやく永遠におさらば」彼女はさっと隣室に足を踏み入れると、ドアを開けた。「どうぞいらして」

彼女が熱く語った自室は、彼をいささか落胆させた。その部屋は窓が一枚しかない白壁の部屋で、飾りひだのついた花模様の布がかかった鏡台タンスが特に際立っていた。「とてもきれいですね」と、いささか困惑しながらフーゴーは褒めた。

彼女は構うことなく、数枚の絵画を指さした。ウォールシェルフには眼科学の書物が置かれていた。「アルフレートのところから拝借してきましたの」と、彼女は説明した。「花婿をびっくりさせてやろうと思って」それから、デスクの上にある、額縁に収められた大きな写真を指さした。「この人が何度も話してお聞かせしたフリーダ・シュヴァルツです。おとといからまたいい関係に戻って。わたしたちは和解しました」

さて、これで全部片づいた、とフーゴーは独り言ちた。すると、彼は少なからぬ安堵感に襲われた。彼はきょうまで、彼女のことを気にかけていなければならないという、一種の責任感につきまとわれていた。いまや、彼はこの仕事から解放され、タウベリスに嫉妬する代わりに、ドクターに感謝していることに気がつき、心から、ドクターの計画、イレーネの未来への成功と祝福を願うことができた……それに彼女の変わりぶりの鮮やかさといったら！　棘々しさはすっかり消えていて、幸福が彼女のよさを存分に発揮させていた。愛想よく彼女は皿から焼き菓子をさし出してきた。「わたしが作りましたの。自家製！　いまは料理学校に通っています……料理の愉快なことといったら」

彼らの話はつづいた。話題は共通の思い出、初対面の出会いにおよんだ。彼は気遣いながら、彼女がいまもときおり神経性の発作に襲われることがあるのかを訊ねた……一週間前からその痕跡はまったくない！　それから彼はポケットから小さな冊子を出した。「きょう購入しました……カントの『プロレゴメナ』[083]です。彼の著作のなかでは最も平易だと言われています。それにこんなに短い」彼は彼女の眼の前でページをめくった。「まとまった見識が数ページに詰まっている本は魅力的です」――彼女はこの冊子を手に取ると、そのなかをのぞきこんだが、テプリッツで彼らが交わした約束については、もう覚えていないようだった……彼は知り合いの消息を訊いた。ピトロフはいまだテプリッツに滞在中であり、結婚式がいよいよ来年に決まったにもかかわらず、純粋な愛から故郷に帰る決心がつかないでいる、とのことだった。そしてヌスバウムは？「あなたはそもそもあの男を愛していたんですか？」と、フーゴーは思いきって訊いてみた。イレーネは笑い飛ばした。「あの年寄りの役者！　これっぽっちも興味をもったことなどありません」――「それなら、あの人民集会はどうして！」「冷やかしです。アルフレートの口ぶりからあの男に対するデモのようななにかが起こるような気がしていましたから、気になって仕方なかっただけ。わたしはずっと、いつ、ことが始まるのやら、とどきどきしていただけです」

ポッパー氏とポッパー夫人が散歩を終え、姿をあらわした。彼らは丁重に彼に挨拶した。

彼が辞去しようとしたとき――彼は隣の部屋に昼食が整えられているのを見た――イレーネが叫んだ。「いけません。ここにいらして、あなたはお客さまなんですから……」彼女の言葉にあらがったが、彼の分はすでに用意されていた。「どうぞご覧になって、六人分、わたしの花婿もここで食事をします、きっと楽しい食事になります……」この外観に彼は逆らうことができなかった。

これまで一度も気づいたことのなかったなんとも無害な居心地のよい響きが、彼女の語りに浸透していた。これが、彼女が適応しようと工夫を凝らし、精力を注いでいた、彼女の選んだ男の影響だった、あるいは、数々の重たい試練が抑圧していた、ほんらいの彼女の姿だった？　いまの彼女は、少しやかましくはあるが、ほんとうのところは落ち着きのあるこの家族に素晴らしくなじんでいた。「これはこれは、腹が減って飢え死にするところでしたな」と、父親が叫んだ。「仕事で疲れた商売人に情けは不要……いやはや、いつまでも仕事仕事できりがない」と、ナプキンを胸にかけながら、フーゴーのほうを向いた。

ベルが鳴った。イレーネがさっと部屋を出て、ドクター・タウベリスに身をぴたりと預けて戻ってきた。「勘弁してさしあげて」と、イレーネが叫んだ。「この人にはやることがとにかくたくさんありまして」タウベリスはうなずいた。それから彼女は、椅子から立ち上がったフーゴーを、指さして言った。「この家の古くからの友人で……」

二人の婚約者は熱く惚れ合っていた。たまにはなにか食べたらどうだ、と彼らを諭《さと》さなければならないくらいだった。二人の愛が熱く燃え過ぎているから、消防に電報を打たなきゃな、とアルフレートが言った。ドクターが彼女の指先に口づけをすると、彼女は彼の両手をさすった。

フーゴーがなにかの野菜を識別できないでいると、彼女が「あなたも近視じゃないかしら」と、フーゴーのほうを向いた。「この会社の名前はお読みになれる？」彼女は窓の向こうに建っている建物を指さした。「一度、わたしの花婿の診察をお受けになって……」

「それを宣伝というんじゃ」と、父親が笑いながら言った。タウベリスは幸せそうだった。「ええ、わたしの妻は助言と行動でわたしを助けてくれるでしょう、それがもう眼に見えるようで……イレーネ！」フーゴーは落ち着かなかった、なぜなら、彼女が彼の隣で立ち上がったから。

「ちょっと出てきます……コーヒーの準備ができたかどうか、見て参ります」

彼女が戻ってくると、フーゴーはワイングラスを掲げた。「新郎新婦、万歳……」こんな幸福に関わることができるのは、まるで夢のようだ、と彼は思った。

それから、ようやく夕方近くになって陽気な集いを辞去すると、彼はグラーベン〔現ナ・プシーコピェ通り。プラハの中心部、ヴァーツラフ広場をはさんで、オープスト街（既出）の反対側に位置し、旧、新市街の境界をなす〕へと急いだ。すっかり重荷から解放され、彼はじぶんの心が変わってしまったような気がした。学校への突然の憧れ、激しい知識欲、もっと正確に言うと、なにかに没頭したいという気持ちに、彼はとらわれた。彼は学友を探し、会った。突然に、彼は学友に近づいたのを感じた、少年のなかにいる少年として。「今年はどの教授の授業を受けよう？」学友たちは教授陣の名前を挙げた。彼はそれを中断した。「なんだ、この教授は良ばっかりつける――この先生はおもしろいよ――この教授の試験はひどい……」彼らは、二年後の卒業試験を終えたのちに開かれる祝宴のための基金を設立することについて、協議をした。彼らは今年もすでにあちこちで祝宴を開こうとし、もちろん、そのなかの数人かは学生結社と交わることに夢中になっていた……フーゴーはノートとペンを買い、学友と通りを行進して、彼らから休暇の報告を集め、彼自ら朗読した。それから彼は書店と古書店に出かけ、大量の教科書を注文し、必要だと思ったものはその場で手に取り、帰宅途中でも構わず、そのページをめくった。不可思議な行間が見つかれば思いにふけり、固唾《かたず》を呑みながら、そのページにとどまったままで。いつかすべてが解明されますように、と願いながら。「あしたまた学校で」と、彼は叫んだ。「どの席に座る？」――「三列目に座る、この席がベストだから。前の席はまじめだと思われる、それでも、最前列と二列目よりは適当にやり過ごせる」――「きみの隣に座る――」「教授がぼくたちを離れ離れに座らせなきゃいいんだが……」

疲れてベッドで横になっていると、彼はすぐに、さわやかな深い眠りに落ちていった。

さあ、お眠り、わが少年、小さなフーゴーよ。おやすみ、わが寵児。しっかり休んで、そしてそれから成熟し、たくましくおなり、きみが人生を始めるまで、まだもうちょっと大きくおなり。もうしばらくは子供のままでいい、これがわたしからのアドバイス……

発明はひとまず置いておき、それよりまじめに物理学を学ぶがいい。女の子はひとまず置いておき、それよりも年齢を重ねるがいい、そうすれば、彼女たちがきみを放っておかない。きみがこれまでに試みてきたことはみんな、早過ぎた。きみの見解に倣うんなら、早熟にして、寄り道だった。花より先に果実を望んじゃいけない、これが世界の法則だ。この法則に慣れねばなるまい、わが怒濤《どとう》の友よ！　しかし、だからといってすぐに絶望する必要はないさ、絶望などもってのほか！　まずは学び、それから発明をするがいい。まずはともかく、きちんと周囲をよくご覧、それから時間をお取り。そのあかつきにはきみにふさわしい女の子がきっと見つかる、きみを幸福にしてくれる、光り、輝くような愛が……最後に、わが想いをつたえよう。完全で堅実なものがきみからきっと生まれる、わが愛しの小さな少年よ。かつてきみが思い描いていたように、大臣たちが控えの間できみを待っている、というふうにはならなくとも、きみはきっと、世間の耳目を集め、世間の役に立つような、なにかを成し遂げる。わたしは心からそう確信している。きみもそう確信しているがいい。倦《う》むことなく励み、闘うがよい、きみの気高く熱い心が望むままに、前を見よ！　そして最後にもう一言。幸運を祈る！

# あとがき　一九一八年

わたしは自身の散文小説集に小説『ユダヤ人の女たち』も収録することにした。この決断にはちょっとした説明が求められることであろう。通例、選集に収録される巻の順序は明らかに、執筆者の魂の遍歴にしたがっているからだ。まさしくこの「魂の開花」という目的のためには、本作『ユダヤ人の女たち』は、そう見えている通り、採録されるべきではなかったかもしれない。というのも、（一般にも採録されるべきでないと思われているだろうし、わたし自身も数年間にわたって採録されるべきでないと確信していた通り）この作品はわたしの遍歴の途にはまったく沿っていないからである。本作は逸脱であり、既刊の小説『ノルネピュゲ城』[084]を発表したのち、時代遅れの手法、初期の著作において克服されたはずの不可解な弱さ（と批評された）への後退であり、誤りだった。批評は表現主義といった用語が存在するよりはるか以前に書かれたものであったにしても……

『ノルネピュゲ』の発表で注目されたのちも、わたしが引きつづきそれに同調していたとしたら、作家としてのわたしの肖像は面倒なものにはなっていなかっただろうし、一義的で平易なものであっただろう。成功するための条件の本質は、概観と分類のしやすさ以外にはないからだ。

この成功をわたしは棒にふった。わたしには成功は不可能だっただけでなく、そもそも成功を望んでいなかった。『ノルネピュゲ』につづいて『ユダヤ人の女たち』を発表したからといって、わたしが首尾一貫していないと責める人々は、わたしを文学的にとらえ過ぎている。実際のところ、わたしが首尾一貫していないというのは、まったく別の理由によっていた。わたしは首尾一貫しているべきだという態度をすっかり放棄していた。しかし（わたしが新たに認識したことであるが）これは当然の成り行きだった。当時のわたしにわかっていなかっただけのことだった。わたしの行為は無意識のうちに、知らず知らずのうちに駆り立てられたものだった。いまのわたしはこの事実をこう理解している。『ノルネピュゲ城』でわたしは、主人公の人格を借り、この世にもあの世にも居場所のない、超然主義者の世界から、わたし自身を創造した。それを引き継ぎ、記憶に残り、読まれるに足る続編はそもそも可能だっただろうか？　小説の終わりは自殺しかなかった、小説のこのような結末につづくのは、似たような結末で終わる、似たような小説しかなかった？　わたしは考えに考えた。自殺は自己否定であり、こうした結晶の形式において生きつづけることを不可能にする。わたしは再度、改めて最初から始めなければならなかった。最大のものが崩壊し、溶解していくのを眼のあたりにしながら、そこに残され、無言で小さな礎石を積み上げている、ささやかな諸価値を探し求めること。回顧してみると、わたしにはこの隘路《あいろ》を通る以外、遠くにたどり着くすべがなかったのではないかと思えてくる。

自意識の遍歴では、短い距離しか到達しない。自意識の行程以外はなにもかもが夢である。

M. B.

## 註

001――通貨単位。オーストリア＝ハンガリー・クローネ。流通期間は一八九二－一九一八年。

002――ドイツ語圏における公立学校の一種。この課程修了をもって、大学入学資格が与えられる。古典語ギムナジウムと称された通り、ギリシャ語とラテン語の修得が重視された。

003――もともとは射撃の演習場だった。テプリッツ（後述）のそれは一八九八年の改装以降、社交場としても利用された。第二次世界大戦後、チェコスロヴァキア共和国政府の管理下で取り壊され、現存していない。

004――テプリッツ市内の名所。「王の丘陵」の意。テプリッツについては註005を参照。

005――現チェコ共和国のテプリツェ市。ドイツ国境に近く、ドレスデンから南に約五〇キロメートルの位置にある。オーストリア＝ハンガリー帝国を経て、第一次世界大戦後にチェコスロヴァキア共和国領となった。帝政期には、ドイツ人がチェコ人を上回っており、民族対立の前線だった。温泉保養地としても有名。

006――現チェコのロウニ郡。テプリッツから南西に約二〇キロメートルの場所にある。

007――現チェコのコリーン市。プラハから東に約六〇キロメートルの位置にある。コリーンには、プラハを除くボヘミアの市で、最も古く、最も規模の大きなユダヤ人の信徒共同体があった。

008――プラハ市内に位置するヴルタヴァ川の中州。市民の保養地。チェコ語ではシュトヴァニツェ。

009――プラハ市内の地区名。ヘッツ島の南対岸にある。チェコ語ではカルリーン。一九一一年当時はプラハに隣接する郊外都市だった。

010――シンボルカラーの制服を着た大学生の意。プラハ大学は一八八二年以降、ドイツ語とチェコ語の二部門に分割されていた。大学生は民族帰属を表明するため、それを象徴する色の制服を着用し、街頭でデモ行進をした。この学生はドイツ民族主義結社に所属する大学生である。

011――十九世紀末から第一次大戦期にかけて公園など屋外公共空間に盛んに設置された。温度計、気圧計、湿度計、時計などの機能を備えていて、散歩者は気象データを知ることができた。

012――通貨単位。オーストリア＝ハンガリー・グルデン。流通期間は一八六七–九二年。クローネに置き換えられたが、廃止後も前世紀転換期ごろまで使用されていた。

013――ハインリヒ・ラーマン（Heinrich Lahmann 一八六〇–一九〇五）はブレーメン生まれのドイツ人医師、自然療法家。入浴、体操、日光浴、採食療法からなる自然治療を提唱した。一八九四年にドレスデン近郊のラーデベルクにてサナトリウムを開業。イレーネはラーマンの死後、このサナトリウムに滞在していたことと解される。関連施設はラーマン公園として現存。

014――ユダヤ教徒には服喪期間に故人を偲んで自らの衣服を切り裂く習慣がある。

015――劇作家オスカー・ワイルド（Oscar Wilde 一八五四–一九〇〇）のこと。小説『ドリアン・グレイの肖像』で有名。

016――口ひげ、いわゆるカイゼルひげの形を整えるために口もとにかぶせる容器。

017――チェコとドイツの国境エルツ山脈を構成する山の一つ。エルツ山脈はスズを産出した。十六世紀、鉱山労働者に時間を告げるため、その頂上に鐘楼が立てられた。鐘楼と山小屋はのちに観光客向けの展望台となった。「蚊の塔」の意。

018――辞書的な意では「隠語」。ここでは、ユダヤ人がヘブライ語、チェコ語の語彙を混ぜて用いる、崩れたドイツ語、イディッシュ語ふうのドイツ語の意。

019――石像彫刻家（Matthias Bernhard Braun 一六八四–一七三八）。テプリッツの三位一体像はその代表作として有名。プラハのカレル橋の石像にもブラウンの作がある。

020――十九世紀前半のドイツ語圏で流行した芸術様式。革命に挫折した経験から、理念や社会問題よりも家庭生活の安定性などを重視した。小市民様式とも称される。

021――ドイツ、ベルリン生まれの女性運動、社会運動家（Alice Salomon 一八七二–一九四八）。ベルリン大学で国民経済を学び、一九〇六年に哲学博士の学位を取得。一九〇八年十月、ベルリン郊外のシェーネフェルトに婦人学校を設立し、教育活動を始めた。アリス・ザロモン大学として現在も学生を募集している。

022――女性がコルセットで体を締めつける必要がないように考案された、ゆったりとしたドレス。二十世紀初頭に流行した。当時、女性のズボン姿は一般的ではなかった。

023――オーストリア＝ハンガリー帝国では、一九〇七年に普通選挙が開始された。選挙権の対象は、国籍を所有する二十四歳以上の男性。女性に選挙権が与えられるのは、一九一八年、ドイツ＝オーストリア共和国が発足してからのことである。

024――フランス、リール生まれ、ベル・エポック期の歌手（Liane

de Vries 一八六五－一九一二)。前世紀転換期には欧州だけでなく、新大陸の劇場にも出演していた。

025――アメリカ、ニューアーク生まれ、前衛舞踏家、振付師、教育者(Ruth St. Denis 一八七九－一九六八)。インドから着想を得た舞踏《ラーダー――五つの香煙の神秘的な踊り》、《香煙》、《コブラ》(一九〇六)は、とりわけドイツで文化人から高く評価された。本作の九章「蛇の踊り」は、ルート・セント・デニスの《コブラ》の踊りから採られたと推測できる。

026――詳細不明。

027――学識ある女、女性運動家。

028――フランスの小説家(George Sand 一八〇四－七六)。奔放な恋愛遍歴の持ち主、女性運動家として有名。

029――「Kegel」九柱戯と訳される。ピン九本を菱形に配置する。ボウリングはピン十本を三角形に配置する。本稿では読みやすさを優先し、ボウリングの訳語で統一した。

030――ユダヤ人をユダヤ教徒としてだけでなく、諸民族と対等な存在として理解しようとするユダヤ人のナショナリズム。多民族国家オーストリア＝ハンガリー帝国のシオニズムは、ユダヤ人をドイツ人、チェコ人ほか諸民族と対等な権利をもつ公民にすることを通じて、民族連合に参加することを企図していた。一次大戦での帝国の敗戦により、帝国は解体され、民族連合への加盟と自治というシオニズムの将来構想は夢と消えた。

031――南ドイツ、オーストリア、スイスで使われていた少額貨幣。オーストリアでは一八五七年に廃止されていたが、前世紀転換期ごろまで使用されていた。

032――現代でもよく読まれている、ドイツの冒険小説家(Karl Friedrich May 一八四二－一九一二)。

033――アルバニア語でアルバニア人の意。

034――マイの小説『ヴィネトゥの冒険――アパッチの若き勇者』(上下巻、山口四郎訳、筑摩書房、二〇〇三)の主人公。

035――三作ともマイの冒険小説。

036――カール・マイはドレスデン郊外のラーデボイルに豪邸を購入し、一八九六年からそこに住んでいた。この豪邸はカール・マイ博物館として現存。

037――木製ラケットを保管するのに使う木枠のこと。木製ラケットは木枠にはさんでおかないと、ガットの張力により、反って変形してしまった。

038――「Chutzpe」イディッシュ語。良家の子女という設定の登場人物から隠語が発せられている。この例からは当時のユダヤ人によるドイツ語使用の一端が垣間見られ、非常に興味深い。

039――当時の流行歌のタイトル。歌い手はオーストリアのテノール歌手アレクサンダー・ジラルディ（一八五〇－一九一八）。グラーツに生まれ、ウィーンの劇場で活躍した。

040――九柱戯のルールの一つと解される。詳細不明。

041――フランツ・レハール（一八七〇－一九四八）作曲のオペレッタ。一九〇九年初演。

042――すでにフーゴーは十七歳になったという記述があった。十六歳は十七歳の誤表記であろう。

043――エルナン・コルテス（一四八五－一五四七）。アステカ王国を侵略した。

044――ボヘミアンには、ボヘミア人、それから転用されて世界的に普及した芸術家気取りを指すボヘミアンという二つの意がある。ボヘミア王国生まれ、在住のフーゴーは生粋のボヘミア人。

045――梅毒（Syphilis）。標準発音は「ジューフィリス」であるが、イレーネは誤って「ジュフィーリス」と発音した。

046――イレーネはベルリンで社会運動家アリス・ザロモンの講義を受けていた。

047――ドイツ語作家、詩人（Johann Gottfried Seume 一七六三－一八一〇）。代表作『シラクサ散策』。テプリッツで歿した。

048――ゲーテは一八一〇年、はじめてテプリッツを訪問し、このホテルに滞在した。ホテルはのちにゲーテの定宿となった。

049――ゲーテの陽気な詩。一八一三年の作。教会の鐘が日曜礼拝に行こうとしない子供を追いかける。

050――「情熱」の意。イレーネは慣習に逆らい、「パトス」と読んだ。

051――プラハで発行されていたドイツ語の日刊新聞（一八七六－一九三九）。

052――自身を食品に喩え、賞味期限を逃し、酸化が進んで食べられなくなった、と未婚である自身の境遇を自虐している。

053――「praematurus」ラテン語。

054――「Amor praematurus」ラテン語。

055――「S'il te plait, n' excite-toi pas」、「興奮しないで』の意のフランス語だが、toi の位置が誤り。

056――「Ne t'excite pas」、「興奮しないで」の意のフランス語。

057――テプリッツ＝アイヒヴァルト間を結ぶ併用軌道は一八九五年に開通。二次大戦後、この軌道は共和国政府の管理下でトロリーバス転換され、現存していない。

058――チェコのヴァイオリニスト、作曲家、指揮者（Ludwig Slansky 一八三八－一九〇五）。プラハのドイツ劇場でワーグナー歌劇の初演を実現させたほか、アドルフ・チェフ、スメタナと交替でオーケストラを指揮した。

059――ウィーン生まれのソプラノ歌手（Marie von Moser-Steinitz 一八四七－一九一一）。旧姓モーザー。将校エドゥアルト・フォン・シュタイニッツとの結婚後、複合姓を名乗った。ワーグナーからバイロイトでの出演を打診されるものの、夫の配置換えのため、プラハに移り、ドイツ劇場で活躍した。

060——インド＝ヨーロッパ語族の総称。それに対置される人種がセム人、つまり、ユダヤ人。アルフレートはユダヤ人でありながら、ドイツ民族主義、反ユダヤ主義的な結社の一員である。

061——ウィーン生まれのオーストリアの哲学者（Otto Weininger 一八八〇－一九〇三）。代表作は『性と性格』。

062——娼館通い。

063——オーストリア＝ハンガリー帝国におけるドイツ人の権益を確保し、最終的にドイツ帝国との合併を通じて、統一されたドイツ人国家を建設しようとする立場。のちにナチスドイツはズデーテン地方とオーストリア併合を通じて、アルフレートの理想を実現させようとした。

064——楽劇《ラインの黄金》（一八六九年初演）第四場でホルンによって奏でられる。

065——楽劇《ジークフリート》（一八七六年初演）第二場に挿入されているホルンの独奏。しばしばホルン奏者によって単独でも演奏される。

066——パラレリズム。聴衆に強い印象を与える目的で、同じ内容、構文を繰り返し用いる方法。

067——反語とも。話し手が自身の見解を強調するために使う疑問文。例「さっき言いませんでしたか？（＝さっき言ったはずです）」など。

068——ウィーン生まれのオーストリアの政治家（Paul Hock 一八五七－一九二四）。一九〇七年の普通選挙でオーストリア帝国国会に当選。ユダヤ人をユダヤ教徒と見なす立場を取り、ユダヤ人をドイツ人、チェコ人と対等の存在であると主張するシオニズムに反対した。

069——オーストリアのドイツ人にとって国外のドイツ人、すなわち、ドイツ帝国のドイツ人。

070——北欧神話の主神。ワーグナーはそれをもとに四部作《ニーベルングの指輪》を作曲した。既出の《ラインの黄金》、《ジークフリート》は四部作のうちの一つ。アルフレートの描写から、ドイツ民族主義はワーグナー音楽にドイツの象徴としての役割を見出していたことがわかる。

071——ワッフル生地にチョコレートでコーティングを施し、それを数層に重ねた菓子。ピッシンガーはオーストリアの菓子メーカーとして現存。

072——『ファウスト　第一部』に登場するマルガレーテの髪型。髪をお下げに編み、頭の上で丸くまとめる。

073——チェコ語でのオルガの愛称であろう。ドイツ語に対するチェコ語の影響を指摘できる。言語接触の事例として興味深い。

074——イディッシュ語訛り、あるいは、チェコ語訛りと解される。

075——現チェコのリベレツ市。テプリッツから東に約九十キロメートルの位置、ドイツ、ポーランドとの国境付近にある。一次大戦前はテプリッツ同様、ドイツ人が多数派を占めていた。この地名には、オルガのドイツ語はそれほどチェコ語風ではない、というフーゴーの反論がこめられている。

076——「テレージアのスパ・リゾート」の意。一八七〇年開業。滞在型の温泉保養施設として現存。

077——「ドゥビー処女懐胎教会」と解される。一九〇六年十月二十一日に教会開基が祝われた。教会は現存。フーゴーらが教会を訪問したのは、竣工数年後のこと。

078——有名なレストランと推測されるが、現存しているかどうか等の特定はできなかった。

079——舞台演出家マックス・ラインハルト（Max Reinhardt 一八七三－一九四三）のこと。ラインハルトは一九〇五年、ベルリンでシェイクスピアによる脚本《真夏の夜の夢》の演出を手がけるにあたって、回転舞台を使用した。この発言からは、回転舞台装置が当時の人々のあいだで評判になっていたことが読み取れる。

080——ムーア人は黒人。「目標を達成するまでは利用する価値のある他人」の意。シラーの戯曲『フィエスコの叛乱』（一七八三）から引用され、使われるようになった慣用表現。姉はドクターに近づくために弟を必要とした。ドクターとの婚約を成立させると、姉にとって弟は不要になった。アルフレートは自身の境遇を自虐的に表現した。

081——ドイツの文芸評論誌（一八九四－一九三七）。一次大戦期まで学生、学校教員を中心に、大きな影響力があった。

082——冒頭でフーゴーは実科ギムナジウムの七年生であると自己紹介していた。終章での展開を踏まえると、フーゴーは六年から七年生にいたる夏休みをテプリッツで過ごしたということになる。

083——哲学者イマヌエル・カント（Immanuel Kant 一七二四－一八〇四）の著作（一七八三）。

084——『ノルネピュゲ城——超然主義者の小説』はブロートの初めての長編小説（一九〇八年）。発表当時のブロートは表現主義の強い影響下にあった。

# マックス・ブロート［1884–1968］年譜

▼——世界史の事項　●——文化史・文学史を中心とする事項　**太字ゴチの作家**『**タイトル**』——〈ルリユール叢書〉の既刊・続刊予定の書籍です

## 一八八四年

五月二十七日、マックス・ブロートは父親アドルフ・ブロート（Adolf Brod 一八五四－一九三三）とその妻ファニー・旧姓ローゼンフェルト（Fanny 一八五九－一九三一）のあいだに生まれる（出生地は、オーストリア＝ハンガリー帝国ボヘミア王国首都プラハ、旧ユダヤ人地区、ハシュタルスカー通り四十一番地［現存、現在は番地が変更され、ハシュタルスカー二十五番地］）

▼アフリカ分割をめぐるベルリン会議開催（～八五）［欧］▼甲申の変［朝鮮］●ブラームス《交響曲第4番ホ短調》（～八五）［独］●ウォーターマン、万年筆を発明［米］●マーク・トウェイン『ハックルベリー・フィンの冒険』［米］●バーナード・ショー、〈フェビアン協会〉創設に参加［英］●**ヴェルレーヌ『呪われた詩人たち』**、『往時と近年』［仏］●ユイスマンス『さかしま』［仏］●エコゥト『ケルメス』［白］●A・ジロー『月に憑かれたピエロ』［白］●アラス『裁判官夫人』［西］●R・デ・カストロ『サール川の畔にて』［西］●ペレス＝ガルドス『トルメント』、『ブリンガス夫人』［西］●シェンキェーヴィチ『火と剣によって』［ポーランド］●カラジャーレ『失われた手紙』［ルーマニア］●ビョルンソン『港に町に旗はひるがえる』［ノルウェー］●三遊亭円朝『牡丹燈籠』［日］

一八八八年［四歳］

弟オットー誕生。

このころ、背骨が変形する脊椎後弯を発症（当時は不治の病とされた）。母親ファニーは息子の治療に奔走。アウクスブルク近郊のゲッギンゲンにて治療施設を開業していた義肢装具士フリードリヒ・ヘッシングの治療を受ける。ヘッシングの考案した脊椎矯正装具は、ヘッシング・コルセットとして知られる。以降、ギムナジウム通学期までコルセットの着用をよぎなくされた。

▼ヴィルヘルム二世即位（～一九一八）［独］●ニーチェ『この人を見よ』、『反キリスト者』［独］●シュトルム『白馬の騎者』［独］●フォンターネ『迷い、もつれ』［独］●ベラミー『顧りみれば』［米］●H・ジェイムズ『アスパンの恋文』［米］●ヴェルレーヌ『愛』［仏］●ドビュッシー《二つのアラベスク》［仏］●ロダン《カレーの市民》［仏］●デュジャルダン『月桂樹は伐られた』［仏］●バレス『蛮族の眼の下』［仏］●ペレス＝ガルドス『ニャオ』［西］●E・デ・ケイロース『マイア家の人々』［ポルトガル］●ストリンドバリ『痴人の告白』（仏版）、『令嬢ジュリー』［スウェーデン］●**ヌシッチ『不審人物』**［セルビア］●チェーホフ『曠野』、『ともしび』［露］●ダリオ『青……』［ニカラグア］

一八九〇年［六歳］

ピアリスト会士国民学校入学。授業言語はドイツ語。

▼フロンティアの消滅［米］▼普通選挙法成立［西］▼第一回帝国議会開会［日］●ゲオルゲ『讃歌』［ドイツ］●フォンターネ『シュティーネ』［独］●W・ジェイムズ『心理学原理』［米］●H・ジェイムズ『悲劇の女神』［米］●ショパン『過ち』［米］●ハウエルズ『新しい運命の浮沈』［米］●J・G・フレイザー『金枝篇』（～一九一五）［英］●W・モリス、ケルムコット・プレスを設立［英］●ウィリアム・ブース『最暗黒の英国とその出路』［英］●L・ハーン『ユーマ』、『仏領西インドの二年間』［英］●ドビュッシー《ベルガマスク組曲》［仏］●ヴェルレーヌ『献辞集』［仏］●ヴィリエ・ド・リラダン『アクセル』［仏］●クローデル『黄金の頭』［仏］●ゾラ『獣人』［仏］●ブリュンチエール『文学史におけるジャンルの進化』［仏］●ギュイヨー『社会学的見地から見た芸術』［仏］●ズヴェーヴォ『ベルポッジョ街の殺人』［伊］●ペレス＝ガルドス『アンヘル・ゲーラ』［西］●ヴェラーレン『黒い炬火』［白］●プルス『人形』［ポーランド］●イプセン『ヘッダ・ガブラー』［ノルウェー］●ハムスン『飢え』［ノルウェー］●森鷗外『舞姫』［日］

## 一八九二年［八歳］

妹ゾフィー誕生。

▼メキシコ、カリフォルニア、アリゾナで地震被害［北米］▼パナマ運河疑獄事件［仏］●〈ミュンヘン分離派〉結成［独］●S・ゲオルゲ、文芸雑誌「芸術草紙」を発刊（～一九一九）、『アルガバル』［独］●フォンターネ『イェニー・トライベル夫人』［独］●G・ハウプトマン『同僚クランプトン』［独］●ヴェルレーヌ『私的典礼』［仏］●ブールジェ『コスモポリス』［仏］●シュオッブ『黄金仮面の王』［仏］●メーテルランク『ペレアスとメリザンド』［白］●ロデンバック『死都ブリュージュ』［白］

●ズヴェーヴォ『ある生涯』〔伊〕●ダヌンツィオ『罪なき者』〔伊〕●ペレス＝ガルドス『トゥリスターナ』〔西〕●ノブレ『ひとりぼっち』〔ポルトガル〕●ガルボルグ『平安』〔ノルウェー〕●アイルランド文芸協会設立、ダブリンに国民文芸協会発足〔愛〕●チャイコフスキー《くるみ割り人形》〔露〕●ゴーリキー『マカール・チュドラー』〔露〕●カサル『雪』〔キューバ〕
●森鷗外訳アンデルセン『即興詩人』〔日〕

## 一八九四年〔十歳〕

シュテファン街ギムナジウム（通称シュテファン・ギムナジウム）入学。授業言語はドイツ語。

▼二月、グリニッジ天文台爆破未遂事件〔英〕▼ドレフュス事件〔仏〕▼日清戦争（〜九五）〔中・日〕●フォンターネ『エフィ・ブリースト』（〜九五）〔独〕●「イエロー・ブック」誌創刊〔英〕●キップリング『ジャングル・ブック』〔英〕●ハーディ『人生の小さな皮肉』〔英〕●L・ハーン『知られぬ日本の面影』〔英〕●ドビュッシー《「牧神の午後」への前奏曲》〔仏〕●ヴェルレーヌ『陰府で』、『エピグラム集』〔仏〕●**マラルメ『音楽と文芸』**〔仏〕●**ゾラ『ルルド』**〔仏〕●P・ルイス『ビリチスの歌』〔仏〕●ルナール『にんじん』〔仏〕●フランス『赤い百合』、『エピキュールの園』〔仏〕●ダヌンツィオ『死の勝利』〔伊〕●ペレス＝ガルドス『煉獄のトルケマーダ』〔西〕●ミュシャ《ジスモンダ》〔チェコ〕●イラーセック『チェコ古代伝説』〔チェコ〕●ペレツ『初祭のための小冊子』（〜九六）〔ポーランド〕●ジョージ・ムーア『エスター・ウォーターズ』〔愛〕●バーリモント『北国の空の下で』〔露〕●ショレム・アレイヘム『牛乳屋テヴィエ』（〜一九一四）〔イディッシュ〕●シルバ『夜想曲』〔コロンビア〕●ターレボフ『アフマドの書』〔イラン〕

一九〇二年［十八歳］
七月、高校卒業資格取得。
カール・フェルディナント大学（プラハ大学）ドイツ語部門法学部に入学。
十月二十三日、フランツ・カフカとの出会い。ブロートは学生団体「プラハのドイツ人学生読書講演ホール」の集会で、哲学者アルトゥア・ショーペンハウアーについて講演した。その終了後、カフカはブロートを自宅まで付き添って送る。カフカの死去までつづく友情の始まり。

▼独・墺・スイス共通のドイツ語正書法施行［欧］▼ロックフェラー、全米の石油の九〇％を独占［米］▼日英同盟締結［英・日］▼コンゴ分割［仏］▼アルフォンソ十三世親政開始［西］▼キューバ共和国独立［米・西・キューバ］●スティーグリッツ、〈フォト・セセッション〉を結成［米］●W・ジェイムズ『宗教的経験の諸相』［米］●H・ジェイムズ『密林の獣』、『鳩の翼』［米］●J・A・ホブソン『帝国主義論』［英］●「タイムズ文芸付録」刊行開始［英］●ドイル『バスカヴィル家の犬』［英］●L・ハーン『骨董』［英］●ベネット『グランド・バビロン・ホテル』［英］●ジャリ『超男性』［仏］●ジッド『背徳者』［仏］●ロラント・ホルスト＝ファン・デル・スハルク『新生』［蘭］●クローチェ『表現の科学および一般言語学としての美学』［伊］●ウナムーノ『愛と教育』［西］●バローハ『完成の道』［西］●バリェ＝インクラン『四季のソナタ』（～〇五）［西］●アソリン『意志』［西］●ブラスコ＝イバニェス『葦と泥』［西］●ペレス＝ガルドス『一八四八年の騒動』、『ナルバエス将軍』［西］●リルケ『形象詩集』［墺］●シュニッツラー『ギリシアの踊り子』［墺］●ホフマンスタール『チャンドス卿の手紙』［墺］

●モムゼン、ノーベル文学賞受賞〔独〕●インゼル書店創業〔独〕●ツァンカル『断崖にて』〔スロヴェニア〕●レーニン『何をなすべきか？』〔露〕●ゴーリキー『小市民』、《どん底》初演〔露〕●アンドレーエフ『深淵』〔露〕●クーニャ『奥地の反乱』〔ブラジル〕●アポストル『わが民族』〔フィリピン〕

## 一九〇六年〔二十二歳〕

短編小説集『死者に死を！ *Tod den Toten!*』（A・ユンカー社）刊行。

▼サンフランシスコ地震〔米〕▼一月、イギリスの労働代表委員会、労働党と改称。八月、英露協商締結（三国協商が成立）〔英〕●ヘッセ『車輪の下』〔独〕●モルゲンシュテルン『メランコリー』〔独〕●ロンドン『白い牙』〔米〕●ビアス『冷笑家用語集』（一一年、『悪魔の辞典』に改題）〔米〕●ゴールズワージー『財産家』〔英〕●ロマン・ロラン『ミケランジェロ』〔仏〕●J・ロマン『更生の町』〔仏〕●クローデル『真昼に分かつ』〔仏〕●シュピッテラー『イマーゴ』〔スイス〕●カルドゥッチ、ノーベル文学賞受賞〔伊〕●ダヌンツィオ『愛にもまして』〔伊〕●ペレス＝ガルドス『ヌマンシア号の世界一周』、『プリム将軍』〔西〕●ドールス『語録』〔西〕●ムージル『寄宿者テルレスの惑い』〔墺〕●H・バング『祖国のない人々』〔デンマーク〕●ビョルンソン『マリイ』〔ノルウェー〕●ルゴーネス『不思議な力』〔アルゼンチン〕●ターレボフ『人生の諸問題』〔イラン〕●島崎藤村『破戒』〔日〕●内田魯庵訳トルストイ『復活』〔日〕●岡倉天心『茶の本』〔日〕

一九〇七年［二十三歳］

五月、法務博士の学位取得。

公務員として郵政事務所に就職。

妻となるエルザ・タウスィヒ（Elsa Taussig　一八八三－一九四二）を知る。

短編小説集『実験 *Experimente*』（ユンカー社）、詩集『愛する男の道 *Der Weg des Verliebten*』（ユンカー社）刊行。

▼英仏露三国協商成立［欧］▼第二回ハーグ平和会議［欧］●S・ゲオルゲ『第七の輪』［独］●ロンドン『道』［米］●W・ジェイムズ『プラグマティズム』［米］●キップリング、ノーベル文学賞受賞［英］●コンラッド『密偵』［英］●シング《西の国のプレイボーイ》初演［英］●E・M・フォースター『ロンゲスト・ジャーニー』［英］●R・ヴァルザー『タンナー兄弟姉妹』［スイス］●グラッセ社設立［仏］●ベルクソン『創造的進化』［仏］●クローデル『東方の認識』、『詩法』［仏］●コレット『感傷的な隠れ住まい』［仏］●デュアメル『伝説、戦闘』［仏］●ピカソ《アヴィニヨンの娘たち》［西］●A・マチャード『孤独、回廊、その他の詩』［西］●バリェ＝インクラン『紋章の鷲』［西］●ペレス＝ガルドス『悲しき運命の女王』［西］●リルケ『新詩集』（～〇八）［墺］●レンジェル・メニヘールト《偉大な領主》上演［ハンガリー］●ストリンドバリ『青の書』（～一二）［スウェーデン］●ペレツ『旧市場の夜』［イディッシュ］●アッシュ『復讐の神』［イディッシュ］●M・アスエラ『マリア・ルイサ』［メキシコ］●夏目漱石『文学論』［日］

一九〇八年〔三十四歳〕

小説『ノルネピュゲ城 *Schloß Nornepygge*』（ユンカー社）、小説『没落 *Der Untergang*』（A・ハーゼ社）刊行。

▼優生教育協会発足〔英〕▼ブルガリア独立宣言〔ブルガリア〕●ヴォリンガー『抽象と感情移入』〔独〕●オイケン、ノーベル文学賞受賞〔独〕●フォードT型車登場〔米〕●ロンドン『鉄の踵』〔米〕●モンゴメリー『赤毛のアン』〔カナダ〕●F・M・フォード「イングリッシュ・レヴュー」創刊〔英〕●A・ベネット『老妻物語』〔英〕●チェスタトン『正統とは何か』、『木曜日の男』〔英〕●フォースター『眺めのいい部屋』〔英〕●ドビュッシー《子供の領分》〔仏〕●ラヴェル《マ・メール・ロワ》（～一〇）〔仏〕●ソレル『暴力論』〔仏〕●ガストン・ガリマール、ジッドと文学雑誌「NRF」（新フランス評論）を創刊（翌年、再出発）〔仏〕●J・ロマン『一体生活』〔仏〕●ラルボー『富裕な好事家の詩』〔仏〕●メーテルランク『青い鳥』〔白〕●プレッツォリーニ、文化・思想誌「ヴォーチェ」を創刊（～一六）〔伊〕●クローチェ『実践の哲学――経済学と倫理学』〔伊〕●バリェ゠インクラン『狼の歌』〔西〕●ヒメネス『孤独の響き』〔西〕●G・ミロー『流浪の民』〔西〕●ペレス゠ガルドス『国王不在のスペイン』〔西〕●シェーンベルク《弦楽四重奏曲第2番》（ウィーン初演）〔墺〕●K・クラウス『モラルと犯罪』〔墺〕●シュニッツラー『自由への道』〔墺〕●S・ジェロムスキ『罪物語』〔ポーランド〕●バルトーク・ベーラ《弦楽四重奏曲第1番》〔ハンガリー〕●レンジェル・メニヘールト《感謝せる後継者》上演（ヴォジニッツ賞受賞）〔ハンガリー〕●ヘイデンスタム『スウェーデン人とその指導者たち』（～一〇）〔スウェーデン〕

## 一九〇九年［二十五歳］

短編小説集『娼婦教育 *Die Erziehung zur Hetäre*』（ユンカー社）、小説『チェコ人の女中 *Ein tschechisches Dienstmädchen*』（ユンカー社）、詩集翻訳『ふざけ者のピエロ *Pierrot der Spaßvogel*』（ジュール・ラフォルグ原作、フランツ・ブライと共訳、フランス語からドイツ語訳、ユンカー社）刊行。

▼モロッコで反乱、バルセロナでモロッコ戦争に反対するゼネスト拡大「悲劇の一週間」、軍による鎮圧［西］●カンディンスキーらミュンヘンにて〈新芸術家同盟〉結成［独］●T・マン『大公殿下』［独］●F・L・ライト《ロビー邸》［米］●スタイン『三人の女』［米］●E・パウンド『仮面』［米］●ロンドン『マーティン・イーデン』［米］●ウィリアム・カーロス・ウィリアムズ『第一詩集』［米］●ウェルズ『アン・ヴェロニカの冒険』、『トノ・バンゲイ』［英］●G・ブラック《水差しとヴァイオリン》［仏］●ジッド『狭き門』［仏］●コレット『気ままな生娘』［仏］●マリネッティ、パリ「フィガロ」紙に『未来派宣言』（仏語）を発表［伊］●バローハ『向こう見ずなサラカイン』［西］●ペレス＝ガルドス『独立戦争』、『悲劇のスペイン』、『魔法にかかった紳士』［西］●リルケ『鎮魂歌』［墺］●**レンジェル・メニヘールト**《颱風》上演［ハンガリー］●ラーゲルレーヴ、ノーベル文学賞受賞［スウェーデン］●ストリンドバリ『大街道』［スウェーデン］●セルゲイ・ディアギレフ、「バレエ・リュス」旗揚げ［露］●ペレツ『黄金の鎖』［イディッシュ］●ベルゲルソン『鉄道駅』［イディッシュ］●M・アスエラ『毒草』［メキシコ］

一九一〇年〔三十六歳〕

詩集『韻文の日記 *Tagebuch in Versen*』（ユンカー社）刊行。

▼エドワード七世歿、ジョージ五世即位〔英〕▼ポルトガル革命〔ポルトガル〕▼メキシコ革命〔メキシコ〕▼大逆事件〔日〕●H・ワルデン、ベルリンにて文芸・美術雑誌「シュトルム」を創刊（〜三二）〔独〕●ハイゼ、ノーベル文学賞受賞〔独〕●クラーゲス『性格学の基礎』〔独〕●モルゲンシュテルン『パルムシュトレーム』〔独〕●バーネット『秘密の花園』〔米〕●ロンドン『革命、その他の評論』〔米〕●ロンドンで〈マネと印象派展〉開催（R・フライ企画）〔英〕●ラッセル、ホワイトヘッド『プリンキピア・マテマティカ』（〜一三）〔英〕●E・M・フォースター『ハワーズ・エンド』〔英〕●A・ベネット『クレイハンガー』〔英〕●**ウェルズ**『ポリー氏』、『〈**眠れる者**〉**目覚める**』〔英〕●ペギー『ジャンヌ・ダルクの愛徳の聖史劇』〔仏〕●ルーセル『アフリカの印象』〔仏〕●アポリネール『異端教祖株式会社』〔仏〕●クローデル『五大賛歌』〔仏〕●ボッチョーニほか『絵画宣言』〔伊〕●ダヌンツィオ『可なり哉、不可なり哉』〔伊〕●G・ミロー『墓地の桜桃』〔西〕●ペレス＝ガルドス『アマデオ一世』〔西〕●K・クラウス『万里の長城』〔墺〕●リルケ『マルテの手記』〔墺〕●ルカーチ・ジェルジ『魂と形式』〔ハンガリー〕●ヌシッチ『世界漫遊記』〔セルビア〕●フレーブニコフら〈立体未来派〉結成〔露〕●ベルゲルソン『地上から空遠く』〔イディッシュ〕●谷崎潤一郎『刺青』〔日〕

一九一一年〔二十七歳〕

六月、妹ゾフィー、実業家マックス・フリードマンと結婚。ゾフィー夫妻はその後にアメリカ移住。ナチスの迫害を免れた。

小説『**ユダヤ人の女たち** *Jüdinnen*』（ユンカー社）刊行。

▼イタリア・トルコ戦争（〜一二）〔伊・土〕●フッサール『厳密な学としての哲学』〔独〕●ロンドン『スナーク号航海記』〔米〕●ドライサー『ジェニー・ゲアハート』〔米〕●ウェルズ『ニュー・マキャベリ』〔英〕●A・ベネット『ヒルダ・レスウェイズ』〔英〕●コンラッド『西欧の目の下に』〔英〕●チェスタトン『ブラウン神父物語』（〜三五）〔英〕●ビアボーム『ズーレイカ・ドブスン』〔英〕●N・ダグラス『セイレーン・ランド』〔英〕●ロマン・ロラン『トルストイ』〔仏〕●J・ロマン『ある男の死』〔仏〕●ジャリ『フォーストロール博士の言行録』〔仏〕●ラルボー『フェルミナ・マルケス』〔仏〕●メーテルランク、ノーベル文学賞受賞〔白〕●プラテッラ『音楽宣言』〔伊〕●ダヌンツィオ『聖セバスティアンの殉教』〔伊〕●バッケッリ『ルドヴィーコ・クローの不思議の糸』〔伊〕●バローハ『知恵の木』〔西〕●ペレス＝ガルドス『第一共和政』、『カルタヘーナからサグントへ』〔西〕●S・ツヴァイク『最初の体験』〔墺〕●ホフマンスタール『イェーダーマン』、『ばらの騎士』〔墺〕●ウンセット『イェンニー』〔ノルウェー〕●セヴェリャーニンら〈自我未来派〉結成〔露〕●アレクセイ・N・トルストイ『変わり者たち』〔露〕●A・レイェス『美学的諸問題』〔メキシコ〕●M・アスエラ『マデーロ派、アンドレス・ペレス』〔メキシコ〕●西田幾多郎『善の研究』〔日〕●青鞜社結成〔日〕●島村抱月訳イプセン『人形の家』〔日〕

一九一二年〔二十八歳〕

八月十三日、カフカ、ブロートの両親宅（結婚前の彼は両親と同居）を訪問。カフカは最初の短編集『観察』に収録する作品の配列についてブロートに相談。その場でカフカはのちに婚約するフェリーツェ・バウアーと初対面を果たした。フェリーツェは義弟マックス・フリードマンの従妹。

戯曲『青春との訣別 *Abschied von der Jugend*』（ユンカー社）、小説『**アーノルト・ベーア** *Arnold Beer*』（ユンカー社）、小説『花婿 *Der Bräutigam*』（ユンカー社）、断片「リヒャルトとザームエル *Richard und Samuel*」（フランツ・カフカと共作、一章発表ののち中断。「ヘルダー」誌に収録）刊行。

▼ウィルソン、大統領選勝利〔米〕▼タイタニック号沈没〔英〕▼中華民国成立〔中〕●カンディンスキー、マルクらミュンヘンにて第二回〈青騎士〉展開催（～一三）、年刊誌「青騎士」発行（一号のみ）〔独〕●G・ハウプトマン、ノーベル文学賞受賞〔独〕●T・マン『ヴェネツィア客死』〔独〕●キャザー『アレグザンダーの橋』〔米〕●W・ジェイムズ『根本的経験論』〔米〕●ロンドンで〈第二回ポスト印象派展〉開催（R・フライ企画）〔英〕●コンラッド『運命』〔英〕●D・H・ロレンス『侵入者』〔英〕●ストレイチー『フランス文学道しるべ』〔英〕●ユング『変容の象徴』〔スイス〕●サンドラール『ニューヨークの復活祭』〔スイス〕●デュシャン《階段を降りる裸体、No・2》〔仏〕●ラヴェル《ダフニスとクロエ》〔仏〕●フランス『神々は渇く』〔仏〕●リヴィエール『エチュード』〔仏〕●クローデル『マリアへのお告げ』〔仏〕●ボッチョーニ『彫刻宣言』〔伊〕●マリネッティ『文学技術宣言』〔伊〕●ダヌンツィオ『ピザネル』、『死の瞑想』〔伊〕●チェッキ『ジョヴァンニ・パスコリの詩』〔伊〕●A・

マチャード『カスティーリャの野』［西］●アソリン『カスティーリャ』［西］●バリェ＝インクラン『勲の声』［西］●ペレス＝ガルドス『カノバス』［西］●シュンペーター『経済発展の理論』［墺］●シェーンベルク《月に憑かれたピエロ》［墺］●シュニッツラー『ベルンハルディ教授』［墺］●ラキッチ『新詩集』［セルビア］●アレクセイ・N・トルストイ『足の不自由な公爵』［露］●ウイドブロ『魂のこだま』［チリ］●石川啄木『悲しき玩具』［日］

## 一九一三年［二十九歳］

二月、エルザと結婚。

評論『直観と概念 *Anschauung und Begriff*』（フェーリクス・ヴェルチュと共著。K・ヴォルフ社）、評論「アルカディア *Arkadia*」（編集者として参加。ヴォルフ社）、戯曲集『感情の高み *Die Höhe des Gefühls*』（E・ローヴォールト社）、評論『醜悪な形象の美しさについて *Über die Schönheit häßlicher Bilder*』（ヴォルフ社）、短編小説集『女の王国 *Weiberwirtschaft*』（ユンカー社）刊行。

▼第二次バルカン戦争（〜八月）［欧］▼ベイリス裁判［露］▼マデーロ大統領、暗殺される［メキシコ］●クラーゲス『表現運動と造形力』、『人間と大地』［独］●ヤスパース『精神病理学総論』［独］●フッサール『イデーン』（第一巻）［独］●フォスラー『言語発展に反映したフランス文化』［独］●カフカ『観察』、『火夫』、『判決』［独］●デーブリーン『タンポポ殺し』［独］●トラークル『詩集』［独］●シェーアバルト『小惑星物語』［独］●ニューヨーク、グランドセントラル駅竣工［米］●ロンドン『ジョン・バーリコーン』［米］●キャザー『おゝ開拓者よ！』［米］●ウォートン『国の慣習』［米］●フロスト『第一詩集』［米］●ショー《ピグマリオン》（ウィーン初演）［英］●ロレンス『息子と恋人』［英］●G・ブラック《クラリネット》［仏］●リヴィエール『冒

険小説論』〔仏〕●J・ロマン『仲間』〔仏〕●マルタン・デュ・ガール『ジャン・バロワ』〔仏〕●アラン＝フルニエ『モーヌの大将』〔仏〕●プルースト『失われた時を求めて』（〜二七）〔仏〕●アポリネール『アルコール』、『キュビスムの画家たち』〔仏〕●ラルボー『A・O・バルナブース全集』〔仏〕●サンドラール「シベリア鉄道とフランス少女ジャンヌの散文」（『全世界より』）〔スイス〕●ラミュ『サミュエル・ブレの生涯』〔スイス〕●ルッソロ『騒音芸術』〔伊〕●パピーニ、ソッフィチと「ラチェルバ」を創刊（〜一五）〔伊〕●アソリン『古典作家と現代作家』〔西〕●バローハ『ある活動家の回想記』（〜三五）〔西〕●バリェ＝インクラン『侯爵夫人ロサリンダ』〔西〕●シュニッツラー『ベアーテ夫人とその息子』〔墺〕●ルカーチ・ジェルジ『美的文化』〔ハンガリー〕●ストラヴィンスキー《春の祭典》（パリ初演）〔露〕●シェルシェネーヴィチ、未来派グループ〈詩の中二階〉を創始〔露〕●マンデリシターム『石』〔露〕●マヤコフスキー『ウラジーミル・マヤコフスキー』〔露〕●**ベールイ『ペテルブルグ』**（〜一四）〔露〕●ベルゲルソン『すべての終わり』〔イディッシュ〕●デル・ニステル『歌と祈り』〔イディッシュ〕●ウイドブロ『夜の歌』、『沈黙の洞窟』〔チリ〕●タゴール、ノーベル文学賞受賞〔印〕

## 一九一四年〔三十歳〕

六月二十八日、サライェヴォ事件。セルビア民族主義者によりオーストリア皇位継承者夫妻暗殺される。

七月二十八日、オーストリア＝ハンガリー帝国、セルビアに宣戦布告。第一次世界大戦始まる。

戯曲『救いの女 *Die Retterin*』（ヴォルフ社）、詩集翻訳『詩集 *Gedichte*』（ガイウス・ウァレリアス・カトゥルス原作、ラテン語からドイツ語訳、G・ミュラー社）、評論『映画の本 *Das Kinobuch*』（A・ベアマン他と共著。ヴォルフ社）、戯曲翻訳『民衆の王 *Der*

*Volkskönig*』（アルノシュト・ドヴォルジャーク原作、原題『国王ヴァーツラフ四世』、チェコ語からドイツ語訳、出版社不明）刊行。

▼大戦への不参加表明［西］●ベッヒャー『滅亡と勝利』［独］●E・R・バローズ『類猿人ターザン』［米］●スタイン『やさしいボタン』［米］●ノリス『ヴァンドーヴァーと野獣』［米］●ヴォーティシズム機関誌「ブラスト」、「ニュー・リパブリック」、「リトル・レビュー」創刊［英］●スタイン『やさしいボタン』［米］●ウェルズ『解放された世界』［英］●**ラミュ『詩人の訪れ』**、**『存在理由』**［スイス］●ラヴェル《クープランの墓》［仏］●J＝A・ノー『かもめを追って』［仏］●ジッド『法王庁の抜け穴』［仏］●ルーセル『ロクス・ソルス』［仏］●ブールジェ『真昼の悪魔』［仏］●サンテリーア『建築宣言』［伊］●オルテガ・イ・ガセー『ドン・キホーテをめぐる省察』［西］●ヒメネス『プラテロとわたし』［西］●ゴメス・デ・ラ・セルナ『グレゲリーアス』、『あり得ない博士』［西］●ジョイス『ダブリンの市民』［愛］●ウイドブロ『秘密の仏塔』［チリ］●ガルベス『模範的な女教師』［アルゼンチン］●夏目漱石『こころ』［日］

## 一九一五年［三十一歳］

リブレット「旅の喜劇 *Komödie auf Reisen*」（フランツ・ブライと共著、「魔術劇場」誌に収録。ヴォルフ社）、小説『ティコ・ブラーエの神への道 *Tycho Brahes Weg zu Gott*』（ヴォルフ社）、リブレット翻訳「城のコボルト *Der Burgkobold*」（ラディスラフ・ストロウペジュニツキー作詞／ヴィーチェスラフ・ノヴァーク作曲、チェコ語からドイツ語訳、ウニヴェアザール社）刊行。

▼ルシタニア号事件［欧］▼三国同盟破棄［伊］●カフカ『変身』［独］●デーブリーン『ヴァン・ルンの三つの跳躍』（クライスト賞、フォンターネ賞受賞）［独］●T・マン『フリードリヒと大同盟』［独］●クラーゲス『精神と生命』［独］●セシル・B・デ

ミル『カルメン』〔米〕●グリフィス『国民の創生』〔米〕●キャザー『ヒバリのうた』〔米〕●D・H・ロレンス『虹』（ただちに発禁処分に）〔英〕●コンラッド『勝利』〔英〕●V・ウルフ『船出』〔英〕●モーム『人間の絆』〔英〕●F・フォード『善良な兵士』〔英〕●N・ダグラス『オールド・カラブリア』〔英〕●ロマン・ロラン、ノーベル文学賞受賞〔仏〕●ルヴェルディ『散文詩集』〔仏〕●ヴェルフリン『美術史の基礎概念』〔スイス〕●アソリン『古典の周辺』〔西〕●ペレス＝ガルドス『シモーナ尼』〔西〕●ヤコブソン、ボガトゥイリョーフら〈モスクワ言語学サークル〉を結成（〜二四）〔露〕●グスマン『メキシコの抗争』〔メキシコ〕●グイラルデス『死と血の物語』、『水晶の鈴』〔アルゼンチン〕●芥川龍之介『羅生門』〔日〕

## 一九一六年〔三十二歳〕

小説『死後最初の時間 *Die erste Stunde nach dem Tode*』（ヴォルフ社）刊行。

▼スパルタクス団結成〔独〕●クラーゲス『筆跡と性格』、『人格の概念』〔独〕●カフカ『判決』〔独〕●グリフィス『イントレランス』〔米〕●S・アンダーソン『ウィンディ・マクファーソンの息子』〔米〕●O・ハックスリー『燃える車』〔英〕●ゴールズワージー『林檎の樹』〔英〕●A・ベネット『この二人』〔英〕●ユング『無意識の心理学』〔スイス〕●サンドラール『リュクサンブール公園での戦争』〔スイス〕●文芸誌「シック」創刊（〜一九）〔仏〕●バルビュス『砲火』〔仏〕●ダヌンツィオ『夜想譜』〔伊〕●ウンガレッティ『埋もれた港』〔伊〕●パルド＝バサン、マドリード中央大学教授に就任〔西〕●文芸誌「セルバンテス」創刊（〜二〇）〔西〕●バリェ＝インクラン『不思議なランプ』〔西〕●G・ミロー『キリスト受難模様』〔西〕●アインシュタイン『一般相対性理論の基礎』を発表〔墺〕●ルカーチ・ジェルジ『小説の理論』〔ハンガリー〕●レンジェル・メニヘールト、

パントマイム劇「中国の不思議な役人」発表〔ハンガリー〕●ヘイデンスタム、ノーベル文学賞受賞〔スウェーデン〕●ジョイス『若い芸術家の肖像』〔愛〕●ペテルブルクで〈オポヤーズ〉（詩的言語研究会）設立〔露〕●M・アスエラ『虐げられし人々』〔メキシコ〕●ウイドブロ、ブエノスアイレスで創造主義宣言〔チリ〕●ガルベス『形而上的悪』〔アルゼンチン〕

## 一九一七年〔三十三歳〕

小説『称えられた土地 *Das gelobte Land*』（ヴォルフ社）、図版翻訳『フランスの大聖堂 *Die Kathedralen Frankreichs*』（オーギュスト・ロダン原作、フランス語からドイツ語訳、ヴォルフ社）刊行。

▼ドイツに宣戦布告、第一次世界大戦に参戦〔米〕▼バルフォア宣言〔英・中東〕▼労働争議の激化に対し非常事態宣言。全国でゼネストが頻発するが、軍が弾圧〔西〕▼十月革命、ロシア帝国が消滅しソヴィエト政権成立。十一月、レーニン、平和についての布告を発表〔露〕●ピュリッツァー賞創設〔米〕●E・ウォートン『夏』〔米〕●V・ウルフ『二つの短編小説』〔英〕T・S・エリオット『二つの短編小説』〔英〕●サンドラール『奥深い今日』〔スイス〕●ラミュ『大いなる春』〔スイス〕●ピカビア、芸術誌「391」創刊〔仏〕●ルヴェルディ、文芸誌「ノール＝シュド」創刊（〜一九）〔仏〕●アポリネール《ティレジアスの乳房》上演〔仏〕●M・ジャコブ『骰子筒』〔仏〕●ヴァレリー『若きパルク』〔仏〕●**ウナムーノ『アベル・サンチェス』**〔西〕●G・ミロー『シグエンサの書』〔西〕●ヒメネス『新婚詩人の日記』〔西〕●芸術誌「デ・ステイル」創刊（〜二八）〔蘭〕●S・ツヴァイク『エレミヤ』〔墺〕●フロイト『精神分析入門』〔墺〕●モーリッツ・ジグモンド『炬火』〔ハンガリー〕●クルレジャ『牧神パン』、『三つの交響曲』〔クロアチア〕●ゲレロプ、ポントピダン、ノーベル文学賞受賞〔デンマーク〕●レーニン『国家と革命』〔露〕●プロコフィ

エフ《古典交響曲》〔露〕●デル・ニステル『雄鶏の物語――ヤギ』〔イディッシュ〕●A・レイェス『アナウァック幻想』〔メキシコ〕●M・アスエラ『ボスたち』〔メキシコ〕●フリオ・モリーナ・ヌニェス、ファン・アグスティン・アラーヤ編『叙情の密林』〔チリ〕●キローガ『愛と死と狂気の物語集』〔アルゼンチン〕●グイラルデス『ラウチョ』〔アルゼンチン〕●バーラティ『クリシュナの歌』〔印〕

一九一八年〔三十四歳〕

十月、第一次世界大戦終わる。オーストリア＝ハンガリー帝国崩壊。

十月十八日、チェコスロヴァキア共和国独立宣言。

共和国のユダヤ民族評議会副代表に就任。

戯曲『女王エステル *Eine Königin Esther*』(ヴォルフ社)、リブレット翻訳『イェヌーファ *Jenufa*』(レオシュ・ヤナーチェク作詞／作曲、チェコ語からドイツ語訳、ウニヴェアザール社)、小説『大いなる敢行 *Das Große Wagnis*』(ヴォルフ社)刊行。

▼一月、米国ウィルソン大統領、十四カ条発表▼二月、英国、第四次選挙法改正(女性参政権認める)▼三月、スペインインフルエンザ(スペイン風邪)が大流行(〜二〇)▼三月、ブレスト＝リトフスク条約。ドイツ、ソヴィエト＝ロシアが単独講和▼十月、「セルビア人・クロアチア人・スロヴェニア人」王国の建国宣言▼十一月、ドイツ革命。ドイツ帝政が崩壊し、ドイツ共和国成立。ヴィルヘルム二世、オランダに亡命▼十一月十一日、停戦協定成立し、第一次世界大戦終結。ポーランド、共和国として独立●**デーブリーン『ヴァツェクの蒸気タービンとの戦い』**〔独〕●T・マン『非政治的人間の考察』〔独〕

●H・マン『臣下』〔独〕●キャザー『マイ・アントニーア』〔米〕●O・ハックスリー『青春の敗北』〔英〕●E・シットウェル『道化の家』〔英〕●W・ルイス『ター』〔英〕●ストレイチー『ヴィクトリア朝偉人伝』〔英〕●トリスタン・ツァラ、ダダ宣言〔スイス〕●ラルボー『幼ごころ』〔仏〕●アポリネール『カリグラム』、『新精神と詩人たち』〔仏〕●コクトー『雄鶏とアルルカン』〔仏〕●**ルヴェルディ『屋根のスレート』**、『**眠れるギター**』〔仏〕●デュアメル『文明』（ゴンクール賞受賞）〔仏〕●サンドラール『パナマあるいは七人の伯父の冒険』、『殺しの記』〔スイス〕●ラミュ「兵士の物語」（ストラヴィンスキーのオペラ台本）〔スイス〕●文芸誌「グレシア」創刊（～二〇）〔西〕●ヒメネス『永遠』〔西〕●シェーンベルクら〈私的演奏協会〉発足〔墺〕●シュピッツァー『ロマンス語の統辞法と文体論』〔墺〕●K・クラウス『人類最後の日々』（～二二）〔墺〕●シュニッツラー『カサノヴァの帰還』〔墺〕●ルカーチ・ジェルジ『バラージュと彼を必要とせぬ人々』〔ハンガリー〕●ジョイス『亡命者たち』〔愛〕●**アンドリッチ**、「南方文芸」誌を創刊（～一九）、『**エクスポント**（**黒海より**）』〔セルビア〕●ベルゲルソン、デル・ニステルらとイディッシュ文芸誌「己／所有」（Eygns）を刊行（～二〇）〔イディッシュ〕●M・アスエラ『蝿』〔メキシコ〕●キローガ『セルバの物語集』〔アルゼンチン〕●魯迅『狂人日記』〔中〕

## 一九二〇年［三十六歳］

戯曲『偽造者 *Der Fälscher*』（ヴォルフ社）、評論『ユダヤ主義をめぐる闘争 *Im Kampf um das Judentum*』（R・レーヴィット社）、評論『シオニズムの社会主義 *Sozialismus im Zionismus*』（レーヴィット社）刊行。

▼国際連盟発足（米は不参加）〔欧〕●R・ヴィーネ『カリガリ博士』〔独〕●ユンガー『鋼鉄の嵐の中で』〔独〕●デーブリーン『ヴァ

レンシュタイン』［独］●ピッツバーグで民営のKDKA局がラジオ放送開始［米］●フィッツジェラルド『楽園のこちら側』［米］●E・ウォートン『エイジ・オブ・イノセンス』（ピュリッツァー賞受賞）［米］●ドライサー『ヘイ、ラバダブダブ！』［米］●ドス・パソス『ある男の入門――一九一七年』［米］●S・ルイス『本町通り』［米］●パウンド『ヒュー・セルウィン・モーバリー』［米］●E・オニール《皇帝ジョーンズ》初演［米］●D・H・ロレンス『恋する女たち』、『迷える乙女』［英］●ウェルズ『世界文化史大系』［英］●O・ハックスリー『レダ』、『リンボ』［英］●E・シットウェル『木製の天馬』［英］●クリスティ『スタイルズ荘の怪事件』［英］●クロフツ『樽』［英］●H・R・ハガード『古代のアラン』［英］●マティス〈オダリスク〉シリーズ［仏］●アラン『芸術論集』［仏］●デュ・ガール『チボー家の人々』（～四〇）［仏］●ロマン・ロラン『クレランボー』［仏］●コレット『シェリ』［仏］●デュアメル『サラヴァンの生涯と冒険』（～三二）［仏］●チェッキ『金魚』［伊］●文芸誌「レフレクトル」創刊［西］●バリェ゠インクラン『ボヘミアの光』、『聖き言葉』［西］●S・ツヴァイク『三人の巨匠』［墺］●**アンドリッチ『アリヤ・ジェルゼレズの旅』**、**『不安』**［セルビア］●ハムスン、ノーベル文学賞受賞［ノルウェー］●アレクセイ・N・トルストイ『ニキータの少年時代』（～二二）、『苦悩の中を行く』（～四一）［露］●アン゠スキ『ディブック』［イディッシュ］●グスマン『ハドソン川の畔で』［メキシコ］

一九二一年［三十七歳］

詩集『愛の書 *Das Buch der Liebe*』（ヴォルフ社）、小説『女の救世主 *Erlöserin*』（ローヴォールト社）、伝記『アードルフ・シュライバー *Adolf Schreiber*』（ヴェルト社）、評論『異教・キリスト教・ユダヤ教 *Heidentum, Christentum, Judentum*』（ヴォルフ社）

刊行。

▼英ソ通商協定〔英・露〕▼新経済政策（ネップ）開始〔露〕▼ロンドン会議にて、対独賠償総額（一三二〇億金マルク）決まる〔欧・米〕▼ファシスト党成立〔伊〕▼モロッコで、部族反乱に対しスペイン軍敗北〔西〕▼中国共産党結成〔中国〕▼ワシントン会議開催▼四カ国条約調印〔米・英・仏・日〕●アインシュタイン、ノーベル物理学賞受賞〔独〕●ドナウエッシンゲン音楽祭が開幕〔独〕●クラーゲス『意識の本質』〔独〕●クレッチマー『体型と性格』〔独〕●ヴァレーズら、ニューヨークにて〈国際作曲家組合〉を設立〔米〕●チャップリン《キッド》〔米〕●S・アンダーソン『卵の勝利』〔米〕●ドス・パソス『三人の兵隊』〔米〕●オニール『皇帝ジョーンズ』〔米〕●O・ハックスリー『クローム・イエロー』〔英〕●V・ウルフ『月曜日か火曜日』〔英〕●ウェルズ『世界史概観』〔英〕●A・フランス、ノーベル文学賞受賞〔仏〕●アラゴン『アニセまたはパノラマ』〔仏〕●ピランデッロ《作者を探す六人の登場人物》初演〔伊〕●文芸誌「ウルトラ」創刊（～二二）〔西〕●オルテガ・イ・ガセー『無脊椎のスペイン』〔西〕●J・ミロ《農園》〔西〕●バリェ＝インクラン『ドン・フリオレラの角』〔西〕●G・ミロー『われらの神父聖ダニエル』〔西〕●ヴィトゲンシュタイン『論理哲学論考』〔墺〕●S・ツヴァイク『ロマン・ロラン』〔墺〕●ハシェク『兵士シュヴェイクの冒険』（～二三）〔チェコ〕●ツルニャンスキー『チャルノイェヴィチに関する日記』〔セルビア〕●ベルゲルソン『下降』〔イディッシュ〕●ボルヘス、雑誌「ノソトロス」にウルトライスモ宣言を発表〔アルゼンチン〕

一九二二年［三十八歳］

小説『フランツィあるいは二流の愛 *Franzi oder eine Liebe zweiten Ranges*』（ヴォルフ社）、リブレット翻訳「カーチャ・カバノヴァーKatja Kabanowa」（レオシュ・ヤナーチェク作詞／作曲、チェコ語からドイツ語訳、ウニヴェアザール社）刊行。

▼ワシントン会議にて、海軍軍備制限条約、九カ国条約調印▼ジェノヴァ会議▼KKK団の再興〔米〕▼ムッソリーニ、ローマ進軍。首相就任〔伊〕▼ドイツとソヴィエト、ラパロ条約調印〔独・露〕▼アイルランド自由国正式に成立〔愛〕▼スターリンが書記長に就任、ソヴィエト連邦成立〔露〕●ヒンデミット、〈音楽のための共同体〉開催（〜二三）〔独〕●ラング『ドクトル・マブゼ』〔独〕●ムルナウ『吸血鬼ノスフェラトゥ』〔独〕●クラーゲス『宇宙創造的エロス』〔独〕●T・マン『ドイツ共和国について』〔独〕●ヘッセ『シッダールタ』〔独〕●カロッサ『幼年時代』〔独〕●ブレヒト《夜打つ太鼓》初演〔独〕●キャロル・ジョン・デイリーによる最初のハードボイルド短編、「ブラック・マスク」に掲載〔米〕●「ニューヨーク・タイムズ・ブックレビュー」創刊〔米〕●スタイン『地理と戯曲』〔米〕●キャザー『同志クロード』（ピューリツァー賞受賞）〔米〕●ドライサー『私自身に関する本』〔米〕●フィッツジェラルド『美しき呪われし者』、『ジャズ・エイジの物語』〔米〕●S・ルイス『バビット』〔米〕●イギリス放送会社BBC設立〔英〕●D・H・ロレンス『アロンの杖』、『無意識の幻想』〔英〕●E・シットウェル『ファサード』〔英〕●T・S・エリオット『荒地』（米国）〔英〕●マンスフィールド『園遊会、その他』〔英〕●ヴァレリー『魅惑』〔仏〕●ロマン・ロラン『魅せられたる魂』（〜三三）〔仏〕●モラン『夜ひらく』〔仏〕●J・ロマン『リュシエンヌ』〔仏〕●コレット『クローディーヌの家』〔仏〕●アソリン『ドン・ファン』〔西〕●ザルツブルクにて〈国際作曲家協会〉発足〔墺〕●S・ツヴァイク『アモク』〔墺〕●コストラーニ・デジェー『血の詩人』〔ハンガリー〕●レンジェル・メニヘールト『アメリカ日記』〔ハンガリー〕●ジョイス『ユリシーズ』〔愛〕●アレクセイ・N・トルストイ『アエリータ』（〜二三）〔露〕●ベルゲルソン『著作集』〔イディッシュ〕●ベルゲルソン『すべての終わり』〔イディッシュ〕●デル・ニステル『思しき』〔イディッシュ〕

一九二三年［三十九歳］

弟オットー、テレーザ・レーデラーと結婚。

このころ、郵政事務所を退職し、職業作家となる。

戯曲『クラリッサの心の半分 *Klarissas halbes Herz*』（ヴォルフ社）、演劇評論『星空 *Sternenhimmel*』（オルビス社）、小説『ある女神との生活 *Leben mit einer Göttin*』（ヴォルフ社）、小説翻訳『獲物の分け前 *Die Jagdbeute*』（エミール・ゾラ原作、妻エルザと共訳、フランス語からドイツ語訳、ヴォルフ社）刊行。

▼仏・白軍、ルール占領［欧］▼ハーディングの死後、クーリッジが大統領に［米］▼英、パレスチナ委任統治開始［英・中東］▼プリモ・デ・リベーラ将軍のクーデタ、独裁開始（～三〇）［西］▼ミュンヘン一揆［独］▼ローザンヌ条約締結、トルコ共和国成立▼関東大震災［日］●フランクフルト社会研究所設立［独］●カッシーラー『象徴形式の哲学』（～二九）［独］●ウォルト・ディズニー・カンパニー創立［米］●「タイム」誌創刊［米］●ラヴジョイ、「観念史クラブ」を創設［米］●S・アンダーソン『馬と人間』、『多くの結婚』［米］●キャザー『迷える夫人』［米］●ハーディ『コーンウォール女王の悲劇』［英］●D・H・ロレンス『アメリカ古典文学研究』、『カンガルー』［英］●**コンラッド『放浪者あるいは海賊ペロル』**［英］●T・S・エリオット『荒地』（ホガース・プレス刊）［英］●J・ロマン『ル・トルーアデック氏の放蕩』［仏］●ラディゲ『肉体の悪魔』［仏］●ジッド『ドストエフスキー』［仏］●ラルボー『恋人よ、幸せな恋人よ……』［仏］●コクトー『山師トマ』、『大胯びらき』［仏］●モラン『夜とざす』［仏］●F・モーリヤック『火の河』、『ジェニトリクス』［仏］●コレット『青い麦』［仏］●サンドラール『黒色の

ヴィーナス』〔スイス〕●バッケッリ『まぐろは知っている』〔伊〕●ズヴェーヴォ『ゼーノの意識』〔伊〕●オルテガ・イ・ガセー、「西欧評論」誌を創刊〔西〕●ドールス『プラド美術館の三時間』〔西〕●ゴメス・デ・ラ・セルナ『小説家』〔西〕●リルケ『ドゥイーノの悲歌』、『オルフォイスに寄せるソネット』〔墺〕●ルカーチ『歴史と階級意識』〔ハンガリー〕●ロスラヴェッツら〈現代音楽協会〉設立〔露〕●M・アスエラ『マローラ』〔メキシコ〕●グイラルデス『ハイマカ』〔アルゼンチン〕●ボルヘス『ブエノスアイレスの熱狂』〔アルゼンチン〕●バーラティ『郭公の歌』〔インド〕●菊池寛、「文芸春秋」を創刊〔日〕

## 一九二四年〔四十歳〕

六月四日、フランツ・カフカ死去。

遺稿を焼却処分するようにとのカフカの遺言に逆らい、カフカの遺稿編纂を開始。

戯曲『ブンターバート氏の訴訟 *Prozeß Bunterbart*』（ヴォルフ社）刊行。

▼ロサンゼルスへの水利権紛争で水路爆破（カリフォルニア水戦争）。ロサンゼルス不動産バブルがはじける。ロサンゼルスの人口が百万人を突破〔米〕▼中国、第一次国共合作〔中〕●デーブリーン『山・海・巨人』〔独〕●T・マン『魔の山』〔独〕●カロッサ『ルーマニア日記』〔独〕●ベンヤミン『ゲーテの親和力』（〜二五）〔独〕●ガーシュイン《ラプソディ・イン・ブルー》〔米〕●セシル・B・デミル『十戒』〔米〕●ヘミングウェイ『われらの時代に』〔米〕●スタイン『アメリカ人の創生』〔米〕●オニール『楡の木陰の欲望』〔米〕●E・M・フォースター『インドへの道』〔英〕●T・S・エリオット『うつろな人々』〔英〕●I・A・リチャーズ『文芸批評の原理』〔英〕●F・M・フォード『ジョウゼフ・コンラッド——個人的回想』、『パレー

ズ・エンド』（〜二八、五〇刊）〔英〕●サンドラール『コダック』〔スイス〕●ルネ・クレール『幕間』〔仏〕●ブルトン『シュルレアリスム宣言』、雑誌「シュルレアリスム革命」創刊（〜二九）〔仏〕●P・ヴァレリー、V・ラルボー、L＝P・ファルグ、文芸誌「コメルス」を創刊（〜三二）〔仏〕●サン＝ジョン・ペルス『遠征』〔仏〕●**ルヴェルディ『空の漂流物』**〔仏〕●ラディゲ『ドルジェル伯の舞踏会』〔仏〕●M・ルブラン『カリオストロ伯爵夫人』〔仏〕●ダヌンツィオ『鎚の火花』（〜二八）〔伊〕●A・マチャード『新しい詩』〔西〕●ムージル『三人の女』〔墺〕●シュニッツラー『令嬢エルゼ』〔墺〕●ネズヴァル『パントマイム』〔チェコ〕●バラージュ『視覚的人間』〔ハンガリー〕●**ヌシッチ『自叙伝』**〔セルビア〕●**アンドリッチ『短編小説集』**〔セルビア〕●アレクセイ・N・トルストイ『イビクス、あるいはネヴゾーロフの冒険』〔露〕●トゥイニャーノフ『詩の言葉の問題』〔露〕●ショーン・オケーシー《ジュノーと孔雀》初演〔愛〕●A・レイェス『残忍なイピゲネイア』〔メキシコ〕●文芸雑誌「マルティン・フィエロ」創刊（〜二七）〔アルゼンチン〕●ネルーダ『二十の愛の詩と一つの絶望の歌』〔チリ〕●宮沢賢治『春と修羅』〔日〕●築地小劇場創設〔日〕

## 一九二五年［四十一歳］

小説『ユダヤ人の王ロイベニ *Reübeni, Fürst der Juden*』（ヴォルフ社）、伝記『レオシュ・ヤナーチェク *Leoš Janáček*』（フィルハーモニー社）、評論『世界観としてのシオニズム *Zionismus als Weltanschauung*』（フェーリクス・ヴェルチュと共著、フェアバー社）、リブレット翻訳「利口な女狐の物語 *Das schlaue Füchslein*」（レオシュ・ヤナーチェク作詞／作曲、チェコ語からドイツ語訳、ウニヴェアザール社）刊行。

▼ロカルノ条約調印〔欧〕●カフカ『審判』〔独〕●ツックマイアー『楽しきぶどう山』〔独〕●クルティウス『新しいヨーロッパにおけるフランス精神』〔独〕●フォスラー『言語における精神と文化』〔独〕●チャップリン『黄金狂時代』〔米〕●「ニューヨーカー」創刊〔米〕●S・アンダーソン『黒い笑い』〔米〕●キャザー『教授の家』〔米〕●ドライサー『アメリカの悲劇』〔米〕●ドス・パソス『マンハッタン乗換駅』〔米〕●フィッツジェラルド『偉大なギャッビー』〔米〕●ルース『殿方は金髪がお好き』〔米〕●ホワイトヘッド『科学と近代世界』〔英〕●A・ウェイリー『源氏物語』英訳(〜三三)〔英〕●**コンラッド『サスペンス』**〔英〕●V・ウルフ『ダロウェイ夫人』〔英〕●O・ハックスリー『くだらぬ本』〔英〕●クロフツ『フレンチ警部最大の事件』〔英〕●R・ノックス『陸橋殺人事件』〔英〕●H・リード『退却』〔英〕●サンドラール『金』〔スイス〕●ラミュ『天空の喜び』〔スイス〕●M・モース『贈与論』〔仏〕●ジッド『贋金づくり』〔仏〕●**ラルボー『罰せられざる悪徳・読書――英語圏』**〔仏〕●F・モーリヤック『愛の砂漠』〔仏〕●**ルヴェルディ『海の泡』**、『大自然』〔仏〕●モンターレ『烏賊の骨』〔伊〕●ピカソ《三人の踊り子》〔西〕●アソリン『ドニャ・イネス』〔西〕●オルテガ・イ・ガセー『芸術の非人間化』〔西〕●フロンスキー『故郷』、『クレムニツァ物語』〔スロヴァキア〕●エイゼンシュテイン《戦艦ポチョムキン》〔露〕●アレクセイ・N・トルストイ『五人同盟』〔露〕●シクロフスキー『散文の理論』〔露〕●M・アスエラ『償い』〔メキシコ〕●ボルヘス『異端審問』〔アルゼンチン〕●梶井基次郎『檸檬』〔日〕

## 一九二六年〔四十二歳〕

弟オットーとその妻テレーゼとのあいだに姪のマリアンネが生まれる。

▼炭鉱ストから、他産業労働者によるゼネストへ発展するも失敗［英］▼ポアンカレの挙国一致内閣成立［仏］▼モロッコとの戦争終結［西］▼ドイツ、国際連盟に加入［独］▼ピウスツキのクーデター［ポーランド］▼蔣介石による上海クーデター、国共分裂へ［中］▼トロツキー、ソ連共産党から除名される［露］●フリッツ・ラング『メトロポリス』［独］●クラーゲス『ニーチェの心理学的業績』［独］●カフカ『城』［独］●ゴダード、液体燃料ロケットの飛翔実験に成功［米］●世界初のSF専門誌「アメージング・ストーリーズ」創刊［米］●ヘミングウェイ『日はまた昇る』［米］●キャザー『不倶戴天の敵』［米］●フォークナー『兵士の報酬』［米］●ナボコフ『マーシェンカ』［米］●オニール《偉大な神ブラウン》初演［米］●T・E・ロレンス『知恵の七柱』［英］●D・H・ロレンス『翼ある蛇』［英］●クリスティ『アクロイド殺人事件』［英］●サンドラール『モラヴァジーヌ』、『危険な生活讃』、『映画入門』［スイス］●ラミュ『山の大いなる恐怖』［スイス］●J・ルノワール『女優ナナ』［仏］●コクトー『オルフェ』［仏］●ルヴェルディ『人間の肌・大衆小説』［仏］●ジッド『一粒の麦もし死なずば』、『贋金つかい』［仏］●ベルナノス『悪魔の陽の下に』［仏］●アラゴン『パリの農夫』［仏］●マルロー『西欧の誘惑』［仏］●コレット『シェリの最後』［仏］●フィレンツェのパレンティ社、文芸誌「ソラーリア」を発刊（〜三四）［伊］●**バリェ＝インクラン**『故人の三つ揃い』、『**独裁者ティラン・バンデラス　灼熱の地の小説**』［西］●G・ミロー『ハンセン病の司教』［西］●ゴメス・デ・ラ・セルナ『闘牛士カラーチョ』［西］●シュニッツラー『夢の物語』［墺］●ヤーコブソン、マテジウスらと〈プラハ言語学サークル〉を創設［チェコ］●コストラーニ・デジェー『エーデシュ・アンナ』［ハンガリー］●バーベリ『騎兵隊』［露］●**ベルゲルソン**「**二匹のけだもの**」、「**盲目**」［イディッシュ］●グイラルデス『ドン・セグンド・ソンブラ』［アルゼンチン］●アルルト『怒りの玩具』［アルゼンチン］●高柳健次郎、ブラウン管を応用した世界初の電子式テレビ受像機を開発［日］

## 一九二七年〔四十三歳〕

戯曲『オプンツィア *Die Opunzie*』(ハンス・レギーナ・フォン・ナックと共著（ビューネ社）、小説『慕われる女 *Die Frau, nach der man sich sehnt*』(P・ジョルナイ社)、図版『フランス・マーセレール *Frans Masereel*』(編集、執筆協力、ヴォルフ社) 刊行。

▼金融恐慌始まる〔日〕●ラング『メトロポリス』〔独〕●ハイデガー『存在と時間』〔独〕●カフカ『アメリカ』〔独〕●ヘッセ『荒野の狼』〔独〕●リンドバーグ、世界初の大西洋横断単独無着陸飛行を達成〔米〕●世界初のトーキー映画『ジャズ・シンガー』が公開に〔米〕●ヘミングウェイ『女のいない男たち』〔米〕●キャザー『大司教に死来る』〔米〕●フォークナー『蚊』〔米〕●アプトン・シンクレア『石油！』〔米〕●V・ウルフ『灯台へ』〔英〕●リース『左岸、ボヘミアン風のパリのスケッチ』〔英〕●E・M・フォースター『小説の諸相』〔英〕●サンドラール『プラン・ド・レギュイユ』〔スイス〕●ラミュ『地上の美』〔スイス〕●ギュスターヴ・ルー『さようなら』〔スイス〕●ベルクソン、ノーベル文学賞受賞〔仏〕●モラン『生きている仏陀』〔仏〕●ボーヴ『あるかなしかの町』〔仏〕●ギユー『民衆の家』〔仏〕●**ラルボー『アレン』**、**『黄・青・白』**〔仏〕●F・モーリヤック『テレーズ・デスケルー』〔仏〕●クローデル『百扇帖』、『朝日の中の黒い鳥』〔仏〕●**ルヴェルディ『毛皮の手袋』**〔仏〕●バッケッリ『ポンテルンゴの悪魔』〔伊〕●パオロ・ヴィタ＝フィンツィ『偽書撰』（／三一）〔伊〕●「一九二七年世代」と呼ばれる作家グループ、活動活発化〔西〕●バリェ＝インクラン『奇跡の宮廷』、『大尉の娘』〔西〕●S・ツヴァイク『感情の惑乱』、『人類の星の時間』〔墺〕●ロート『果てしなき逃走』〔墺〕●マクシモヴィッチ『幼年時代の園』〔セルビア〕●フロンスキー『クロコチの黄色い家』〔スロヴァキア〕●アレクセイ・N・トルストイ『技師ガーリンの双曲面体』〔露〕●ザミャーチン『われら』〔露〕●オレーシャ『羨望』〔露〕

●プラトーノフ『土台穴』［露］ ●ベルゲルソン『嵐の日々』［イディッシュ］ ●A・レイェス『ゴンゴラに関する諸問題』［メキシコ］
●芥川龍之介、自殺［日］

## 一九二八年［四十四歳］

翻訳および戯曲翻案『勇敢な兵士シュヴェイクの冒険 *Die Abenteuer des braven Soldaten Schwejk*』（ヤロスラフ・ハシェク原作の小説を改作、ハンス・ライマンと共訳、チェコ語からドイツ語訳、ビューネ社）、小説『愛の魔境 *Zauberreich der Liebe*』（ジョルナイ社）、リブレット翻訳「バグパイプ吹きのシュヴァンダ *Schwanda Der Dudelsackpfeifer*」（ミロシュ・カレシュ作詞／ヤロミール・ヴァインベルゲル作曲、チェコ語からドイツ語訳、ウニヴェアザール社）刊行。

一九二八年 ▼第一次五カ年計画を開始［露］ ▼大統領選に勝ったオブレゴンが暗殺［メキシコ］ ●フッサール『内的時間意識の現象学』［独］ ●ベンヤミン『ドイツ悲劇の根源』［独］ ●S・ゲオルゲ『新しい国』［独］ ●E・ケストナー『エーミルと探偵団』［独］ ●ブレヒト《三文オペラ》初演［独］ ●CIAM（近代建築国際会議）開催（～五九）［欧］ ●ガーシュイン《パリのアメリカ人》［米］ ●オニール《奇妙な幕間狂言》初演［米］ ●D・H・ロレンス『チャタレイ夫人の恋人』［英］ ●ヴァン・ダイン『探偵小説二十則』、『グリーン家殺人事件』［米］ ●ナボコフ『キング、クィーンそしてジャック』［米］ ●V・ウルフ『オーランドー』［英］ ●O・ハックスリー『対位法』［英］ ●ウォー『大転落』［英］ ●R・ノックス『ノックスの十戒』［英］ ●リース『ポーズ』［英］ ●サンドラール『白人の子供のための黒人のお話』［スイス］ ●ラヴェル《ボレロ》［仏］ ●ブニュエル／ダリ『アンダルシアの犬』［仏］ ●ブルトン『ナジャ』、『シュルレアリスムと絵画』［仏］ ●ルヴェルディ『跳ねるボール』［仏］ ●J・ロマン『肉体の神』〔仏〕●マルロー『征服者』〔仏〕●サン＝テグジュペリ『南方郵便機』〔仏〕●モラン『黒魔術』〔仏〕●バタイユ『眼球譚』〔仏〕●**P＝J・ジューヴ『カトリーヌ・クラシャの冒険』**〔〜三一〕〔仏〕●バシュラール『近似的認識に関する試論』〔仏〕●マンツィーニ『魅せられた時代』〔伊〕●バリェ＝インクラン『御主人、万歳』〔西〕●G・ミロー『歳月と地の隔たり』〔西〕●シュピッツァー『文体研究』〔墺〕●シュニッツラー『テレーゼ』〔墺〕●ウンセット、ノーベル文学賞受賞〔ノルウェー〕●アレクセイ・N・トルストイ『まむし』〔露〕●イェイツ『塔』〔愛〕●ショーロホフ『静かなドン』〔〜四〇〕〔露〕●ベルゲルソン『選集』〔イディッシュ〕●グスマン『鷲と蛇』〔メキシコ〕●ガルベス『パラグアイ戦争の情景』〔〜二九〕〔アルゼンチン〕

## 一九二九年〔四十五歳〕

戯曲『時代遅れのバイロン卿 *Lord Byron kommt aus der Mode*』（ジョルナイ社）刊行。

▼十月二十四日ウォール街株価大暴落、世界大恐慌に●ミース・ファン・デル・ローエ《バルセロナ万国博覧会のドイツ館》〔独〕●デーブリーン『ベルリン・アレクサンダー広場』〔独〕●レマルク『西部戦線異状なし』〔独〕●アウエルバッハ『世俗詩人ダンテ』〔独〕●クラーゲス『心情の敵対者としての精神』〔〜三三〕〔独〕●ニューヨーク近代美術館開館〔米〕●ヘミングウェイ『武器よさらば』〔米〕●フォークナー『響きと怒り』、『サートリス』〔米〕●ヴァン・ダイン『僧正殺人事件』〔米〕●ナボコフ『チョールブの帰還』〔米〕●D・H・ロレンス『死んだ男』〔英〕●E・シットウェル『黄金海岸の習わし』〔英〕●H・グリーン『生きる』〔英〕●ラミュ『葡萄栽培者たちの祭』〔スイス〕●学術誌『ドキュマン』創刊（編集長バタイユ、〜三〇）〔仏〕●クローデル『繻子の靴』〔仏〕●J・ロマン『船が……』〔仏〕●ジッド『女の学校』〔〜三六〕〔仏〕●コクトー『恐るべき子供たち』〔仏〕●**ルヴェル**

ディ『**風の泉、一九一五―一九二九**』、『**ガラスの水たまり**』〔仏〕●ダビ『北ホテル』〔仏〕●ユルスナール『アレクシあるいは空しい戦いについて』〔仏〕●コレット『第二の女』〔仏〕●ジロドゥー『アンフィトリオン三八』〔仏〕●モラーヴィア『無関心な人々』〔伊〕●ゴメス・デ・ラ・セルナ『人間もどき』〔西〕●リルケ『若き詩人への手紙』〔墺〕●**S・ツヴァイク**『ジョゼフ・フーシェ』、『**過去への旅**』〔墺〕●アンドリッチ『ゴヤ』〔セルビア〕●ツルニャンスキー『流浪』〔セルビア〕●フロンスキー『蜜の心』〔スロヴァキア〕●アレクセイ・N・トルストイ『ピョートル一世』（〜四五）〔露〕●ヤシェンスキ『パリを焼く』〔露〕●ベルゲルソン『重い裁き』〔イディッシュ〕●**デル・ニステル**『思しき』（第二版）、『**なけなしの財産**』〔イディッシュ〕●**グスマン**『**ボスの影**』〔メキシコ〕●ガジェゴス『ドニャ・バルバラ』〔ベネズエラ〕●ボルヘス『サン・マルティンの手帖』〔アルゼンチン〕●小林多喜二『蟹工船』〔日〕

## 一九三〇年［四十六歳］

評論『映画における愛 *Liebe im Film*』※ルードルフ・トーマスと共著（キント社）、リブレット翻訳「死者の家から *Aus einem Totenhaus*」（レオシュ・ヤナーチェク作詞／作曲、チェコ語からドイツ語訳、ウニヴェアザール社）刊行。

▼ロンドン海軍軍縮会議〔英・米・仏・伊・日〕▼国内失業者が千三百万人に〔米〕▼プリモ・デ・リベーラ辞任。ベレンゲール将軍の「やわらかい独裁」開始〔西〕●フロイト『文化への不満』〔墺〕●ムージル『特性のない男』（〜四三、五二）〔墺〕●ヘッセ『ナルチスとゴルトムント』〔独〕●T・マン『マーリオと魔術師』〔独〕●ブレヒト《マハゴニー市の興亡》初演〔独〕●クルティウス『フランス文化論』〔独〕●S・ルイス、ノーベル文学賞受賞〔米〕●フォークナー『死の床に横たわりて』〔米〕●ドス・パソス『北緯四十二度線』〔米〕●マクリーシュ『新天地』〔米〕●ハメット『マルタの鷹』〔米〕●ナボコフ『ルージン

の防御』〔米〕●H・クレイン『橋』〔米〕●J・M・ケイン『われらの政府』〔米〕●D・H・ロレンス『黙示録論』〔英〕●**セイヤーズ『ストロング・ポイズン』**〔英〕●E・シットウェル『アレグザンダー・ポープ』〔英〕●W・エンプソン『曖昧の七つの型』〔英〕●カワード『私生活』〔英〕●リース『マッケンジー氏と別れてから』〔英〕●サンドラール『ラム』〔スイス〕●ブニュエル／ダリ『黄金時代』〔仏〕●ルネ・クレール『パリの屋根の下』〔仏〕●コクトー『阿片』〔仏〕●**ルヴェルディ『白い石』**、『危険と災難』〔仏〕●マルロー『王道』〔仏〕●コレット『シド』〔仏〕●アルヴァーロ『アスプロモンテの人々』〔伊〕●シローネ『フォンタマーラ』〔伊〕●プラーツ『肉体と死と悪魔』〔伊〕●オルテガ・イ・ガセー『大衆の反逆』〔西〕●A・マチャード、M・マチャード『ラ・ロラは港へ』〔西〕●**アイスネル『恋人たち』**〔チェコ〕●エリアーデ『イサベルと悪魔の水』〔ルーマニア〕●マクシモヴィッチ『緑の騎士』〔セルビア〕●フロンスキー『勇敢な子ウサギ』〔スロヴァキア〕●T・クリステンセン『打っ壊し』〔デンマーク〕●ブーニン『アルセーニエフの生涯』〔露〕●アストゥリアス『グアテマラ伝説集』〔グアテマラ〕●ボルヘス『エバリスト・カリエゴ』〔アルゼンチン〕

## 一九三一年〔四十七歳〕

小説『シュテファン・ロットあるいは決断の年 *Stefan Rott oder Das Jahr der Entscheidung*』（ジョルナイ社）、リブレット翻訳『城の幽霊 *Spuk im Schloß*』（オスカー・ワイルド原作の小説『カンタヴィルの幽霊』をヤン・レーヴェンバッハがチェコ語で改作／ヤロスラフ・クシーチカ作曲、レーヴェンバッハのドイツ語訳、ウニヴェアザール社）刊行。

▼アル・カポネ、脱税で収監〔米〕▼金本位制停止。ウェストミンスター憲章を可決、イギリス連邦成立〔英〕▼スペイン

革命、共和政成立〔西〕●ケストナー『ファビアン』、『点子ちゃんとアントン』、『五月三十五日』〔独〕●H・ブロッホ『夢遊の人々』（～三二）〔独〕●ツックマイアー『ケーペニックの大尉』〔独〕●キャザー『岩の上の影』〔米〕●フォークナー『サンクチュアリ』〔米〕●ドライサー『悲劇のアメリカ』〔米〕●オニール《喪服の似合うエレクトラ》初演〔米〕●フィッツジェラルド『バビロン再訪』〔米〕●ハメット『ガラスの鍵』〔米〕●E・ウィルソン『アクセルの城』〔米〕●V・ウルフ『波』〔英〕●H・リード『芸術の意味』〔英〕●デュジャルダン『内的独白』〔仏〕●ニザン『アデン・アラビア』〔仏〕●ギユー『仲間たち』〔仏〕●サン＝テグジュペリ『夜間飛行』（フェミナ賞受賞）〔仏〕●ダビ『プチ・ルイ』〔仏〕●**G・ルブラン『回想』**〔仏〕●サンドラール『今日』〔スイス〕●ヌシッチ『大臣夫人』〔セルビア〕●**アンドリッチ『短編小説集二』**〔セルビア〕●フロンスキー『パン』〔スロヴァキア〕●カールフェルト、ノーベル文学賞受賞〔スウェーデン〕●ボウエン『友人と親戚』〔愛〕●バーベリ『オデッサ物語』〔露〕●クルバック『ゼルメニャン家』〔イディッシュ〕●グスマン『民主主義の冒険』〔メキシコ〕●O・オカンポ、「スール」を創刊〔アルゼンチン〕●アグノン『嫁入り』〔イスラエル〕●ヘジャーズィー『ズィーバー』〔イラン〕

## 一九三二年〔四十八歳〕

翻訳およびリブレット翻案「ナナ *Nana*」（エミール・ゾラ原作の小説を改作／マンフレート・グルリット作曲、フランス語からドイツ語訳、ウニヴェアザール社）刊行。

▼ジュネーブ軍縮会議〔米・英・日〕▼イエズス会に解散命令、離婚法・カタルーニャ自治憲章・農地改革法成立〔西〕▼総選挙でナチス第一党に〔独〕●クルティウス『危機に立つドイツ精神』〔独〕●ヘミングウェイ『午後の死』〔米〕●マクリーシュ『征

服者』（ピュリッツァー賞受賞）〔米〕●ドス・パソス『一九一九年』〔米〕●**キャザー『名もなき人びと』**〔米〕●フォークナー『八月の光』〔米〕●コールドウェル『タバコ・ロード』〔米〕●フィッツジェラルド『ワルツは私と』〔米〕●E・S・ガードナー『ビロードの爪』（ペリー・メイスン第一作）〔米〕●O・ハックスリー『すばらしい新世界』〔英〕●H・リード『現代詩の形式』〔英〕●シャルル＝アルベール・サングリア『ペトラルカ』〔スイス〕●J・ロマン『善意の人びと』（〜四七）〔仏〕●F・モーリヤック『蝮のからみあい』〔仏〕●セリーヌ『夜の果てへの旅』〔仏〕●ベルクソン『道徳と宗教の二源泉』〔仏〕●S・ツヴァイク『マリー・アントワネット』〔墺〕●ホフマンスタール『アンドレアス』〔墺〕●ロート『ラデツキー行進曲』〔墺〕●クルレジャ『フィリップ・ラティノヴィチの帰還』〔クロアチア〕●ドゥーチッチ『都市とキマイラ』〔セルビア〕●ボウエン『北方へ』〔愛〕●ヤシェンスキ『人間は皮膚を変える』（〜三三）〔露〕●ベルゲルソン『ドニエプル河畔』（第一巻）〔イディッシュ〕●M・アスエラ『蛍』〔メキシコ〕●グスマン『青年ミナ――ナバラの英雄』〔メキシコ〕●グイラルデス『小径』〔アルゼンチン〕●ボルヘス『論議』〔アルゼンチン〕

## 一九三三年〔四十九歳〕

一月、ドイツでヒトラーが政権を掌握。ナチスドイツ成立。

小説『落胆しない女 *Die Frau, die nicht enttäuscht*』（A.デ・ランゲ社）刊行。

▼ニューディール諸法成立〔米〕▼スタヴィスキー事件〔仏〕▼ヒトラー首相就任、全権委任法成立、国際連盟脱退〔独〕

●T・マン『ヨーゼフとその兄弟たち』（〜四三）〔独〕●ケストナー『飛ぶ教室』〔独〕●S・アンダーソン『森の中の死』〔米〕

●N・ウェスト『孤独な娘』［米］●ヘミングウェイ『勝者には何もやるな』［米］●スタイン『アリス・B．トクラス自伝』［米］●オニール『ああ、荒野！』［米］●V・ウルフ『フラッシュ　ある犬の伝記』［英］●E・シットウェル『イギリス畸人伝』［英］●H・リード『現代の芸術』［英］●レオン・ボップ『ジャック・アルノーと小説的総体』［スイス］●ルネ・クレール『巴里祭』［仏］●シュルレアリスムの芸術誌「ミノトール」創刊（〜三九）［仏］●J・マリタン『キリスト教哲学について』［仏］●J・ロマン『ヨーロッパの問題』［仏］●コレット『牝猫』［仏］●マルロー『人間の条件』（ゴンクール賞受賞）［仏］●デュアメル『パスキエ家年代記』（〜四五）［仏］●クノー『はまむぎ』［仏］●〈プレイヤッド〉叢書創刊（ガリマール社）［仏］●J・グルニエ『孤島』［仏］●ブニュエル『糧なき土地』［西］●ロルカ『血の婚礼』［西］●ゴンブローヴィッチ『成長期の手記』（五七年『バカカイ』と改題）［ポーランド］●シュルツ『肉桂色の店』［ポーランド］●エリアーデ『マイトレイ』［ルーマニア］●フロンスキー『ヨゼフ・マック』［スロヴァキア］●オフェイロン『素朴な人々の住処』［愛］●ブーニン、ノーベル文学賞受賞［露］●西脇順三郎訳『ヂオイス詩集』［日］

## 一九三四年［五十歳］

評論『人種理論とユダヤ主義 *Rassentheorie und Judentum*』（バリッシア社）、評論『ハインリヒ・ハイネ *Heinrich Heine*』（デ・ランゲ社）刊行。

▼アストゥリアス地方でコミューン形成、政府軍による弾圧。カタルーニャの自治停止［西］▼ヒンデンブルク歿、ヒトラー総統兼首相就任［独］▼作家同盟発足。ビロビジャンにユダヤ自治州創設。キーロフ暗殺事件、大粛清始まる［露］●クラー

ゲス『リズムの本質』〔独〕●デーブリーン『バビロン放浪』〔独〕●フィッツジェラルド『夜はやさし』〔米〕●H・ミラー『北回帰線』〔米〕●ハメット『影なき男』〔米〕●J・M・ケイン『郵便配達は二度ベルを鳴らす』〔米〕●クリスティ『オリエント急行の殺人』〔英〕●ウォー『一握の塵』〔英〕●セイヤーズ『ナイン・テイラーズ』〔英〕●**H・リード『ユニット・ワン』**〔英〕●M・アリンガム『幽霊の死』〔英〕●リース『闇の中の航海』〔英〕●ジオノ『世界の歌』〔仏〕●アラゴン『バーゼルの鐘』〔仏〕●ユルスナール『死神が馬車を導く』、『夢の貨幣』〔仏〕●J・ケッセル『私の知っていた男スタビスキー』〔仏〕●モンテルラン『独身者たち』(アカデミー文学大賞)〔仏〕●コレット『言い合い』〔仏〕●H・フォシヨン『形の生命』〔仏〕●ベルクソン『思想と動くもの』〔仏〕●バシュラール『新しい科学的精神』〔仏〕●レリス『幻のアフリカ』〔仏〕●サンドラール『ジャン・ガルモの秘密の生涯』〔スイス〕●ラミュ『デルボランス』〔スイス〕●ピランデッロ、ノーベル文学賞受賞〔伊〕●アウブ『ルイス・アルバレス・ペトレニャ』〔西〕●ペソア『歴史は告げる』〔ポルトガル〕●S・ツヴァイク『エラスムス・ロッテルダムの勝利と悲劇』〔墺〕●エリアーデ『天国からの帰還』〔ルーマニア〕●ヌシッチ『義賊たち』〔セルビア〕●ブリクセン『七つのゴシック物語』〔デンマーク〕●ベルゲルソン『ビロビジャンの入植者たち』〔イディッシュ〕●デル・ニステル『首都』〔イディッシュ〕●A・レイェス『タラウマラの草』〔メキシコ〕●谷崎潤一郎『文章讀本』〔日〕

## 一九三五年〔五十一歳〕

ハインツ・ポーリツァーとの共同編集でカフカ全集(全六巻)の刊行を開始、一九三七年完結。短編小説集『ボヘミア小説集 *Novellen aus Böhmen*』(デ・ランゲ社)刊行。

▼三月、ハーレム人種暴動。五月、公共事業促進局（WPA）設立［米］▼アビシニア侵攻（〜三六）［伊］▼ブリュッセル万国博覧会［白］▼フランコ、陸軍参謀長に就任。右派政権、農地改革改正法（反農地改革法）を制定［西］▼ユダヤ人の公民権剥奪［独］▼コミンテルン世界大会開催［露］●デーブリーン『情け容赦なし』［独］●カネッティ『眩暈』［独］●H・マン『アンリ四世の青春』、『アンリ四世の完成』（〜三八）［独］●ベンヤミン『複製技術時代の芸術作品』［独］●ガーシュウィン《ポーギーとベス》［米］●ヘミングウェイ『アフリカの緑の丘』［米］●フィッツジェラルド『起床ラッパが消灯ラッパ』［米］●マクリーシュ『恐慌』［米］●キャザー『ルーシー・ゲイハート』［米］●フォークナー『標識塔』［米］●アレン・レーン、〈ペンギン・ブックス〉発刊［英］●セイヤーズ『学寮祭の夜』［英］●H・リード『緑の子供』［英］●N・マーシュ『殺人者登場』［英］●ル・コルビュジエ『輝く都市』［スイス］●サンドラール『ヤバイ世界の展望』［スイス］●ラミュ『人間の大きさ』、『問い』［スイス］●**ギユー『黒い血』**［仏］●F・モーリヤック『夜の終り』［仏］●ジロドゥー《トロイ戦争は起こらないだろう》初演［仏］●A・マチャード『フアン・デ・マイレナ』（〜三九）［西］●オルテガ・イ・ガセー『体系としての歴史』［西］●アレイクサンドレ『破壊すなわち愛』［西］●アロンソ『ゴンゴラの詩的言語』［西］●ホイジンガ『朝の影のなかに』［蘭］●ヴィトリン『地の塩』（文学アカデミー金桂冠賞受賞）［ポーランド］●ストヤノフ『コレラ』［ブルガリア］●アンドリッチ『ゴヤ』［セルビア］●パルダン『ヨーアン・スタイン』［デンマーク］●ボイエ『木のために』［スウェーデン］●マッティンソン『イラクサの花咲く』［スウェーデン］●グリーグ『われらの栄光とわれらの力』［ノルウェー］●ボウエン『パリの家』［愛］●アフマートワ『レクイエム』（〜四〇）［露］●シンガー『ゴライの悪魔』［イディッシュ］●ボンバル『最後の霧』［チリ］●ボルヘス『汚辱の世界史』［アルゼンチン］●川端康成『雪国』（〜三七）［日］

## 一九三六年［五十二歳］

戯曲『動く八本の櫂 *Acht Ruder im Takt*』(フォン・ナックと共著、アイリッヒ社)刊行。

▼合衆国大統領選挙でフランクリン・ローズヴェルトが再選［米］▼人民戦線内閣成立(〜三八)［仏］▼スペイン内戦(〜三九)。オーウェルを含む多数の作家が参戦。ロルカ、スペイン内戦の犠牲者に［西］▼スターリンによる粛清(〜三八)［露］▼パレスチナでアラブ人の暴動激化(〜三九)［中東］▼二・二六事件［日］●フッサール『ヨーロッパ諸科学の危機と超越論的現象学』(未完)［独］●チャップリン『モダン・タイムス』［米］●オニール、ノーベル文学賞受賞［米］●ミッチェル『風と共に去りぬ』［米］●H・ミラー『暗い春』［米］●ドス・パソス『ビッグ・マネー』［米］●キャザー『現実逃避』、『四十歳以下でなく』［米］●フォークナー『アブサロム、アブサロム！』［米］●J・M・ケイン『倍額保険』［米］●クリスティ『ABC殺人事件』［英］●O・ハックスリー『ガザに盲いて』［英］●M・アリンガム『判事への花束』［英］●C・S・ルイス『愛のアレゴリー』［英］●出版社兼ブッククラブ、ギルド・デュ・リーヴル社設立(〜七八)［スイス］●サンドラール『ハリウッド』［スイス］●ラミュ『サヴォワの青年』［スイス］●ジッド、ラスト、ギユー、エルバール、シフラン、ダビとソヴィエトを訪問［仏］●J・ディヴィヴィエ『望郷』［仏］●F・モーリヤック『黒い天使』［仏］●アラゴン『お屋敷町』［仏］●セリーヌ『なしくずしの死』［仏］●ベルナノス『田舎司祭の日記』［仏］●ユルスナール『火』［仏］●ダヌンツィオ『死を試みたガブリエーレ・ダンヌンツィオの秘密の書、一〇〇、一〇〇、一〇〇、一〇〇のページ』(アンジェロ・コクレス名義)［伊］●シローネ『パンとぶどう酒』［伊］●A・マチャード『フアン・デ・マイレーナ』［西］●ドールス『バロック論』［西］●S・ツヴァイク『カステリョ対カルヴァン』［墺］●レルネト＝ホレーニア『バッゲ男爵』［墺］●K・チャペック『山椒魚戦争』［チェコ］●ネーメト・ラースロー『罪』［ハンガリー］

●エリアーデ『クリスティナお嬢さん』［ルーマニア］●アンドリッチ『短篇小説集三』［セルビア］●ラキッチ『詩集』［セルビア］●クルレジャ『ペトリツァ・ケレンプーフのバラード』［クロアチア］●シンガー『アシュケナジ兄弟』［イディッシュ］●ボルヘス『永遠の歴史』［アルゼンチン］

一九三七年［五十三歳］

小説『アンネール *Annerl*』（デ・ランゲ社）、伝記『フランツ・カフカ *Franz Kafka*』（H. メアシー社）、リブレット翻訳「ヴァレンシュタイン *Wallenstein*」（シラー原作の戯曲をミロシュ・カレシュがチェコ語に翻訳、ヤロミール・ヴァインベルゲル作曲、ドイツ語への再翻訳、ウニヴェァアザール社）刊行。

▼ヒンデンブルグ号爆発事故［米］▼イタリア、国際連盟を脱退［伊］▼フランコ、総統に就任［西］●デーブリーン『死のない国』［独］●カロザース、ナイロン・ストッキングを発明［米］●E・スノー『中国の赤い星』［米］●スタインベック『二十日鼠と人間』［米］●W・スティーヴンズ『青いギターの男』［米］●ヘミングウェイ『持つと持たぬと』［米］●J・M・ケイン『セレナーデ』［米］●ナボコフ『賜物』（～三八）［米］●ホイットル、ターボジェット（ジェットエンジン）を完成［英］●V・ウルフ『歳月』［英］●セイヤーズ『忙しい蜜月旅行』［英］●E・シットウェル『黒い太陽の下に生く』［英］●フォックス『小説と民衆』［英］●コードウェル『幻影と現実』［英］●ル・コルビュジエ『伽藍が白かったとき』［スイス］●アルベール・ベガン『ロマン的魂と夢』［スイス］●ギ・ド・プルタレス『奇跡の漁』［スイス／仏］●ルノワール『大いなる幻影』［仏］●ブルトン『狂気の愛』［仏］●マルロー『希望』［仏］●ルヴェルディ『屑鉄』［仏］●ピカソ《ゲルニカ》［西］●ゴンブローヴィッチ『フェルディドゥルケ』［ポーランド］●シュルツ『砂時計サナトリウム』［ポーランド］●エリアーデ『蛇』［ルーマニア］●ブリクセン『アフリカ農場』［デンマーク］●メアリー・コラム『伝統と始祖たち』［愛］●A・レイェス

『ゲーテの政治思想』〔メキシコ〕●パス『お前の明るき影の下で』、『人間の根』〔メキシコ〕

一九三八年〔五十四歳〕

九月二十九日、ミュンヘン会談。チェコスロヴァキアからドイツへのズデーテン地方の割譲が決定される。

小説『日本冒険記 *Abenteuer in Japan*』（実弟オットー・ブロートと共著、デ・ランゲ社）刊行。

▼ブルム内閣総辞職、人民戦線崩壊〔仏〕▼ミュンヘン会談〔英・仏・伊・独〕▼「水晶の夜」〔独〕▼ドイツ、ズデーテンに進駐〔東欧〕▼レトロマンス語を第四の国語に採択〔スイス〕▼「絶対中立」の立場に戻り、国際連盟離脱〔スイス〕●デーブリーン『青い虎』〔独〕●ヘミングウェイ『第五列と最初の四十九短編』〔米〕●E・ウィルソン『三重の思考者たち』〔米〕●ヒッチコック『バルカン超特急』〔英〕●V・ウルフ『三ギニー』〔英〕●G・グリーン『ブライトン・ロック』〔英〕●コナリー『嘱望の仇敵』〔英〕●オーウェル『カタロニア賛歌』〔英〕●カルネ『霧の波止場』〔仏〕●サルトル『嘔吐』〔仏〕●ラルボー『ローマの色』〔仏〕●ユルスナール『東方綺譚』〔仏〕●バシュラール『科学的精神の形成』、『火の精神分析』〔仏〕●ラミュ『もし太陽が戻らなかったら』〔スイス〕●バッケッリ『ポー川の水車小屋』（〜四〇）〔伊〕●ホイジンガ『ホモ・ルーデンス』〔蘭〕●エリアーデ『天国における結婚』〔ルーマニア〕●**ヌシッチ『故人』**〔セルビア〕●クルレジャ『理性の敷居にて』、『ブリトヴァの宴会』（〜六三）〔クロアチア〕●ベケット『マーフィ』〔愛〕●ボウエン『心情の死滅』〔愛〕●ベルゲルソン『一歩また一歩』〔イディッシュ〕●グスマン『パンチョ・ビジャの思い出』（〜四〇）〔メキシコ〕●ロサダ出版創設〔アルゼンチン〕

一九三九年［五十五歳］

三月、ナチスドイツ、チェコの占領を開始。

同月十四日夜、ブロート夫妻はプラハを出発する最終の国際列車でチェコスロヴァキアを出国。ブロートがカフカの遺稿を携えて亡命したことにより、カフカの遺稿は救出された。ポーランド、ギリシャを経てベッサラビアから海路でパレスチナに到着、テル・アヴィヴに居を定める。

評論『此岸の奇蹟あるいはユダヤ人の理想とその実現 *Das Diesseitswunder oder Die jüdische Idee und ihre Verwirklichung*』（J・ゴルトシュタイン社）、小説『丘が呼んでいる *Der Hügel ruft*』（ゴルトシュタイン社）刊行。

▼第二次世界大戦勃発［欧］●パノフスキー『イコノロジー研究』［独］●デーブリーン『一九一八年十一月。あるドイツの革命』（～五〇）［独］●T・マン『ヴァイマルのロッテ』［独］●スタインベック『怒りのぶどう』［米］●ドス・パソス『ある青年の冒険』［米］●オニール『氷屋来たる』［米］●チャンドラー『大いなる眠り』［米］●W・C・ウィリアムズ『全詩集　一九〇六－一九三八』［米］●クリスティ『そして誰もいなくなった』［英］●リース『真夜中よ、こんにちは』［英］●エドモン＝アンリ・クリジネル『眠らぬ人』［スイス］●カルネ『陽は昇る』［仏］●P・シュナル『最後の曲がり角』［仏］●ジロドゥー『オンディーヌ』［仏］●ジッド『日記』（～五〇）［仏］●サン＝テグジュペリ『人間の大地』（アカデミー小説大賞）［仏］●ドリュ・ラ・ロシェル『ジル』［仏］●ユルスナール『とどめの一撃』［仏］●サロート『トロピスム』［仏］●ホセ・オルテガ・イ・ガセー、ブエノスアイレスに亡命［西］●ジョイス『フィネガンズ・ウェイク』［愛］●F・オブライエン『スイム・トゥー・バーズにて』［愛］●**デル・ニステル『マシュベル家』**（～四〇）［イディッシュ］

●セゼール『帰郷ノート』［中南米］●スダメリカナ出版創設。エメセー出版社創設［アルゼンチン］

一九四一年［五十七歳］

十二月、弟オットー夫妻とマリアンネ、テレジェンシュタット（テレジーン）のゲットーに収容される。

▼六月二十二日、独ソ戦開始［独・露］▼ナチス占領下でユダヤ人虐殺（～四五）［欧］▼十二月八日、日本真珠湾攻撃、米国参戦［日・米］●ブレヒト《肝っ玉おっ母とその子供たち》チューリヒにて初演［独］●E・フロム『自由からの逃走』［独］●シーボーグ、マクミランら、プルトニウム238を合成［米］●白黒テレビ放送開始［米］●O・ウェルズ『市民ケーン』［米］●I・バーリン《ホワイト・クリスマス》［米］●フィッツジェラルド『ラスト・タイクーン』（未完）［米］●**J・M・ケイン『ミルドレッド・ピアース未必の故意』**［米］●ナボコフ『セバスチャン・ナイトの真実の生涯』［米］●V・ウルフ『幕間』［英］●ケアリー『馬の口から』（～四四）［英］●アンリ・プラ『三月の風』［仏］●ラルボー『罰せられざる悪徳・読書――フランス語の領域』［仏］●ヴィットリーニ『シチリアでの会話』［伊］●パヴェーゼ『故郷』［伊］●レルネト゠ホレーニア『白羊宮の火星』［墺］●ベルゲルソン『短編集』［イディッシュ］●M・アスエラ『新たなブルジョワ』［メキシコ］●パス『石と花の間で』［メキシコ］●ボルヘス『八岐の園』［アルゼンチン］

一九四二年［五十八歳］

八月、妻エルザ死去。

喪失感を癒すため、ヘブライ語学習に没頭。その過程でのちに秘書となるイルゼ・エスター・ホッフェを知る。

▼エル・アラメインの戦い〔欧・北アフリカ〕▼ミッドウェイ海戦〔日・米〕▼スターリングラードの戦い（〜四三）〔独・ソ〕●ゼーガース『第七の十字架』、『トランジット』（〜四四）〔独〕●E・フェルミら、シカゴ大学構内に世界最初の原子炉を建設〔米〕●チャンドラー『高い窓』〔米〕●ベロー『朝のモノローグ二題』〔米〕●J・M・ケイン『美しき故意のからくり』〔米〕●S・ランガー『シンボルの哲学』〔米〕●V・ウルフ『蛾の死』〔英〕●T・S・エリオット『四つの四重奏』〔英〕●E・シットウェル『街の歌』〔英〕●ギユー『夢のパン』（ポピュリスト賞受賞）〔仏〕●サン＝テグジュペリ『戦う操縦士』〔仏〕●カミュ『異邦人』、『シーシュポスの神話』〔仏〕●ポンジュ『物の味方』〔仏〕●エリュアール『詩と真実』〔仏〕●バシュラール『水と夢』〔仏〕●ウンガレッティ『喜び』〔伊〕●**S・ツヴァイク『昨日の世界』**、**『チェス奇譚』**〔墺〕●ブリクセン『冬の物語』〔デンマーク〕●A・レイエス『文学的経験について』〔メキシコ〕●パス『世界の岸辺で』、『孤独の詩、感応の詩』〔メキシコ〕●ボルヘス＝ビオイ・カサーレス『ドン・イシドロ・パロディ　六つの難事件』〔アルゼンチン〕●郭沫若『屈原』〔中〕

## 一九四四年〔六十歳〕

十月、弟オットー夫妻とマリアンネ、チェコスロヴァキア共和国独立記念日に合わせて運行された最後の移送列車でアウシュヴィッツに送られ、死亡する。死亡日時の詳細は不明。

戯曲『イスラエルの王サウル *Schaul melek Jisra'el*』（S・J・シャピラと共著、ヘブライ語、ホサアート・マーアディム社）刊行。

▼六月六日、連合軍、ノルマンディー上陸作戦決行〔欧・米〕▼八月二十五日、パリ解放。ドゴールが共和国臨時政府首席就任〔仏〕●アウブ『見て見ぬふりが招いた死』〔西〕●**H・ファラダ『酔っ払い』**（／五〇）〔独〕●ベロー『宙ぶらりんの男』〔米〕

●V・ウルフ『幽霊屋敷』［英］●**コナリー『不安な墓場』**［英］●オーデン『しばしの間は』［英］●ユング『心理学と錬金術』［スイス］●サルトル《出口なし》初演［仏］●カミュ《誤解》初演［仏］●バタイユ『有罪者』［仏］●ボーヴォワール『他人の血』［仏］●ジュネ『花のノートルダム』［仏］●ベールフィット『特別な友情』［仏］●マンツィーニ『獅子のごとく強く』［伊］●イェンセン、ノーベル文学賞受賞［デンマーク］●ジョイス『スティーヴン・ヒアロー』［愛］●ボルヘス『工匠集』、『伝奇集』［アルゼンチン］

## 一九四五年［六十一歳］

第二次世界大戦終わる。

▼二月、ヤルタ会談［米・英・ソ］▼五月八日、ドイツ降伏、停戦［独］▼七月十七日、ポツダム会談（〜八月二日）［米・英・ソ］▼米軍、広島（八月六日）、長崎（八月九日）に原子爆弾を投下。日本、ポツダム宣言受諾、八月十五日、無条件降伏［日］●H・ブロッホ『ヴェルギリウスの死』［独］●T・ウィリアムズ《ガラスの動物園》初演［米］●サーバー『サーバー・カーニヴァル』［米］●フィッツジェラルド『崩壊』［米］●K・バーク『動機の文法』［米］●マクレナン『二つの孤独』［カナダ］●ゲヴルモン『突然の来訪者』［カナダ］●ロワ『はかなき幸福』［カナダ］●オーウェル『動物農場』［英］●コナリー『呪われた遊戯場』［英］●ウォー『ブライズヘッドふたたび』［英］●**サンドラール『雷に打たれた男』**［スイス］●〈セリ・ノワール〉叢書創刊（ガリマール社）［仏］●カミュ《カリギュラ》初演［仏］●シモン『ペテン師』［仏］●ルヴェルディ『ほとんどの時間』［仏］●メルロ＝ポンティ『知覚の現象学』［仏］●モラーヴィア『アゴスティーノ』［伊］●ヴィットリーニ『人間と否と』［伊］●C・レーヴィ『キリストはエボリにとどまりぬ』［伊］●ウンガレッティ『散逸詩編』［伊］●マンツィーニ『出版人への手紙』［伊］●アウブ『血の戦場』［西］●セフェリス『航海日誌II』［希］●**S・ツヴァイク『聖伝』**

［墺］●アンドリッチ『ドリナの橋』、『トラーヴニク年代記』、『お嬢さん』［セルビア］●リンドグレン『長くつ下のピッピ』［スウェーデン］●ワルタリ『エジプト人シヌヘ』［フィンランド］●A・レイェス『ロマンセ集』［メキシコ］●G・ミストラル、ノーベル文学賞受賞［チリ］●ビオイ・カサーレス『脱獄計画』［アルゼンチン］

## 一九四七年［六十三歳］

財産をイルゼ・エスター・ホッフェに寄贈。財産に自身の原稿のほかカフカの遺稿があった。

評論『此岸と彼岸』（第一巻）*Diesseits und Jenseits. Band I*（モンディアル社）刊行。

▼マーシャル・プラン（ヨーロッパ復興計画）を立案［米］▼コミンフォルム結成［東欧］▼国連でパレスチナ分割決議案採択［パレスチナ］▼インド、パキスタン独立［アジア］●T・マン『ファウスト博士』［独］●H・H・ヤーン『岸辺なき流れ』（〜六一）［独］●ボルヒェルト『戸口の外で』［独］●J・M・ケイン『蝶』、『罪深い女』［米］●ベロー『犠牲者』［米］●E・ウィルソン『ベデカーなしのヨーロッパ』［米］●T・ウィリアムズ《欲望という名の電車》初演（ニューヨーク劇評家協会賞、ピュリッツァー賞他受賞）［米］●V・ウルフ『瞬間』［英］●E・シットウェル『カインの影』［英］●ハートリー『ユースタスとヒルダ』［英］●ラウリー『活火山の下』［英］●**A・リヴァ『みつばちの平和』**［スイス］●ジッド、ノーベル文学賞受賞［仏］●マルロー『芸術の心理学』（〜四九）［仏］●クノー『文体練習』［仏］●カミュ『ペスト』［仏］●**G・ルブラン『勇気の装置』**［仏］●ジュネ『女中たち』［仏］●ヴィアン『日々の泡』［仏］●アンテルム『人類』［仏］●**シモン『綱渡り』**［仏］●ヴェイユ『重力と恩寵』［仏］●ウンガレッティ『悲しみ』［伊］●パヴェーゼ『異神との対話』［伊］●カルヴィーノ『蜘蛛の巣の小径』［伊］●ドールス『ドン・ファン——その伝説の起源について』、『哲学の秘密』

［西］●ゴンブローヴィッチ『結婚』（西語版、六四パリ初演）［ポーランド］●メアリー・コラム『人生と夢と』［愛］●**ベルゲルソン『新しい物語』**［イディッシュ］●M・アスエラ『メキシコ小説の百年』［メキシコ］●A・ヤニェス『嵐がやってくる』［メキシコ］●ボルヘス『時間についての新しい反問』［アルゼンチン］●**A・ビオイ・カサーレス／S・オカンポ『愛する者は憎む』**［アルゼンチン］

## 一九四八年［六十四歳］

五月十四日、イスラエル独立宣言。

評論『此岸と彼岸（第二巻）*Diesseits und Jenseits. Band II*』（モンディアル社）、小説『捕われたガリレイ *Galilei in Gefangenschaft*』（モンディアル社）、評論『フランツ・カフカの信仰と教え *Franz Kafkas Glauben und Lehre*』（モンディアル社）刊行。

▼ブリュッセル条約調印、西ヨーロッパ連合成立［西欧］▼ソ連、ベルリン封鎖［東欧］▼イタリア共和国発足［伊］▼イスラエル独立宣言［パレスチナ］▼ガンジー暗殺［印］▼アパルトヘイト開始［南アフリカ］●デーブリーン『新しい原始林』［独］●ノサック『死神とのインタヴュー』［独］●クルティウス『ヨーロッパ文学とラテン中世』［独］●キャザー『年老いた美女 その他』［米］●J・M・ケイン『蛾』［米］●T・S・エリオット、ノーベル文学賞受賞［英］●リーヴィス『偉大なる伝統』［英］●グレイヴズ『白い女神』［英］●サン＝テグジュペリ『城砦』［仏］●ルヴェルディ『死者たちの歌』、『私の航海日記』［仏］●サロート『見知らぬ男の肖像』［仏］●シャール『激情と神秘』［仏］●バシュラール『大地と意志の夢想』、『大地と休息の夢想』［仏］●サンドラール『難航海』［スイス］●バッケッリ『イエスの一瞥』［伊］●オルテガ・イ・ガセー、弟子のマリアスとともに、人文科学研究所を設立［西］●**アイスネル『フランツ・カフカとプラハ』**［チェコ］●アンドリッチ『宰相の象』［セルビア］●フロンスキー『アンドレアス・ブール師匠』［スロヴァキア］●エルネスト・サバト

『トンネル』〔アルゼンチン〕

## 一九四九年［六十五歳］

小説『ウナンボ *Unambo*』（シュタインベアク社）刊行。

▼北大西洋条約機構成立〔欧・米〕▼ドイツ連邦共和国、ドイツ民主共和国成立〔独〕▼アイルランド共和国、完全成立〔愛〕▼中華人民共和国成立〔中〕●H・ベル『列車は定時に発着した』〔独〕●ゼーガース『死者はいつまでも若い』〔独〕●A・シュミット『リヴァイアサン』〔独〕●フォークナー、ノーベル文学賞受賞〔米〕●A・ミラー《セールスマンの死》初演〔米〕●チャンドラー『リトル・シスター』〔米〕●スタイン『Q.E.D.』〔米〕●ドス・パソス『偉大なる計画』〔米〕●キャザー『創作論』〔米〕●C・リード『第三の男』（G・グリーン脚本、オーソン・ウェルズ主演）〔英〕●T・S・エリオット《カクテル・パーティー》上演〔英〕●オーウェル『一九八四年』〔英〕●ミュア『迷宮』〔英〕●サンドラール『空の分譲地』、『パリ郊外』〔スイス〕●ギユー『我慢くらべ』（ルノドー賞受賞）〔仏〕●カミュ《正義の人々》初演〔仏〕●サルトル『自由への道』（〜四九）、月刊誌「レ・タン・モデルヌ」を創刊〔仏〕●**ルヴェルディ**『**手仕事**』〔仏〕●ボーヴォワール『第二の性』〔仏〕●レヴィ＝ストロース『親族の基本構造』〔仏〕●P・レーヴィ『これが人間か』〔伊〕●バッケッリ『最後の夜明け』〔伊〕●パヴェーゼ『美しい夏』、『丘の上の悪魔』〔伊〕●ヒメネス『望まれ、望む神』〔西〕●ボウエン『日ざかり』〔愛〕●ベルゲルソン『ルヴェニ王子』〔イディッシュ〕●パス『言葉のかげの自由』〔メキシコ〕●カルペンティエール『この世の王国』〔キューバ〕●ボルヘス『続審問』、『エル・アレフ』〔アルゼンチン〕●三島由紀夫『仮面の告白』〔日〕

一九五一年〔六十七歳〕

小説『主 *Der Meister*』（エッカート社）、評論『イスラエルの音楽 *Die Musik Israels*』（ゴルトシュタイン社）刊行。

▼サンフランシスコ講和条約、日米安全保障条約調印〔米・日〕●T・マン『選ばれし人』〔独〕●N・ザックス『エリ――イスラエルの受難の神秘劇』〔独〕●ケッペン『草むらの鳩たち』〔独〕●サリンジャー『ライ麦畑でつかまえて』〔米〕●スタイロン『闇の中に横たわりて』〔米〕●J・ジョーンズ『地上より永遠に』〔米〕●J・M・ケイン『罪の根源』〔米〕●ポーエル『時の音楽』（〜七五）〔英〕●G・グリーン『情事の終わり』〔英〕●マルロー『沈黙の声』〔仏〕●カミュ『反抗的人間』〔仏〕●イヨネスコ《授業》初演〔仏〕●サルトル《悪魔と神》初演〔仏〕●ユルスナール『ハドリアヌス帝の回想』〔仏〕●グラック『シルトの岸辺』〔仏〕●アウブ『開かれた戦場』〔西〕●セラ『蜂の巣』〔西〕●ラーゲルクヴィスト、ノーベル文学賞受賞〔スウェーデン〕●ベケット『モロイ』、『マロウンは死ぬ』〔愛〕●A・レイェス『ギリシアの宗教研究について』〔メキシコ〕●パス『鷲か太陽か?』〔メキシコ〕●コルタサル『動物寓話集』〔アルゼンチン〕●大岡昇平『野火』〔日〕

一九五二年〔六十八歳〕

小説『取り戻される夏 *Der Sommer, den man zurückwünscht*』（マネッセ社）、小説『優等生になり損ねた男あるいは触れられたチェスの駒 *Beinahe ein Vorzugsschüler oder Pièce touchée*』（マネッセ社）、評論『われわれの存在の新たな意義を求めて *Auf der Suche nach einem neuen Sinn unseres Daseins*』（ドイツ社）刊行。

▼アイゼンハワー、大統領選勝利〔米〕▼ジョージ六世歿、エリザベス二世即位〔英〕●ツェラーン『罌粟と記憶』〔独〕●F・ジンネマン『真昼の決闘』（ゲイリー・クーパー、グレイス・ケリー主演）〔米〕●ジョン・ケージ《4分33秒》〔米〕●F・オコナー『賢い血』〔米〕●スタインベック『エデンの東』〔米〕●ヘミングウェイ『老人と海』〔米〕●R・エリソン『見えない人間』〔米〕●H・リード『現代芸術の哲学』〔英〕●サンドラール『ブラジル』〔スイス〕●デュレンマット『ミシシッピ氏の結婚』〔スイス〕●ルネ・クレマン『禁じられた遊び』〔仏〕●F・モーリャック、ノーベル文学賞受賞〔仏〕●プルースト『ジャン・サントゥイユ』〔仏〕●サルトル『聖ジュネ』〔仏〕●ボワロー＝ナルスジャック『悪魔のような女』〔仏〕●**シモン『ガリバー』**〔仏〕●マルロー『想像の美術館』（〜五四）〔仏〕●ゴルドマン『人間の科学と哲学』〔仏〕●レヴィ＝ストロース『人種と歴史』〔仏〕●ファノン『黒い皮膚、白い仮面』〔仏〕●カルヴィーノ『まっぷたつの子爵』〔伊〕●カラスラヴォフ『普通の人々』（〜七五）〔ブルガリア〕●タレフ『鉄の灯台』〔ブルガリア〕●オヴェーチキン『地区の日常』（〜五六）〔露〕

## 一九五三年〔六十九歳〕

評論『道標としてのフランツ・カフカ *Franz Kafka als wegweisende Gestalt*』（チューディ社）、書簡集『レオシュ・ヤナーチェクとの往復書簡 *Korrespondence Leoše Janáčka s Maxem Brodem*』（チェコ語、ヤナーチェク宛のブロートによる手紙はドイツ語訳、チェコ国立社）刊行。

▼スターリン歿〔露〕●クルツィウス『二十世紀のフランス精神』〔独〕●A・ミラー《るつぼ》初演〔米〕●バロウズ『ジャンキー』〔米〕●チャンドラー『長いお別れ』〔米〕●ベロー『オーギー・マーチの冒険』〔米〕●ボールドウィン『山にのぼりて告げよ』〔米〕●ブラッド

ベリ『華氏451度』〔米〕●J・M・ケイン『ガラテア』〔米〕●S・ランガー『感情と形式』〔米〕●チャーチル、ノーベル文学賞受賞〔英〕●フレミング『カジノ・ロワイヤル』〔英〕●ウェイン『急いで下りろ』〔英〕●クロソフスキー『歓待の掟』（〜六〇）〔仏〕●**サロート『マルトロー』**〔仏〕●ロブ＝グリエ『消しゴム』〔仏〕●ボヌフォワ『ドゥーヴの動と不動について』〔仏〕●バルト『エクリチュールの零度』〔仏〕●サンドラール『世界の隅々でのクリスマス』〔スイス〕●デュレンマット『天使バビロンに来たる』〔スイス〕●ヴィトゲンシュタイン『哲学探究』〔墺〕●バッハマン『猶予の時』〔墺〕●ゴンブローヴィッチ『トランス＝アトランティック／結婚』〔ポーランド〕●ミウォシュ『囚われの魂』〔ポーランド〕●カリネスク『哀れなヨアニデ』〔ルーマニア〕●ベケット《ゴドーを待ちながら》初演、『ワット』、『名づけえぬもの』〔愛〕●トワルドフスキー『遠い彼方』〔露〕●ルルフォ『燃える平原』〔メキシコ〕●カルペンティエール『失われた足跡』〔キューバ〕●ラミング『私の肌の砦のなかで』〔バルバドス〕

## 一九五五年〔七十一歳〕

小説『憐れなキケロ *Armer Cicero*』（F・A・ヘアビッヒ社）刊行。

▼ローザ・パークス逮捕、モンゴメリー・バス・ボイコット事件に（〜五六）〔米〕▼ワルシャワ条約機構結成〔露・東欧〕●ノサック『おそくとも十一月には』〔独〕●ツェラーン『閾から閾へ』〔独〕●ナボコフ『ロリータ』〔米〕●ハイスミス『太陽がいっぱい』（フランス推理小説大賞受賞）〔米〕●T・ウィリアムズ『熱いトタン屋根の猫』〔米〕●E・ウィルソン『死海文書』〔米〕●W・サイファー『ルネサンス様式の四段階』〔米〕●H・リード『イコンとイデア』〔英〕●レヴィ＝ストロース『悲しき熱帯』〔仏〕●ロブ＝グリエ『覗くひと』〔仏〕●ブランショ『文学空間』〔仏〕●リシャール『詩と深さ』〔仏〕●ルヴェルディ『天井の太陽に』〔仏〕●パゾリーニ『生命ある若者』、

レオネッティらと「オッフィチーナ」誌創刊（〜五九）〔伊〕●プラトリーニ『メテッロ』〔伊〕●エリアーデ『禁断の森』（仏語版、原題『聖ヨハネ祭の前夜』七一年）〔ルーマニア〕●プレダ『モロメテ一家』（〜六七）〔ルーマニア〕●マクシモヴィッチ『土の匂い』〔セルビア〕●ラックスネス、ノーベル文学賞受賞〔愛〕●ボウエン『愛の世界』〔愛〕●ルルフォ『ペドロ・パラモ』〔愛〕●パステルナーク『ドクトル・ジバゴ』（五七刊）〔露〕●石原慎太郎『太陽の季節』〔日〕●檀一雄『火宅の人』〔日〕

## 一九五七年［七十三歳］

小説『反抗する親友たち *Rebellische Herzen*』（ヘアビッヒ社）、戯曲『アメリカ *Amerika*』（カフカの『失踪者』を改作、S・フィッシャー社）刊行。

▼EEC発足〔欧〕▼一九五七年公民権法〔米〕▼人工衛星スプートニク1号打ち上げ成功〔露〕●アンデルシュ『ザンジバル』〔独〕●ショーレム『ユダヤ神秘主義』〔独〕●G・R・ホッケ『迷宮としての世界』〔独〕●E・グラッシ『芸術と神話』〔独〕●ケルアック『路上』〔米〕●チョムスキー『文法の構造』〔米〕●フライ『批評の解剖』〔米〕●H・リード『インダストリアル・デザイン』〔英〕●ダレル『ジュスティーヌ』〔英〕●マルロー『神々の変貌』〔仏〕●カミュ『追放と王国』、ノーベル文学賞受賞〔仏〕●ビュトール『心変わり』（ルノードー賞受賞）〔仏〕●ロブ＝グリエ『嫉妬』〔仏〕●シモン『風』〔仏〕●バタイユ『空の青』、『文学と悪』、『エロティシズム』〔仏〕●バルト『神話作用』〔仏〕●バシュラール『空間の詩学』〔仏〕●スタロバンスキー『ルソー 透明と障害』〔スイス〕●バッケッリ『ノストス』〔伊〕●カルヴィーノ『木のぼり男爵』〔伊〕●パゾリーニ『グラムシの遺骨』〔伊〕●ガッダ『メルラーナ街の混沌たる殺人事件』〔伊〕●ヴィットリーニ『公開日記』〔伊〕●オルテガ・イ・ガセー『個人と社会』〔西〕●ドールス『エル・グレコとトレド』〔西〕●ゴンブロー

ヴィッチ『トランス・アトランティック』、『日記』(〜六六)〔ポーランド〕●**ブリクセン『最後の物語』**〔デンマーク〕●ベケット『勝負の終わり』〔愛〕●ベルゲルソン『物語とエッセイ』〔イディッシュ〕●パス『太陽の石』〔メキシコ〕●ドノーソ『戴冠式』〔チリ〕●遠藤周作『海と毒薬』〔日〕

## 一九五八年〔七十四歳〕

小説『ミラ *Mira*』(キンドラー社)、評論『フランツ・カフカの作品における絶望と救済 *Verzweiflung und Erlösung im Werk Franz Kafkas*』(フィッシャー社)刊行。

▼第五共和政成立〔仏〕●ノサック『弟』〔独〕●アウエルバッハ『中世の言語と読者』〔独〕●ヒッチコック『めまい』〔米〕●バーンスタイン作曲『ウェスト・サイド物語』(ジェローム・ロビンズ原案)〔米〕●ドス・パソス『偉大なる日々』〔米〕●バース『旅路の果て』〔米〕●カポーティ『ティファニーで朝食を』〔米〕●ケルアック『ダルマ行脚』〔米〕●マラマッド『魔法のたる』〔米〕●ダレル『バルタザール』、『マウントオリーヴ』〔英〕●マードック『鐘』〔英〕●ビュトール『土地の精霊』(第一巻)〔仏〕●デュラス『モデラート・カンタービレ』〔仏〕●シモン『草』〔仏〕●ソレルス『奇妙な孤独』〔仏〕●ボーヴォワール『娘時代』(〜七二)〔仏〕●ボヌフォワ『不たしかなもの』〔仏〕●レヴィ＝ストロース『構造人類学』〔仏〕●マレ＝ジョリ『天上の帝国』〔白〕●バッケッリ『ユリウス・カエサルの三人の奴隷』〔伊〕●アウブ『ジュゼップ・トーレス・カンパーランス』〔西〕●ヘルマンス『ダモクレスの暗い部屋』〔蘭〕●フルビーン『八月の日曜日』〔チェコ〕●ゴンブローヴィッチ『フェルディドゥルケ』〔ポーランド〕●ブリクセン『運命綺譚』〔デンマーク〕●ミナーチ『待機の長い時』〔スロヴァキア〕●パステルナーク、ノーベル文学賞を辞退〔露〕●パス『激しい季節』〔メキシコ〕●グスマン『歴史に残る死』、『別

論集』［メキシコ］●フエンテス『澄みわたる土地』［メキシコ］●カルペンティエール『時との戦い』［キューバ］●グリッサン『レザルド川』［中南米］●大江健三郎『飼育』［日］

## 一九五九年［七十五歳］

小説『霧のなかの青年時代 *Jugend im Nebel*』（エッカート社）刊行。

▼キューバ革命、カストロ政権成立［キューバ］●ツェラーン『言語の格子』［独］●ヨーンゾン『ヤーコプについての推測』［独］●ベル『九時半のビリヤード』［独］●グラス『ブリキの太鼓』、『猫と鼠』（～六一）［独］●G・R・ホッケ『文学におけるマニエリスム』［独］●スナイダー『割り石』［米］●バロウズ『裸のランチ』［米］●ロス『さよならコロンバス』［米］●ベロー『雨の王ヘンダソン』［米］●パーディ『マルカムの遍歴』［米］●シリトー『長距離走者の孤独』［英］●G・スタイナー『トルストイかドストエフスキーか』［英］●イヨネスコ《犀》初演［仏］●クノー『地下鉄のザジ』［仏］●サロート『プラネタリウム』［仏］●ロブ＝グリエ『迷路のなかで』［仏］●トロワイヤ『正しき人々の光』（～六三）［仏］●ボヌフォワ『昨日は荒涼として支配して』［仏］●クァジーモド、ノーベル文学賞受賞［伊］●カルヴィーノ『不在の騎士』［伊］●パゾリーニ『暴力的な生』［伊］●ヴィットリーニとカルヴィーノ、「メナボ」誌創刊（～六七）［伊］●クルレジャ『アレタエウス』［クロアチア］●ヴィリ・セーアンセン『詩人と悪魔』［デンマーク］●ムーベリ『スウェーデンへの最後の手紙』［スウェーデン］●リンナ『ここ北極星の下で』（～六二）［フィンランド］●**ベルゲルソン『二匹のけだもの』**［イディッシュ］●グスマン『マリアス諸島――小説とドラマ』、『アカデミア』［メキシコ］●コルタサル『秘密の武器』［アルゼンチン］●**S・オカンポ『復讐の女』**［アルゼンチン］●安岡章太郎『海辺の光景』［日］

## 一九六〇年［七十六歳］

詩集『禁じられた女 *Die verbotene Frau*』（シュティアスニー社）、自伝『生をめぐる闘い *Streitbares Leben*』（キンドラー社）刊行。

▼EECに対抗し、EFTAを結成［英］▼アルジェリア蜂起［アルジェリア］●ガーダマー『真理と方法』［独］●M・ヴァルザー『ハーフタイム』［独］●G・R・ホッケ『マグナ・グラエキア』［独］●アプダイク『走れウサギ』［米］●バース『酔いどれ草の仲買人』［米］●ピンチョン『エントロピー』［米］●オコナー『烈しく攻むる者はこれを奪う』［米］●W・サイファー『ロココからキュビスムへ』［米］●ダレル『クレア』［英］●サン＝ジョン・ペルス、ノーベル文学賞受賞［仏］●ソレルスら、前衛的文学雑誌「テル・ケル」を創刊（〜八二）［仏］●ギユー『敗れた戦い』［仏］●ルヴェルディ『海の自由』［仏］●ビュトール『段階』、『レペルトワール I』［仏］●シモン『フランドルへの道』［仏］●デュラス『ヒロシマ・モナムール』［仏］●ジュネ『バルコン』［仏］●セリーヌ『北』［仏］●バシュラール『夢想の詩学』［仏］●ウンガレッティ『老人の手帳』［伊］●モラーヴィア『倦怠』（ヴィアレッジョ賞受賞）［伊］●マトゥーテ『最初の記憶』［西］●『フェルナンド・ペソア詩集』［ポルトガル］●ゴンブリッチ『芸術と幻影』［墺］●ゴンブローヴィッチ『ポルノグラフィア』［ポーランド］●カネッティ『群衆と権力』［ブルガリア］●フロンスキー『トラソヴィスコ村の世界』［スロヴァキア］●ブリクセン『草に落ちる影』［デンマーク］●ヴォズネセンスキー『放物線』［露］●A・レイェス『言語学への新たな道』［メキシコ］●カブレラ＝インファンテ『平和のときも戦いのときも』［キューバ］●リスペクトール『家族の絆』［ブラジル］●ボルヘス『創造者』［アルゼンチン］●コルタサル『懸賞』［アルゼンチン］●倉橋由美子『パルタイ』［日］

## 一九六一年［七十七歳］

小説『桃色の珊瑚 *Die Rosenkoralle*』（エッカート社）、評論『グスタフ・マーラー *Gustav Mahler*』（ネア・ターミト社）刊行。

▼ベルリンの壁建設［欧］▼ガガーリンが乗った人間衛星ヴォストーク第一号打ち上げ成功［露］●バッハマン『三十歳』［墺］●ヨーンゾン『三冊目のアヒム伝』［独］●バロウズ『ソフト・マシーン』［米］●ギンズバーグ『カディッシュ』［米］●ハインライン『異星の客』［米］●ヘラー『キャッチ＝22』［米］●マッカラーズ『針のない時計』［米］●カーソン『沈黙の春』［米］●ヘミングウェイ自殺［米］●ナイポール『ビスワス氏の家』［英］●G・スタイナー『悲劇の死』［英］●ラウリー『天なる主よ、聞きたまえ』［英］●フリッシュ『アンドラ』、『我が名はガンテンバイン』（～六四）［スイス］●スタロバンスキー『活きた眼』（～七〇）［スイス］●プーレ『円環の変貌』［白］●「カイエ・ド・レルヌ」誌創刊［仏］●「コミュニカシオン」誌創刊［仏］●ビュトール『驚異の物語――ボードレールのある夢をめぐるエッセイ』［仏］●ロブ＝グリエ『去年マリーエンバートで』［仏］●ボヌフォワ『ランボー』［仏］●ジュネ『屏風』［仏］●フーコー『狂気の歴史』［仏］●バシュラール『蠟燭の焔』［仏］●リシャール『マラルメの想像的宇宙』［仏］●パオロ・ヴィタ＝フィンツィ『偽書撰』［伊］●アウブ『バルベルデ通り』［西］●シュピッツァー『フランス抒情詩史の解釈』［墺］●レム『ソラリス』［ポーランド］●アンドリッチ、ノーベル文学賞受賞［セルビア］●クルレジャ『旗』（～六七）［クロアチア］●アクショーノフ『星の切符』［露］●ベケット『事の次第』［愛］●アマード『老練なる船乗りたち』［ブラジル］●ガルシア＝マルケス『大佐に手紙は来ない』［コロンビア］●**S・オカンポ『招かれた女たち』**［アルゼンチン］●E・サバト『英雄たちと墓』［アルゼンチン］●オネッティ『造船所』［ウルグアイ］●吉本隆明『言語にとって美とは何か』［日］

一九六二年〔七十八歳〕

短編小説集『奇蹟への突破口 *Durchbruch ins Wunder*』（J.B.ペーター社）、小説『売られた花嫁 *Die verkaufte Braut*』（カレル・サビナ原作の戯曲『売られた花嫁』の改作、ベヒトレ社）刊行。

▼キューバ危機〔キューバ〕●C・ヴォルフ『引き裂かれた空』〔独〕●スタインベック、ノーベル文学賞受賞〔米〕●J・M・ケイン『ミニヨン』〔米〕●ナボコフ『青白い炎』〔米〕●ボールドウィン『もう一つの国』〔米〕●キージー『カッコーの巣の上で』〔米〕●W・サイファー『現代文学と美術における自我の喪失』〔米〕●バラード『狂風世界』、『沈んだ世界』〔英〕●バージェス『見込みのない種子』、『時計仕掛けのオレンジ』〔英〕●オールディス『地球の長い午後』（ヒューゴー賞受賞）〔英〕●D・レッシング『黄金のノート』〔英〕●デュレンマット《物理学者》上演〔スイス〕●**ビュトール『モビール——アメリカ合衆国表象のための習作』**、『**航空網**』〔仏〕●ジャプリゾ『シンデレラの罠』〔仏〕●シモン『ル・パラス』〔仏〕●レヴィ゠ストロース『野生の思考』〔仏〕●エーコ『開かれた作品』〔伊〕●ツルニャンスキー『流浪』（第二巻）〔セルビア〕●クルレジャ『旗』（～六七）〔クロアチア〕●ソルジェニーツィン『イワン・デニーソヴィチの一日』〔露〕●パス『火とかげ』〔メキシコ〕●フエンテス『アウラ』、『アルテミオ・クルスの死』〔メキシコ〕●A・ヤニェス『痩せた土地』〔メキシコ〕●カルペンティエール『光の世紀』〔キューバ〕●ガルシア゠マルケス『ママ・グランデの葬儀』、『悪い時』〔コロンビア〕●週刊誌「プリメラ・プラナ」創刊（～七二）〔アルゼンチン〕●安部公房『砂の女』〔日〕●高橋和巳『悲の器』〔日〕

一九六四年〔八十歳〕

六月、プラハを再訪。カフカ展覧会で開会挨拶。旧知の友人に再会し、流暢なチェコ語を披露した。亡命後のプラハ滞在はこの一回のみ。

▼一九六四年公民権法〔米〕▼フルシチョフ解任。首相にコスイギン、第一書記にブレジネフ就任〔露〕●ヘミングウェイ『移動祝祭日』〔米〕●ベロー『ハーツォグ』〔米〕●バーセルミ『帰れ、カリガリ博士』〔米〕●キューブリック『博士の異常な愛情』〔米〕●バラード『燃える世界』〔英〕●ナイポール『暗黒の領域——一つのインド体験』〔英〕●フリッシュ『わが名はガンテンバイン』〔スイス〕●スタロバンスキー『自由の創出』〔スイス〕●サルトル、ノーベル文学賞辞退〔仏〕●ビュトール『レペルトワール II』〔仏〕●デュラス『ロル・V・シュタインの歓喜』〔仏〕●バルト『エッセ・クリティック』〔仏〕●ゴルドマン『小説社会学』〔仏〕●レヴィ＝ストロース『神話論理』（〜七一）〔仏〕●リシャール『現代詩研究十一編』〔仏〕●パゾリーニ『ばら形の詩』〔伊〕●モラーヴィア『目的としての人間』〔伊〕●レム『無敵』〔ポーランド〕●マクシモヴィッチ『われを許したまえ』〔セルビア〕●ブラトヴィチ『ろばに乗った英雄』〔モンテネグロ〕●ボウエン『小さな乙女たち』〔愛〕●F・オブライエン『ドーキー古文書』〔愛〕●ベルゲルソン『全集』（〜六四）〔イディッシュ〕●グスマン『追放の記録』〔メキシコ〕●レニェロ『左官屋』〔メキシコ〕●リスペクトール『G.H.の受難』〔ブラジル〕●フエンテス『盲人たちの歌』〔メキシコ〕●柴田翔『されどわれらが日々——』〔日〕

## 一九六五年〔八十一歳〕

評論『ヨハネス・ロイヒリンとその闘い *Johannes Reuchlin und sein Kampf*』（W・コールハマー社）刊行。

▼米軍、北ヴェトナム爆撃を開始〔米〕●クーネルト『招かれざる客』〔独〕●メイラー『アメリカの夢』〔米〕●T・ディッシュ『人類皆殺し』〔米〕●チョムスキー『文法理論の諸相』〔米〕●ザデー、ファジー理論を提唱〔米〕●ファウルズ『魔術師』〔英〕●H・リード『ヘンリー・ムア』〔英〕●ソレルス『ドラマ』〔仏〕●クノー『青い花』〔仏〕●ロブ＝グリエ『快楽の館』〔仏〕●ビュトール『毎秒水量六八一万リットル』〔仏〕●デュラス『ラホールの副領事』〔仏〕●**パンジェ『だれかしら』**〔仏〕●ペレック『物の時代』（ルノードー賞受賞）〔仏〕●クロソフスキー『バフォメット』（批評家賞受賞）〔仏〕●リカルドゥ『コンスタンチノープルの占領』〔仏〕●バルト『記号学要理』〔仏〕●アルチュセール『マルクスのために』〔仏〕●カルヴィーノ『レ・コスミコミケ』〔伊〕●モラーヴィア『関心』〔伊〕●サングィネーティ『思想と言語』〔伊〕●アーゾル・ローザ『作家と民衆』〔伊〕●フォルティーニ『権限の検証』〔伊〕●ムシュク『兎の夏』〔スイス〕●アウブ『フランスの戦場』〔西〕●フラバル『ひどく監視された列車』〔チェコ〕●ゴンブローヴィッチ『コスモス』（六七、国際出版社賞受賞）〔ポーランド〕●ショーロホフ、ノーベル文学賞受賞〔露〕●ブロツキー『短詩と長詩』〔露〕●バフチン『フランソワ・ラブレーの作品と中世・ルネサンスの民衆文化』〔露〕●パス『四学』〔メキシコ〕●エリソンド『ファラベウフ』〔メキシコ〕●サインス『ガサポ』〔メキシコ〕●イバルグエンゴイティア『八月の閃光』〔メキシコ〕●ボルヘス『六つの絃のために』〔アルゼンチン〕●井伏鱒二『黒い雨』〔日〕●小島信夫『抱擁家族』〔日〕●三島由紀夫『豊饒の海』（〜七〇）〔日〕

一九六六年［八十二歳］
伝記『フランツ・カフカについて *Über Franz Kafka*』（フィッシャー社）、詩集『毒蛇の歌 *Gesang einer Giftschlange*』（シュタルチェフスキ社）、評論『プラハ・サークル *Der Prager Kreis*』（コールハマー社）刊行。

▼ミサイルによる核実験に成功。第三次五か年計画発足［中］●キャザー『芸術の王国』［米］●ピンチョン『競売ナンバー49の叫び』［米］●F・イェイツ『記憶術』［英］●バラード『結晶世界』［英］●**A・リヴァ『残された日々を指折り数えよ』**［スイス］●フーコー『言葉と物』［仏］●バルト『物語の構造分析序説』［仏］●ジュネット『フィギュール I』［仏］●**ルヴェルディ『流砂』**［仏］●ラカン『エクリ』［仏］●N・ザックス、ノーベル文学賞受賞［独］●レサーマ＝リマ『パラディソ』［キューバ］●パス『交流』［メキシコ］●ホセ＝アグスティン『横顔』［メキシコ］●F・デル・パソ『ホセ・トリゴ』［メキシコ］●バルガス＝リョサ『緑の家』［ペルー］●コルタサル『すべての火は火』［アルゼンチン］●アグノン、ノーベル文学賞受賞［イスラエル］●白楽晴、廉武雄ら季刊誌「創作と批評」を創刊（～八〇、八八～）［韓］

一九六八年［八十四歳］
十二月二十日、テル・アヴィヴにて死去。
イルゼ・エスター・ホッフェ、ブロートとカフカの遺稿を相続。ブロートは一九六一年、遺言を通じて遺稿の委託先をイスラエル国内外の図書館、用途を学術利用に指定していた。ブロートの死後、ホッフェは遺言に背き、カフカの遺稿を競売にかけて売却することを繰り返した。

評論『不壊なるもの *Das Unzerstörbare*』（コールハマー社）刊行。

▼キング牧師、暗殺される〔米〕▼ニクソン、大統領選勝利〔米〕▼五月革命〔仏〕▼プラハの春、チェコ知識人らの「二千語宣言」〔チェコ・スロヴァキア〕●ツェラーン『糸の太陽たち』〔独〕●C・ヴォルフ『クリスタ・Tの追想』〔独〕●S・レンツ『国語の時間』〔独〕●バース『びっくりハウスの迷子』〔米〕●クーヴァー『ユニヴァーサル野球協会』〔米〕●アプダイク『カップルズ』〔米〕●W・サイファー『文学とテクノロジー』〔米〕●キューブリック『2001年宇宙の旅』〔米〕●オールディス『世界Aの報告書』〔英〕●A・コーエン『主の伴侶』（フランスアカデミー小説大賞受賞）〔スイス〕●ジャコテ『ミューズたちの語らい』〔スイス〕●ギユー『対決』〔仏〕●**ビュトール『レペルトワール III』**〔仏〕●ユルスナール『黒の過程』（フェミナ賞受賞）〔仏〕●サロート『生と死のあいだ』〔仏〕●モディアノ『エトワール広場』〔仏〕●J・レダ『アーメン』〔仏〕●プーレ『瞬間の測定』〔仏〕●**アウブ『アーモンドの野』**〔西〕●モランテ『少年らに救済される世界』〔伊〕●ディガット『カーニバル』〔ポーランド〕●エリアーデ『ムントゥリヤサ通りで』〔ルーマニア〕●カネッティ『マラケシュの声』〔ブルガリア〕●ディトレウセン『顔』〔デンマーク〕●ジョイス『ジアコモ・ジョイス』〔愛〕●ソルジェニーツィン『鹿とラーゲリの女』、『煉獄のなかで』、『ガン病棟』〔露〕●ベローフ『大工物語』〔露〕●パス『可視的円盤』、『マルセル・デュシャン、もしくは純粋の城』〔メキシコ〕●ホセ＝アグスティン『偽の夢』〔メキシコ〕●エリソンド『地下礼拝堂』〔メキシコ〕●コルタサル『62、組み立てモデル』〔アルゼンチン〕●プイグ『リタ・ヘイワースの背信』〔アルゼンチン〕●川端康成、ノーベル文学賞受賞〔日〕

一九七八年
リブレット翻訳「マクロプロス事件 *Die Sache Makropulos*」（レオシュ・ヤナーチェク作詞／作曲、チェコ語からドイツ語訳、ウニヴェアザール社）刊行。

▼キャンプ・デービッド合意〔中東〕▼世界初の試験管ベビー第1号が誕生〔英〕●B・シュトラウス『老若男女』〔独〕●サイード『オリエンタリズム』〔米〕●ソンタグ『隠喩としての病』〔米〕●ジョン・アーヴィング『ガープの世界』〔米〕●S・キング『シャイニング』〔米〕●ジラール『世の初めから隠されていること』〔仏〕●ビュトール『ブーメラン』〔仏〕●マルティン＝ガイテ『奥の部屋』〔西〕●コールハース『錯乱のニューヨーク』〔蘭〕●シンガー、ノーベル文学賞受賞〔イディッシュ〕●栗本薫『ぼくらの時代』〔日〕●橋本治『桃尻娘』〔日〕●柄谷行人『マルクスその可能性の中心』〔日〕

一九八五年
書簡集『カフカとユダヤ主義をめぐる闘い *Im Streit um Kafka und das Judentum*』（ハンス・ヨアヒム・シェプスとの往復書簡、アテネウム社）刊行。

▼ゴルバチョフ政権誕生、ペレストロイカ開始〔露〕▼メキシコ大地震〔メキシコ〕▼八月十二日、日本航空123便墜落事故〔日〕●ハーバーマス『近代の哲学的ディスクルス』〔独〕●ジュースキント『香水』〔独〕●H・ベル『川の風景に立つ女たち』〔独〕●B・シュトラウス『一日だけお客に来た男の思い出』〔独〕●ギャディス『大工のゴシック』〔米〕●アクロイド『ホークスムア』〔英〕

●トゥーサン『浴室』〔白〕●C・シモン、ノーベル文学賞受賞〔仏〕●ガルシア＝マルケス『コレラの時代の愛』〔コロンビア〕●E・サバト『二度と繰り返さない』〔アルゼンチン〕●村上春樹『世界の終わりとハードボイルド・ワンダーランド』〔日〕●山田詠美『ベッドタイムアイズ』〔日〕●伊丹十三『タンポポ』〔日〕

一九八七年

書簡集『ある友情 *Eine Freundschaft*』（フランツ・カフカとの往復書簡、フィッシャー社）刊行、一九八九年完結。

▼大韓航空機爆破事件〔韓国・北朝鮮〕●B・シュトラウス『ほかならぬ人』〔独〕●ベルトルッチ『ラストエンペラー』〔伊・中・英・仏・米〕●トム・ウルフ『虚栄のかがり火』〔米〕●トニ・モリスン『ビラブド』〔米〕●バーホーベン『ロボコップ』〔米〕●キューブリック『フルメタル・ジャケット』〔米〕●ソレルス『ゆるぎなき心』〔仏〕●ジュネット『スイユ』〔仏〕●ダミッシュ『遠近法の起源』〔仏〕●サングイネーティ『ビスビディス』〔伊〕●ヨシフ・ブロツキー、ノーベル文学賞受賞〔露〕●シメリョーフ『パシコフ館』〔露〕●アクショーノフ『悲しきベビーを求めて』〔露〕●アフマドゥーリナ『庭』〔露〕●F・デル・パソ『帝国の動向』〔メキシコ〕●池澤夏樹『スティル・ライフ』〔日〕●俵万智『サラダ記念日』〔日〕●伊丹十三『マルサの女』〔日〕●高山宏『メデューサの知』〔日〕

二〇〇七年

イルゼ・エスター・ホッフェ死去。ホッフェの二人の娘が遺産相続人となり、ブロートとカフカの遺稿の所有権を主張。

▼サブプライム住宅ローン危機〔米〕●オンダーチェ『ディビザデロ通り』〔カナダ〕●N・クライン『ショック・ドクトリン』〔カナダ〕●Apple、スマートフォン「iPhone」を発売〔米〕●D・ジョンソン『煙の樹』〔米〕●デリーロ『墜ちてゆく男』〔米〕●ジュノ・ディアス『オスカー・ワオの短く凄まじい人生』〔米〕●ホフスタッター『わたしは不思議の環』〔米〕●ドリス・レッシング、ノーベル文学賞受賞〔英〕●マキューアン『初夜』〔英〕●インゴルド『ラインズ』〔英〕●ンディアイ『心ふさがれて』〔仏〕●トカルチュク『逃亡派』〔ポーランド〕●ハン・ガン『そっと 静かに』〔韓〕●伊藤計劃『虐殺器官』〔日〕●円城塔『Self-Reference ENGINE』〔日〕●福岡伸一『生物と無生物のあいだ』〔日〕

二〇一〇年

テル・アヴィヴの裁判所は二人の娘に対し、ホッフェの自宅に保管されているブロートとカフカの遺稿を公開するように命じた。

▼FIFAワールドカップ南アフリカ大会開幕〔南アフリカ〕●C・ノーラン『インセプション』〔米〕●ドン・デリーロ『ポイント・オメガ』〔米〕●M・ウェルベック『地図と領土』〔仏〕●バルガス＝リョサ、ノーベル文学賞受賞。『ケルト人の夢』〔ペルー〕

二〇一六年

イスラエル最高裁はカフカの遺稿所有者としてイスラエル国立図書館を指定。判決の際、ナショナリズムの問題が指摘された。国立図書館による遺稿の所有は、カフカをイスラエルの作家として顕彰しようとする試みとも解される。

判決には国内外から大きな批判が寄せられた。

▼国際調査報道ジャーナリスト連合（ICIJ）、二十一万以上の租税回避機密情報「パナマ文書」を公表▼D・トランプ、合衆国大統領選挙で勝利〔米〕▼国民投票によりイギリスのEU離脱（ブレグジット）が決定〔英〕▼テリーザ・メイ、首相就任〔英〕▼ドゥテルテ大統領就任〔フィリピン〕▼相模原障害者施設殺傷事件〔日〕●アトウッド『鬼婆の子』〔カナダ〕●ボブ・ディラン、ノーベル文学賞受賞〔米〕●ビーティー『セルアウト』（ブッカー賞受賞）〔米〕●C・ホワイトヘッド『地下鉄道』〔米〕●オルダーマン『パワー』〔英〕●クッツェー『イエスの幼子時代』〔南アフリカ〕●ハン・ガン『すべての、白いものたちの』〔韓〕●チョ・ナムジュ『82年生まれ、キム・ジヨン』〔韓〕●村田沙耶香『コンビニ人間』〔日〕●蓮實重彦『伯爵夫人』〔日〕●片渕須直監督『この世界の片隅に』〔日〕

# 訳者解題

マックス・ブロート（Max Brod 一八八四－一九六八）は第二次世界大戦を境に活動拠点を変えた。戦前の拠点は欧州のプラハ、戦争前夜以降はパレスチナのテル・アヴィヴである。彼が五十年以上の歳月を過ごしたプラハでさえもが、ボヘミア王国（オーストリア＝ハンガリー帝国）からチェコスロヴァキア共和国へ、ナチスドイツの保護領を経て共産主義チェコスロヴァキアへと、その所属を変えている。

流暢なチェコ語を話したにもかかわらず、ブロートの執筆言語はドイツ語だった。彼のドイツ語は、ナチスドイツが存在した通り、ドイツ人、オーストリア人から歓迎されていなかった。自身ユダヤ人でありながら、民族言語であるイディッシュ語、現代ヘブライ語の作品はほとんどない。

第一次世界大戦後、オーストリア＝ハンガリー帝国からチェコスロヴァキア、ハンガリー、ポーランド、オーストリア、ユーゴスラヴィアの各国が独立した。イスラエルはさらに遅く、その独立は第二次大戦後のことである。中東欧では、国民がその民族言語で執筆をするのが自然である、という認識が共有されるようになるのは、第一次大戦以降のことだ。言語と国籍、民族的帰属は必ずしも一致しない。これがブロートを読む際の前提である。

時代背景も情況も複雑であるのに加え、ブロートの仕事も多種多様である。その内容は文学に哲学、ユダヤ主義に関わる学術的著作、チェコ文学、フランス文学のドイツ語翻訳、フランツ・カフカの伝記など、広範囲におよんでいる。

本書の読者の多くは、翻訳文学、ドイツ文学愛好家のかたがたであろう。読者がマックス・ブロートの名前を思い出されるときには、必ずと言っていいほど、フランツ・カフカの名前が挙がることだろうと思う。実際、ブロートはカフカの才能をいち早く認め、励ましつづけたプロモーターであるだけでなく、私生活にも深く関わり、ときには家族以上の存在ともなった。カフカの死後、カフカ全集の編集とカフカ伝を発表したことを通じて、ブロートはカフカ研究において必ず参照されるのみならず、批判される存在ともなっている。そういうわけで、ブロートとカフカの関係から、本作『ユダヤ人の女たち *Jüdinnen*』の解題を始めることにしたい。

## マックス・ブロートとフランツ・カフカ

ブロートとカフカを結びつけたのは、なによりも文学への関心にある。ブロートはカフカが愛読した作家としてクライスト、ゲーテ、ホーフマンスタール、シュティフター、ヘーベル、ヘッベル、グリルパルツァーらを挙げた。いずれもドイツ文学を代表する作家であり、邦訳作品も少なからずある。カフカとブロートはともにドイツ文学の遺産の継承者であった。

ブロートはプラハのドイツ語作家サークルにカフカを招き入れた。その構成員の大多数をユダヤ人が占めていたことは、強調してもし過ぎることはないだろう。ブロートの招待を通じて、カフカはマルティン・ブーバー★01、フランツ・ヴェルフェル★02、オットー・ピック★03、エルンスト・ヴァイス★04、ヴィリー・ハース★05、ルードルフ・フクス★06、ルードヴィヒ・ハルト★07らを知った。

---

★01——オーストリアのユダヤ主義哲学者（Martin Buber　一八七八－一九六五）。代表作に『汝と我 *Ich und Du*』（一九二三）。ガリツィアのレンベルク（現ウクライナ）で青年期を過ごし、東欧のユダヤ主義に明るかった。一次大戦期、ユダヤ民族主義者としてドイツ、オーストリアのユダヤ人に東欧の文化を紹介した。その民族主義はテオドール・ヘルツルによるユダヤ人の政治的権利を求める政治シオニズムとは区別され、文化シオニズムと称されている。

★02——プラハ出身のドイツ語作家（Franz Werfel　一八九〇－一九四五）。処女作の詩集『世界の友 *Der Weltfreund*』（一九一一）は、表現主義の始まりを告げる作品として知られる。

★03——プラハ出身のドイツ語作家（Otto Pick　一八八七－一九四〇）。チェコ語作家オトカル・ブジェジナ、カレル・チャペックのドイツ語翻訳者として知られる。

★04——ブリュン（現チェコのブルノ）出身のドイツ語作家（Ernst Weiß　一八八二－一九四〇）。デビュー作の小説『ガレー船 *Die Galeere*』（一九一三）で注目された。亡命先のパリでナチスドイツ軍の進軍を目撃、自死した。

ドイツ文学のほか、ブロートはカフカに影響を与えた作家としてフローベール、バルザックらを挙げた。そのほか彼らが共有した読書体験のなかには、ディケンズ、ドストエフスキー、トルストイの名が挙げられる。

ブロートとカフカは一九〇二年の十月にはじめて出会った。ブロートはプラハ大学の法学部に入学したてのころで、一年上のカフカは二年生だった。カフカは一九〇六年六月に法務博士の学位を得て修了、ブロートも一年後に同じ学位を取得して学業を終えた。在学中のブロートはカフカとそれほど親しくしていない。ブロートは就職してはじめて、カフカが文学を志していることを知ったほどである。

彼らはともに作家志望であったにもかかわらず、大学では法律を学び、公務員の道を選んだ。ブロートは郵政事務所に、カフカは民間の保険会社勤務を経て、労災保険局に入庁した。そんな彼らは文学を、実務によって汚《けが》されていない、かぎりなく純粋で神聖な営みだと認識していたことは次の記述から確認できる。

仕事は文学とは全く無縁のものでなければならない、なまじ文学と縁のある職業は、詩的な創造をはずかしめるものである、パンのための職業と文学とは厳密に区別されなければならない、と。カフカは、ジャーナリズムなどが見せているような両者の「混合」を拒否したのである。★08

彼らが職業選択の際に重要視していたのは、勤務時間の短さだった。ボヘミア王国時代、役所は午前のみ開庁、午後は終業した。彼らは午後を創作や読書にあてようとした。

私たち二人が熱烈に求めていたのは、「半日出勤」の職場、――つまり、朝から午後二時あるいは三時までで〔…〕午後は自由という勤めである。〔…〕しかしわれわれが熱望した午後二時までの半日勤務ができる職場は実に少なかった。それもほとんど官庁で、しかも官庁といえば、もう当時から旧オーストリア国内ではよほどの縁故関係でもないかぎりユダヤ人にはむずかしかった。

（『カフカ』、八八頁）

★05――プラハ出身の批評家（Willy Haas 一八九一－一九七三）。一九一一年から翌年にかけてヘルダー協会の雑誌「ヘルダー・ブレッター *Herder-Blätter*」の編集を担当した。ナチス政権期にはインドに亡命、二次大戦後ドイツに戻り、「ヴェルト *Die Welt*」紙ほかでジャーナリストとして活動した。

★06――チェコのポディエブラディ出身、プラハで活動したドイツ語作家（Rudolf Fuchs 一八九〇－一九四二）。チェコの詩人ペトロ・ベズルチによる『シレジアの歌 *Slezské písně*』のドイツ語翻訳者として知られる。

★07――ドイツの俳優で朗読の名手（Ludwig Hardt 一八八六－一九四七）。カフカはハルトによる自作の朗読を高く評価していた。

★08――マックス・ブロート『フランツ・カフカ』辻瑆、林部圭一、坂本明美訳、みすず書房、一九七二年、八八頁。以下、本書からの引用は（『カフカ』、頁数）として本文中の引用末に記す。

カフカが一九一二年の九月二十二日深夜から翌日の未明にかけて『判決 *Das Urteil*』を一晩で書き上げたことは、カフカをめぐる伝説の一つとなっている。翌月に『失踪者 *Der Verschollene*』、十一月末から十二月初旬にかけて『変身 *Die Verwandlung*』が成立した。世界文学史に刻まれた記念碑的作品成立の背後にもブロートの存在があった。

カフカは公務員であると同時に、工場経営者でもあった。このいきさつは一番上の妹エリの結婚（一九一〇年十二月）にある。父親のヘルマン・カフカは彼女に多額の持参金を寄贈し、兄のフランツにも大金を贈った。実際のところ、兄妹への贈与は投資に用いられ、カフカは義弟のカール・ヘルマンと共同経営者としてアスベスト工場を開業することになった。義弟が開業資金を使い果たしたことで、カフカ家に不和が起こった。

カフカは工場監督により、執筆時間をさらに削らなければならなくなった。『失踪者』を執筆していたとき、カフカは、工場監督から受ける心労をブロートに打ち明けた。ブロートは彼の母親に、工場勤務を減らすように依頼している。文学に対するカフカの情熱は、家族には理解不能なものだったのだ。ブロートはカフカにとって家族以上の理解者だった。

ブロートが見守ったのは、カフカの職業生活だけではない。彼はカフカが恋愛をしているときにも傍らにいた。カフカの恋人には、二度の婚約とその破棄をしたフェリーツェ・バウアー、ミレナ・

イェセンスカー、最後の恋人ドーラ・ディアマントらがいる。

カフカとフェリーツェは一九一二年八月、ブロートの両親宅で出会った。恋愛でも、役所への転職、家族とのトラブルを引き起こした問題が、改めて繰り返されることになった。問題とは、書くためには独りになれる時間が必要で、配偶者との共同生活は文学にとっての障害になるのではないかというカフカの懸念である。カフカは結婚をめぐるメリットとデメリットのバランスシートを作っていた。

以下はその抜粋である。

一　独りで生活に耐える能力がないこと。
三　ぼくは独りでいることを大いに必要としている。
五　結びつくことへの、向こう側へ流れてゆくことへの不安。★09

結婚をためらわせたのは、新婚生活が文学にとっての妨げになるのではないかという不安だけではない。役所からの収入では、ゆとりある新婚生活を営むことは難しいのではないかという、経済

★09――フランツ・カフカ『カフカ全集七　日記』、谷口茂訳、新潮社、一九九二年、二二四 - 二二五頁。以下、カフカの日記からの引用は（『日記』、頁数）として本文中の引用末に記す。

状況に対する不安もあった。
ブロートはカフカを評価しなかった世間に対する遺憾を漏らしている。

彼のような物語の才能と作家としての天分においてまったく独自であった人物を、公文書の書きなぐりに終始せしめるようなことのない、そういう社会秩序があってもよさそうなものである。また、待ち望んでいる結婚とそれに伴う妻子への責任を考えると、彼は虚無とひどい絶望との前に置かれたような感じになったが、彼ほどのものをそういう気の毒な目にあわせなくてもすむようにしたいものである。

（『カフカ』、一七六頁）

一九一四年五月末、カフカは結婚の意志を固めているが、七月に婚約を解消する。背景には、第一次大戦の勃発による社会の混乱もあった。

一九一六年から翌年にかけての冬が、カフカにとって実りの多い時期となった。三番目の妹オットラが兄の仕事場にと、小さな家を借りてくれたのだ。

この家で仕事をしている時期、カフカは再度結婚の意志を固め、プラハ市内で新居も探していた。

一九一七年八月、カフカ喀血《かっけつ》。ブロートの勧めで医者の診察を受ける。保険局から療養休暇を取得し、チューラウ（現チェコのシジェム、ドイツ国境にほど近い農村）に滞在し、オットラの農場管理を手伝った。体を壊してようやく、カフカは都市生活の喧噪から離れることができた。そしてヘブライ語の学習を開始している。

クリスマスのころ、カフカは再度婚約を破棄した。ブロートはカフカが二度目の婚約破棄の報告に訪れたときのことを次のように書いている。

次の日の午前、フランツは私の事務所に立ち寄った。ちょっと休ませてくれ、と彼は言った。Fを駅まで送って来たところだった。彼の顔は蒼白で硬くこわばっている。かと思うと、たちまち彼はおいおい泣きだした。

（『カフカ』、一八八頁）

カフカとフェリーツェの関係が終わりに近づいているころ、ミレナはドイツ語作家のサロンに近づき、ブロートと知り合った。一九一九年、ミレナはカフカの『火夫 *Der Heizer*』のチェコ語訳を発表するにいたる。翻訳をきっかけにカフカとミレナの関係が始まった。

一九二三年七月、カフカはバルト海沿岸のミューリッツ（ロストック郊外）に滞在、海水浴を楽しんだ。彼はここで最後の恋人ドーラと出会った。彼女はパビアニッツ（現ポーランド）生まれ、母語はイディッシュ語である。ベルリンのユダヤ民族ホーム（市民活動団体）で働き、ホームの夏期休暇旅行に調理担当として帯同していた。

カフカは九月にベルリンに移住、ドーラとの同居生活が始まる。危篤に陥り、ウィーン郊外のサナトリウムに入るまでのこの期間、カフカは「ユダヤ主義の科学のための大学〔Hochschule für die Wissenschaft des Judentums　公教育としての大学ではなく、市民向けにユダヤ主義に関わる講座を提供〕」に通い、ヘブライ語、タルムードを学んだ。カフカの指示にしたがい、ドーラが彼の原稿を焼却処分したのもこの時期のことである。

一九二四年三月、ブロートは危篤状態のカフカをプラハに連れて帰った。四月にカフカは喉頭結核の診断を受け、クロースターノイブルク郊外キーアリングのサナトリウムに入った。ブロートは五月中旬にカフカを見舞い、カフカからドーラとの結婚が彼女の父親から許可されなかったことを聞いている。

六月三日火曜日、カフカ死去。遺体はプラハに移され、六月十一日、ユダヤ人墓地に埋葬された。ブロートは遺族とともに葬儀に参列した。

ブロートはカフカをモデルに二つ小説を書いている。『愛の魔境　*Zauberreich der Liebe*』（一九二八）と『シュテファン・ロットあるいは決断の年　*Stefan Rott oder Das Jahr der Entscheidungen*』（一九三一）がそれだ。『愛の魔境』は自伝小説である。主人公クリストフのモデルはブロート自身であり、その友人リヒャルト・ガルタのそれがカフカだった。

小説執筆時のことをブロートは次のように回顧している。

じっさい、私がこの書物、この仕事にひたって生きているかぎり、カフカは死んではいなかった、ふたたび彼は私と一緒に生き、ふたたび彼は私の生活に力強く喰い込んで来たのだ。

（『カフカ』、七二頁）

『シュテファン・ロット』は第一次大戦前のチェコの革命運動を描いた作品である。カフカはドイツ人（厳密に言うならば、ドイツ系のユダヤ人）であるのにもかかわらず、チェコ人の集会に出席していた。小説の舞台は集会の会場となった「青年集会所 Klub mladých」である。集会の雰囲気は本作『ユダヤ人の女たち』からも感じ取ることができる。

第一次大戦前のチェコでは、ドイツ人、チェコ人、そしてユダヤ人が互いに融解しながら対立していた。繰り返すが、戦間期と第二次大戦を経て、中東欧が国民国家体制に移行すると、民族の混合と対立から生み出される熱気は喪《うしな》われてしまった。小説を読むことは、過去への時間旅行に出かけることでもあるのだ。

## ブロートのカフカ論

二十世紀ドイツ文学の著名作品の成立はほぼ同時である（ホーフマンスタールの『チャンドス卿の手

紙 *Ein Brief*』は一九〇二年、トーマス・マンの『ヴェニスに死す *Der Tod in Venedig*』は一九一一年、『変身』が一九一二年)。ブロートの境遇がホーフマンスタールらとは異なるのは、プラハの作家はドイツ、ドイツ語圏オーストリアの作家に対して、国外作家に位置づけられることである。国外作家の生誕地であるチェコから見れば、彼らの背景は、チェコ人に対して少数派であったドイツ語話者に、さらにカトリック教会に対して少数派であったユダヤ人にあった。

世界文学の起源が、少数派のなかに存在したもう一つの少数派にあったことは非常に興味深い。世界文学はブロートとカフカの例から観察されるように、その構成員が互いに顔見知りであり、互いの作品について批評し合うような、きわめて狭い世界から生まれていた。

カフカの死後、ブロートがカフカ全集の編纂を始めてからおよそ百年。彼のカフカ解釈の多くはこの期間に否定されてきたが、いまも色褪せていないものがある。彼はカフカによる権力批判の背後に「家父長制」の問題があることを見抜いていた。

私は、これはまだカフカの生前のことで、彼の日記の存在を知らないうちから、彼の心に深い傷のあることを知っていたから、父親をあんまり過大に評価してはいけない、とか自己卑下をしても何の役にも立たないとか、機会あるたびに繰り返したものである。しかし私の努力は全部無駄だった。

(『カフカ』、二七頁)

ブロートはカフカと彼の父親の関係が破綻しているのを見て取っていた。カフカの行動は父親がそれを気に入るかどうかによって決定されている。

カフカはクライストを愛読していた。ブロートはその理由を、作家と家族の関係から導き出した。

家の者（両親という環境の延長）は自分のする事を見て何と言うだろうか。家の者は自分を信じてくれるだろうか。〔…〕だからクライストは、自分の詩や戯曲が家族の眼から見れば倫理道徳の垣根を踏み越えたたわむれであり、三文のねうちもない代物であることを承知していた。

（『カフカ』、三九頁）

カフカとクライストは「幼児的性格」をもつ。この性格の持ち主は家族に対する自己承認要求が非常に強い。この要求の強さが作家を真実に近づける。

リッチー・ロバートソンによると、カフカは制度／施設の専門家である。[★10] 施設には、孤児院や病院のように人を癒すことを目的にしている施設があるいっぽうで、強制収容所のように人を破壊す

★10――リッチー・ロバートソン『カフカ』、明星聖子訳、岩波書店、二〇〇八年。

ることを目的にしているものもある。カフカのまなざしは、癒す施設と破壊する施設を区別しない。施設はたとえどんな善意からのものであっても、個人を抑圧する。

『変身』では、父親、母親、妹がグレーゴルを追いつめる。一見、家族／家庭はそこに属する個人を庇護してくれる、個人をいたわるために設計された制度／施設であるように見える。しかし、制度／施設には、その維持のために、個人を歯車の一つにする属性が、必然的に備わっている。グレーゴルの変身が家族から理解されることはなかった。カフカの権力批判は父親に対する絶望的な関係から始まっていた。このブロートの指摘はカフカを読むうえで、これからも有効でありつづけるだろう。

## 『ユダヤ人の女たち』とブロートの生涯

カフカからブロートにそろそろ話を戻そう。本作『ユダヤ人の女たち』では、冒頭の森でのフーゴーとイレーネの出会いの場面で、フーゴーの背の低さがはっきりと呈示されていた（「一 イレーネ」）。イレーネは背の高い二人の男ヌスバウムとタウベリスに庇われて会場から退出していく（「十一 人民集会」）。フーゴーは彼らに対する劣等感から自殺を思いつめるまでに追いこまれている。

彼の恋愛はことごとく成就していなかった。背の低さのために彼には恋愛をする機会が与えられなかった、とは小説では書かれていない。フーゴーが女性との恋愛、性的な関係を結ぶことに執着していたことは、アルフレートとの対話から読み取ることができる。

本作は言わば自伝小説であろう。実際、ブロートは脊椎が湾曲することにより背が伸びにくくなってしまったことに苦しんでいたばかりでなく、女性から性愛の対象として見てもらえなくなってしまうのではないかということを恐れていたのである。

ブロートの年譜に記した通り、四歳ころ脊椎後弯を発症したブロートは、十代を背骨矯正用のコルセットとともに過ごさねばならなかった。

脊椎後弯を発症し、まったく見通しが立たなくなった。病気を放置しておいたなら、病気はわたしをあらゆる人間のなかで最も不幸な人間にしてしまったことだろう。物心つくやいなや、わたしは美が欲しくてたまらなくなった。わたしには美を追求する権利があると思った。わたしは心から女たちを愛していたから――それがいま、こんな身体障害者になってしまって！美という透明な源泉から永遠に締め出され、永遠に苦しめられる？　わたしの母は将来のことで思い悩む必要はないと言った。彼女は心の底からわたしをいたわってくれた。わたしはほかのあらゆる人々とちがってはならないし、それより悪くあってはならなかった。彼女はわたしがそうなることを許さなかったし、わたしのために全力を尽くしてくれた。母は不可能を可能にした。[★11]

★11――Max Brod: Streitbares Leben 1884–1968. München (F. A. Herbig) 1969, S. 118f. 初版一九六〇年。解題にあたり、没後出版の改訂、追補版を使用。

母ファニーは身体、精神の両面から息子の支えになった。母と息子は専門治療を求めて隣国ドイツに行った。ファニーはブロートを連れてアウクスブルク近郊のゲッギンゲン（Göggingen）に行き、ブロートはクリニックを開業していた義肢装具士フリードリヒ・ヘッシング（Friedrich Hessing）の治療を受けた。それでも背骨の歪みは改善されなかった。成人しても彼は小柄のままだった。

ブロートは「ピアリスト会士国民学校 Piaristen-Volksschule」に通った。この初等教育学校はカトリック修道会附属の私立学校である。オーストリア＝ハンガリー帝国では、義務教育学校はすべて公立化されていたにもかかわらず、「ピアリスト会」が運営する学校は例外的に存続が認められていた。ピアリスト学校は一九一八年の帝国崩壊まで、ドイツ語で教育を実施している学校である。

この学校は名門校として知られる。会士の子弟には無償で教育を提供したが、生徒のほとんどはカトリック教徒ではなかった。教育費を捻出できる裕福なユダヤ人家庭がわが子をこの学校に通わせていたというわけである。学校では週二回、早朝にカトリックの教義の授業があった。生徒の大半は朝遅く登校し、正午前にユダヤ教の授業を受けたというが、学園内には反ユダヤ主義の風潮はまったくなかったという。このことからは、プラハのドイツ系ユダヤ人は、本作のなかで描かれていたように、オーストリア＝ドイツ人の社交界とほぼ同一化していたと言うことができよう。

ピアリスト学校にはギムナジウムが設置されていたが、ブロートは一八九四年から翌年にかけての冬学期に「シュテファン街ギムナジウム das Gymnasium in der Stephansgasse」に進学した。市内でドイツ語を授業言語とするギムナジウムは四校、シュテファン学校はそのうちの一校、一学年上のカフカは異なる学校、「旧市街ギムナジウム」で学んだ。

成績は優秀だった。シュテファン学校での同級生は全五十八名、うち卒業資格取得者は三十四名、資格取得者のうち規定の年限で修了できたのは二十三名、ブロートは留年なしで卒業した二十三名のうちの一人である。ブロートは一九〇二年七月にギムナジウム卒業試験を済ませた。

大学入学は一九〇二年から翌年にかけての冬学期である。一八八二年以降プラハ大学はドイツ語とチェコ語部門に分割されていた。ブロートはドイツ語部門の法学部に入学した。

一九〇六年、在学中に処女作の短編小説集『死者に死を！ *Tod den Toten!*』を発表、翌年五月、ローベルト・ツッカーカンドル教授（Prof. Dr. Robert Zuckerkandl）の指導のもと、法務博士の学位を取得した。大学卒業後、書く時間を確保するために勤務時間の短い公務員を希望し、郵政事務所に就職した。役所勤務の傍らで小説を書くという二重生活は、カフカが死去する一九二四年までつづいた。

一九一三年、エルザ・タウスィヒと結婚。ブロートと彼女にはフランスの小説家ゾラのドイツ語共訳があることから、彼女は彼の仕事のよき理解者であったことが分かる。

第一次大戦中、ユダヤ民族運動の同志がオーストリア軍に徴兵されたため、ブロートはその埋め合わせのために同胞への支援活動にも深く関わった。このとき、プラハのユダヤ機関の広報紙「自

衛 *Selbstwehr*」[★12] の編集にも携わっている。

彼の協力については、ジクムント・カツネルゾンが次のように報告している。

わたしはユダヤ人婦人協会から、当時のケーニヒスホーファー街に面していたユダヤ人寄宿舎のごく小さな部屋を借りることができた。その部屋は狭かっただけでなく、避難民の食糧となる大量の粉袋が収納されていた。そこでわたしは「自衛」の編集作業と管理を再開した。編集作業も管理も以前と同様に無給であった。わたしはそうして、何らの物質的援助も精神的な励ましも受けることなく、戦中期の「自衛」の出版を継続した。ただし例外があった。その例外がマックス・ブロートだった。[★13]

一九一八年十月末から十二月にかけて、オーストリア゠ハンガリー帝国からチェコスロヴァキア共和国、ハンガリー王国、ポーランド共和国、ドイツ゠オーストリア共和国、ユーゴスラヴィア王国が相次いで独立、これを機に、中東欧地域の国民国家化が進行する。

歴史教育では一般的に、継承諸国の成立は「諸民族にとっての自由」であると教えられる。しかし、ユダヤ人の境遇はスラヴ諸民族とは対照的に、以前よりも深刻になった。帝国が崩壊しても、少数民族という立場には変わりがなかっただけでなく、ユダヤ人は、新・継承諸国に取り残されたオーストリア＝ドイツ人同様、新・共和国へのよりいっそうの同化をせまられることになった。共和国独立直後、ブロートはユダヤ人評議会幹部の一員としてチェコの国民委員会に出席し、共和国にユダヤ人の保護を要請した。

彼の尽力については、「自衛」に次のような記録がある。

> ユダヤ民族主義の中枢からユダヤ民族評議会が結成された。十月二十八日、幹部のルードヴィヒ・ジンガー博士、マックス・ブロート博士、カール・フィシュルは、チェコの国民委員会の議場で講演し、委員会幹部のシュヴェフラ、ソウコプ博士、ストジーブルニー、スルディンコ教授から歓迎された。ユダヤ民族評議会は国民委員会に、新国家におけるユダヤ民族の状況と課題についての詳細な陳情書を提出した。チェコの国民代表はこの陳情書に、これ以上ないほ

★12――「自衛 ― 独立ユダヤ週刊新聞 *Selbstwehr – Unabhängige jüdische Wochenschrift*」（一九〇七―一九三八）。プラハを拠点として活動していたドイツ語の新聞。チェコ地域に在住するドイツ系ユダヤ人のための新聞と公称していたが、実質的には、ユダヤ民族主義、シオニズムの宣伝新聞だった。ブロートとカフカは『ユダヤ人の女たち』の発表の頃から「自衛」に接触、ともに編集に関わった。カフカの「律法の門前 *Vor dem Gesetz*」を初出掲載（一九一五年九月）した雑誌として知られる。創刊の背景については後述。

★13――Hans Tramer: Die Dreivölkerstadt Prag. In: Robert Weltsch zum siebzigsten Geburtstag. Tel Aviv (Biaton) 1961, S. 138-203, hier S. 173.

ど友愛的な理解を示した。[★14]

この記録はチェコスロヴァキアの独立宣言が発表されるその直前、ブロートがその現場にいたことをつたえている。

上述した通り、一九二四年五月、ブロートはキーアリングのサナトリウムで療養中のカフカを見舞い、翌月の葬儀には遺族とともに参列した。同じころ、郵政事務所を退職し、専業作家となっている。カフカの死後には、遺稿を焼却処分するようにとの彼の遺言に逆らい、ハインツ・ポーリツァー[★15]と共同でカフカ全集の編集を始めた。一九三五年、彼とポーリツァーの共同編集で、カフカ全集（全六巻）の出版が始まっている。

隣国のドイツでは一九三三年にナチスが政権を掌握、ユダヤ人が経営する商店へのボイコット、ドイツ人とユダヤ人の婚姻禁止など、反ユダヤ主義的な政策が実行されていく。一九三八年三月、ナチスドイツはオーストリアを併合、九月末のミュンヘン会談にて、チェコスロヴァキアからズデーテン地方のドイツへの割譲が決定された。一九三九年三月十五日、ドイツ軍のプラハ入城。その前日にブロート夫妻は鉄道でチェコスロヴァキアを出国した。手荷物は日用品のほか、数点の絵画とカフカの手紙、遺稿だった。こうしてカフカの遺稿は戦争犯罪から救われた。ブロートは国外へ逃れることができたが、国内にとどまった彼の家族、知人の多くはホロコーストの犠牲となった。そのなかには弟のオットー・ブロートとその家族、カフカの妹たちとその家族などがいる。

ブロートはホロコーストの遺族となった。亡命を経てホロコースト遺族となったときの心境の変化について彼は次のように述懐している。

> わたしはそれ以来、人生のつづきを贈物そのものだと感じるようになった。わたしに悪いことはもはや起こらない。というのも、そもそも法律上わたしはもう生きていないのだから。法律上、とっくの昔にわたしは処刑されていたのだから。一九三九年以降、わたしの身にふりかかった災禍、そして幸運を、わたしはおまけ、身に余る施し、余剰分と見なすようになった。[★16]

ブロート夫妻はクラクフからアテネ、ベッサラビア経由でパレスチナへ移動、最終的にテル・アヴィヴに居を定めた。移住後、ドイツ語の言論人だったことからパレスチナのユダヤ人劇団から舞台監督の依頼が届き、彼は劇団《ハビマー Habimah》の監督となった。

★14――N. N.: Aus dreißig Jahrgängen. In: Selbstwehr. 31 Jahrgang. 1937. Nr. 11 (12. März), S. 3f., hier S. 4.

★15――ウィーン出身のドイツ文学研究者（Heinz Politzer 一九一〇－一九七八）。二次大戦後はアメリカの大学で教鞭を執った。専門家としてアメリカにおけるカフカの知名度向上に大きく貢献した。

★16――Max Brod: a. a. O., S. 291.

一九四二年、妻エルザ死去。悲しみを埋め合わせたのは、言語学習だった。

わたしはときには十時間にいたるまで、日々、勉強に没頭した。つごう二年の歳月が言語とそのニュアンスを修得するための苦労のために費やされた。離散生活をしながらヘブライ語を学習することとパレスチナで学習することのちがいはどこにあるのかと問われると、わたしはこう答えた。「実直なシオニストとしてわたしは国外で、いつでも新たに、ヘブライ語学習を始めた。毎年毎年、どんなときでも前向きに。しかし、いつでも行きづまってしまい、ヒフィル〔『ヒフィル』は最も難しく、同時にもっとも頻繁にあらわれる動詞の形態である〕までしかいたらなかった。パレスチナでわたしは『ヒフィル』の壁を乗り越えた。わたしはそうと知らず、それを使いこなしていた。それがちがいだ[★17]」

ヘブライ語の勉強会でブロートはのちの彼の秘書イルゼ・エスター・ホッフェを知った。ホッフェはブロートの死後、彼とカフカの遺稿の相続人になる人物である。彼女はブロートから相続したカフカの遺稿を競売にかけて売却することを繰り返した。二〇〇七年の彼女の死後、カフカの遺稿の所蔵をめぐる問題が訴訟にいたったのは、年譜において確認した通りである。

彼〔＝ゲルショム・ハノーホ〕のスタジオで（われわれは九、十人からなる小さなヘブライ語勉強会を結成して集まっていた）わたしはイルゼ・エスター・ホッフェを知った。彼女は謙虚に、どんなときも、わたしの秘書だと名乗った。しかし、彼女は秘書以上の存在だったし、いまもそうである。わたしのクリエイティブな仕事仲間、手厳しい批判者、助手、同盟者にして友人。★18

一九四七年、独立戦争を闘っているとき、イスラエルはブロートにとって祖国となっていた。

パレスチナ移住から九年後、はじめてのヨーロッパでの目的地であるスイスからの帰途に滞在していたジェノヴァで、新聞にこんなニュースが載った。「ヨルダンのアブドゥッラー国王がテル・アヴィヴを占領した。市の四隅が燃えている」これまでになかったほど興奮して、わたしは船あるいは飛行機を探した。わたしの国の愛する人たちへの想いが頂点に達した。船は欠航、航空会社の人々はわたしを笑い飛ばした。人々はわたしに、渡航をあきらめるように、死ぬつもりなのか、と言った。ようやくマルセイユからこんな情報が届いた。われわれのちっぽけな、大いに嘲笑された船舶「ケドゥマ号」――当時はそんな名前で呼ばれていた――が修理

★17――Ebd., S. 301.
★18――Ebd., S. 302f. 括弧内筆者加筆。ハノーホは《ハビマー》青年部の世話人。

のために港から港を回っている。その船体――故郷のかけらは、われわれ待ち人からどれだけ歓迎されたことか！[19]

亡命以降、ブロートのプラハ訪問は一九六四年の一回のみだった。カフカ展覧会の開会挨拶に合わせて彼はプラハを再訪した。高齢にもかかわらず、母語ではないチェコ語を披露し、旧友から驚かれた。一九六八年十二月二十日、マックス・ブロート永眠。最後の日記は次のような言葉で締めくくられている。

一九六八年十月十七日
素晴らしい日。ずっとわたしは『クラーラ』――シェリングによる死者への愛の告白を読む。いつまでも生（外部的なもの）がその重要性を保ちつづけている。そこでは、各個人の萌芽が、人間を不壊なるものにする根源性として認識されている。読者はそれを、カフカの「不壊なるもの」、そして、わたしの「因果関係の文化の克服」と比較するにちがいない。言葉がもつれるなかで、言葉と言葉をつなぐ線がときおり不明瞭になったり、失われてしまっていても、それらは同じことを言っている。[20]

ブロートの生涯から観察される特徴は、母語がドイツ語であったにもかかわらず、ドイツ語圏には一度も居住したことがないということに見出される。

ロマン主義に裏づけられた文学史は伝統的に、言語と土地の有機的なつながりを強調してきた。文献には言語と土地の記憶が表出される。文献が古ければ古いほど、文学史は優れたものとなる。彼の場合、言語と土地が結びついたケースは一度もない。ヘブライ語を学び、パレスチナに移住したことは、彼にとって、言語と土地を一致させる試みであったと言えるのかもしれない。しかし、十九世紀末からユダヤ人入植者による荒地の開拓が始まるまで、パレスチナはアラビア語の土地だった。

ブロートの生涯は境界横断的で、ユダヤ人としての同一性は、多民族国家のオーストリア＝ハンガリー帝国、国民国家としての歩みを始めたばかりのチェコスロヴァキア共和国、ナチスドイツ、そして中東戦争を経てイスラエルの国民になるまで、現代史に翻弄されるようにして形成されていった。ドイツ語を母語として中東欧に生まれ、ドイツ語で作品を発表したものの、欧州から追放され、ホロコーストの遺族としてパレスチナに移住、このようなキャリアをもつ作家はドイツ文学史の枠組みではとらえられない。文献へのアクセスも、欧州東西分断の終わりとＥＵの東方拡大、今世紀に始まる文献のデジタル化によって、ようやく可能になった。こうしてブロートのような作家の

★19——Ebd., S. 310f.
★20——Ebd., S. 360.

活動も少しずつ明るみに出されるようになった。

## 『ユダヤ人の女たち』とオーストリア゠ハンガリー帝国

現代ドイツとオーストリアは隣国でともにドイツ語を話すが、国が異なる。その経緯をたどるには、歴史を回顧する必要がある。

端的に言えば、ドイツがドイツ人による「国民国家」であるのに対して、オーストリア゠ハンガリー帝国はドイツ人と中東欧諸民族による「多民族連合」であった。第一次大戦後、旧・帝国の版図のうち、ドイツ人が居住していた地域を引き継いだのが、現在にいたるオーストリア共和国である。

ドイツ帝国としてドイツが統一されるのは、一八七一年になってからのことである。諸王国、公国によってドイツ語圏地域が分断されていた十九世紀中盤、ドイツの主導権をめぐって、有力な領邦プロイセンとオーストリアのあいだでドイツ人同士の戦争が始まった。それが一八六六年の普墺戦争である。主導権争いに敗れたオーストリアは、ドイツ人の国ではなく、ドイツ人とスラヴ系諸民族（チェコ、ポーランド、ルテニア゠ウクライナ）、ロマンス系諸民族（イタリア、ルーマニア）と連合することによって、版図を維持する道を選択せざるを得なくなった。

ドイツ人の数的有利を確保するための手段が、ハンガリーを事実上の独立国として承認し、オーストリア皇帝がハンガリー国王を兼ねるという同君連合、二重帝国制の導入である。政権はドイツ人が少ない帝国のライタ川以東（ハンガリー）をオーストリアから分離することを通じて、ライタ川以西におけるドイツ人の比率を上げようとした。

十九世紀ドイツのナショナリズムはドイツの統一を後押ししたが、オーストリアのナショナリズムは対照的に、国を破壊する方向に働いた。二十世紀への転換期になってくると、ドイツ人とチェコ人の比率は前者三人に対して後者二人になり、前者は後者に譲歩せざるを得なくなっている。従来、公文書はもっぱらドイツ語で作成されていた。そのため、後者が主に居住しているチェコ地域でも、ドイツ語の読み書きができなければ、後者は公務員にはなれなかった。後者の要求を無視できなくなった政権は、雇用を開放するため、公文書をドイツ語とチェコ語の二言語で作成する義務を定めた。

一八九七年四月五日ボヘミア言語令は（以下を）述べる。

第一条　ボヘミア王国における裁判所、検察局ならびに内務省、大蔵省、商務省、農業省各省の管轄下にある各部局は、口頭での申し立てあるいは書状での嘆願に対して関係者に発出される召喚状あるいは決定通知を、両方の領邦語のうち、口頭での申し立て、あるいは、書状での嘆願が書かれている言語で、作成する義務を負うことを定める。★21

「両方の領邦語」はドイツ語とチェコ語である。「言語令」はドイツ人とチェコ人の両者に、ドイツ語とチェコ語の二言語能力を強制することになった。この法令は民族対立を煽動しただけでなく、両者からのユダヤ人の排斥をもたらした。半年後に「言語令」は廃案となっている。

二十世紀になると、進歩的なドイツ人のあいだでは、スラヴ人の民族運動は不可避であるという認識ができている。リベラルのドイツ人は多数派と少数派の区別なく、あらゆる文化は対等であると考えていた。ドイツの哲学者フィヒテは話者の多寡にかかわらず、ドイツ語とドイツの少数言語ソルブ語は対等であると述べた。

オーストリアの歴史家ハルマッツはフィヒテの見解を踏まえ、ドイツ語とチェコ語ほか諸言語、文化の対等な関係を主張した。

ソルブの言語は土地に縛られた農奴の惨めな小屋へと追放されてしまったが、いまだに存続している。農奴は、圧制者から理解されなくても、あの惨めな小屋で、彼らの薄暗い宿命を悼むことができた。[★22]

リベラルのドイツ系オーストリア人はオーストリア＝ハンガリー帝国の利点を、複数の民族文化を包摂する多民族国家である点に求めた。帝国を維持するためには、ドイツ人が自らの利益を手放すことが肝心である。ドイツ人が諸民族に自由を保証する代わりに、諸民族がドイツ人を支える。諸民族が互いに支え合う関係を構築することによってはじめて、帝国は維持される。ハルマッツにとって「二重帝国」は、ドイツ人とチェコ人の不平等を前提とする「旧弊したオーストリア」であった。それに対して、対等な関係にある諸民族から構成される「民族連合 Völkerbund」が「新オーストリア」である。

帝国の崩壊後、第一次大戦への反省から「国際連合 United Nations」の前身となる「国際連盟 Völkerbund」が結成されている。「国際連盟」はオーストリア「民族連合」と同じ表記を用いていた。このことから、ドイツ系の自由主義者には先見の明があったことを指摘できる。

ドイツ人であることと、新オーストリアの完成を擁護することとは、相互補完の関係にある。なぜなら、新オーストリアは、諸民族と個人に自由を約束するからである。真性のドイツ人は自分自身が自由であるだけでなく、他者に対しても、自由への道を切り拓く義務を負っている。[★23]

★21――Richard Charmatz: Deutsch-österreichische Politik. Leipzig (Duncker & Humblot) 1907, S. 81. 括弧内筆者加筆。
★22――Ebd., S. 87.
★23――Ebd., S. 90.

帝国の敗戦により、「民族連合」構想は絵に描いた餅に終わった。多民族国家の崩壊は世界史にとってだけでなく、文学史にとっても大きな意味をもつ。例えば小説家のヨーゼフ・ロート[★24]は、その理由を、宗教の没落に求めた。キリスト教はナショナリズムに取って替わられた。『ユダヤ人の女たち』でグレートルが追いかけていたドイツ民族主義系の「学生結社の制服を着た男」(「二 フーゴー」)、アルフレート(「十一 住民集会」)の背景には、ツァラトゥストラ[★25]の指摘する、神のいない世界の到来があった。

人々はもはや神を信じていない! 新しい宗教とは民族主義です。諸民族はもはや教会へは行きません。民族結社へ出かけて行くのです[★26]。

信仰が生きていたとき、オーストリア皇帝には神の使徒としての役割があった。神がいなくなったいま、諸民族はもはやその使徒を必要としていない。

オーストリア＝ハンガリー帝国の皇帝は神に見捨てられてはならないのです。しかるに神はいまや彼を見捨てたもうたのです!

(『ラデツキー 下』、二八頁)

皇帝はアナクロニズムの象徴であった。それは科学に取って替わられる。ロートは帝国を蠟燭に、新共和国を技術と電気に喩えた。

> フランツ・ヨーゼフの王宮ではまだしばしば蠟燭を灯していますよ。おわかりでしょうか？ニトログリセリンと電気とによって、われわれは滅びるでしょう！　もう決して長くはないのです！
> （『ラデツキー　下』、二九頁）

帝国の崩壊は世界史の展開上、抗い得ないできごとであった。この不可避のできごとを人々はどのように受け止めようとしたのだろうか？

ユダヤ人ロートにとって、戦後の状況は戦前にまして悪くなった。これまでに述べてきたように、新・国民国家は、帝国から継承したユダヤ人に対して、それまでよりもよりいっそう、新国民への

★24――東ガリツィアのブロディ出身のドイツ語作家（Joseph Roth　一八九四－一九三九）。代表作に『サヴォイ・ホテル *Hotel Savoy*』（一九二四）、『ラデツキー行進曲 *Radetzkymarsch*』（一九三二）。

★25――哲学者ニーチェ（Friedrich Nietzsche　一八四四－一九〇〇）の著作『ツァラトゥストラはこう言った *Also sprach Zarathustra*』（一八八五）。このなかに「神が死んだ」という有名な文言がある。

★26――ヨーゼフ・ロート『ラデツキー行進曲　上・下巻』、平田達治訳、岩波書店、二〇一四年、下巻、二七頁。以下、本書からの引用は（『ラデツキー　巻』、頁数）として本文中の引用末に記す。

同化を強制したからである。ロートの小説は帝国という喪われた故郷に手向けられた餞別としてとらえることができる。

先に述べた通り、文学は記憶を保存する場所でもある。『ユダヤ人の女たち』で描かれたテプリッツの情景は、景観としては当時のままであるが、ドイツ系ユダヤ人の社交界の雰囲気は第一次大戦を機に喪われてしまった。

本作を執筆していたときのブロートは、読者が小説を読みながら、喪われた故郷を想起することなど、想像すらしなかったにちがいない。しかしいま、訳者はブロートにとっての未来の読者の一人として、喪われたドイツ系ユダヤ人の社交界を惜しむ感情を抱いている。ドイツ人であることに意義を見出そうとするアルフレートの深刻さは、帝国の崩壊、故郷の喪失という史実を踏まえてはじめて、理解可能なものとなるだろう。

**ユダヤ人と民族的ユダヤ主義**（＝**シオニズム**）

帝国期のチェコ地域におけるユダヤ人の問題は、彼らの言語がなかったことである。十九世紀末から第一次大戦期にかけてドイツ人とチェコ人の分断が進んでいくなかで、ユダヤ人も日常言語としてドイツ語とチェコ語のどちらかを選択することをよぎなくされた。

ユダヤ機関の発行する新聞「世界 *Die Welt*」には次のような数値が掲載されている。

| | | | |
|---|---|---|---|
| チェコ語のみの信徒団 | 三五七六団体 | ／ユダヤ人 | 一五五九七人 |
| チェコ語・ドイツ語の信徒団 | 一五一〇団体 | ／ユダヤ人 | 五五八九九人 |
| ドイツ語・チェコ語の信徒団 | 九七六団体 | ／ユダヤ人 | 一九七八二人 |
| ドイツ語のみの信徒団 | 一一四八団体 | ／ユダヤ人 | 三二〇一人★27 |

二言語の信徒団の場合、先に挙がっている言語のほうが優勢であると解される。上の数値から、チェコ地域のユダヤ人はチェコ語を優先していることが分かる。いっぽうで、ドイツ語とチェコ語の関係は先に述べた通り、非対称の関係にあった。農村のユダヤ人に対して、帝国の中枢にいたプラハのユダヤ人はドイツ語を選択し、ドイツ人としてふるまっていた。

公務員に二言語能力を義務づけた「一八九七年言語令」が反ユダヤ主義に転化した理由は、上の事情から説明される。実際、多くのユダヤ人はチェコ語を話し、チェコ人として生活していた。いっぽうで、プラハのユダヤ人は支配層のオーストリア文化に同化していた。同化の象徴がドイツ語であった。ゆえに、チェコ人からは、チェコ人になろうとするユダヤ人の努力はいっさい顧みられな

★27——Benjamin Seff: Die Jagd in Böhmen. In: Die Welt. 1 Jahrgang, 1897, Nr. 23 (5. November) S. 1f., hier S. 2.

い。ユダヤ人がチェコ人になろうとどれだけ努力しようとも、オーストリア文化に同化するユダヤ人がいるかぎり、チェコ人には、ユダヤ人はチェコ人に対するドイツ人の支配に加勢する手先のように映ってしまう。

チェコ人から排斥されているなかでユダヤ人による自己防衛の手段として提唱されたのが、ユダヤ民族主義（＝シオニズム）である。オーストリアのシオニズムはユダヤ人をドイツ人、チェコ人と対等な民族であるという視座を提起した。ゆえに、シオニズムはドイツ系ユダヤ人の同化に反対の意志を鮮明にする。

われわれはありとあらゆる民族性の、したがってドイツのそれの自然のままの臆することのない開花に賛成である。われわれはありとあらゆる生命力に溢れた民族の、したがって、チェコ民族の隷属と枯死に反対である。この闘争のプロセスは、当事者にしか関係のない、一つの国境紛争であることは明白である。正義はどこにあるのか。明らかにその中間にある。★28

ドイツ系の進歩主義者がオーストリアを「民族連合」にしようとしていたことはすでに述べた。シオニズムはこの構想に注目し、ユダヤ人をドイツ人、チェコ人ほか諸民族と対等な〈公民〉とすることを通じて、民族連合に加盟することを試みた。

同じドイツ語を話すユダヤ人であっても、ドイツとオーストリアでは、彼ら自身が思い描く問題の解消方法は対照的であった。ドイツの場合、ユダヤ人は自身をカトリック、プロテスタントのドイツ人と対等な〈ユダヤ教徒のドイツ人〉であると考えた。ゆえに、ドイツでは、よりいっそうのドイツ人への同化が奨励された。オーストリアでは、ユダヤ人はチェコ人と対等な、ドイツ人とは異なる「外国人」であるという視座が提起された。テオドール・ヘルツルの『ユダヤ人国家 *Der Judenstaat*』（一八九六）がドイツ語で書かれ、シオニズムがウィーンから始まったのは、偶然でない。シオニズムの必然性は多民族国家の民族問題にあった。

二十世紀転換期、ヘルツルに共鳴する機関が帝国各地に設立された。民族機関を結成するにあたり、ユダヤ人自身も彼らに統一的な言語がないことを認識している。

ロシアとの国境を形成するガリツィアのユダヤ人には民族語のイディッシュ語があった。イディッシュ語はヘブライ文字で表記されるが、ドイツ語から語彙を多く借用しているため、ドイツ語話者との意思疎通はある程度まで可能である。民族統計では言語の類似性から、イディッシュ語話者はドイツ語話者に算入されていた。ユダヤ民族機関は、イディッシュ語はユダヤ人の民族語であるとの視座から、ドイツ人とは異なるユダヤ民族の帰属区分が与えられるべきだと主張した。

★28——Ebd., S. 2.

一九〇七年五月、はじめての自由平等選挙が実施される。二十四歳以上の国籍所持者の男性全員に選挙権が与えられた。この選挙では、ドイツ人、チェコ人が別々に代表を選出する民族別議席制が採用された。その際、ユダヤ人にユダヤ民族の議席は割り当てられていない。

この選挙を前に、プラハのユダヤ機関は「ユダヤ民族政党 die jüdischnationale Partei」の宣伝新聞として前掲の「自衛」を発行、党所属の代議士四名を、帝国国会に派遣することに成功した。「自衛」はそれを機に、帝国の枠内でのユダヤ人自治の可能性を射程に入れ、活動をつづけていく。「自衛」はオーストリアの市民としてのユダヤ人の政治的権利を主張しただけではない。「自衛」は同一性の観点から、同胞に対して、ユダヤ民族固有の文化に対して意識的になるよう、積極的に働きかけた。ユダヤ人のナショナリズムは作家の使命として、ユダヤの民族文学の創造を要請した。マックス・ブロートと本作は、このような問題意識のもとで、ユダヤ民族主義によって発見されたのである。

### 『ユダヤ人の女たち』発表時のブロートの限界

ユダヤ民族主義はドイツ語作家にユダヤ民族を象徴するような文学の創造を要請した。民族主義者による本作の評価は、『ユダヤ人の女たち』は〈ユダヤ人を代表する文学〉の水準には達していない、というものだった。

ブロートはユダヤ人を記述しているだけで、ユダヤ人問題を素通りしてしまっている。下に引用する日記から、カフカはブロートに先立って、ユダヤ人作家の使命に自覚的になっていることが分かる。下のカフカの発言にある「この小説」は、『ユダヤ人の女たち』を指している。

一九一一年三月二十六日
われわれはただちにその点にこの小説の欠点を認めるし、そして今日シオニズムが始まって以来、問題解決の可能性はこんなにもはっきりとユダヤ人問題を中心にして整理されている以上、作家は自分の小説に適切な問題解決の可能性を見いだすために、あと、二、三歩だけでも前進すべきであったというふうに批判されるのは、いよいよもっともだと感じてもいる。
(『日記』、四一頁)

シオニストの論客フーゴー・ヘルマンは「自衛」で本作の書評を手がけた。ヘルマンの評価はカフカと同じである。ヘルマンもまた小説において民族の未来に対するヴィジョンが提起されていないことを問題視した。

ブロートはこのうえなく真実の、人間とものごとを配置する。彼はとりわけ微に入り細をうがった詳細へと法外にまで没入すること、こと細かさにいたるまでのニュアンスの崇拝を通じて、それをねらった。その結果、人間とものごとについての彼自身の判断は、揺らいでしまっているだけでなく、玉虫色である。[★29]

「ニュアンスの崇拝」という指摘は、シオニズムに対するブロートの理解の本質を突いているように思われる。当時のブロートは問題の背景と内容を理解していなかったにちがいない。彼はユダヤの同一性のもつ意義を「ニュアンス」としてしか表現できなかったのだ。

十九世紀後半まで、ユダヤ人はユダヤ教徒だった。「一八九七年言語令」をきっかけとしてチェコ人から排斥されたとき、ユダヤ人は「自衛」のために自らをチェコ人と対等な存在にしようとした。この試みからユダヤ人作家の使命として引き出されたのが、ユダヤの言語、文化、精神の存在を証立《あかしだ》てるという課題であった。

ブロートはユダヤの言語、文化、精神といった概念をニュアンスとしてしか表現できなかったにちがいない。本作から該当箇所を引用したい。

フーゴーは多くの点でアルフレートに同意できるとは思いつつも、その語りから居心地のよさを感じることはできなかった。最も大事なニュアンスが欠けていた、フーゴーの脳裡に繊細かつ心地よい音を立てて浮かんだもの、彼はそれを表現することができなかった……典雅かつ同時にユダヤのものであったはずのなにか。彼はこれまでそれを経験したことはなかったにもかかわらず、その存在を予感していた……

（「十五 別れ」）

アルフレートはユダヤ人のドイツ民族主義者である。彼にとって民族はドイツ人かチェコ人かのどちらかで、ユダヤ民族は存在しない。このアルフレートの価値判断に対してフーゴーは異議申し立てをした。フーゴーにとって「典雅かつ同時にユダヤのものであったはずのなにか」が存在していることは確かだ。しかし、彼はその内容を「ニュアンス」としか言い表せないのである。フーゴーの発言をブロートのそれと仮定してみると、ブロートの限界を指摘することができる。

一九一一年、二十七歳の若きブロートは、ユダヤのナショナル・アイデンティティが存在することを予感していても、その内容を想像できなかった。

## ブロートからカフカの『判決』へ

『ユダヤ人の女たち』の発表は、ブロートとカフカにとって、ユダヤ民族主義に真剣に関わるため

★29——Hugo Hermann: „Jüdinnen". Ein Roman von Max Brod. Ein Gespräch darüber von Hugo Hermann. In: Selbstwehr. 5 Jahrgang, 1911, Nr. 20 (19. Mai), S. 2f., hier S. 3.

のきっかけとなった。単なるユダヤ系のドイツ語作家から確信的なユダヤ主義者にいたるまでのブロートの「転向」過程を知るためには、本作の内容を知ることが必要である。本作では、ドイツ系ユダヤ人の社交界が綴られていただけだった。ブロートの関心はユダヤ人の現状をどう変えていくかという問題には、向かっていなかったのだ。

一九一一年の秋、本作の発表からおよそ半年後、ブロートとカフカには、イディッシュ劇団との出会いがあった。ユダヤ機関の支援を受け、劇団はドイツ系ユダヤ人に東欧ロシアのユダヤ主義の伝統を普及しようとしていた。

カフカの日記には、ブロートとカフカが見た演劇の作家として、ヨーゼフ・ラタイナー★30、アブラハム・ゴルトファーデン★31、ショーレム・アレイヒェム★32、イチョーク・ライプ・ペレツ★33、ハイム・ナーハマン・ビアリク★34、ヤーコプ・ゴールディン★35らの名前が挙がっている。

年が明け、ユダヤ機関は劇団の役者イツァーク・レーヴィ★36によるイディッシュ文学の朗読会を企画した。カフカが朗読の導入講演を担当した。そのスピーチ原稿が「ユダヤの演劇について *Vom jüdischen Theater*」である。

カフカは朗読会の打ち合わせの際に『ユダヤ人の女たち』の書評を手がけたフーゴー・ヘルマンとも面会を果たしている。一九一二年二月、朗読会の準備の段階で、劇団を中心に、ブロート、カフカ、フーゴー・ヘルマンほかシオニスト機関との関係が構築された。本作の発表を機に、ブロー

★30――イディッシュ語による最初の職業劇作家とされる作家（Joseph Lateiner 一八五三―一九三五）。ルーマニアのヤシに生まれ、一八八五年にアメリカ移住。二百篇以上の戯曲を残した。

★31――イディッシュ語詩人（Abraham Goldfaden 一八四〇―一九〇八）。ロシア帝国ヴォルイーニ地方（現ウクライナ）に生まれ、一八八七年にアメリカ移住。戯曲に『ズラミート *Sulamith*』（一八八九）ほか。

★32――現代イディッシュ文学の父の一人とされる作家（Scholem Alejchem 一八五九―一九一六）。キエフ近郊の町に生まれ、欧米諸国を経て、一九一四年にアメリカ移住。代表作に『牛乳屋テヴィエ *Tewje, der Milchmann*』（一九一六）。『テヴィエ』は一九六四年、アメリカで《屋根の上のヴァイオリン弾き *Fiddler on the roof*》としてミュージカル化された。

★33――アレイヒェムと並び、現代イディッシュ文学の父の一人とされる作家（Jizchok Leib Perez 一八五二―一九一五）。ロシア帝国のザモシチ（現ポーランド）に生まれ、ワルシャワで死去。

★34――イディッシュ語、ヘブライ語詩人（Chaim Nachman Bialik 一八七三―一九三四）。ロシア帝国のジトーミル近郊（現ウクライナ）に生まれ、ウィーンで死去。シェイクスピアほか世界文学のヘブライ語翻訳を手がけた。一九二四年にパレスチナ移住。ヘブライ語の詩人としてイスラエルでは国民詩人とされる。

★35――イディッシュ語詩人（Jakob Gordin 一八五三―一九〇九）。ロシア帝国のミルゴロド（現ウクライナ）に生まれ、一八九一年にアメリカ移住。七十篇以上の戯曲を残した。シェイクスピアほかをユダヤ人の環境に移して再構成した翻案作品で知られる。戯曲『神と悪魔と人間 *Got, Mensch und Teufel*』（一九〇〇）はゲーテの『ファウスト』の翻案。

★36――イディッシュ劇団の役者でカフカの友人（Jizchak Löwy 一八八七―一九四二）。ワルシャワの厳格なハシッド派の家庭に生まれ、父親と衝突して十七歳でパリに出た。その後、劇団の役者となり、一九一一年から翌年にかけてプラハに滞在、カフカと知り合った。一九四二年、ワルシャワ・ゲットーからトレブリンカ絶滅収容所に移送、虐殺された。

トとカフカがユダヤ民族の「自衛」の問題に、作家として関与することになった経緯が検証されるのだ。

半年後の八月十三日夕刻、カフカはフェリーツェとブロート宅で初対面を果たした。翌月九月二十二日夜から翌日未明にかけて、カフカは『判決』を完成させた。繰り返しになるが、一晩で『判決』を書き下ろしたことは、カフカをめぐる「伝説」の一つとなっている。カフカは書きながら覚えた興奮を隠しきれなかった。日記には次のような記述がある。

一九一二年九月二十三日
物語をぼくの前に展開させていくことの恐るべき苦労と喜び。まるで水のなかを前進するような感じだった。〔…〕ただこういうふうにしてしか、つまりただこのような状態でしか、すなわち、肉体と魂とがこういうふうに完全に解放されるのでなければ、ぼくは書くことはできないのだ。〔…〕執筆と並行して、多くの感情を覚えた。例えばマックスの文学年鑑「アルカディア」のために何かいいものが書けるだろうという喜びや、フロイトについてのいろいろな考えはもちろんのこと、ある個所では『アーノルト・ベーア』についての考え、別の個所ではヴァッサーマン、またヴェルフェルの『女巨人』、いうまでもなくぼくの『都会風の世界』についての考えもだ。

（『日記』、二一二頁）

「アルカディア」はブロートの編集した文芸雑誌、『アーノルト・ベーア』は、『ユダヤ人の女たち』の次作に当たる彼の小説である。ヴァッサーマン[★37]、ヴェルフェルはともにユダヤの出自をもつドイツ語作家である。

『アーノルト』との対照を通じて、『ユダヤ人の女たち』の存在意義が見えてくる。『アーノルト』は『ユダヤ人の女たち』に呈せられたユダヤ民族主義からの批判に対するブロートの応答であった。『ユダヤ人の女たち』の問題は、ユダヤ人の未来が小説で提案されていないことだった。『アーノルト』の内容は、主人公のアーノルトが、イディッシュ語のシレジア方言を話す祖母との出会いを通じて、自身の同一性を自覚し、民族主義者になるというものだ。『アーノルト』には、ユダヤ主義者になるという主人公の未来が明確に提示されていた。アーノルトは人生の「奔流」に飛びこんでいく。

さらにもう一つ興味深い指摘がある。それは、『判決』がブロートの『アーノルト』に対するカフカの応答であるという指摘である。

シオニズムに対するブロートとカフカの相違は、「奔流」に対する姿勢から導き出される。「奔流」

★37――ドイツの小説家（Jakob Wassermann 一八七三－一九三四）。ユダヤ系であり、故郷バイエルンの同胞を描いた小説『ツィルンドルフのユダヤ人 *Die Juden von Zirndorf*』（一八九七）によってユダヤ系ドイツ語作家から注目されていた。

に飛びこむことは、ナショナリズムの思潮に身を委ねることを指している。アーノルトはその潮流に飛びこむ。いっぽうで、『判決』のゲオルクはその「奔流」にのまれて溺死する。アーノルトとゲオルクをブロートとカフカに仮定すると、ブロートはその思潮に合流し、カフカは主人公の溺死を通じて、その思潮には合意できないという意志表示をしたことになる。

ブロートは『アーノルト』を通じて、ユダヤ主義者への転向を果たした。それに対して、カフカは『判決』でのゲオルクの溺死を通じて、ユダヤ主義者への転向には賛成できないという意志表明をした。

ブロートは本作に寄せられた批判に対する応答として『アーノルト・べーア』を著した。カフカは『アーノルト』に記されたブロートの決意表明に対する自身の立場表明として『判決』を手がけた。『ユダヤ人の女たち』は『アーノルト』を経由して、『判決』の成立にも影響をおよぼしている。訳者は『判決』の背景の解明にも貢献できるとの想いから、『ユダヤ人の女たち』の翻訳をすることにした。

**『ユダヤ人の女たち』の登場人物とあらすじ**

本作のあらすじは明快、十七歳の青年と適齢期を逃しつつあった女性との、ひと夏の出会いと別れをあつかっている。彼女を通じて、青年はその親族、知人からなる社交界に加わっていく。彼らはプラハ在住、そこそこ裕福な市民階級に属する一族であり、避暑のために温泉保養地のテプリッツに滞在している。

◉登場人物（人物説明）

フーゴー・ローゼンタール（Hugo Rosenthal　十七歳　実科ギムナジウムの生徒）

イレーネ・ポッパー（Irene Popper　二十六歳）

◉フーゴーの関係者

ルーツィエ・ローゼンタール（Lucie Rosenthal　フーゴーの母親）

オルガ・グロースリヒト（Olga Großlicht　フーゴーの幼なじみ）

◉イレーネの関係者

ポッパー氏、ポッパー夫人（Herr Popper, Frau Popper　イレーネの両親）

アルフレート・ポッパー（Alfred Popper　イレーネの弟）

ヴァイル氏、ヴァイル夫人（Herr Weil, Frau Weil　イレーネのおじとおば）

長女アリス、次女フローラ、三女エルザ（Alice, Flora, Elsa　ヴァイル夫妻の三人の娘）

カッパー夫妻（das Ehepaar Kapper　イレーネのおじとおば）
長女ロッティ、次女カミラ（Lotti, Kamilla　カッパー夫妻の二人の娘）
ヌスバウム（Nußbaum　男やもめ）
ヨーゼフ・ヌスバウム（Josef Nußbaum　ヌスバウムの息子）
ピトロフ（Pitroff　ヌスバウムの友人）
ドクター・タウベリス（Dr. Taubelis　眼科医）
ハインリヒ・ヴィンターニッツ（Heinrich Winternitz　イレーネの元・婚約者）

◉作品の舞台

一九一〇年ころのテプリッツおよびプラハ

フーゴーは夏休みを家族と過ごすためにテプリッツに帰省をする。鉄道の駅から市内にある母親の屋敷に徒歩で向かっている途中、彼はイレーネとその母親に会う。帰宅後、彼は幼なじみのオルガと再会する。彼はオルガに、物理の試験に落第したこと、休み明けの九月に再試験を受けなければならないことを打ち明ける。学業不振の原因にはグレートルへの失恋があった。

フーゴーは荘館に滞在中のイレーネを訪問する。彼と彼女の談話を通じて、彼女を取り巻く人物ヌスバウム、タウベリスらが読者に紹介されていく。フーゴーの母親はイレーネの父親と旧知の間柄で、彼女の婚約破棄を知っている。

フーゴーは母親をイレーネに引き合わせるため、彼女の一行が集まっているテニスコートに連れていく。彼の母親と彼女の母親は反りが合わない。後者が前者に絡む様子から、前者はポッパー氏と恋愛関係とまではいかなくとも、なんらかの関係があったようだ（小説では、ルーツィエ夫人とポッパー氏が若いころ、連れ立って劇場に行った仲だとしか記されていない）。ヨーゼフはエルザに惚れているらしい。一行が夕方、コートから引き上げようとするとき、彼女はヴィンターニッツに似た男を目撃して、発作を起こす。

フーゴーは、イレーネとヴィンターニッツは形式上、関係を終えているにもかかわらず、互いに忘れられないでいることを知る。元・婚約者らしき男の出現を通じて、彼女は本心を知った。失神は本心が露見したためであろう。告白を通じてカタルシスを得た彼女は、彼にヴィンターニッツのことは忘れると誓う。彼と彼女はダンスを踊り、関係は接近した。

フーゴーとイレーネの仲はこれ以上進展しない。彼と彼女はそれぞれが経験した恋愛について報告し合う。婚約破棄にいたるまでには持参金の問題があった。彼は、金銭に精神と同じだけの価値を見出す人もいるという例を挙げ、彼女を慰めようとする。

フーゴーはイレーネを尊敬できなくなる。結婚に対する彼女の指摘は、現代フェミニズムの提起する社会問題にも通じていた。ユダヤ人の女たちの自立を阻んでいたのは、結婚と家庭生活であった。彼は彼女の指摘を理解することができない。

イレーネの愛がじぶんに向かうようにとフーゴーが願っても、ヴィンターニッツへの愛は揺るがない。彼は自身の情熱を彼女以外のものにふり向けようと、試験勉強を開始する。しかし、そのたびに彼女の姿が脳裡をよぎり、彼は勉強に集中できない。

イレーネは体調を崩して寝こんでしまう。フーゴーは彼女を見舞うために部屋を訪れる。病気の原因はコートで倒れたときと同じだった。宿泊者名簿の記帳から彼女はヴィンターニッツが荘館に滞在中であることをつきとめていた。

フーゴーはイレーネに愛の告白をしようとする。そう決心しかけたとき、女中が部屋に入ってきてしまい、彼は気を散らされてしまう。告白の試みは、はっきりとは文章化されていない。にもかかわらず、そう読める根拠は、「わたしたちの会話はまるでメロドラマのよう……メロドラマそのもの」(「十　病人を見舞う」)という彼女の台詞にある。なぜなら、彼女の台詞に、「恋人といっしょにいるとき、人はまるでメロドラマのなかにいるかのように話します」(「八　グレートル」)というものがあったからだ。

彼女は彼の語りを恋する人のようだと評した。彼は彼女から拒絶されることを予感しつつも、愛する人にはじぶんの想いをつたえなければならない、と思っていたにちがいない。彼は受け入れてもらえないかもしれないという不安と、愛をつたえたいという願望を天秤にかけていた。不安に対して、愛をつたえたいというじぶんの希望を優先させた点に、訳者はフーゴーの自尊感情を認めてあげたいと思う。結局、彼は愛を打ち明けられなかった。

ポッパー氏とアルフレートが荘館に到着する。弟はテプリッツでタウベリスの治療を受けることになる。フーゴーは弟と親しくつき合うようになった。弟はドイツ民族主義に心酔していて、ユダヤ人であることは、弟にとって大した意味をもたない。同時に、イレーネの言動も予測不能になる。彼女はタウベリスと散歩するいっぽうで、これまで小馬鹿にしていたヌスバウムの跡をつけ回すようになった。ヌスバウムはタウンミーティングを開催した（訳語としては時代に鑑みて、「人民集会」を採用した）。フーゴーとアルフレートはミーティングに出かける。ドイツ主義者の弟にとって、従妹のカミラとロシア人の婚約は許しがたいことだった。

ピトロフが演説を始めると、弟は弁士を辱めるため、演説の妨害工作をする。乱闘騒ぎのなか、フーゴーはイレーネに近づいて話しかけようとする。長身のヌスバウムとタウベリスに伴われて退出する彼女は、彼の姿を認めるが、気に留めない。彼は彼女から侮辱されたと思いこむ。帰途、彼はテプリッツ城内の池のほとりで転倒し、水に落ちてしまう。

フーゴーはオルガに、自身の恋愛が失敗に終わったこと、未来の展望を描けないことを打ち明ける。オルガは自身の経験から、失恋は時間が癒やしてくれることを教えた。カミラとピトロフの婚約式を兼ねる翌日のピクニックを前に、オルガは、彼がイレーネと二人きりにならないように、じぶんが同伴することを提案する。

翌日の昼、フーゴーはヨーゼフとエルザが連れ立って歩いているのを見かける。アルフレートは従妹の婚約への腹いせに、婚約相手に恥をかかせることに成功した。彼はそれに倣って、雪辱を計画する。彼はヌスバウムを人さらい、誘拐犯の参考人にしようとした。彼は息子のヨーゼフに駆け落ちをそそのかし、エルザを失踪させようとする。彼の目論見通り、ヨーゼフはエルザを連れて鉄道でテプリッツを発った。

荘館の一行、フーゴーとオルガは路面電車でアイヒヴァルトに向かう。ピクニックの途中で、イレーネはオルガの男癖の悪さをあげつらう。オルガは侮辱された怒りからピクニックを切り上げ、先に帰ってしまう。オルガを追いかけて一行が電停に着くと、警官がヌスバウムを待ち構えている。ヌスバウムは犯罪の重要参考人になっていた。ヨーゼフがエルザを誘拐した。息子を人さらいにすることを通じて、フーゴーもまた恋敵への復讐に成功した。

九月一日、フーゴーは鉄道でプラハに戻る。その二週間後、彼は無事に再試験に合格する。彼はアルフレートから、イレーネがタウベリスと婚約したこと、彼に想いを寄せていたことを聞く。弟は彼を自宅に招待する。彼はポッパー家とその花婿との昼食に招かれる。彼は彼女の婚約を心から祝福し、学業に復帰する。

## 世紀末文学の影響

翻訳を進める過程で気にかかっていたのは、ブロートの比喩表現のオリジナルはどこにあるのかという問題だった。彼はニーチェとオスカー・ワイルドに倣おうとしていたのではないだろうか。前者はモダニズムだけでなく、ユダヤ民族主義にも大きな影響をおよぼしている。その主唱者マルティン・ブーバーにいたっては、自らをツァラトゥストラに喩えようとしていたほどだ。ワイルドについては、「ワイルド風」（「四　接近」）、「見栄えのしないオスカー・ワイルドの模倣者」（「十四　アイヒヴァルト」）と、作中で直接言及されていたほか、彼の仕事には、ワイルドのチェコ語訳からドイツ語への翻訳もあった。

『ツァラトゥストラ』から海水の比喩を引用する。

まるで海中に住むように、あなたは孤独のなかに生きてきた。そして海水はあなたを支えていた。ああ、あなたは陸にあがろうとするのか？　ああ、あなたはあなたの身体をふたたびじぶんで重たく運んでゆくつもりなのか？★38

★38――フリードリヒ・ニーチェ『ツァラトゥストラはこう言った　上・下巻』、氷上英廣訳、岩波書店、一九六七年、上巻、十二頁。以下、ニーチェからの引用は（『ツァラトゥストラ　巻』、頁数）として本文中の引用末に記す。

本作では海水の比喩が次のように使われている。

彼の頭は温かな海に浮かぶボールのように暖まっていて、しかも、自動で開閉する弁がついているかのようだった。

（「十二　オルガ」）

ニーチェからもう一箇所引用したい。自然と孤独が人間を癒してくれる、と、ツァラトゥストラは次のように説いた。

わが友よ、のがれなさい、あなたの孤独のなかへ！〔…〕森と岩とは、気品にみちた沈黙をもってあなたを迎えることができるだろう。あなたの愛する、あの枝を張った大樹のすがたに、あなたもふたたび似るがいい。

（『ツァラトゥストラ　上』、八三頁）

下のフーゴーの独白がニーチェの影響のもとに発せられたものかどうか、検証することは難しい。しかし、「破滅」や「予期せぬ渦」の比喩には、ブロートがニーチェの熱心な読者であったことを強くうかがわせるところがある。

さあ、逃げよう、逃れよう――憔悴のあまり嘔吐感を感じるまで部屋に閉じこもって決心すると、彼の脳裡にはこんな声がとどろいた――。森への溢れんばかりの想いが彼の心をとらえた。緑の健康な森の草原へ、その上に体を横たえ、転げ回ることができたら。山麓へ、太陽のきらめきとそよ風を感じながら、すっかり癒されるまで、静かに手足を伸ばしていられたら……〔…〕いつか、無限の栄光を浴びて輝くこと、破滅であれ、予期せぬ渦に押し流されて死ぬことであれ、じぶん自身から抜け出ること、これが彼の望みだった。（「十　病人を見舞う」）

ワイルドの痕跡は、使用されないまま放置された部屋の描写に残されている。シビルの自殺ののち、ドリアン・グレイの肖像は表情を変える。表情の変化を認めたドリアンは肖像をだれにも見られないように隠そうとする。彼はその隠し場所に自身のかつての勉強部屋を選んだ。部屋の描写は次のようになっている。

そのうしろの壁には、ぼろぼろのフランドル産の綴織《タペストリー》が昔のままかかっている。その模様は、すでに色褪せた王と妃が庭でチェスに興じている傍を、馬に跨った鷹匠の一隊が、籠手をはめた手頸に頭巾をかぶせた鷹をのせて通りすぎてゆく図であった。かれはこれを細大洩さず記憶していた。部屋を見廻すかれの心に、孤独だった少年時代の一瞬一瞬が甦ってくる。自分の幼少の頃の生活の一点の曇りもない純真さが思いだされるにつけても、あの不吉な肖像画を隠すのがほかならぬこの部屋であることを怖しく感じるのだった。もう二度と還らぬあの頃、自分の前途を待ちうける運命について、考えたことが、いったいどれほどあっただろうか！★39

世紀末ロンドンの擬古典調で退廃的な描写に対して、ブロートの描写には貴族社会の名残はない。この市民的な装飾のなさに、十九世紀オーストリアのビーダーマイアーの雰囲気を感じ取るべきなのかもしれない。フーゴーがプラハに移って以降、テプリッツの勉強部屋は無人になった。その放置された部屋をブロートは次のように描く。

それから彼が自室へと階段をのぼって引き上げていったとき、彼を襲った混乱はどれほどのものだったか！〔…〕月の光がいくつかの白いすじとなって部屋へとさしこんできた。光のすじはあちこちで、古いタンスの角にぶつかると折れ、タンスの膨らみの上で進路を変え、さらに伸びていった。光のすじは細く、カーテンがかかっていたりいなかったり、そして、さまざまに異なる位置に取りつけられた窓からさしこんでいたにもかかわらず、光は壁の上方へと伸びながら、暗い部屋の隅々を照らし出していた。桶と樽がいくつか転がっていて、壁づたいに長持が置かれていた。使われなくなった古い家財道具でいっぱいの部屋……フーゴーはこの古い屋敷にどれほどなじんでいたことか！　かつてこの部屋で暮らしていたころの子供の彼の幸せはどんなに大きかったことか……〔…〕白く塗られた窓枠にはめられた窓が三つ、しかもこんなせまい部屋に。窓はどれも小さく、適当な造作だった。部屋そのものの造作も適当なものだろう……そもそも古い屋敷なのだから……皿と陶製のオーナメントがぎっしりと詰まったガラス棚、銀製の麦のごわごわした茎と穂を編んで作ったリース、このリースは彼の両親が銀婚式のお祝いにと、もらったものだ……ところで、最も大事なもの。ベッドにぴったりとくっつけて設置してある二つ目のガラス棚。このなかが彼の実験室だった。静電発電機、写真機、ライデン瓶、バッテリー、蒸気機関、これらはみんな彼の小さな改良品であり、発明であり、研究プロジェクトだった。それに小さな飛行船模型……

（「二 フーゴー」）

**ジェンダー、象徴の問題**

本作では、ジェンダーに関わる問題があちこちで提起されている。ブロートは環境を写実的に描写しているだけであって、この問題を意識的に取り上げようとはしていない。

★39——オスカー・ワイルド『ドリアン・グレイの肖像』、福田恆存訳、新潮社、一九六二年、二四〇－二四一頁。

イレーネは女性運動家のアリス・ザロモンの講義を受けた経験があり、「改良服」、「婦人参政権」に言及する（「四　接近」）。彼女はリアーヌ・ドゥ・ヴリー、ルース・セント・デニスによる現代舞踏のファンでもある（「九　蛇の踊り」）。

フーゴーは女性の問題を認識してはいるが、その解決を試みようとはしない。女性の自立に対する彼の理解は、シオニズムに対する理解と同じで、表層的なものにとどまっている。

彼女が人間臭さをさらせばさらすほど、彼は彼女のことが好きになった。逆に、彼女の欠点と弱さに、彼は女の、すなわち、ユダヤ人の女たちの悲しい運命一般を見た。彼女たちは結婚以外のための教育をいっさい受けていない。結婚という賭けが成功しないなら、彼女たちは支えを失い、未熟な教育のまま、人生をふらつきながら歩むことになる。（「九　蛇の踊り」）

ユダヤ人の女たちの不幸は、結婚以外には経済的に自立するすべがないことだった。イレーネによると、結婚は女性にとって、安全の確保を約束することと引き換えに、彼女らを家庭に閉じこめる制度でもある。

あなたはご存知でいらっしゃらない、あなたがここで嘆いているのをご覧になった女たちはみんな、埋もれた天才だということを。みんなじぶんの才能が開花することなく、朽ち果てていくのを嘆いているんです。〔…〕彼女がどんなに手厚い家族の庇護のもとで成長し、いわば保護監督され、あらゆる構成員に包囲されていることか――しかし、彼女は成長期においてすでに苛烈きわまりない生存をめぐる闘争に引きわたされていました。これは詐欺以外のなにものでもありません。この見せかけ上の安全と、この実際の闘争。夫が得られなければ、だれが彼女の面倒を見てくれるんでしょう。〔…〕女は自ら積極的に介入してはなりません。女はじぶん自身を守ってはならない、いかなるものも勝ち取ってはならないということは、家族による庇護ゆえに生じたことなんです。（「九 蛇の踊り」）

結婚と家庭が彼女たちの自立を阻む。フーゴーは彼女たちの宿命に同情している。そのいっぽうで、彼の観察は、彼女たちを拘束している家父長制の問題には到達しない。問題を認識しても、その改善に向かって働きかけようとしない点に、ブロートの問題意識の限界があった。

最後に、ユダヤ主義の象徴体系に通じているのではないかと思われる箇所を一つ、挙げておきたい。注目したい象徴は沐浴である。入浴を通じた身体の浄化は、生まれ変わること、再生に通じていよう。ミーティングの夜、フーゴーはイレーネとヌスバウムに侮辱された。その翌日、彼はその贖《あがな》いにヌスバウムへの復讐を決意している。
入浴によってフーゴーの体に生じた変化を、ブロートは次のように書いている。

彼が正午ごろに浴場から道に出ると、不思議なことに、爽快感と、じぶんの体が紫外線に損なわれることもなく、水が彼の体の表層だけでなく、体をつらぬき、いつまでも流れているかのように、心が洗われたような気がした……彼は楽しくなり、なにかを企ててみたくなった。〔…〕彼にはようやく、世界の仕組みが見えるようになった。彼は愛し、そして憎んだ。彼は再び、どんなことも、わずらわしさを感じることなく、思うままに変える力がじぶんにはあるのだ、と思えるようになった。

（「十三　ちびのエルザ」）

上述した通り、フーゴーはヨーゼフに駆け落ちをそそのかす。このときフーゴーが身体に感じた水の感触を、ブロートは次のように書いている。

どうしたものか。と、そのとき彼は狂気を起こしてやろう、という気になった……しかし、この二人が駆け落ちを企てているかどうかは、わからない。不幸な事故にはなるまい、と彼はじぶんを落ち着かせた……ただ無邪気に、責任感にとらわれることなく、きょうの彼はいまだ臀《でん》部《ぶ》に残る、浴槽の冷たい水の力だけを感じていた。

（「十三 ちびのエルザ」）

「臀部」の原語は「腰 Hüfte」である。訳者は敢えて「臀部」の訳語をあてた。「臀部」には性的興奮の意がこめられると思ったからだ。雪辱の計画が心をよぎったとき、フーゴーは勃起していたと解することはできないだろうか。復讐する決意をした彼は、冷たい水の感覚に後押しされながら、射精の興奮を味わったにちがいない。こう読むのは行き過ぎだろうか。

『ユダヤ人の女たち』を書きながらブロートが射精を感じていたとするなら、カフカの『判決』に、本作および次作の『アーノルト・ベーア』からの痕跡が認められるという指摘は、ますます説得力をもつようになる。

カフカは『判決』を書いているとき、まるで射精をするような快感を味わったと日記に記していた。

一九一三年二月十一日

『判決』の校正刷を見る機会に、この物語のなかではっきりしてきたすべての関係を、忘れないで覚えている分だけは書きとめておくことにする。これは必要なことだ。なぜなら、この物語はまるで本物の誕生のように脂や粘液で蔽われてぼくのなかから生れてきたものであり、ぼくだけがその体に届くことのできる、またそうする気のある手をもっているからだ。

（『日記』、二一四頁）

❖ ❖ ❖

ブロートの小説を通してカフカを考察したら、どのようなカフカ像が浮かび上がるだろうか。

翻訳のお話を頂戴したのは二〇一八年、ドイツ、チェコ文学研究者、翻訳者の島田淳子さんを通じてだった。島田さん、声をかけてくださってどうもありがとうございました。

訳文の完成におよそ三年、その修正と年譜作成に二年、一稿の完成まで足かけ五年以上を費やしてしまった。提出が遅れに遅れたことを、編集担当の中村健太郎さんにこの場を借りてお詫び申し上げたい。

イレーネとアルフレートが交わすフランス語の会話翻訳にあたっては、同僚の辻野稔哉先生に教えを請うた。辻野先生には外国語に関する話題だけでなく、日常の疑問や不安に関しても辛抱強く、穏やかにわたしの相談に応じていただきました。辻野先生、どうもありがとうございました。

そのあいだにコロナ禍、ロシア＝ウクライナ戦争、ハマスとイスラエルの軍事衝突があった。訳者は本作で描かれていた世界を通して、戦争を見ていた。テプリッツはオーストリア＝ハンガリー帝国の分裂を経て、新・国民国家のチェコスロヴァキアへ、ドンバスはソ連の分裂を経て、新・国民国家のウクライナに引き継がれた。大国の分裂によって、国境の概念が希薄だった古い世界に民族境界線が引かれる。新しい民族境界線の内側の住民には、古い世界の同一性とは異なる、新しい国民としての同一性が求められる。

ドイツ文学は、旧世界（＝帝国）から新世界（＝国民国家）にいたる過渡期の人々が抱いた葛藤を書いてきた。オーストリア＝ハンガリー帝国の崩壊を経験したシュテファン・ツヴァイク、ヨーゼフ・ロートらは、新しい世界にオーストリア＝ドイツ人が順応する際に抱いた葛藤、苦悩を書いている。民族融和を願っていた彼らのテクストからは、そのための手がかりが見つかるはずだ。文学は決して嘘学でない。

『ユダヤ人の女たち』では、ユダヤ人が「国民」として「ユダヤ人の国」で生きることなど、想像もされていない。繰り返すが、ユダヤ人と国家が一致するようになるのは、第二次大戦後のことだ。伝統的なユダヤ教は、ユダヤ教徒の同一性を、民族的な帰属と国家上の帰属を一致させないことのなかに見出してきた。ユダヤ人はユダヤ教を信仰しながら、オーストリアの国民、チェコの国民であるがゆえにユダヤ人だったのだ。この流謫の教えに抵抗して、ユダヤの民族主義者、シオニストは、ユダヤの民族的帰属と国家的帰属を一致させた。シオニズムの意図が流謫の教えへの背信であることは明白だ。宗教指導者たちを中心に、良心的なユダヤ人たちは、ユダヤ教に対するシオニズムの裏切りを告発しつづけてきた。民族主義者はいつまで、この批判が聞こえていないふりをするのだろう。

ユダヤ教はユダヤ人に、諸国民にとっての模範になるように、と教えている。ユダヤ人は諸国民がそうなりたいと憧れる、世界にとっての模範になっているだろうか。

ニュースに接していると、ユダヤ人の小説、歴史を知らないのは、いや、知ろうとしないのは、ユダヤ人を自称するイスラエル人なのではないか、とも思えてしまう。彼らは自らが流謫の民であったことを忘れてしまったのだろうか？　じぶんのルーツを忘却の淵に追いやってしまったら、じぶんを見失ってしまう。

二〇二四年三月末　訳者記

［著者略歴］

**マックス・ブロート**［Max Brod 1884–1968］

チェコスロヴァキア・イスラエルの文筆家、音楽評論家、作曲家。プラハ大学ドイツ語部門にて法務博士の学位を得たのち、郵政官吏を経て、作家、評論家生活に入る。一九三九年にパレスチナ移住。著書多数。最もよく知られている業績は、カフカの友人兼助言者、遺稿編集・紹介者、伝記作家としての仕事である。小説に『チェコ人の女中』、『アーノルト・ベーア――あるユダヤ人の運命』、『ティコ・ブラーエの神への道』、『ユダヤ人の王ロイベニ』などがある。

［訳者略歴］

**中村寿**［なかむら・ひさし］

一九七七年、静岡県浜松市生まれ。秋田大学教育文化学部講師。静岡大学人文学部卒、静岡大学人文社会科学研究科修士課程修了、北海道大学文学研究科博士後期課程単位修得退学、博士（文学）。専門はドイツ文学・ユダヤ人研究。

〈ルリユール叢書〉
ユダヤ人《じん》の女《おんな》たち

二〇二五年一月七日　第一刷発行

著者　マックス・ブロート
訳者　中村寿
発行者　田尻勉
発行所　幻戯書房
郵便番号一〇一－〇〇五二
東京都千代田区神田小川町三－十二　岩崎ビル二階
電話　〇三（五二八三）三九三四
FAX　〇三（五二八三）三九三五
URL　http://www.genki-shobou.co.jp/
印刷・製本　中央精版印刷


ISBN978-4-86488-313-9 C0397

## 〈ルリユール叢書〉発刊の言

厖大な情報が、目にもとまらぬ速さで時々刻々と世界中を駆けめぐる今日、かえって〈遅い文化〉の意義が目に入りやすくなってきました。例えば、読書はその最たるものです。それというのも読書とは、それぞれの人が自分のリズムで本を読み、日々の生活や仕事、世界が変化する速さとは異なる時間を味わう営みでもあります。人間に深く根ざした文化と言えましょう。

本はまた、ページを開かないときでも、そこにあって固有の時間を生みだすものです。試しに時代や言語など、出自を異にする本が棚に並ぶのを眺めてみましょう。ときには数冊の本のなかに、数百年、あるいは千年といった時間の幅が見いだされるかもしれません。そうした本の背や表紙を目にすることから、すでに読書は始まっています。

気になった本を手にとり、一冊また一冊と読んでいくと、目には見えない書物同士の結び目として「古典」と呼ばれる作品があることに気づきます。先人の知を尊重し、これを古典として保存、継承していくなかで書物の世界は築かれているのです。かつて盛んに翻訳刊行された「世界文学全集」も、各国文学の古典を次代の読者へと手渡し、共有する試みでした。

古今東西の古典文学は、書物という形をまとって、時代や言語を越えて移動します。〈ルリユール叢書〉は、どこかの書棚でよき隣人として一所に集う――私たち人間が希望しながらも容易に実現しえない、異文化・異言語・異人同士が寛容と友愛で結びあうユートピアのような――〈文芸の共和国〉を目指します。

また、それぞれの読者にとって古典もいろいろです。私たちは、そのつど本を読みながら、時間をかけた読書の積み重ねのなかで、自分だけの古典を発見していくのです。〈ルリユール叢書〉は、新たな古典のかたちをみなさんとともに探り、育んでいく試みとして出発します。

Reliure〈ルリユール〉は「製本、装丁」を意味する言葉です。
ルリユール叢書は、全集として閉じることのない
世界文学叢書を目指し、多種多様な作品を綴じながら、
文学の精神を紐解いていきます。
一冊一冊を読むことで、読者みずからが〈世界文学〉を
作り上げていくことを願って——

［**本叢書の特色**］

❖名作の古典新訳から異端の知られざる未発表・未邦訳まで、世界各国の小説・詩・戯曲・エッセイ・伝記・評論などジャンルを問わず紹介していきます（刊行ラインナップをご覧ください）。

❖巻末には、外国文学者ならではの精緻、詳細な作家・作品分析がなされた「訳者解題」と、世界文学史・文化史が見えてくる「作家年譜」が付きます。

❖カバー・帯・表紙の三つが多色多彩に織りなされた、ユニークな装幀。

## 〈ルリユール叢書〉刊行ラインナップ

[以下、続刊予定]

| | |
|---|---|
| 心霊学の理論 | ユング＝シュティリング[牧原豊樹＝訳] |
| ニーベルンゲン 三部のドイツ悲劇 | フリードリヒ・ヘッベル[磯崎康太郎＝訳] |
| 愛する者は憎む | S・オカンポ／A・ビオイ・カサーレス[寺尾隆吉＝訳] |
| スカートをはいたドン・キホーテ | ベニート・ペレス＝ガルドス[大楠栄三＝訳] |
| アルキュオネ　力線 | ピエール・エルバール[森井良＝訳] |
| 綱渡り | クロード・シモン[芳川泰久＝訳] |
| 汚名柱の記 | アレッサンドロ・マンゾーニ[霜田洋祐＝訳] |
| エネイーダ | イヴァン・コトリャレフスキー[上村正之＝訳] |
| 不安な墓場 | シリル・コナリー[南佳介＝訳] |
| 撮影技師セラフィーノ・グッビオの手記 | ルイジ・ピランデッロ[菊池正和＝訳] |
| 笑う男[上・下] | ヴィクトル・ユゴー[中野芳彦＝訳] |
| ロンリー・ロンドナーズ | サム・セルヴォン[星野真志＝訳] |
| 箴言と省察 | J・W・v・ゲーテ[粂川麻里生＝訳] |
| パリの秘密[1〜5] | ウージェーヌ・シュー[東辰之介＝訳] |
| 黒い血[上・下] | ルイ・ギユー[三ツ堀広一郎＝訳] |
| 梨の木の下に | テオドーア・フォンターネ[三ッ石祐子＝訳] |
| 殉教者たち[上・下] | シャトーブリアン[高橋久美＝訳] |
| ポール＝ロワイヤル史概要 | ジャン・ラシーヌ[御園敬介＝訳] |
| 水先案内人[上・下] | ジェイムズ・フェニモア・クーパー[関根全宏＝訳] |
| ノストローモ[上・下] | ジョウゼフ・コンラッド[山本薫＝訳] |
| 雷に打たれた男 | ブレーズ・サンドラール[平林通洋＝訳] |
| 化粧漆喰[ストゥク] | ヘアマン・バング[奥山裕介＝訳] |

＊順不同、タイトルは仮題、巻数は暫定です。＊この他多数の続刊を予定しています。